분열자의 산책

한국현대문학 총서 · 18

분열자의 산책

김재홍 평론집

문학수첩

차례

"진리를 무너뜨려야 한다"

시인으로서 문인의 삶을 시작한 탓인지 시를 제일 잘 아는 사람은 시를 쓰는 사람이며, 또 그래야만 한다는 생각에 빠져 있었다. 그래서 꽤 오랫동안 평론과 평론가를 그다지 중요하게 생각하지 않았다. 그것은 소설과 소설가에 대해서도 마찬가지였다. 심지어 "영화는 예술 아니고, 소설은 문학 아니다."라며 오만한 독설까지 내뱉고는 했다. 빼어난 영화와 소설에 압도되어 미욱한 시혼이 사그라질 것을 염려한 탓도 있었지만, 시를 절대시함으로써 아둔한 재주를 위로받고 싶어서였는지 모른다.

그러나 시간이 지날수록, 공부를 하면 할수록 접히고 되접힌 문학의 지층은 넓고 깊고 크다는 것을 느끼지 않을 수 없었다. 그렇게 무한의 바다를 허우적거리며 목숨을 이어오는 동안 자연히 그와 같은 방종의 실언은 사라졌다. 외려 머리를 숙이고 허리를 굽히고 무릎을 구부려야 하는 순간들이 많았다. 그것은 경건주의자라서가 아니라 차라리 절망에 빠진 한 불민한 영혼의 자기 확인에 가까웠다.

문학은 문학이라 이름할 수 없는 수많은 우주들의 집합이다. 작품은 저마다 하나씩의 해와 달을 하늘에 띄워 놓고 천변만화千變萬化하는 세계를 응시한다. 그리하여 어둡고 추운 곳에 빛과 온기를, 허기지고 외로운 곳에 따뜻한 음식과 다정한 위로의 언어를 선사한다. 문학은 우주 속에서 우주가 되어 우주의 가족들과 함께 명멸하는 별들과 같다. 그것은 물론 인간이기에 가능하고, 인간이기에 필요로 하는 매우 인간적인 본능의 소산이다.

그런 점에서 시와 소설은 다르지 않고, 회화와 음악과 영화가 다르지 않다. 그들은 지금-여기가 아니라 저 보이지 않는 저곳에 희망이 있음을 말한다. 인간이 살아 숨 쉬는 이곳에 구원이 있지 않다는 깨달음은 통절한 자기 고백이자 날카로운 현실 인식이기도 하다. 그것은 성찰이자 반성이며, 신산고초를 견디는 분투이자 열렬한 사랑이다. 문학은 영원히 인간과 함께하는 운명을 타고났다.

이 책이 말하는 '분열자'는 어떤 병증을 지시하지 않는다. 오히려 물리법칙과 생명의 본질에 부합하는 열린 체계로서 인간의 가능성을 표상한다. 분열되지 않으면 창조할 수 없다. 절대적 진리와 고착된 규범 안에서 문학은 태어날 수 없다. 그들은 언제나 불온하며 파괴적이다. 그러므로 "진리 개념을 비극화해야 한다."는 니체의 전언은 형이상학이나 윤리학의 지평을 넘어 매우 문학적이다. 진리를 무너뜨려야 한다.

그런 점에서 『분열자의 산책』은 문학의 탄생이 곧 종말(데리다)이 되게끔 하는 순간의 기록들이다. 빼어난 작품은 두 번 태어나지 않는다. 단 한 번 태어나므로, 그것은 곧 진리의 종말이자 자신의 종말이기도

하다. 문학은 진리를 무너뜨린 자리에서 태어나 그 순간 죽음에 이른다. 무한한 탄생과 영원한 죽음은 구별되지 않는 양가적 본성이다. 이것은 창조적 정신이 끝까지 놓을 수 없는 참다운 비극이다.

제1부는 최근 여성 시인들의 시적 양상을 다룬 글들과 중견임에도 날카로운 시적 감각을 보여 준 시인들의 세계를 들여다본 평론을 실었다. 난해시를 운위하는 속에서도 꿋꿋하게 자신들의 언어를 개척하고 있는 이들의 시 정신은 두고두고 주목되어야 한다. 비록 이들이 지나간 자리는 단 한 번 태어나 곧 전복되고 말 땅이지만, 그들도 이미 그것이 자신들의 숙명임을 잊지 않고 있을 터이다.

제2부는 현대 철학자들이 주목한 현대 시를 살핀 글들을 모았다. 화이트헤드는 매슈 아널드를 주목했다. 온 우주를 하나로 연결하는 화이트헤드의 유기체 철학이 흘러가는 '과정'에 매슈 아널드는 커다란 자극이 되었다. 들뢰즈는 말라르메를 다루었다. 그의 생성하는 리좀에 말라르메의 작품은 '어두운 전조'이거나 '애벌레'거나 '미세지각'이었을 것이다. 푸코와 로트레아몽, 하버마스와 보들레르, 데리다와 첼란, 바디우와 페소아… 이들은 모두 철학과 시적 사유의 떨어질 수 없는 친연성을 보여 준다.

제3부는 비대칭·비대립의 관점에서 작품을 읽은 글들이다. 김종태의 작품세계를 일의성의 관점에서 분석한 글과 유자효의 시를 '두 가지' 분절의 양상으로 이해한 글을 앞세웠다. 시인이자 평론가, 화가로 활약하다 안타깝게도 젊은 나이에 세상을 떠난 금은돌의 유고 시집을 다룬 글, '2000년대 시와 야구'를 소재로 한 글, 시사詩史에 빛나는 정지용·백석과 정호승의 시를 비교한 글이 뒤를 잇는다.

제4부는 천양희로부터 허향숙에 이르기까지 최근 10여 년 동안 발간된 시집들 가운데 눈에 띄는 작품을 읽은 글들이다. 시인도 많고 시집도 많다지만, 이들은 모두 '탄생'과 '죽음'의 비의秘義를 무섭게 인식하고 있는 시인들이었다. 이승하의 「욥의 슬픔을 아시나요」 연작은 이미 동명의 시집으로 상자된 바 있다. 30여 년 그가 쉼 없이 '욥의 슬픔'에 천착하는 이유가 있을 터이다. 그것은 물론 지금-여기를 가로지르는 슬픔의 보편성이리라.

마지막으로, 안타깝게도 병마와 싸우다 2014년에 세상을 떠난 김종철 시인의 초기 시를 다룬 논문을 특별히 수록한다. 시단의 중추적 역할을 맡았던 시인인 데다 가톨릭 정신을 시화하는 데 남다른 노력을 기울인 분이라 여러 차례 만나고자 뜻하였으나, 아쉽게도 그럴 기회를 갖지 못했다. 졸고나마 첫 평론집에 수록함으로써 만나서 전하려던 독자로서의 소회를 기록하고자 한다. 그가 영혼의 안식처로 삼고 있는 '절두산순교성지 부활의집'을 다시 찾아야겠다는 다짐을 한다.

첫 평론집을 묶는 소회가 있다면 부끄러움에 대한 고백과 무기력에 대한 한탄이다. 아둔한 자가 공연히 문학을 사랑해서 이런 사달이 났다. 절제되지 않는 욕망이 불민한 정신을 잡아먹었다. 하지만 이곳에 이르기까지 그냥 홀로 온 것이 아니었음은 인정해야 한다.

날카로운 직관과 박물학적 지식으로 열패감과 함께 지적 자극을 주신 은사 늘물 전영태 교수님께 마음 깊이 감사드린다. 또 시의 길 앞서 걸으며 이지와 감각의 측면에서 시인 된 자의 걸음은 어떠해야 하는지 몸소 보여 주신 은사 이시영 선생님께 마음을 다해 감사드린다. 세파에 찌든 늦깎이 대학원생을 깎고 다듬고 두드려서 연구자가 갖추어야 할 기본적인 태도와 방법론을 가르쳐 주시고, 작품을 대하는 비평가의 심안과 문학애愛를 실천으로 보여 주신 은사 유성호 교수님께 진심 어린 감사를 드린다.

무엇보다 이 책이 세상에 나올 수 있게 된 것은 불비한 무지렁이 평론가를 격려하고 배려해 주신 ㈜문학수첩 강봉자 대표님의 후의가 있어서 가능한 일이었다.

젊은 날부터 어린 자식 셋을 홀로 건사하며 '무거운 짐'을 내려놓지 못한 채 팔순을 맞은 늙은 어머니께 죄스럽다. 변곡점 없이 외삽外揷되지 않는 삶을 살고 있는 불비하고 불민한 아들이기에 부디 조금만 더 때를 기다려 주시길 청할 따름이다. 아내 김정선 아델라 작가와 두 아들 김건 라파엘, 김윤 미카엘에게도 같은 마음을 전한다.

2025년 3월
운정에서
김재홍

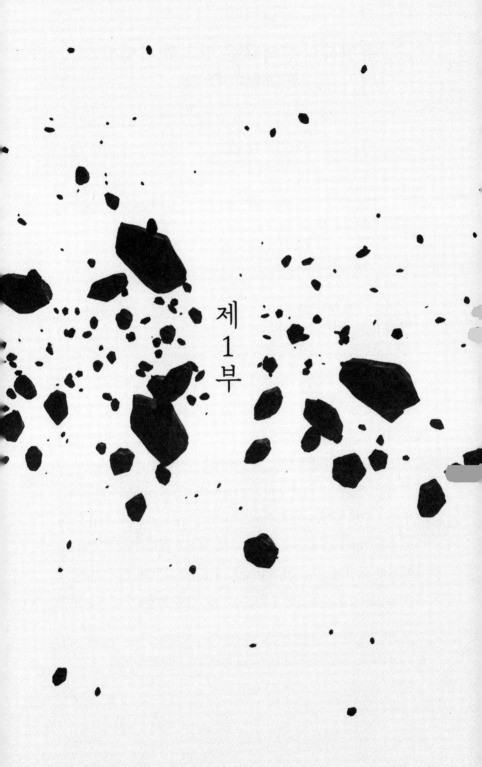

제1부

분열자의 산책 혹은 일의적 시세계
최근 여성시의 몇몇 양상

여럿들, 산책하는 렌즈

여럿(多)을 생각한다. 하나뿐인. 하나이면서 여럿인. 여럿과 하나의 동일성은 모순이 아니며 겹겹이 쌓인 중층적 세계의 객관적 실재다. 여럿과 하나는 주름진 세계의 당당한 시민권자다. 세계는 언제나 여럿의 절대적 규준을 따라 펼쳐진다. 동시에 세계는 하나의 절대적 규준에 따라 무한히 포함된다. 여럿과 하나의 동일성만큼 이들의 동시적 존재는 은유가 아니며, 이들의 상호 침투와 유기적 연쇄도 비유가 아니다. "하나의 순환, '하나 안에 전체가', 즉 하나-여럿과 여럿-하나와 하나-하나와 여럿-여럿에 의해 완성되는 순환이 실존한다."[1] 여럿은 언제나 하나로 하강과 상승의 수직적 운동을, 하나는 언제나 여럿으로 펼침과 접

---

1 질 들뢰즈, 「새로운 조화」, 『주름, 라이프니츠와 바로크』(이찬웅 옮김), 문학과지성사, 2004, 232쪽.

힘의 수평적 운동을 행한다. 여럿과 하나의 운동하는 세계는 중간 혹은 중앙이거나 항상적인 진행이다. 시작도 없고 끝도 없는 무한한 여럿과 하나의 천변만화 속에서 우리는 하루를 이어 하루를 산다.

　여럿 혹은 렌츠^{Lenz}[2]의 산책, "렌츠는 무심히 길을 걸었다. 그는 때로 오르막길을, 때로는 내리막길을 거침없이 걸었다". 산봉우리와 눈 덮인 벌판을 산책하면서 피곤하다는 느낌은 없었지만 '물구나무서서 걸을 수 없다는 것이 가끔 불편'하기는 했다. 하지만 안개 속에서 렌츠는 '가슴속에서 치밀어 오르는 그 무엇' 때문에 무언가를 찾아 헤매었으나 아무것도 찾을 수 없었다. 거친 바람은 골짜기 속으로 구름을 몰아넣었고, 바위들 곁에서는 멀리 사라지는 천둥 같은 소리가 났고, 구름 틈새로 햇빛이 나와 번쩍이는 칼을 눈 덮인 들판에 휘둘렀다. 렌츠의 가슴은 찢어질 것 같았다. 그는 "우주 속으로 헤치고 들어갔다. 고통이 기쁨이 되었다". 자연의 운행 속에서 렌츠는 무한히 분열되었다. 무심한 렌츠와 불편을 느끼는 렌츠, 가슴이 답답한 렌츠와 숨을 헐떡이는 렌츠와 기쁨을 느끼는 렌츠는 확실히 하나의 여럿이다.

　하나 혹은 렌츠의 분열, 그것은 같음과 다름의 문제가 아니다. 동일성의 문제도 아니며 주체의 문제도 아니다. 산을 오르고 골짜기를 타고 벌판을 누비는 분열된 렌츠와 목사 오벌린의 집에서 평안함을 느끼는 렌츠는 다른 사람이 아니다. 그러나 렌츠는 오직 혼자만 존재하는 것 같았고, 혹독한 외로움에 치를 떨었다. 그것은 자신을 영원히 저주받은 자, 사탄인 것처럼 느끼게 하는 '광기의 심연'이었다. 렌츠에게 신은 세

2　게오르그 뷔히너, 「렌츠」, 『보이첵』(이재인 옮김), 더클래식, 2015.

상을 완전하게 만들었다. 인간이 해야 할 일은 "하느님을 조금이라도 모방하는 것"이다. 인간은 '나무 인형' 같은 존재일 뿐이다. 그러므로 "이상주의는 인간의 본성에 대한 가장 비열한 경멸이다". 이처럼 렌츠는 이성의 상승과 광기의 하강, 분열적 확산과 자아의 수축이라는 복합적 운동을 통해 분열된 하나였다.

렌츠와 마찬가지로 세계는 우발적인 역동성 속에서 시인(들)을 낳고, 시인(들)은 하나와 여럿의 무한 변주를 실행한다. 시인(들)의 발화는 여럿이면서 하나인 세계의 독특성과 특이성을 포함하고 펼치는 영원한 진행형이다. 시인(들)은 여럿과 하나의 주름진 세계의 시민권자로서 당당히 노래한다. 그것은 "복합체들은 단순한 것들과 일치한다"[3]는 라이프니츠의 모나드와 같은 신의 완전성의 표현이며, "실재는 흐른다."[4]는 극한의 연속성을 함축하는 철학이다. 시인(들)은 말한다. "세계는 흐르는 창이다/바깥도 안도 아니다."[5]

하지만 최근 몇몇 여성 시인(들)이 보여 주는 시적 세계를 여럿과 하나로 파악하는 것은 지나친 의욕일지 모른다. 특수한 시인(들)의 특수한 발언은 반복되지 않으며, 시는 언제나 시의 무덤 위에 피어나는 단 한 송이 꽃이다. 시는 언제나 경향적 세계로 환원될 수 없는 고유성 속에서 살아 숨 쉰다. 그렇지만 동시대 여럿의 양상을 표현하는 하나의 세계는 인접성을 띨 수밖에 없고, 그러한 관점주의적 다양성의 만화경이야말로 여럿과 하나의 존재론에 적실한 사태라는 점에서 그것은 오

---

3 이정우, 「올림」『주름·갈래·올림』, 거름, 2001, 224쪽.
4 앙리 베르그송, 「윌리엄 제임스의 프래그머티즘」『사유와 운동』, 문예출판사, 1993, 259쪽.
5 백은선, 「유리도시」『가능세계』, 문학과지성사, 2016, 17쪽.

분열자의 산책

히려 고유성의 강화에 해당될 터이다. 그것은 렌즈의 분열과 마찬가지로 세계를 향한 세계 내 존재의 무한한 긍정의 양상이다. 어제와 다른 너만이 아니라 내 안의 다른 나를 부정할 수 없는 것과 같이 세상을 뒤흔드는 여럿들의 오케스트라가 내뿜는 총주tutti의 일의적 화음이 시단에 울려 퍼지고 있다.

하나-하나, 유계영의 시

유계영의 『이런 얘기는 좀 어지러운가』(문학동네, 2019)는 시간의 분절에 의해 과거와 현재와 미래의 '나'로 분열된 양상을 보여 준다. 모두 무엇인가를 상실한 '나'들이며, 우울과 슬픔의 '나'들이다. 온종일 털어도 '네 개의 지갑' 모두 비어 있고, 갈수록 '빈 주머니들'이 더욱 가벼워지는 「봄꿈」 속의 '나'는 '꿈속에서도 허탕만 치는 소매치기'이다. '나'는 "살아서 다시는 만나지 말자고/웃는 낯으로 침을 뱉고 돌아서는 사람들"을 무시로 만나는 상실의 분열자이다. 절박한 상실의 표징은 죽음에까지 닿아 있다. 그러므로 유계영의 '봄꿈'은 매우 혹독한 현실의 고통이다. 이것은 "다시는 살아나지 말자 다시는 깨어나지 말자"[6]라며 치킨 게임을 즐길 수밖에 없는 세대의 분열된 '나'와 동시 접속된다.

「왼손잡이의 노래」는 저승이 이승보다 추울 것이라는 예측은 오류라고 단언한다. "제 머리를 바닥에 내던지며 튀기고" 노는 죽은 자들과 "골목의 양팔에 매달려 소원을 비"는 어린 귀신처럼 죽음이 현재화되

---

6 이소호, 「서울에서 남쪽으로 여덟 시간 오 분」, 『캣콜링』, 민음사, 2018, 103~108쪽.

어 나타난 데 놀라움과 참신성이 있다. 이것은 시간에 의한 존재의 분절이면서 '왼손잡이'의 내면적 분열이다. '골목'에서 어린아이와 늙은 여자가 공존하고, 주정뱅이들이 담배꽁초를 버리고 돌아다니던 어떤 공동체적 삶의 붕괴를 떠올리게 한다. 분열이 붕괴로 이어진 '여럿'의 이미지들은 우측으로만 들어오는 '우리(들)'의 골목에서, 오직 한 방향으로만 흘러가는 시간의 절대적 비애다. 사라진 것들의 잔영만 기억으로 남은 이승은 결코 저승보다 따뜻할 수 없다.

「동창생」은 더욱 적극적인 분열이다. 우선 서술어 '하다'형과 '합니다' 형이 있다. 또 '산 자'와 '죽은 자'의 분열이 있다. '하다'는 산 자들의 목소리로, '합니다'는 죽은 자들의 목소리로 교차된다. 1980년대식 호프집에서 열린 동창회에서 '우리'는 다시 만났다. '죽은 애'도 왔다. 참석한 '죽은 자'들은 "산 사람처럼 어울려/떠들고 마신다". 또 살아서 '못다한' 이야기와 그림과 추태와 공격과 수비를 '다 해보자'며 동창회다운 활기찬 분위기를 보여 준다. 그러나 '산 자'들은 '죽은 애'로 인한 비탄과 자신들의 노화에서 오는 생의 비애를 드러내면서 우울하다. 그렇다면 「동창생」은 과거와 현재와 미래의 생과 사를 하나의 과정적 실재로 포치시킨 작품이며, 삶과 죽음의 경계를 무화시키는 도저한 인식이 번뜩이는 시가 된다.

우발성의 세계에서 신은 주사위 놀이를 즐긴다. 그러므로 놀이를 즐기는 신은 언제나 세계의 바깥에 있다. 그것은 "그림자놀이에는 그림자 빼고 다 있"는 것과 같다. 세계는 놀이를 즐기는 신의 탁자일 뿐이다. "경쾌하고 즐거운 자, 그는 미래를 공처럼 굴린다".(「미래는 공처럼」) 공처럼 굴리는 '미래'란 신의 주사위와 다름없다. 예측 불가능성이 미래의

분열자의 산책

상실인 것과 같이 세계를 공놀이의 영원회귀로 인식할 수 있는 형이상학은 차라투스트라와 함께 온다. 「신은 웃었다」의 '나'는 "차라투스트라의 구토를 손바닥에 올려보기 위해" 태어났다고 말한다. 여기서 차라투스트라는 "그대의 행복은 무엇이겠는가!"[7]라고 외치는 초인이 아니다. 미화원조차 한 번도 힐끔거리지 않는 "층층나무 아래 우렁차게 곯아떨어진" 고독한 자이며 시간에 의해 버림받은 분열자이다. 그는 분열과 추락의 상징이다.

「나는 미사일의 탄두에다 꽃이나 대일밴드, 혹은 관용, 이해 같은 단어를 적어 쏘아올릴 것이다」라는 긴 제목의 시에서 '나'는 "내가 떨어지는 것을 보고 있다". 떨어진 것이 아니라 떨어지고 있는 '나'를 보고 있다. 그러므로 '난간 위에서 누군가'가 "밑에 떨어진 사람 없어요?"라고 외칠 때 '나'는 적어도 다섯 개 혹은 무한으로 분열된다. 사고 혹은 자살로서의 추락을 자신의 떨어짐으로 느끼면서도 그것을 분열자로 다기화하는 데서 이 작품의 처연한 비장미가 살아난다. '나'는 여럿이지만 '떨어짐'으로써 '하나'다. 그러므로 시의 결구, "내가 떨어지는 것을 지켜보다가 꾸벅꾸벅 존다/꿈결에 사고 현장을 벗어나버린 줄도 모른다"라는 표현은 여럿과 하나의 상호 간섭과 투영을 적실하게 보여 준다. 여럿의 죽음을 하나로 인식할 줄 아는 마음이 시인의 바탕이라면 이 작품의 비장미는 시적 윤리성과 호응한다.

시인은 시의 제목으로 삼은 문장은 '사실상의 인간, BINA48의 말'이라는 주석을 달았다. BINA48은 프레임에 흉상과 머리, 어깨가 장착되

---

7 프리드리히 니체, 『차라투스트라는 이렇게 말했다』(장희창 옮김), 민음사, 2004, 11쪽.

어 있는 휴머노이드 로봇으로 150년 동안 지속될 수 있는 배터리로 제작됐다고 한다. 그것은 죽어도 죽지 않고 죽을 수도 없는 분열(확장)된 '나'이다. 추락하는 '나'를 지켜보는 '나'가 줄 수 있는 것은 일상화된 사건과 사고와 죽음을 표상하지만, 어떤 참혹한 상황도 아무런 감정적 동요 없이 차갑게 발언할 수 있는 로봇의 인지 체계에 대한 냉소적 비유이기도 하다.

둘-하나, 백은선의 시

백은선의 『아무도 기억하지 못하는 장면들로 만들어진 필름』(현대문학, 2019)은 거대한 「조롱」으로 시작한다. 총 31쪽에 달하는 「조롱」이란 시 한 편의 분량부터 예상을 깬다. 길어도 20~30행 내외의 시행에 익숙한 독자들을 숨 막히게 압도한다. 단지 양적이라면 '거대한 조롱'에 부합하지 않겠지만, 일정한 분량 사이의 구분점(*)에 따라 앞뒤 맥락이 유기적으로 읽히지 않는 의미의 해체에 직면한 독자들은 어리둥절할 수밖에 없다. 또한 "너는 ~~커쁘고~~/~~뜨겁고~~/~~멸어~~"와 같이 시행에 가운뎃줄(취소선)을 그어 대고, 필연성을 증명하기 힘든 +++*.**.*+++와 같은 부호들을 마음껏 사용한다. 의미 전달의 특정 양식을 시라고 한다면, 그런 기대를 철저히 배신하고 있다는 점에서 과격한 조롱의 언사에 가깝다.

그러나 '일정한 분량 사이'가 아니라 그 구간 내부의 의미는 명징하기만 하다. 가령 "죽어서도 죽고 싶은/나를/너희들은 천사라 부르지"라는 1연은, "죄를 고백하는 밤마다" 죽음과 탄생을 경험하는 사이비 천사로서의 '나'에 대한 자학적 분열로 읽히고, "죽은 천사는 벽에 갇혀 노래한다"는 2연은, 어떤 공간에 갇혀 천사였던 시절의 기억의 형상들이 붕괴되는 것을 경험하는 '죄 많은 천사'의 역설적 의미가 간취된다. 그렇다면 백은선의 시가 긴 것은 의미 단락들 사이의 분열이라는 형식에 근거하고 있기 때문이며, 이질적 의미 단락 사이의 우발적 결합이라는 부조리극과 같은 의도 때문이라고 볼 수 있다. 따라서 시집의 제목은 맥락적 성격을 상실한 부조리한 기억의 분열된 장면들을 편집(연결)하는 영상 에디터로서의 시인의 시적 의욕을 표상한다.

끓는 물의 불규칙한 운동과 같이 백은선이 편집(연결)하는 분열된 기억(의미)들은 비록 과격해 보일지언정 무의미한 것이 아니다. 그녀의 갖가지 시도는 매우 치밀한 계획의 소산이며, 긴 분량도 시적 의도를 함축하고 있다. 「조롱」은 차라리 '태어나지 말았으면 좋았을' 아이들이 탄생되는 곁에서 죄를 지은 천사들이 횡행하고, 거짓으로 속죄의 고백을 바치는 사악한 천사 옆에서 '나무를 사랑한 불'의 비극적 사랑과 필연적 죽음의 세계를 교향악적으로 전개하고 있다. 이질적 의미 단락 사이의 우발적인 결합이라는 형식을 통해 미만한 분열의 양상을 적극적으로 수렴하면서 마침내 '아무도 기억하지 못하는 장면들로 만들어진 필름'을 완성하여 "그것이 이 시다"라고 포효하는 것, '거대한 조롱'이면서 동시에 '따뜻한 냉소'가 되기를 의도한 작품이다.

'신의 죽음'이 불가능한 것처럼 '천사의 죽음'도 형용모순이다. 그럼에도 「조롱」은 반복적으로 천사를 죽음으로 내몬다. "이미 죽은 천사/죽고 있는 천사/죽어서 다시 태어난 천사". 천사는 '죽음'으로 인하여 그 위격을 상실했으므로 인간계의 희로애락과 길흉화복에 노출된 존재이다. 천사는 이제 거룩하기보다 세속적이며, 윤리적이기보다 파락호에 가깝다. 그러므로 인간계에 노출된 모든 천사는 '인과 없이 다 죽는 노래'를 만들어 부르며, '긴 칼날에 줄줄이 꿰'이며, '매일 견디고 매번 죽'는다. 이런 세계야말로 우리가 매일 접하고 대대로 겪으며 살아가는 숙명적 일상 아닌가. 그래서 "내가 죽고 난 다음 너는 내가 된다/내가 죽고 난 다음 너는 내가 되었다/내가 죽고 난 다음 너는 나였다"라는 시구는 표현 형식의 번뜩이는 의외성과 더불어 매우 인간적인 시적 진술이 된다.

감각적인 이미지와 비극적 사유를 바탕으로 한 진술들이 자유롭게 교차하면서 이미지의 중첩과 의미의 층위가 심화되는 「겨울눈의 아린 芽鱗」도 주목에 값한다. 겨울눈이 아린의 보호를 필요로 하듯 시적화자는 '겹겹의 꿈에 둘러싸여'서만 안전함을 느낀다. 그러나 즉물적 세계에는 핏자국이 펼쳐져 있고 울부짖음이 사방으로 흩어져 있다. 그것은 "발목이, 척추가, 손목이" 사방으로 흩어진 당신들이 부르는 노래가 곧 '나'인 세계이다. 그것은 '열 손가락이 잘리는 꿈을 꾸고 일어난 날'의 불행한 운명의 현실화이다. 그러므로 '나'는 "이건 꿈이에요."를 외쳐야만 한다. 꿈은 분열된다. 열 손가락이 잘리는 꿈과 핏자국을 남기며 당신이 사방으로 흩어진 꿈과 그러한 꿈에서 깨어나지 않기 위하여 안간힘을 쓰고 매달리는 꿈이 있다. 도처에서 생과 사의 경계가 허물어지는 비극을 목격하는 분열자의 내면이 그로테스크하다.

「비좁은 원」에서 화자는 세상의 '밖'에서 세상을 주시하고 있다. 안이 아니라 밖에 있어야 세상을 '편집'할 수 있기 때문이다. "모든 것은 멈춘다//모든 것의 바깥에서". 세상의 바깥에서 정지된 것은 움직이는 것과 다르지 않고, 혼자는 여럿과 구별되지 않으며, 죽은 것은 산 것을 배제하지 않는다. 시인은 지금 타자화, 상대화, 대자화를 넘어 거대한 원을 그리고 있다. 생사의 원환, 늘어났다 줄어들고 다시 늘어나는 거대한 영원회귀의 원한이다. 「배역을 맡은 걸 모르는 배우들이 기차에 모여 벌이는 즉흥극」의 '나'는 놀랍게도 "벨기에에서 넘어졌는데 프랑스에서 일어났"다고 한다. 그러나 기차는 매우 다른 사람들을 아주 비슷한 공간에 배치시켜 동일한 목적(이동)을 수행하게 하는 도구이다. 이것은 배역을 맡지 않은 배우들의 즉흥 연기를 유발하는 무대이며, 시공의 이동뿐만 아니라 정서적 변화도 촉진하는 장치이다.

백은선의 시는 연극적이다. 『아무도 기억하지 못하는 장면들로 만들어진 필름』은 기억의 편집자와 영상 에디터로서의 시인만 참여한 게 아니다. 선재하는 기억의 수동적 편집자 혹은 에디터만 아니라, 무대 밖의 존재로서 행위의 능동적 연출자도 작업한 시집이다. 연극은 무대 위에 일정한 층위의 캐릭터를 열거하여 그들을 통해 발화하는 것이므로. "쓰고 싶다. 좋은 시를. 그것이 유일한 소망"이라고 외치는 백은선의 에세이 「月皮」는 조롱과 냉소와 바람으로 이어지는 시적 세계의 밑동을 유추할 수 있게 한다. 그녀가 딛고 있는 땅에는 "쉴 새 없이 비가 내렸다". 해는 뜨지 않고 늘 어둠뿐이었다. 그녀는 "이해하고 싶어서 이해받고 싶어서 비를 봤다". 그렇다면 해가 뜨지 않는 어둠 속을 살아가는 자에게 조롱은 울분의 표현이 되며, 냉소는 현실에 대한 비판으로, 바람은 구원을 향한 기도가 된다. 백은선의 시는 찢어지고 분열된 세상의 어둠을 향해 구원의 손길을 뻗고 있다.

셋-하나, 이소호의 시

이소호의 『캣콜링』(민음사, 2018)이 보여 주는 표면적인 자극성과 폭력성의 뿌리는 도착적 파괴 본능이기보다 보편적 윤리의식에 가깝다. 아빠답지 않은 아빠와 엄마답지 않은 엄마를 극한까지 몰고 간 데 폭력성이 있으며, 동생 같지 않은 동생과 애인 같지 않은 애인을 노골적으로 표현한 데 자극성이 있다. 그것은 다정한 아빠와 자상한 엄마와 따뜻한 동생과 함께 '남향' 집에 살며(「다음 생은 부디 남향」), 자신에게 최선을 다하는 애인과 사랑하며 살아가는 삶의 붕괴를 가차 없이 표현한다(「누워 있는 경진」). 이소호 시의 표면적인 자극성과 폭력성은 '붕괴된 현실'과 '바람'의 불일치라는 사회학적 관심에 머무는 것이 아니라 그 같은 대자적 세계 아래의 가장 사적이면서도 보편적인 분열의 표현이라는 새로운 시도가 있다.

『캣콜링』에 등장하는 경진이는 매우 구체적인 행동과 언어를 가진 고유한 존재(고유명사)이지만, 경진이들은 일정한 의미 층위 사이에서 진동하는 보편적 존재(보통명사)들이다. 그것은 분열자들의 출현이다. "지는얼마나깨끗하다고유난이야못생긴주제에기어서라도집에갔어야지"(「가장 사적이고 보편적인 경진이의 탄생」)라는 경진이의 탄생은 일차적으로 고유명사 경진이를 표상하지만, '못생긴 주제에 집에 들어가지 않은' 누구라도 진술에 부합한다(인칭적 존재). 경진이는 고유명사와 보통명사 사이에서 진동한다. 그것은 폭력과 파괴에 반응하는 매우 적극적이지만 동시에 방어적인 분열자로서의 경진이들이다. 그들은 시집의 다섯 개 부部 가운데 무려 네 곳에 등장하며, 제목이나 부제목에 모두 아홉차례 등장한다. 경진이는 또 화자로 등장하기도 하고 대상으로 등장하기도 하고 심지어 남성으로도 나타난다.

「경진이네-거미집」에서 '우리'는 엄마의 젖을 빠는 대신 "자궁에 인슐린을 꽂고 매일매일 번갈아 가며 엄마 다리 사이에 사정을" 한다. "아버지들의 잘린 성기가 딸들의 팬티 속에서 삐죽삐죽 솟아올랐다"[8]는 표현을 넘어서는 폭력성이 번뜩인다. 또 '조여지는 똥구멍, 수축하는 질', '손가락 세 개를 꽂아도 느낄 줄 몰라', '구더기와 거머리' 같은 이미지들은 가족을 표현하는 언어로는 도저히 받아들이기 어려운 폭력으로 비쳐진다. 그러나 여기에는 극한까지 내몰린 붕괴된 가정의 처연한 비장미가 깃들어 있다. 그것은 "나는 이미 죽음의 추상에 대해 알고 있었다"라고 외칠 때 극명하게 표출된다. '경진이네'는 죽음이 현실화된 어떤 가정이다. 그렇다면 이 작품의 폭력성은 매우 사회학적인 문제의식의 표출이 된다. 앞서 '엄마 다리 사이에 사정'(6연)했다는 표현도 생물학적으로 불가능한 딸들의 사정射精이 아니라, 사회학적으로 가능한 절박한 사정事情이 된다. 그래서 시인은 스스로 "애미 잡아먹는 거미 같은 년이라고" 말할 수 있었다.

분열자들의 탄생을 알리는 시집 『캣콜링』은 또한 '골방의 시'와 '거리의 시' 사이에서 진동한다. 가능성을 박탈당한 골방 청춘들의 자극적이고 폭력적인 언어는 오히려 상식적이고 보편적인 가치의 회복을 꿈꾸며, 모든 것을 상실한 거리의 과격한 언어는 처절한 슬픔과 우울을 담아내고 있다. 그런 점에서 이소호의 시가 세대론적 요소를 품고 있다

---

8 김민정, 「불가피한 잠입」, 『날으는 고슴도치 아가씨』, 열림원, 2005, 138쪽.

면, 그것은 진동하는 분열자에 대한 솔직하고 거침없는 언어적 접근을 시도한 때문이다. "내가 이렇게까지 어떤 것을 미워하고, 혐오할 수 있구나. 그러면서 이렇게까지 사랑할 수 있구나"[9] 하는 시인의 말은 그 진동의 이유를 잘 말해 준다. 그것은 또한 표면적인 자극성과 폭력성을 뿌리에서 지탱하고 있는 보편적 윤리의식을 보여 주는 것이기도 하다.

타르드Gabriel Tarde, 1843~1904가 "자아의 참된 대립은 비자아가 아니라 '내가 가진 것'"이라고 말할 때 그것은 비유가 아니다. 자아는 고정된 이념적 존재가 아니라 무한한 변화 가능성을 품고 있는 주체라는 사실은 경험적으로 확인된다. 나아가 "'있음', 즉 갖기의 참된 대립은 있지-않음이 아니라 가진 것"[10]이라고 말할 때 이것은 주체의 술어적 성격에 대한 엄밀한 존재론적 규정이다. '나'는 '내가 가진 것'이 아니라 시간과 함께 끊임없이 변화해 가는 무한한 가능성의 술어적 존재이다. 그러므로 '갖기'의 대립항은 '없음'이 아니라 '있음'이다. 이미 누가 걸어간 길이 아니라 오직 자신이 걸음을 떼는 그 길을 가는 존재. 내게 이미 속성으로 주어진 것이 아니라 무한한 가능성을 실재화하는 삶, 『캣콜링』이 골방의 시와 거리의 시 사이에서 진동한다면 그것은 술어적 무한성에의 갈망이다.

「동거」의 자매는 유모차 한 대에 '구겨 앉아야' 했던 넉넉하지 않은 집안의 딸들로 보인다. 동생은 "너 같은 건 언니도 아니"라며 식칼로 사과를 깎고, 언니는 "동생의 팔목을 대신 그어 준다". 「우리는 낯선 사람의 눈빛이 무서워 서로가 서로를」에서 동생은 "어떻게 너 같은 게 대

---

9 이소호·이희형, 「가장 사적이고 보편적인」, 『현대시』 2019년 3월호, 194쪽.
10 질 들뢰즈, 『주름, 라이프니츠와 바로크』 198~199쪽에서 재인용.

학에 갔는지 모르겠어 … 때려야만 말을 알아듣잖아 개새끼처럼"이라고 언니를 개 취급한다. 이들의 참혹하고 가학적인 모습은 술어적 무한성은커녕 일체의 가능성을 빼앗긴 청춘의 절망을 표상한다. 이들을 히키코모리로 단정할 순 없지만 '골방의 시'라는 비유에 호응한다. 「캣콜링」은 허드슨강과 센트럴 파크라는 이국의 무대 위에서 펼쳐지는 룸펜의 역할극과 같다. '헤이뷰티풀', '웨얼아유고잉', '두유헤브타임', '키스미'로 시작되는 수컷의 캣콜링은 '나이스바디', '마이럽'을 거쳐 '두유워너퍽'으로 정점에 도달한다. 그러나 수컷 또한 변변한 일거리도 없고 뚜렷한 목표도 가질 수 없으며 무시당하는 걸 제일 두려워하는 시시껄렁한 룸펜에 불과하다('아유이그노미', Are you ignore me?). '거리의 시' 또한 술어적 무한성이 차단된 청춘의 초상을 격렬한 언어로 표현함으로써 오히려 더욱 강렬한 가능성에의 열망을 형상화하는 데 성공한다. 『캣콜링』은 자극성과 폭력성의 사적 층위에서 분열자의 보편적 층위로 심화되는 경로도經路圖와 같다.

넷-하나, 임지은의 시

임지은의 『무구함과 소보로』(문학과지성사, 2019)는 다양한 분열의 양상을 포함한다. 무기력한 일상 속에서 '지루한 것'을 찢어 버리려는 내면의 분열자와 '밀가루 반죽이 부푸는 방식'으로 직접적으로 분열되는 '나'가 등장한다. 또 인간과 생선(동물)의 분열, 인간과 '기모(아무것)'의 분열, 인간과 의자(사물)의 분열. 분열의 근저에는 절대적 고립 속에서 고통을 겪는 미래를 상실한 자들이 놓여 있다. 그들은 "내가 알던 시대는 이미 지나갔다"고 말하며 "숨이 끊어질 듯한 기분으로/세상의 모든 아이는 고아라고 쓴다".(「I can do this all day」) 분열자들의 문장은 "꿈을 꾸는 이유와 … 꿈을 이룰 수 없는 이유까지" 건드리며 절대적 상실의 아픔을 위무한다. "언제까지 할 셈이죠?"라는 질문과 "I can do this all day."라는 대답. 그러므로 영원히 꿈만 꾼다고.

「부록」의 산책은 무심하다. 개를 끌고 가는 산책이 아니라 개에 끌려가는 산책처럼 화자는 모든 것을 내려놓은 듯 무심하다. '생각을 얼마나 멀리 던지느냐'가 관건인 산책이다. '부록'인 이 산책의 첫 문장을 시인은 "지루한 생각을 열고 뛰어나가는 개처럼" 시작된다고 '결구'에다 적었다. 그리고 작품 첫 문장은 "땀에 젖은 문장으로 내달릴 것"으로 시작했다. 꼬리를 문 두 마리 뱀 대가리처럼 층위를 달리하는 의미들이 접속되어 있다. 그렇다면 '산책하는 자'는 결코 무심한 자가 아니다. '땀 흘릴 정도로 뛰어나가는 개'처럼 '지루한 생각을 열고 나가는 문장'을 갈망하는 매우 의욕적인 사람이다. '얼마나 멀리 던지느냐'가 관건이라고 할 때의 그 생각이란 '지루한 것, 낡은 것, 묵은 것, 같은 것'이다. 그것은 '무심히 걸어가는' 분열자 렌츠의 산책과도 접속된다.

「내가 늘어났다」의 '나'는 장롱에 숨었다가 '반죽이 부푸는 방식'으로 두 명이 되고 말았다. 분열된 '나들'은 "어떤 나는 속눈썹을 붙이고 외출을" 했고, "어떤 나는 안경을 쓰고 도서관에", "어떤 나는 지하철에 가방을 두고 내렸다". '나'는 매일 '다른 나'와 마주치다 마침내 '다섯 명'이나 되어 버렸다. 그러면서 화자는 "넌 제발 나인 척 좀 하지 마!"라며 근본적인 자아의 분열을 선고한다. '나'는 더 이상 내가 아니며, 나라고 착각하는 수많은 이종의 내가 있을 뿐이다. 하지만 이 작품에서는 분열을 선고하는 '나'의 진술이 하나의 관점으로 진행된다는 점에서 분열의 양상에 대한 관찰 기록이지 분열자들의 다성적 발언의 집합은 아니라고 볼 수 있다.

「생선이라는 증거」에서 '나'는 욕조에서 팔과 다리를 잃고 멸치들의 대화를 알아듣는 생선이다. 하지만 "누군가 내 이름을 한 번만이라도 불러주었더라면/생선이 되는 일 따위는 없었을" 사람이다. '나'는 일체의 네트워킹이 붕괴된 절대 고립의 존재이다. 그래서 '기분'이 물 위에 뜨지 않는 것과 같이 "멸치들은 모두 배수구로 빠져나가"도 언제나 '밤은 창 밖에서'만 흘러넘친다. 가령 내가 생선이라면, "내게서 비린내가 날지도 모른다는 사실"을 두려워하는 유약한 자라면 '나'는 "생선에게 미래 따위는 오지 않을 것"이라는 것을 자명하게 인식하는 자다. 그렇다면 생선으로의 변신은 미래를 잃어버린 자들의 분열이다. 그만큼 고립은 치명적이다. 물고기만 아니라 인간도 스스로 죽음을 찾아가는 현실은 시시각각 벌어지고 있다.

『늦지 않고 도착하는 법』이라는 책을 읽고 있는 '나' 또한 대출 기한을 넘겼으며, '더 이상 새로운 하루를 빌릴 수 없는' 자이다(「도서관 사용법」). 그러니까 이미 '늦은' 사람이며, 미래를 상실한 사람이다. 때문에 "당신은 아직도 당신입니까?"라는 의문이 실효적 타당성을 갖는 존재이다. '나'는 "글자들이 다 사라진 페이지를 펼"친다. 미래만 아니라 의미(의욕)까지 상실한 '나'의 무의미와 무기력은 결국 '글자들'이 너무 가벼워 더는 훔칠 의욕을 가질 수 없는 절망과, 그로 인해 점점 더 작아지는 왜소증을 겪는다. 그래서 돌아서는 곳마다 '물음표'가 나를 가로막는 상황에 처한다. 작아지고 작아져서 겨우 '빈칸 하나'만 주머니에 넣었는

데도 '물음표'가 길을 막아서는 「도서관 사용법」의 세계는 참으로 비극적이다.

자신을 '기모'라고 하면서 취향에 따라 '김오'로 불리기도 한다는 「아무것도 아닌 모든 것」의 화자는 "멀쩡한 것을 조금 망가뜨리면 내가 된"다고 한다. '기모'는 멀쩡한 것이 아니라 망가져야 내가 되는 존재이다. 심지어 "입고 있자니 덥고 벗어버리자니 싸늘한" 잉여에 불과하다고 고백한다. "기모는 쓸모없이 아주 긴 낮잠"인 것이다. 그러나 아무것도 아닌 것들은 결코 무의미한 존재가 아니다. "밥을 싸 먹기도 하고 식빵 사이에 끼워 먹기도 하는" 김처럼 꼭 필요한 존재이다. 먼지든 때든 무엇이든 "아무것도 아닌 것의 승리를 기원하며/슬픔에 관해서라면 오!를 외치"는 시는 작고 보잘것없는 것들을 위한 힘찬 응원가이다.

「론리 푸드」의 화자는 '혼자'를 습관으로 겪는 사람이다. 관계성의 상실을 습관이라는 획득형질로 인식한 데 참신성이 있다. 그런데 밤의 고독이 아니라 낮의 외로움이다. 휴식과 수면의 시간인 밤에만 고독을 겪는 게 아니라 활동과 생산의 시간인 낮에도 외로움을 겪는다. 작품은 화자의 물리적 동선이 식탁과 의자와 거실 등 주거 공간으로 제한된 일종의 가택연금 상태임을 시사하고 있다. 그렇다면 '무구함'은 화자의 윤리의식에서 비롯된 게 아니라 미래에나 '혼자'를 면할 수 있는 절대적 고립에서 기인한다. '한낮의 외로움'이 소보로 빵의 '부스러기로 돌아다니는' 처연한 심사가 실감 나게 표현되어 있다.

분열자의 산책

하나들, 분열하는 시인(들)

시란 시인(들)의 몸을 경유해 탄생하는 우발적 표현(하나)이라고 할수 있다면 그것은 미오키미아myokimia와 같은 떨림이다. 시인(들)은 기다린다. 언제나 시인(들)은 기다리는 존재이며, 빈틈(분열)을 갈구하는 존재이다. 시인(들)은 "피부는 많은 물집과 돌기로 들떠 일어나 있고 매일 아침 면도해야만 하는 주름지고 밉살스러운 아주 작은 검은 머리통들이 털구멍에서 자라 나오는"[11] 순간을 기다린다. 그리하여 세상은 시인(들)의 외부에서 내부로 스며들어 외부로 표현(하나)된다.

유계영, 백은선, 이소호, 임지은 시인(들)은 떨림을 기다려 여럿(분열)과 하나(표현)의 분열증적 양상을 표현했다. 이들은 서로 다른 목소리로 말하지만 인접성과 세대론적 공유점을 통해 한 시대의 표상에 육박해 들어가고 있다. 비유컨대 이들의 인접성을 '분열자의 산책'이라 부를수 있다면, '갇힌 세대의 함성'은 공유점이라고 할 수 있다. 이들은 모두 분열되지 않고는 터져 버릴 것 같은 압력의 임계치를 언어로 보여 주고 있다. 그만큼 격렬하고 처연하고 치열한 고밀도의 언어를 통해 시대의 압력에 저항하고 있다. 이들은 2010년 이후 등단한 시인(들)으로 경제적 불평등과 소외, 제도화된 기회의 박탈과 다수성의 폭력 등을 겪고 있는 세대이거나 그 세대의 시적 대변자이다.

시인(들)의 노래는 여럿이지만 울림은 하나다. 초겨울 벌판의 짙은 안개와 같이 절대적 침묵의 순간에도 외침과 함성과 절규를 들을 줄 알

---

11 질 들뢰즈·펠릭스 가타리, 「1914년-늑대는 한 마리인가 여러 마리인가?」, 『천 개의 고원』(김재인 옮김), 새물결, 2003, 65~66쪽. 벨기에의 작가 장 레이의 지문으로 재인용.

앉던 렌츠는 진정한 시인이었다. 그는 '정적' 속에서도 '천둥 같은' 소리를 들었다. 네 시인(들)은 자신(들)이 본 분열의 양상을 자신(들)만의 언어로 기록한 분열자(들)이다. 이들은 넷이면서 넷 이상의 분열적 양상을 표현하고 있으며, 넷이면서도 하나의 일의적 함성을 드러내고 있다. 이들의 여럿-하나의 수직적 운동과 하나-여럿의 수평적 운동은 한국 시단의 강한 에너지원이 되고 있다. 그러므로 이들의 '떨림'이 어떻게 분열되고 무엇을 향한 함성으로 상승되는지 주목하는 것은 한국 시의 미래를 예감해 보는 일이기도 하다.

시인(들)은 여럿과 하나의 주름진 세계의 시민권자로서 당당히 노래한다. 그들은 기회를 박탈당한 자들의 아우성을 노래한다. 그들은 절대적 고립을 고통스럽게 견디고 있는 자들의 슬픔과 미래를 상실한 자들의 분노를 노래한다. 그들은 폭발하지 않으면 안 되는, 가만히 있으면 끝내 터져 버릴 수밖에 없는 분열자들의 비극적 양상을 표현해 낸다. 그러므로 그들은 스스로 분열의 세대이면서, 분열의 시대를 표현하는 분열자들이다. 그들의 언어는 특수하며, 그들의 시는 환원되지 않는 고유성 속에서 약동하고 있다. 세계는 존재하는 모든 가능성들의 집합이다. 그러므로 우리의 세계는 최대의 것, 극한의 것, 무한의 것이다. 오늘도 시인(들)의 무한 울림이 시단에 울려 퍼지고 있다.

'나누기'와 동시대인 되기라는, 하나의 과업
이소호론

 강이 보인다. 높은 곳에서 낮은 데로 흐르는 불가역의 물결. 유장하게 휘어지고 반짝이고 펼쳐지는 물살들. 수면의 운동은 빛과 함께 감성적이다. 그러나 거꾸러지고 뒤집히고 솟구치는 속살들. 수중의 운동은 지형을 따라 혹은 수심을 따라 폭력적이다. 강은 모두를 이롭게 하면서도 무한히 낮아지는 상선上善의 이미지 바로 아래 사랑을 노래하면서 칼날을 휘두르는 비운의 자객을 두고 있다. 한 줄기 강물의 두 가지 운동을 지나야 우리는 바다에 이른다.
 거대한 파란색 물기둥이 솟구쳐 올라 그 정점에서 흰 포말을 만들 때 우리는 그것을 파도라 명명한다. 인생의 축도로 그려지는 윤리적인 바다는 그렇게 한없이 격렬하고 웅장하다. 그러나 루비듐 원자를 170 나노켈빈(절대 0도에서 천만 분의 1.7도 위의 온도)에서 기체 상태로 응축에 이르게 하면 "모든 입자가 가장 낮은 에너지 상태"에 도달한 바다가 된다.[12] 초록의 수많은 잔파도들, 빨갛게 넘실대는 물너울들. 인간의 체취가 제거된 퓌시스^{φύσις}의 바다는 하나이자 여럿이며, 다르면서 같다.

극한의 다양성과 극도의 단순성이 공존하는 바다 앞에서 인간은 의미에의 탐닉을 포기하고 감탄에 빠진다. 너머^{μετά}가 아니라 지금-여기의 퓌시스는 전혀 인간적이지 않다. F=ma(뉴턴)와 E=MC^2(아인슈타인)은 모든 개별성을 하나로 수렴하는 참다운 전체주의를 꿈꾼다. 그러나 이소호는 이런 단순성의 반대편 극한으로 달려가 무한의 '나누기(분할)'를 시도한다. 그녀가 잘게 잘게 나누는 세계의 무한한 '사이들'에 마치 인간의 진실이 있다는 듯이.

만일 이소호의 '나누기'가 강의 이중 운동과 바다의 일의성을 인식한 결과라면 그것은 인간의 감성과 윤리의식을 벗어나 진정한 너머의 전체주의(메타-퓌시스)에 도달한 것인지 모른다. 그것은 페소아가 플라톤과 반플라톤 사이에서 현대철학의 극점에 선 것[13]처럼 개별성의 존재론과 다양성의 심리학 사이에서 현대시의 극한에 서게 된 것인지 모른다.

시가 '말하고 있다'는 생각을 버리기로 했다

처음부터 시는 침묵의 양식이었다. 할 말이 없어서가 아니라, 말할 필요가 없어서가 아니라 너무나 '사적인' 내면을 전달하려는 수천 년 실패의 축적된 형식이기 때문이다. 모나드는 "어떤 것이 드나들 수 있는 창窓을 갖지 않는다."(라이프니츠, 「모나드론」 §7)는 완벽한 개별성을 오해하지 않는다면, 온 세계를 포함하고 그 세계를 표현하는 영혼의 지극히

12　이강영, 『스핀』 계단, 2018, 352~353쪽.
13　알랭 바디우, 『비미학』 이학사, 2010, 87쪽.

'사적인' 관점주의는 인정되어야 한다. 영혼들은 말하지 않고 스스로 표현한다. 어떤 전체주의자도 통제할 수 없는 영혼의 민주주의는 말의 사원(言+寺)을 말할 수 없음의 형식으로 이끈다.

그렇다면 말라르메가 "나는 모든 책을 다 읽었노라."(「바다의 미풍」)고 한 것은 외로운 영혼의 고통스러운 탄식이었으며, 랭보가 "조용하라, 정말 조용하라!"(「지옥의 밤」)고 한 것은 개별자의 처절한 자기 확인이었다. 시란 어떤 웅얼거림인가. 오직 자신을 향해 자신의 표현을 흥얼거리는 독백이거나 관객 없는 연극이거나 블랙 화면이 지속되는 영화였던가. "예-에-에-에-에-에-에-에-에-에!"(페소아, 「해상 송시」)를 넘어서면 이소호의 「하양 위의 하양」(『불온하고 불완전한 편지』, 현대문학, 2021)이 나온다.

이 작품은 다섯 문장으로 구성된 짧은 각주를 빼면 아무런 내용이 없는 진짜 '하양'이다. 두 장의 화면이 펼쳐지자 왼쪽 상단의 제목과 오른쪽 하단 각주 외에는 텅 빈 백지다. "흰 종이 위에 흰 글씨로 쓰였다."고 밝히지 않았더라면(사실 밝히지 않아도) 이것이 무언가 말하고 있다는 생각을 버리기는 쉽지 않았을 터이다. 말할 것이 있음에도 말할 수 없는 상태에 빠진 시인을 집요하게 추적하는 독자 앞에 '하양 위에 하양'으로 썼다는 각주는 '나누기'의 극한으로 다가온다. 한없이 나누어진 의미, 너무 잘게 잘려 하얗게 탈색된 활자들.

제목과 각주 사이 공간의 무한 분할. "쓰였다"는 것이 아무것도 쓰이지 않은 것이 되도록 만드는 '하양'은 결국 아무런 의미도 표상하지 않는 상태에 이르게 한다. 그것은 의미 없음이 아니라 말할 수 없음이다. 그럼으로써 오히려 무한의 의미를 추구하는 '하양'은 따라서 여백이 아니다. 가득함이다. 이소호는 이렇게 적었다. "이 시를 읽고자 한다면, 시인을 만나 들어야 한다." 말하기와 말없음의 대립이 무너져 의미에 도달할 때 존재의 일의성은 시적 형상을 만난다.

이소호의 두 번째 전시 '불온하고 불완전한 편지' 전이 열린 NEW MUSEUM B4 제2전시실 입구에는 "여기, 아주 사적인 그림이 있다. 이야기라면 좋았을 이야기와 함께"라는 작가의 말이 적혀 있다. '사적인' 것을 공개적으로 전시하는 자가당착을 뒤로하고 이렇게 작가 자신의 의욕은 전면화된다. "말할 수 없는 것에 관해서는 침묵해야 한다."[14]고 했지만, 그림 혹은 사진의 의상을 걸치고 시를 전시하는 일은 말할 수 없음이 아니라 다르게 말하기이기 때문이다. 의미의 상실이 아니라 오히려 강화를 위한 적극적인 나누기(분할).

그리하여 나타나는 나누기의 방식들. 기표와 기의의 대립쌍이 아니라 색色으로써 의미를 표상하는 나누기(「내가 가장 두려운 건, 어느 날 블랙이 레드를 삼키는 것이다」). 구문론을 무너뜨리는 수많은 쉼표(,)와 그것으로 인해 분열되는 의미와 재연과 재현의 나누기(「보려다 가려진 감추다 벌어진」). 종이와 글자의 음양을 뒤바꾸는 필름 현상학을 통한 나누기(「그때, 감추어져 있어야만 했던 어떤 것들이 드러나고 말았다」). 공존을 부정하는 어느 여자화장실 사진을 보여 주는 페미니즘적 나누기(「공존 화장실」). 이러한 것들은 모두 말할 수 없으므로 다르게 말하기의 양상이다.

또한 신문 기사의 나열(「누구나의 어제 그리고 오늘 혹은 내일」), 근호(√)를 사용한 '감형'의 나누기(「판의 공식」), 불규칙한 손 글씨 "존경하

---

14 루트비히 비트겐슈타인, 『논리-철학 논고』 책세상, 2017, 117쪽.

분열자의 산책

는 판사님께"로 화면 나누기(제목을 특정할 수 없음), 검은 사각형으로 글자 가리기(『불온하고 불완전한 편지』), 화면 찢기(『1989, 세컨드 리허설 [sékə:nd rrʹhɜːrsl]』), 텍스트 겹치기(『판의 공식』), 기호(✂)의 삽입(『죽음을 위한 습작』), 글자색 점점 흐리게 하기(『중고나라』)와 진하게 하기(『결말을 알 수 없는 이야기의 서막』), 동음 한자 열거하기(『위대한 퇴폐 예술전』), 사진(혹은 그림) 위에 쓴 알아볼 수 없는 글씨들(『통곡의 벽』), 주로 동사로 구성된 단조로운 문장의 서체 변경과 밑줄 긋기(『새천년 건강 체조-Larghissimo』), 프로그래밍 언어를 해체해 교수대 이미지로 도형화하기(『결말의 목전에서 소리 소문 없이 우리는-Prestissimo』) ……

언어의 외연을 확장하려는 듯 각종 변형과 파괴들, 경계를 넘나드는 시각 이미지들의 적극적인 활용과 같은 형태적 요소뿐 아니라 마침내 모든 일상적 의미까지 사라지고 오직 두 개의 점만 남긴 작품(『시간이 찍어 낸 또 하나의 점 하나』)에 이르기까지 이소호의 나누기는 말하기와 말하지 않기의 간극을 무너뜨리며 완벽한 내부성으로 침잠해 들어간다. 말하기의 맥락에서 그녀의 '아주 사적인' 두 번째 전시는 정말 '불온'하기도 하고 '불완전'하기도 하다.

내용의 형식과 내용의 실체가 있는 것처럼 표현의 형식과 표현의 실체가 있다.[15] 내용과 표현의 대립을 무너뜨리고 실체와 형식의 대칭을 파괴하는 이중의 나누기가 있다. 대립과 대칭이 무너진 자리에 탄생하는 다양성을 극한까지 밀어붙인 곳에 너무나 '사적인' 영혼의 개별성이 있다. 그렇다면 때로 불가해한 의미의 파탄도 그다지 슬픈 일은 아니

---

15 질 들뢰즈·펠릭스 가타리, 『천 개의 고원』 92~93쪽.

다. 우리는 누구나 잠깐 동안 홀로서기를 견디는 외로운 존재자[16]들이기 때문이다.

시와 '소통할 수 있다'는 생각을 버리기로 했다

그럼에도 시는 무언가 말하고 있다(고 가정된다). 그 말이 사적일수록 훔쳐보기의 유혹은 강렬해진다. 차라리 방언에 가까운 비밀의 언어일수록 우리는 해석 욕망에서 벗어나기 어렵다. 금기가 있는 곳에 금기는 없고, 비밀이 있는 곳에 비밀은 없다는 패러독스는 유혹의 본성에 가깝다. 그러므로 "해석은 지식인이 예술에 가하는 복수"[17]라는 경고에도 불구하고 시에서 무언가 읽을 수 있다는 생각을 버리기 힘들다.

「시간이 찍어 낸 또 하나의 점 하나」는 소통의 측면에서 개별적 영혼의 완벽한 내부성이다. 화면 중앙에 지름 5mm의 검은 점 하나(●)와 그 우측 윗부분에 작은 점 하나(*)가 '아주 사적인 그림'을 이루고 있다. '시간이 찍어 냈다'는 메시지와 두 점의 형태적 차이 사이에 수많은 해석을 가능케 하는 의미론적 나누기가 이루어졌지만, 그래서 시인과 독자의 내면은 오히려 소통 불능에 가까워진다. 발신자의 '사적' 그림은 수신자의 '자의적' 해석을 유발한다.

그러나 이 작품은 잔글씨로 빽빽한 모두 4페이지에 달하는 각주로 가득하다. "이우환 작가1936~는 말했다."로 시작되는 주석에는 '무지의 캔버스에 하나의 점을 찍는다. 그것이 시작'이라는 화가의 발언과 연이

---

16 에마뉘엘 레비나스, 『시간과 타자』, 문예출판사, 2018, 49~50쪽.
17 수전 손택, 『해석에 반대한다』, 이후, 2002, 25쪽.

분열자의 산책

어 '그리는 것'과 '그려지지 않은 것'의 관계론, '터치'와 '논 터치'의 겨룸과 상호 침투의 간섭 작용에 의해 일어나는 '여백 현상'이야말로 회화를 '열린 것'이 되게 한다는 화론이 인용돼 있다.

화면에 선을 하나 그으면 공간은 둘로 분할된다. 두 개 그으면 세 개로 나눠진다. 세 개는 네 개로, 네 개는 다섯 개로… 분할선의 무한급수는 언제나 공간을 하나 더 열어 준다. 여기서도 나누기는 여백이 아니다. 모두가 당당한 주체의 공간이다. '그리는 것'과 '그려지지 않은 것', '터치'와 '논 터치'의 대립은 무너져 이소호의 창작 방법론으로 전화된다. "여백의 미학을 살리기 위한 적절한 희생"으로 모두 세 번에 걸쳐 시를 지우고 또 지운 끝에 점 하나만 남긴다.

그리고 그 과정을 모두 각주에 담았다. "나는 가지 위의 방망이 …… 파르르 부디 꿈속의 포도당"이라고 '처음 썼던' 긴 시를 "셀로판지 미끄럼틀 올빼미 계절이 지나간다 우물의 두레박"과 같이 열한 개의 삭제선을 동원해 시구들을 오려 낸다. 그러고도 '전시회를 15일 앞둔 촉박한 시점'에 참담한 내부 평가 앞에서 다시 대폭 잘라 낸다. 「선으로부터, 1977」(이우환)처럼 뭉텅이로 잘려 나가는 시행들. 시는 이로써 절반도 남지 않는다. 그러나 "지움이 곧 씀"이다. 시인은 "마감을 단 하루 앞두고" 고민 끝에 "백지 위에 찍은 거대한 점" 하나를 발표하고 말았다.

작품(화면)의 시행이 계속해서 줄어들어 마침내 점 하나(사실은 두 개)가 되는 동안 각주는 그 과정을 모두 담으면서 늘어나고 늘어났다. "담당자의 격렬한 만류에도 불구하고 이소호 시인은 도록에서만이라도 제목도 없이 죽은 이 시를 적어 내길 바랐"고 그렇게 했다. "**누군가는 읽어주길 바라며**"(강조는 인용자). 그러나 희망과는 달리 본문(점)과 각주

(설명)의 역전은 시인의 의도와 독자의 해석 사이를 무한히 나누어 소통 불가능한 것으로 만든다.

난해성이란 결국 해석의 다양성인지 모른다. "시는 묘사도 표현도 아니다. ··· 하나의 작용이다."[18] 시가 드러내는 세계는 처음부터 지시적 의미의 총합이 아니라 떠도는 기표들의 유동이거나 그것들의 배치에 따른 예측하기 힘든 펼침의 운동이다. 이소호의 '아주 사적인 그림'들은 시의 말하기는 침묵(해석)의 다른 표현임을 보여 주고 있다. 그렇다면 이제 해석은 '예술에 가하는 복수'가 아니라 잘게 잘린 의미의 파편들을 영혼의 관점주의에 따라 되접는 운동이 된다.

이처럼 소통에 의문을 제기하는 이소호의 첫 번째 전시는 이미 『캣콜링』(민음사, 2018)에 있었다. 제4부 '경진 현대 미술관Kyoungjin Museum of Modern Art'에 전시된 일곱 편의 작품들. 「조우」(마리나 아브라모비치), 「마망」(루이스 부르주아), 「가장 격동의 노래」(쉬리 네샤트), 「나나의 기이한 죽음」(니키 드 생팔), 「누워 있는 경진」(실비아 슬레이), 「나를 함께 쓴 남자들」(트레이시 에민), 「내 슬픈 전설의 29페이지」(천경자) 등 모두 미술계의 '문제적 개인' 일곱 작가들로부터 영감을 받은 시들이다.

그 가운데 마리나 아브라모비치의 퍼포먼스는 격렬하기로 유명했다. 특히 「Rhythm 0」(1974)는 "자신의 몸으로 경계를 무너뜨린다".[19] 작가의 몸이 곧 사건의 지평이 되는 이 퍼포먼스에서 그녀는 불과 세 시간 만에 망가졌다. 관객에게 허용된 일흔두 가지 도구(털, 꽃, 향수, 와인, 칼, 가위, 권총 등)는 그녀의 옷을 자르고, 살을 베고, 목덜미에 칼집

---

18 알랭 바디우, 같은 책, 61쪽.
19 금은돌, 『금은돌의 예술산책』 청색종이, 2020, 120쪽.

을 내고, 피를 빨아먹게 만들었다. 작가와 관객의 소통이 아니라 익명의 대상과 상대한 이들의 폭력은 불통의 결과였다. 그렇게 경계는 무너졌다.

「조우」는 "1분 동안 낯선 사람과 마주 앉아 아무 말 없이 눈을 마주치는" 마리나의 퍼포먼스를 바탕으로 했다. 작품에서 "말은 고삐가 풀리자마자 개새끼"가 되고, "나는 시흥동의 골방에서 개새끼와 몸을 부둥켜안았다". '오빠'와 '나(경진)'는 "재즈를 들으며 만리장성을 쌓"지만 둘의 소통은 죽음 혹은 '돌아갈 수 있는' 마지막 기회를 찾는 불통에 가깝다. 이들 시적 주체 사이의 불통은 시와 독자 사이의 간격도 한없이 벌려 놓는다. 「가장 사적이고 보편적인 경진이의 탄생」과 마찬가지로 영혼의 위대한 개별성들이 넘실대는 다양성의 바다에 잔물결이 인다.

또한 나누기의 양상들. 모두를 사랑한 아빠와 가족만을 사랑한 엄마의 나누기(「마망」), 남편과 경진의 나누기(「가장 격동의 노래」), 아빠의 성폭행과 딸의 엉덩이 사이의 나누기(「나나의 기이한 죽음」), 경진들(애인과 나)의 나누기(「누워 있는 경진」, 「나를 함께 쓴 남자들」), '나'와 '틈'의 나누기(「내 슬픈 전설의 29페이지」). 이소호의 나누기는 그렇게 온갖 대칭과 대립을 분해하면서 수없이 기괴한 사이들을 생성한다. 여기서도 분할의 무한급수는 사이를 하나 더 만들어 낸다.

시에게 '물을 수 있다'는 생각을 버리기로 했다

이소호의 첫 시집 『캣콜링』의 주인공 '소호'는 비타협적이고 공격적이지만 분열된 주체가 아니며, 폭로와 고발을 일삼지만 비이성적이거나 무반성적 주체가 아니다. 오히려 그녀는 상식적이고 보편적인 가치의 붕괴에 분노하고 절망한 평범한 루저 혹은 히키코모리에 가깝다. 아빠의 머리를 '두꺼비집에 넣고 재우는' 소호(『경진이네-두꺼비집』)와 엄마의 '다리 사이에 사정을' 하는 소호(『경진이네-거미집』)와 동생의 '팔목을 대신 그어주는' 소호(『동거』)는 그 강렬한 행위에 부합하는 반성적 인간이다.

표면적인 자극성과 폭력성의 뿌리는 도착적 파괴 본능이기보다 보편적 윤리의식에 가깝다. 아빠답지 않은 아빠와 엄마답지 않은 엄마를 극한까지 몰고 간 데 폭력성이 있으며, 동생 같지 않은 동생과 애인 같지 않은 애인을 노골적으로 표현한 데 자극성이 있다. '없음'이란 결국 "우리가 찾고 있는 것, 우리가 원하는 것, 우리가 기대하는 것이 없음"[20]을 가리킬 뿐이라면, 표현된 양상이란 '잃어버린 것, 찾아야 할 것, 세워야 할 것'을 표상한다.

결국 『캣콜링』의 문제의식은 분열된 자아의 병적 심리가 아니며, 유미주의자의 탐닉도 표현주의자의 속 빈 언어감각도 아니다. 그것은 다정한 아빠와 자상한 엄마, 따뜻한 동생과 함께 '남향' 집에 살며(『다음 생은 부디 남향』), 자신에게 최선을 다하는 애인과 사랑하며 살아가는 삶의 붕괴를 가차 없이 표현하는 리얼리즘적 발성법을 떠올리게 한다. 그러나 이소호에게는 전형성과 총체성이라는 대자적 세계 아래로 내려가는 '가장 사적이면서도 보편적인' 다수성(나누기)의 세계가 있다.

이소호의 '경진이들'은 허상이 아니지만 그렇다고 실상도 아니다. 그

---

20 앙리 베르그송, 『사유와 운동』 문예출판사, 1993, 118쪽.

들은 인칭적 존재들이다. '경진이'는 매우 구체적인 행동과 언어를 가진 고유한 존재(1인칭)이지만, '경진이들'은 일정한 의미의 층위 사이에서 진동하는 보편적 존재(3인칭)이다. "지는얼마나깨끗하다고유난이야못생긴주제에기어서라도집에갔어야지"(「가장 사적이고 보편적인 경진이의 탄생」)라는 경진이의 탄생은 일차적으로 경진이를 표상한다. 하지만 '못생긴 주제에 집에 들어가지 않은' 누구라도 시적 화자의 진술에 부합하는 존재들이다. 경진이들은 고유명사와 보통명사 사이에서 진동한다.

인칭적 존재의 탄생은 매우 적극적인 작의의 소산이다. 『캣콜링』에서 경진이들이 보여 주는 상황 혹은 경진이들을 마주한 이소호의 표현욕은 단박에 서정시의 경계를 넘어선다. 폭력과 파괴에 반응하는 매우 적극적이지만 동시에 방어적인 태도가 인칭적 주체로서의 경진이들을 창조하게 했다. 경진이들은 시집의 다섯 개 부部 가운데 무려 네 곳에 등장하며, 제목이나 부제목에도 모두 아홉 차례 등장한다.

실제로 「나를 함께 쓴 남자들」에서는 다수가 아니면서 다수로의 나누기가 시도됐다. 이 시는 "작가 이경진이 민경진 군과 연애할 당시 실제로 받았던 편지 한 편"을 의미 맥락에 따라 분절시켜 반복 '전시'한 작품이다. 첫 번째 'to. 경진'부터 다섯 번째 'to. 경진'까지 한 통의 편지가 반복되었다. 이는 편지의 형식적 다수화이다. 모든 반복에서 공통된 지문은 "요즘 나 때문에 많이 힘들지 알아"이며, 이것은 '힘들다'라는 의미의 다수화이다. 또한 수신자 'to. 경진'만 아니라 발신자 '경진이가' 도 다섯 번 반복되었다. 따라서 '경진'은 모두 열 번 문자화되었다. 이 작품은 편지 한 통의 다수화이자 경진이의 다수화를 통해 이별의 위기에 직면한 연인들의 '힘듦'을 실감 나게 표현한 작품이다.

그런데 역전이 일어난다. 마지막 다섯 번째 반복에서 'to. 경진'은 성별을 특정할 수 없다. 여기서 'to. 경진'은 남성(민경진)이어도 무방하다. 성性의 역전이자 다수화가 일어난다. 앞선 네 번의 반복에서 'to. 경진'은 여성(이경진)이었다. 그것은 반복되는 문구 "요즘 나 때문에 많이 힘들지 알아"에 이어 "내가 전에 만난 여자 때문이야"라는 표현이 배치됨으로써 명백하다. 이처럼 '경진이'가 성의 대자적 경계를 넘어서는 지점에서 편지는 시로 전화된다. 이때 '경진이'는 양적 차원을 넘어 진정한 인칭적 다수화에 도달한다.

두 번째 시집 『불온하고 불완전한 편지』에도 소호(「소호의 호소」)와 경진이(「경진이를 묘사한 경진이를 쓰는 경진」)는 등장한다. '소호'는 휴대전화의 문자 자동완성 기능을 사용해 완성된 작품으로 '테크놀로지 시대의 다다이즘 시 쓰기'에 대해 '호소'한다. '경진이'는 '살아 있는 오브제'인 이경진 작가의 부고로 시작해 마지막에는 "모든 죽음을 일상"으로 만드는 불규칙한 점선 혹은 무의미한 모스 부호('이경진'의 알아볼 수 없는 언어로 쓰인 유언)로 끝난다.

「소호의 호소」의 각주에 따르면 이 시가 자동완성 기능으로 '만들어졌음'을 증명하기 위해 유튜브에 '소호의 호소 초고(https://youtu.be/Brxb57a7u3g)'를 업로드해 뒀다. 실제 영상은 06′59″ 동안 그 과정을 보여 준다. 자동으로 완성된 시에 선택된 단어들은 서로 구문론적 합리성을 잃고 표류하고 미끄러진다. 따라서 '선택 행위'와 '선택 결과'는 한 편의 시에 요구되는 의미의 체계를 상실한 채 오직 '자동완성'을 택한 의도만 부각된다.

그러나 '선택'된 단어들(시구) 자체의 의미까지 무화되지는 않는다.

가령 "이소호입니다"의 의미는 완전하고, 그다음 "한 번 더 생각하고 행동하여야 할 것이다"의 뜻도 정확하다. 마지막 "내 책 나오면 말해 주지"까지 결국 자동완성(선택)은 의미의 해체 혹은 나누기에 해당한다. 그렇다면 '소호의 호소'는 다다이즘 기법에 대한 찬양에 있다기보다 낱낱이 분열된 의미의 파탄을 옹호하는 데 있음을 말해 준다. 인칭적 다수화가 나누기의 무한급수로 이어진 셈이다.

「경진이를 묘사한 경진이를 쓰는 경진」에서 "· · · · ——(모스 부호로는 H, M)"로 끝나는 세 번째 시편 13행을 번역하면 뜻밖에도 "나는 행성/충돌로 태어나/이리 치이고 저리 치이다/빛으로 사라질 어둠"이라고 한다. 우선 원문과 번역문의 분량 차이가 너무 크고, 모스 부호를 적용할 때 F, E, F, D, F(· ·—· · ·· —· —·· · ·—·)로 치환되는 첫 행부터 모든 시행의 의미가 불명하다. "알아볼 수 없는 언어"로 쓰인 유언이 번역된 것이다. 결국 점과 선들은 의도적으로 의미를 거부한 결과(무의미)이다. 유언은 '의미'로 이해되는 게 아니라 '마지막'이라는 순서가 절대시되는 형식이다.

하지만 시인은 각주에서 "여기 한 사람의 세 가지 죽음이 있다."면서 '사실(신문의 부고 기사)'과 '서사(나의 진술과 그와의 대화)'와 '언어(점과 선들)'로 죽음을 기록했다고 밝혔다. 고흐가 그랬듯 "살아서는 아무것도 이룰 수 없다는 것을" 알았던 이경진 작가의 사후 5주기를 맞아 그의 "대리인 자격으로 활동 중인 이소호 시인의 신작 시 지면을 통해 빛을 보게 되었다."고도 했다. 그렇다면 죽음을 전한 세 가지 방식은 죽음의 세 양상으로 나뉘고, 그것을 기록한 대리인이 있다는 점에서 죽음과 삶의 경계도 사라진다는 것을 시사한다. 이경진과 이소호는 인칭적 다수화의 또 다른 양상이다.

『캣콜링』에서 이소호는 '경진이'만 복수화한 게 아니라 '경진이네'까지 다수화했다. '경진이'가 고유명사에서 인칭적 주체로 탄생하는 동안 '경진이네'도 특수성에서 보편성의 층위로 나아갔다. 『불온하고 불완전한 편지』에서 진행된 극한의 나누기와 의미의 분할들은 개별성과 다양성을 종합하는 '사이들'을 낳았다. 그러므로 이제 우리는 시에게 무언가 '물을 수 있다'는 생각을 버려야 한다. 시는 이미 모든 것을 '보여 주고' 있다.

시를 '버릴 수 있다'는 생각을 버리기로 했다

마침내 이소호는 "시에 침묵을 주입하고, 시어의 마술성을 복위시킴으로써 해석의 난폭한 통제에서 탈출"[21]한 것일까. 그에 대해 확신하기는 아직 이르지만 그녀의 과격한 실험이 어떤 지향을 보여 주고 있음은 분명하다. 일견 시 양식에의 질문으로 보이는 형식 파괴와 그로 인한 의미의 분열(나누기)은 시의 말하기, 시와 소통하기, 시에게 묻기를 불가능하게 만든다.

그러나 그녀는 어쩌면 양식들 사이inter-genre에서 시의 출구를 찾고자 한 것인지 모른다. 시의 말하기와 말하지 않기의 간극을 무너뜨린 완벽한 내부성, 잘게 잘린 의미의 파편들을 영혼의 관점주의에 따라 되접기로 만드는 시와 소통하기, 개별성과 다양성 사이를 모두 보여줌으로써

---

21 수전 손택, 같은 책, 29쪽.

분열자의 산책

묻기를 불가능하게 만드는 시. 이제 시는 지시체들의 집합이 아니라 사이들 사이에 있게 된다.

시는 철학이 아니며 그것일 필요도 없지만, 만일 시에서 너머의 사유를 찾고자 한다면 대립과 대칭을 무너뜨리는 사이들의 대합창을 들을 수 있어야 한다. 침묵이 선언이 되고 마술이 현실이 되는, 모든 금기와 비밀이 사라지는 곳에 새로운 금기와 비밀이 수립되는. 그리하여 시인은 사라지고 시가 스스로 작용하는 '세계의 현전'을 사유하기. 사이를 사유하기.

페소아는 분할의 수사학 혹은 나누기의 수비학을 극한까지 밀어붙인 시인이다. 캄푸스와 카에이루와 헤이스와 페소아와 70개를 웃도는 이명異名들, 페소아를 페소아로 부를 수 있는 필연성을 부정하는 순간, 모든 나누기를 긍정하는 너머의 철학이 성립된다. 그가 "나는 항구 입구를 바라보고, **무한**을 바라본다"(페소아, 「해상 송시」)라고 표현할 때 '나누기'와 동시대인 되기라는, 하나의 과업은 달성된다.

"시의 강한 일관성 안에서 거의 아무 단어가 아무 의미라도 가질 수 있게 된다면, 그로부터 어떻게 '이념'에 도달할 수 있을 것인가?"[22] '이념'에 대립되는 것은 '아무 의미'가 아니다. 오히려 '모든' 의미는 '하나의' 이념에 대립한다. 의미들은 서로 대립하지 않고 의미의 연쇄 속에서 새로운 의미가 형성된다. 거기에서 플라톤주의는 설 자리를 잃는다. 우리는 왜 '이념'을 부정하는가라는 물음은 참다운 '전체'주의는 왜 무한한 '사이들'과 함께 있는가라는 질문으로 바꾸어야 한다.

---

22 알랭 바디우, 같은 책, 79쪽.

"이론물리학자들의 두뇌 속에서 아이디어가 발전하는 과정을 한 걸음 한 걸음 따라가는 것"(반 데어 베르덴)을 물리학 교실의 역사적 방법이라고 한다면, 이소호의 머릿속에서 시적 착상이 전개되는 과정을 하나씩 추적해 보는 것은 시학 교실의 분석적 방법이라고 할 수 있다. 이강영이 『스핀』에서 '정말 보이고 싶었던 것'은 수없이 명멸해 간 데이터가 아니라 '물리학 연구의 기쁨과 아름다움'이었던 것처럼 '나누기'와 동시대인 되기를 통해 찾고자 한 것은 '우리 시의 기쁨과 아름다움'이었다.

세계는 ?+?=? 혹은 ∞이다. 이것은 불가지론이 아니다. 날마다 다른 나를 발견하고 시시각각 변화하는 내면의 진실에 부합하는 인간사의 경험칙이다. 나누기, 이것은 일시적 현상이 아니라 시의 역사와 함께 영원히 반복될 운명이다. "나는 항상 옳다라고 말하는 사람과 나는 항상 잘못한다라고 생각하는 사람. 앞의 사람은 투사고 뒤의 사람은 종교인·예술인이다."[23] 그렇다면 이소호는 투사를 가장한 종교인이다. 여기에 이소호의 시적 비의와 위의威儀가 동시에 있다.

---

23 김현, 『행복한 책읽기』, 문학과지성사, 1993, 168쪽.

신神은 아무것도 금하지 않았다

김희준론

밤하늘을 본다. 달이 보이지 않아도 된다. 별이 보이지 않아도 좋다. 우리는 칠흑같이 캄캄한 밤에도 그곳에 무엇이 있음을 안다. 맑아도 흐려도 비가 와도 언제나 그곳에는 무엇이 있다. 아무리 높고 멀어도 하늘에는 우리가 찾는 것, 우리에게 있어야 할 것, 혹은 우리가 떠나 온 아득한 고향이 있다.

하늘은 우리의 원인, 밤하늘은 미적 대상이기보다 우선 정신적 귀의처이다. 우리는 하늘에서 보이지 않는 것을 보고, 들리지 않는 것을 듣는다. 그곳은 이곳이 아니며, 이곳에 없는 것은 그곳에 있다. 우리에게 없는 것, 결코 없어서는 안 될 것이 바로 그곳에 있으므로 우리는 언제나 밤하늘을 우러른다.

"이 말은 누가 난 줄도 모르고/밤이면 먼데 달을 보며 잔다".(정지용, 「말 1」) 말에게 하늘은 그리운 어미가 있는 곳, '우러르는 마음'에게도 그곳은 근원적 결핍과 상실을 채워 줄 기원이 있는 곳이다. 우리는 어릴 때 천상의 어느 궁전에 살다 졸지에 무슨 죄를 짓고 이 험한 세상 나락에 떨어졌다고 믿은 적이 있다. 존재의 근원(하늘)과 불구의 터전(땅) 사이에서 그 불일치를 숙명으로 느낄 때마다 우리는 보이지 않는 궁전을 보았고, 들리지 않는 화음을 들었다.

우러르는 마음은 귀의처로서의 기원(원인)을 찾는다. 그것은 지금 이곳이 아니라 과거의 그곳을 미래의 이곳으로 만들고자 하는 태도이다. 결핍과 상실 속에서 우리는 영원히 "미래를 품고 있는 현재 안에 과거를 놓는"[24] 존재일 수밖에 없다. 그러므로 우러르는 마음이 인간의 신앙이라면, 기원은 구원을 열망하는 존재자들의 기도 대상에 가깝다.

과거보다 미래를 향해 자신을 걸어야 할 청년 김희준 시인이 유난히 기원을 열망하고 탐색하고 비판하고 공격한 이유는 의아하다. 그녀의 현재(현실)에 모종의 결핍과 상실이 있음은 쉽게 추정할 수 있지만, 다른 이들을 압도하는 갈망의 강도와 탐색의 지속성, 분노에 찬 발언들과 공격성과 활발한 변주들은 그 현재를 매우 특별하게 보이게 한다. 김희준 시인의 '기원 찾기'는 상식적 추론을 넘어서는 무엇을 향하고 있다.

그녀의 현재는 양적인 게 아니라 질적이다. 외부적인 것이 아니라 내부적이다. 청년기적 저항이 아니라 명시적인 시적 추구에 해당한다. 현재 안에 과거를 놓아 미래를 구축하려는 일관된 도정은 『언니의 나라에선 누구도 시들지 않기 때문』의 미적 특성과 본질을 구성하고 있다. 첫 시집이 마지막 시집이 된 지난여름의 우발적 사건에 대해 가치론적 논평을 할 수는 없지만, 한 청년의 집요한 '찾기'가 강제로 차단되었다

---

24 질 들뢰즈, 『주름, 라이프니츠와 바로크』, 2004, 145쪽.

분열자의 산책

는 점에서 불행한 일임은 분명하다.

그렇지만 그녀는 이미 자신의 기원을 찾는 일관된 질문 속에 세상(세계)의 뿌리를 비판적으로 탐색하는 도전적 시편들로써 한국 시단의 한 특이점을 제시했다. 머리카락에 헤어 롤을 매달고 거침없이 대로를 활보하는 소녀처럼 직설적 어법과 발상으로 자기 세대의 발언법을 확장시켜 냈다. 불구의 터전에 머문 시간은 비록 짧았지만, 표면적 과격성을 뛰어넘는 근원에의 탐색은 시단의 진지하고 성실한 주목을 요청하고 있다.

'생경한 얼굴'-탄생

시인의 탄생은 언제나 특별한 사건을 함축한다. 다른 모든 탄생과 마찬가지로 '흰 뱀'이 환생을 꾀하고 '거북이'가 백사장 가득 알을 낳는 사건, 혹은 "수천의 새끼가 알에서 부화하는" 사건(『태몽집』).

그렇다. 천장까지 자라는 '황금 나무'가 있고, 유리 어항 속에는 '금붕어'가 숨을 쉬는, 벌어진 곡선에서 튀어나오는 '잉어'와 젊은 피를 수혈받은 '실험 쥐'들이 벌이는 사건들. 식물과 동물과 생물과 무생물이 우글거리는 모든 꿈의 끝에 "온몸에 털이 가득 나 있던 어머니의 첫울음"이 있다. 그리고 그다음에 김희준 시인이 있다.

"껴안을 수 없는 것으로 가득"하고, 금간 것이 '어항'인지 '침실'인지 구별할 수 없는, "지천명에 다다를 동안 품은 혁명 하나 없"는 어머니의 세상이지만 탄생은 언제나 특별한 사건이다. 어머니는 시인의 원인, 모든 어머니는 또한 인간의 원인이다. 시인은 하늘의 언어를 지상에 전달하는 자이거나 적어도 현재(현실) 존재하지 않는 의미를 언어화하는 사람이다. 그러므로 '태몽'을 전달하는 시인의 탄생은 자신에게도 어머니에게도 그 누구에게도 특별하다.

… 몰래 배가 부풀기를 기다렸던 것 같아 내 몸에 쌓이는 게 모래나
바다라면 잠든 네 발로 내 속을 파이게 만들었을 텐데 그랬다면 죽어
도 울지 않는 태생 같은 건 몰랐을 텐데 …

-「생경한 얼굴」부분

기원은 결코 외부에 있지 않다. 세상의 모든 어머니들과 함께 "어떤 내재적 원인causa intrinseca의 모든 결과"는 또한 그것의 원인이 되는 "또 다른 내재적 원인을 갖는다."[25] 어머니로 하여 탄생의 내부성은 자연 법칙이다. 그런 점에서 김희준 시인의 '기원 찾기'는 태생에 대한 질문이다("이 태생을 묻습니다", 「아르케의 잠」). 그러나 질문의 대상과 방법이 꿈(「에덴의 호접몽」 등)과 신화(「요르문간드의 띠」 등)와 우주(「소행성09A87E의 행방」 등)를 향해 열릴 때 내부와 외부의 구분은 무화되고(절대적 내부성), 기원의 외연은 무한으로 확장된다.

나아가 "당신은 뭘 했지"라고 한다거나 "태양을 죽이고 당신을 묻으러 가겠어"(「왼쪽으로 가는 므두셀라의 방주, 포도나무 둥지에 숨겨진 노아의 사육제」)라고 말할 때 기원은 수직적 초월자에게로 향한다. 거기서 '므두셀라의 예언'은 갇혀 버리고, '노아의 피'는 당신의 삼킴을 당하지만

---

25 요하네스 둔스 스코투스, 『제일원리론』(박우석 옮김), 누멘, 2018, 32쪽.

52   분열자의 산책

"파멸로부터 벗어난 카니발이 둥지에 숨어 있다"는 것을 확인한다. 므두셀라는 노아의 할아버지로 물의 심판 이전의 인물이며 방주에 탄 사람이 아니지만, 고통을 잊고자 하는 심리 기제(므두셀라 증후군)의 표제어이다.

969살까지 살다 간 므두셀라나 950년을 산 노아와 같이 창세기의 인물들은 그 끝에 창조주를 상정하게 하고, 파멸과 몰락과 심판의 계시에도 불구하고 무한한 생명의 근거가 되고 있다. 그러므로 제일원리로서 수직의 신은 외부에 있지만 아무것도 금하지 않았다. '버석버석한 섹스'든 '시소'든 "입안에서 알이 터질 때마다 응앙응앙 소리가"(「생경한 얼굴」) 들리도록 세상을 만들었을 뿐이다. 어떠한 경우에도 탄생은 끊어지지 않았다.

김희준 시인의 '기원 찾기'는 여기서 구원을 향한 탐색으로 전화되는 것으로 보인다. 이는 보이는 것이 아니라 말씀을 믿으라("보이는 것을 희망하는 것은 희망이 아닙니다.", 로마서 8:24)고 하는 신앙에 대하여 오랫동안 질문을 던진 그리스도교인들의 내면과 닮았다. 초기 그리스도교인들이 "누가 있어 당신을 모르면서 부르오리까?"[26]라며 믿음의 근거를 갈구했듯이, 시인은 지금 결핍과 상실의 기원 그 끝에서 대면하게 될 최초를 사유하고 있다. 그것은 죽음이 아니라 탄생이며, 심판이 아니라 구원이다.

내 어미는 누굽니까 번식하지 않았는데 어떻게 존재합니까 나는 날

---

26 아우구스티누스, 『고백록』(최민순 옮김), 바오로딸, 2015, 30쪽.

개 달린 뱀입니까 찰나에 떨어진 능금 꽃입니까 성서는 오독입니다. …

-「에덴의 호접몽」 부분

두 가지 발상이 번뜩인다. 어머니가 나의 원인이 아닐 수 있다는 생각과 성서는 오독이라는 단정이다. '번식'하지 않은 생명을 상정하는 과격성 곁에 믿음의 체계(성서)는 오독이라 선언하는 공격성이 있다. '태몽'을 비롯해 '꿈'과 '신화'와 '우주'로 이어지는 외연적 확장과 수직적 초월자(신) 사이의 '행복한 합일'이라는 '기원 찾기'에 어떤 균열이 감지된다.

이것은 신앙(믿음)과 이성(인간)의 조화를 열망했던 스콜라 천 년의 질문이 토마스 아퀴나스를 통해 '합일'을 이루었지만, 그것은 너무나 짧았다는 탄식("무슨 일이 일어났다는 말인가?")[27]을 떠올리게 한다. 과학과 철학의 진리가 신학적으로 거짓이 될 수 있고, 그 역도 성립된다는 '이중 진리' 개념이 '합일'을 깨뜨릴 새로운 사유였다면, '에덴'과 '호접몽'의 은유는 '기원 찾기'를 근본적으로 회의하는 발상으로 보인다. 대체 "내 어미는 누굽니까"라는 질문은 유한성을 뼈저리게 자각한 시인이 믿음의 근거를 묻는 본능적 질문에 가깝다.

그러나 김희준 시인은 해체주의자가 아니며("나는 정말 해체주의자가 아니다", 「시집」), 회의주의자도 아니다. 또한 자기 탄생의 원인을 찾아가는 '기원 찾기'는 "내가 나를 삼킬 때 아내는 환생"한다고 하거나 "번식하지 않은 나는 여전히 존재합니까"라고 질문할 때 다시 '생경한 얼굴'

---

27 요셉 피퍼, 『중세 스콜라 철학』(김진태 옮김), 가톨릭대학교출판부, 2003, 190쪽.

분열자의 산책

로 조우한다. 그래서 '기원 찾기'는 둥그런 숲의 이미지에 도달한다. 그것은 끊어지지 않은 원호이거나 영원 회귀이다.

「에덴의 호접몽」은 나의 꿈과 나비의 꿈을 구별할 수 없고, '전생'과 '현생'과 '후생'이 뒤섞이며, 식물과 동물("식물인간이거나 코마 상태라거나")이 혼재하는 '닫힌 에덴'의 상징을 통해 오히려 '열린 에덴'으로서의 기원, 즉 구원을 향한 열망을 함축한 시편이라고 할 수 있다. 그것은 대립과 대자와 대칭의 세계가 아닌 혼종과 혼합과 '생경한 얼굴'을 긍정하는 세계이다. 기원을 찾는 마음은 논리적이지 않고 윤리적이다. 그 방법론은 은유법과 상징법이다.

은유와 상징으로써 자신의 기원을 추론하는 윤리주의자는 지금-여기가 아니라 다른 곳에 이상적 세계를 둔다. "빚어낸 불씨와 몇 장의 난세는 인간으로 태어나고 있었다"(「인류도감」)라든지 "인류에게 새로운 진화와 종교가 생겨났다"(「새벽에 관한 몽상」), 혹은 "올리브 동산에서 만나자"(「환상통을 앓는 행성과 자발적으로 태어나는 다이달로스의 아이들」)는 발언들은 '바깥의 영원한 신'을 향해 던지는 구원의 메시지이다.

부분들의 낯선 '만남'

신은 아담의 원인이지만 죄인 아담의 원인은 아니다. 신은 수많은 '가능한 아담들(우리들)'을 창조하였을 뿐이다. 물론 죄인 아담은 죄 없는 아담과 공존할 수 없지만, 죄는 부분과 부분들의 관계(계열)일 따름이다. 아담의 어떤 부분이 죄로 성립될 수 있는 다른 부분을 만날 때, 가령 아담의 입이 '선과 악을 알게 하는 나무'의 열매를 만났을 때 죄는 현실화된다. 그것은 인과율이 아니라 관계론이다. 죄는 그것 자체로 존재하지 않는다. 신이 만든 세계에는 부분들의 무한한 낯선 만남이 있다.

신은 아무것도 금하지 않는다. 모든 만남은 낯설지만 또한 모두 긍정된다. 거기에는 도덕도 윤리도 없다. 선-악도 없다. 오직 관계 속에 배치되고 재배치되는 사건(의미)의 논리가 있다. 한 사건의 계열은 언제나 '기표의 역할'을 하며, 다른 한 계열은 '기의의 역할'을 한다. 부분들의 만남이 낯선 것은 기표와 기의의 분절과 역전이 있기 때문이다. 이것은 관점주의이다. "우리가 관점을 바꾸면 이들의 역할도 뒤바뀐다."[28]

불행하게도 우리는 절대적 죄악을 상정할 수 없는 세계에 살고 있다. 어떤 사건에 대해 손쉽게 절대적 죄악으로 규정할 수 없고, 단죄할 수 없다는 데 우리의 현실적 고통이 있다. 대립과 대칭과 대자적 체계의 근원에 상대주의적 죄악이 있다. "한 사람의 갓난아기를 희생시켜/한 사람의 병사를 죽였다."(혼다 히사시, 「증언」) 시시각각 전개되는 죽임과 죽음의 고통 속에 살아가는 우리는 역시 유한자일 수밖에 없다.

부분들의 만남은 도덕과 윤리를 벗어나 있지만, 죄악의 상대주의는 그것을 분할하고 구별하고 차별한다. 그러므로 "첫 키스는 열 살, … 그게 아니라면 알코올중독자 친구 아버지 무릎에서였나"(「방황하는 마틸다」)라는 절박한 고백 앞에서 상대주의를 내세우기란 쉽지 않다. 그러나 만남의 몰가치성과 비인칭적 성격을 배격할 수 있는 것도 아니다. 그것은 부분들의 우발적 만남을 절대적으로 긍정함으로써 세계의 무한성을 극한까지 밀어붙이는 사유를 포기할 수 없기 때문이다.

---

28 질 들뢰즈, 『의미의 논리』(이정우 옮김), 한길사, 2015, 101쪽.

분열자의 산책

만남은 무한하다. 그것은 언제나 새롭고 경이롭고 자극적이다. 그래서 우리는 만남 자체에 중독된다. 내가 너를 사랑하는 것은 중독의 능동형과 피동형의 관계이다. 우리는 관계에 따라 중독되기도 하고 중독시키기도 한다. 만남 혹은 관계의 비율rapport에 기쁨과 슬픔이 있다. 나의 만남을 강화하는 관계(기쁨)와 해체하는 관계(슬픔), 다시 한번 "악은 존재하지 않으며, (나에게) 나쁜 것이 존재한다".[29]

> 후레자식이 된다 꼬리를 숨긴 채 하수구로 들어가는 아버지, 아늑한 방 한 칸 쥐가 새끼를 까고 야윈 울음이 모서리마다 생겨날 때 습관적으로 긁는다
> 쥐뿔도 없잖아요
>
> ─「습하다」 부분

후레자식과 아버지의 만남 곁에 하수구와 아버지의 만남이 있고, 방 한 칸과 쥐의 만남 아래 야윈 울음과 그것을 듣는 이의 만남이 있다. 단칸방에서 무기력한 아버지와 쥐와 하수구와 습기와 함께 살아가는 어느 가정의 결핍과 상실의 표정이 처절하게 그려져 있다. 모든 만남은 도덕과 윤리 너머에 있지만, 이 가정의 "습습─숨을 내쉴 때마다 길어지는 꼬리, 잘린 부분마다 긁어대는 끔찍한 반복"은 참담하기만 하다.

언제나 가혹한 현실은 지금─여기가 아니라 '너머'를 찾게 한다. 어딘지 알 수 없고 무엇인지 몰라도 그곳은 이곳이 아니기 때문에 좋고, 그

---

29 질 들뢰즈, 『스피노자의 철학』(박기순 옮김), 민음사, 2017, 54쪽.

때는 지금이 아니기 때문에 옳다. 김희준 시인이 "어두운 방에서 서로의 꼬리를 긁어주다"가 "내 꼬리는 언제 잘렸을까"라고 말하는 순간 그녀의 너머는 다시 '기원 찾기'로 나아간다. 비록 "태생이 사족보행이었던" 시절은 행복하지 않았을 수 있지만, 적어도 쥐나 햄스터와 다를 바없는 이 "끔찍한 반복"의 기원은 만날 수 있을 터이다.

그러나 꼬리 없는 아버지는 꼬리가 있는 쥐를 잡아먹고("아버지가 게워내는 쥐"), "햄스터가 제 새끼를 삼"키는 현실 앞에서도 상대주의적 죄악을 상정하지 않은 데 이 작품의 미덕이 있다. 고통의 원인을 적대적 타자에 두지 않고, "우린 병에 걸리기 적당한 성체를 가졌지"라고 말할 때 사건의 관점주의는 빛을 발한다. 만남의 몰가치성을 인정하고, 그것에 윤리적 굴레를 덧씌우지 않음으로써 「습하다」에 등장하는 처절한 불구성은 보편적 공감의 영역으로 들어간다. 우리는 너나없이 결핍과 상실을 겪으며 살아가는 존재들이기 때문이다.

'습하다'와 '습관적이다'를 연결 짓는 감각과 더불어 부분들의 낯선 만남을 보여 주는 언어적 활달함은 신예 시인의 패기에 해당한다. "절름거리는 10월은 눈감고 살기 적당한 계절"이라거나 "팽창된 밤이 우글거린다"는 시구는 감각과 정서가 조화롭게 만난 득의의 표현들이다.

혈흔으로 흥건한 그림을 들고 나왔던 건 매끈한 석고상이었어 토르소 몇 점과 흉상을 던졌다 머리카락을 모두 밀어버렸다 반지하에 팔다리 없는 햇살이 퍼지고 있었다

-「상실의 피그말리온」 부분

'상실'의 양상을 직접적으로 그리고 있는 작품이다. 미술학도인 '나'는 반지하에 살며 붓 값이 없어 머리를 잘라야 하는 가정의 딸이다. 햇살마저 "울퉁불퉁"하고 "팔다리가 없는" 곳에서 '나'는 "배꼽을 그리면서 그 안으로 돌아가고 싶었어"라고 외친다. 조각상과의 사랑(중독)이라는 불가능한 목표를 달성해 딸(파포스)을 낳은 피그말리온과 달리 이 가정의 딸은 만남 자체를 무효화하고 싶어 한다. 그녀가 "다시 들어가게 해줘 엄마"라고 절규할 때 자신들의 만남을 근본적으로 해체하려는 절대주의가 등장하는 듯 보인다.

그러나 팔다리가 없어도 햇살은 반지하에 퍼지고, "거꾸로 돌리는 거야//계절의 안쪽에서 소년은 소년이 된다"(「구름 포비아에 감염된 태양과 잠들지 않는 티볼리 공원, 그러나 하나 빼고 완벽한 목마」)라고 하거나 "달리고 싶으면 넘어지는 법부터 배워야 하는 일"(「8구역」)이라고 말할 때 다시 낯선 만남들은 가능해진다. 김희준 시인의 시적 사유는 대립과 대칭과 대자를 벗어난 곳(반상대주의)에서 "처음부터 다시"(「탁아소의 쌍생하는 낮잠」) 시작된다. 그리하여 자신의 원인인 엄마에게 "기억해? 내 빨간 원피스, 명절 전 장터를 돌아다니며 골라준 그 쨍한 옷 말이야"(「우체통」)라며 만남의 일상성과 보편성으로 귀환한다.

전체와 부분의 '결별'

우리는 한때 저 먼 우주의 어느 별에 살던 왕자이거나 공주거나 천사였다. '슬픈(해체하는 관계)' 결별이 아니라 '기쁜(강화하는 관계)' 만남을 향유하던 우리는 그만 알 수 없는 무슨 죄를 짓고 지상으로 떨어진 존재이다. 우리에게는 결핍 이전에 기원이 있었고, 상실 이전에 풍요가 있었다.

그러므로 "별을 노래하는 마음으로/모든 죽어가는 것을 사랑"(윤동주, 「서시」)하는 정서나, "이렇게 많은 사람 중에서/그 별 하나를 쳐다"(김광섭, 「저녁에」) 보는 심정은 뿌리 깊은 향수鄕愁에 가깝다. '이곳'의 현재를 결핍과 상실로 느끼는 자에게 별은 오래전 떠나온 곳, 다시 돌아가야 할 그리운 '그곳'이다. 바이칼과 아무르가 그 이름으로써 유목민을 따라 이동했듯이, 아득한 별에 이름을 붙이는 것(「소행성09A87E의 행방」)은 모든 실향민의 본능일지 모른다.

무능한 달을 오려낸다 밤하늘을 보는 건 우주를 마주하는 거라던 당신, 단칸방은 이미 열대야 서로가 내미는 머리를 부숴버리고 싶은 건 아버지가 개같아서야 그보다 못한 내가 귀를 만져주기로 한 날 아무래도 천장이 뚫렸으면 해

-「소행성09A87E의 행방」부분

천상의 왕자나 공주와 달리 지상에서 내가 속한 '우리 집'은 이처럼 붕괴 직전이다. 아버지는 개 같고, '이웃'들은 "수군거"린다. 가구마다 "빨간딱지"가 붙었고, "차압된 냉장고가 밤새 울"어 댄다. 잘 때는 모로 누워야만 한다("잘 때만 가벼워지는 몸을 모서리라 부르자"). 심지어 달도 "쓰레기봉투에 묶여 새벽을 기다"려야 한다. "우리집을 아니?" 고통의 표징에 끝이 없다. 하늘마저 "뻥 뚫린" 이런 때 '빛나는 별'이란 "퇴폐와 순수를 오가는 이율배반적 행위"일 뿐이다.

"샛길에 떨어진 달"처럼 우리 앞에 놓인 현실이 이렇게 혹독하다면 아예 죽거나 떠나야 한다. 죽음은 전체와 부분의 영원한 결별, 떠남은 한시적 분리다. 우리는 종종 죽어야 할지 떠나야 할지 결정하고 실행한 사건들을 접하곤 한다. 또한 결별과 분리(만남의 해체 혹은 다른 만남) 사이의 수많은 스펙트럼이 우리 삶의 터전임을 잘 알고 있다. 그러므로 김희준 시인의 '기원 찾기'는 역시 '구원'의 지향일 수밖에 없다. 그녀가 자신의 등단 문예지에 1년 동안 「행성표류기」를 연재한 사실은 그 지향의 강도를 보여 주는 것이기도 하다.

'이곳'의 우리에게 벌어지는 몰가치하고 무한한 사건들, 무도덕하고 무윤리적인 사건들 속에 결별("물에서 건져낸 사체", 「기호학자의 하루」)이 있고, 분리("식물인간이라거나 코마 상태라거나", 「에덴의 호접몽」)가 있다. 사건은 때로는 "현실적 존재의 결합체"라는 의미로, 때로는 "보편자에 의해 객체화된 것으로서의 결합체"(화이트헤드, 『과정과 실재』)라는 뜻으로도 쓰일 수 있지만, 전체와 부분의 결별과 분리는 분명 사건이다. 사건으로서 결별과 분리는 다른 것들과의 결합에 다름 아니다. 그것은 사라짐(무)이 아니다.

우울은 지구로부터 나를 당기는 일 엎드리고 싶은 날엔 천장을 오래
보았다 우주를 안느라 저려오는 팔 그 팔을 베고 잠든 어지러운 누나
-「로라반정 0.5mg」 부분

'우울'이란 지구의 '중력'이다. '이곳'에 붙잡혀 있으므로 누나는 우울증을 앓는다. 로라반정이 중력을 이겨낼 수 있다면, 아마 누나는 '저곳'

에 올라 "전갈자리 국경선에서 거래"를 하거나 발음하기 좋도록 "별자리 위치를 바꿨"을 것이다. 그러나 누나는 "겨울에도 반팔만 입"고, "알약 봉지"가 없으면 잠을 자지 못한다. 천상의 기억과 중력의 현실 사이에서 누나는 "균형을 잃"고 그만 병들어 버렸다.

그렇다면 우울증은 분리 욕망이다. 현재의 만남을 분리해 다른 만남을 지향하는 데 우울증의 본질이 있다. '누나'에게 분리는 "그 팔을 베고" 잠드는 순간이자, "국경을 허무는 순간"이다. 팔이 저리도록 우주를 안는 동생의 '결합(만남)', 욕망과 누나의 '분리(다른 만남)' 욕망 사이에 로라반정 0.5mg을 필요로 하는 혹독한 현실이 있다. 그러므로 이들의 욕망은 다른 것이 아니다. 이들에게 주어진 현재가 다르지 않은 만큼 결합 욕망과 분리 욕망은 등가적이다.

"파충류의 눈알이 둥둥 떠 있는 위성을 헤아리며 잠에 빠진다."(「행성표류기-재생되는 낮과 밤, 아스클레피오스의 백사」, 『시인동네』 2019년 8월호, 166쪽) 혹독한 현실을 벗어나는 방법은 이처럼 차원을 달리하는 것. 김희준은 쉬지 않고 우주를 향해 전파를 쏘아 올렸다. 시와 산문에 걸쳐 일관되게 결별과 분리를 욕망했다. 그만큼 현재의 만남은 해체되어야 하고, 새로운 다른 만남은 절실했다.

전체와 부분의 영원한 결별은 물론 죽음이지만, 그것은 사라짐이 아니다. 죽음은 종말이 아니라 다른 만남이다. "자라면서 자라지 않는 측백나무"와 "내리면서 내리지 않는 비", "죽이면서 죽이지 않"(「평행 세계」)는 개미를 상정하는 시적 사유는 죽음에 대한 일상적인 의미의 역전이다. 죽음을 항구적인 결별로 이해하지 않을 때 "언니의 나라에선 누구도 시들지 않"(「친애하는 언니」)고 "천진하게 떨어지는 아이는 무수한 천체"(「환상통을 앓는 행성과 자발적으로 태어나는 다이달로스의 아이들」)가 될 수 있다.

… 새벽을 넘나드는 녀석은 수많은 어부의 주름 속에서 헤엄쳤습니다.

녀석의 목을 잡고 갔던 길의 끝에서 아버지를 만났습니다. 발인이 시작되는 목요일이었습니다.

-「꿈꾸는 모비딕」 부분

이것이 결별을 사유하는 김희준의 육성이다. "발인이 시작되는" 바로 그날, 모든 꿈을 "빨아 먹힌" 아버지를 만나는 그것. 새로운 만남은 발인發靷과 함께 왔다. "둥둥 떠다니거나 사라지"는 모비딕은 "오직 바다에만 사는 생명체", "포악한 주름을 가진" 그것은 "수많은 어부의 주름 속에서 헤엄"친다. 서로의 주름(미로) 속에서 엇갈리던 만남이 생명의 끝에서 온다는 발상은 의미의 역전을 넘어 생성의 사유라고 할 수 있다.

"죽음이 우리 자신의 내부에 있다고 믿게 만드는 것은 죽음의 필연성"[30]이지만, 그렇다고 해서 파괴나 해체가 우리의 관계(만남) 자체나 본질에 관련된 것은 아니다. 그러므로 내가 아무리 해체 중이었더라도 ("나는 해체되는 중이었다", 「시집」) 태양은 떠올라 창세기는 시작된다("해

---

30 질 들뢰즈, 『스피노자의 철학』 66쪽.

체된 태양이 떠오르는 남쪽에서부터 창세기가 시작되고", 「제페토의 숲」). 그것은 곧 "또 다른 지구가 태어나고 있"(「일랑일랑」)는 것이기도 하다.

죽음이 삶을 낳고, 결별과 분리가 다른 만남을 생성하는 시적 사유는 세계를 사물들의 총체라 말하지 않고 "일어나는 모든 것"[31]이라고 주장한 철학적 논리에 가닿는다. 비록 생성은 우발적이지만 그것은 절대적 긍정의 대상이며, "말할 수 없는 것에 관해서는 침묵해야" 하지만 그것은 사건의 가능성을 부정하는 게 아니다. 김희준 시인에게는 부분들의 낯선 '만남'이 대립과 대칭과 대자의 체계가 아니었듯 '결별'도 그와 같지 않다.

떠다니는 '부분들'

그러므로 아무것도 사라지지 않는다. 단지 대체될 뿐이다. '가짐'이 '없음'을 대체하는 순간, "자아moi의 참된 대립은 비-자아가 아니라 내가 가진 것"[32]이라는 역전. 나의 결핍과 상실은 내게 없는 것이 아니라 이미 내가 가지고 있는 것이라는 생각. '있음'의 참된 대립은 '없음'이 아니라 누군가 '가진 것'이라는 발상은 아무것도 사라지지 않고, 어느 것도 사라질 수 없는 영원회귀의 존재론이다.

그것은 만남과 결별을 모두 긍정하는 대통일의 사유이다. 내게 이미 현실화된 가능성, 실재화된 잠재성은 내 자아의 대립물이다. 나는 내게 현실화된 것(가짐)으로 있지 않고, 가능성과 잠재성의 존재로 있다. 나

---

31 루트비히 비트겐슈타인, 「논리-철학 논고」, 19쪽.
32 가브리엘 타르드, 「모나돌로지와 사회학」, 질 들뢰즈 「주름, 라이프니츠와 바로크」 199쪽에서 재인용.

분열자의 산책

는 있지만, 가진 것으로서가 아니라 대체될 것으로, 즉 돌아올 것으로 있다. 나는 내게 포함된 무한한 술어들을 현실화할 존재이자 사건의 담지체이다. 내게 귀속된 것(가짐)이 아니라 내게서 현실화되지 않은 술어들이 바로 나다.

부분들은 떠다닌다. 그러나 그것은 비행이 아니다. 결별과 분리를 넘어 만남을 향한 우발적인 점멸이다. 그것은 무중력의 체험이며, 미시-거시적 운행이다. "이른 아침에 떠난 파도는 중력이 없"으며, "옆으로 저미는 바람"을 맞은 게가 "기울게 세상을 읽어"(「인디고 비행」) 내는 운동이다. 부분들은 '파란' 아버지의 손과 같고, '바닷물'이 출렁이는 안방과 같고, '바다'를 향해 날아가는 나비와 같다. '인디고'는 떠다닌다. 그것은 '아빠의 크레파스'로는 담아 낼 수 없는 입체적인 '파랑'이다.

… 나는 명절이 지나도 할머니 집에 왜 남아야 하는지 묻지 않았지 …

그렇다면 엄마, 그날 나에게 몇 장의 편지를 쓴 거야? 할머니가 보여 멀리서 가뭇거리는 발짓이 위태로워 어둠은 나보다 먼저 삼킬 것이 많은 듯해 안녕 엄마

—「우체통」 부분

여기서 엄마와 아직 어린 딸은 떨어져 있다. '빨간 원피스'의 주인인 딸은 알 수 없는 이유로 할머니와 살고 있다. 이들의 만남을 가능하게 하는 것은 '빨간 우체통'이며, 둘은 편지로써 연결되어 있다. 엄마는 딸

에게 편지를 쓰고, 딸은 우체통 곁을 떠나지 못한다. 자신의 결과와 자신의 원인이 자신들의 뜻과 상관없이 헤어져야만 할 때 이들의 분리는 슬픔(만남의 해체)을 유발한다.

영민한 딸은 명절이 지나도 왜 할머니와 살아야 하는지 묻지 않았지만, 아침부터 '그림자가 길어지는' 오후까지 '빨간 원피스'를 입고 마을 어귀로 나가 서성거렸다. "벽돌을 이만큼씩 올"려 완성되어 가는 옆집을 볼 때마다 멀리 있는 자신의 무너진 집을 떠올렸을 것이며, 옆집 사람들이 웃고 있을 때마다 "왜 저들은 웃고 있"는지 궁금했을 것이다. 할머니가 찾으러 오는 저녁때까지 우체통 곁을 서성이는 딸의 슬픔이 여실하다.

어린 딸은 보았다. 우체통을 찾는 사람들, "편지봉투에 콩을 넣어 보내는 노인"과 "손자에게 천 원짜리 몇 장 동봉하는 투박한 발신인"과 "수신 없는 감정을 자주 부치러" 오는 담뱃가게 주인을. 또한 딸은 보았다. "그리움의 수만큼 터"지는 콩과 "빨간 원피스를 잡고 엉엉" 우는 사람의 "알 수 없는 갈망"을. 슬픈 딸이 본 또 다른 슬픔의 심상들이 작품 전반에 가득하다.

떠다니는 부분들. 만남이 아니라 분리를 겪고 있는 이들을 연결하는 것은 또 다른 슬픔이다. "들풀거미처럼" 밀려드는 어둠 앞에 선 원피스와 우체통의 빨간색이 선명하다. "하늘이 이 세상을 내일 적에 그가 가장 귀애하고 사랑하는 것들은 모두/가난하고 외롭고 높고 쓸쓸하니 그리고 언제나 넘치는 사랑과 슬픔 속에 살도록 만드신 것"(『흰 바람벽이 있어』)이라는 백석의 색감과 구별되는 붉은색이다. 만남의 열망을 표상하는 색으로 빨강의 이미지는 날카롭다.

사라지는 건 없어

밤으로 스며드는 것들이 짙어가기 때문일 뿐

… 영혼이 자라는 코마의 숲에서 알몸으로 뛰는 오빠는 언제나 입
체적이다. …

-「머메이드 구름을 읽어 내는 방식」 부분

머메이드, 나는 "안데르센의 공간에서 태어난" 반인족이다. 오빠는
'속눈썹'이 가지런한 인간이다. 그는 매일 같은 동화책을 집어 "모서리
가 닳아 꼭 소가 새끼를 핥은 모양"이다. 나는 오빠의 목소리를 외워 그
가 읽은 동화의 내용을 알았고, 그는 "내 머리칼을 혀로 넘겨주었다".
"하반신이 인간"인 나는 "아가미로 숨을 쉬었기에" 키스를 할 수 없다.
하지만 비극은 나의 상반신이 물고기라는 데만 있는 게 아니라, 그가
지금 "코마의 숲에서 알몸으로 뛰"고 있는 현실에서도 온다. 이들의 동
화는 말 그대로 부조화의 세계이다.

이들은 만났지만 만나지 못했다. 이들의 세계에 완전한 만남이란 없
다. 불행히도 나는 오빠의 동화가 백지라는 것을 알게 되었고, "누워서
구름의 생김새"를 생각하면서도 "노을이 하혈하는 것"을 본다. 이들의
동화는 근본적으로 달랐지만("동화가 달랐다"), '머메이드 구름'을 함께
읽어 냄으로써 불가능을 극복해 냈다. 나는 "오빠에게 오빠의 책을 읽
어준다". 그리하여 오빠는 "코마의 숲"일망정 뛰어다닐 수 있고, 그의
영혼은 자랄 수 있는 것이다.

다시 한번, 사라지는 것은 없다("사라지는 건 없어"). 떠다니는 '머메이

드 구름을 읽는 방식'은 서로 다른 동화를 서로 다르게 읽어 내더라도 모두 긍정하는 것일 터이다. 그래서 오빠는 영원한 결별(죽음)이 아니라 '코마의 숲'에 있으며, 내가 "젖은 몸을 말리지 않"는 것은 동화책과 그가 있기 때문이다. 떠다니는 부분들과 부서진 파편들의 불구적 세계에도 사랑은 사라지지 않는다.

사랑은 곳곳에 퍼져 있다. 결핍과 상실 속에서 자신의 기원을 찾는 어느 행성학자의 쉰일곱 편의 작품들은 표면적으로 분노에 찬 발언들과 공격성과 활발한 변주들로 채워져 있지만, 그 강도가 크면 클수록 '이곳'에 대한 사랑은 더욱 깊어진다. 그것은 "우연한 문장과 계산적인 음吾들이 들어찬 내 집의 해설을 쓰고 싶었다"(『시집』)는 바람의 실천을 통해 이룩할 수 있을 터이다. 그러나 불행히도 그러한 소망은 이루어지지 않았다.

김희준 시인은 '기원 찾기'를 '구원에 대한 갈망'으로 치환하면서도 '이곳'과 '그곳'을 분리하지 않는 결합을 이뤄 냄으로써 대립과 대칭, 대자적 체계를 극복해 냈다. 우발적인 만남과 결별과 분리를 모두 긍정함으로써 언제나 "미래를 품고 있는 현재 안에 과거를 놓는" 존재일 수밖에 없는 우리에게 참다운 위안의 언어를 남겼다는 데 그녀의 양보할 수 없는 보람이 있다.

분열자의 산책

고독은, 크로노스의 뒤통수를 부여잡고

이경림론

접힘

칠흑 같은 밤, 청년 철학자는 『티마이오스』[33]와 데미우르고스와의 끝날 수 없는 대화에 빠져들겠지만 젊은 시인은 하늘을 스치는 별똥별의 빛나는 한순간에 경의를 표할 것이다. 그런 밤 청년 철학자의 가슴은 우주의 비의를 파고드는 열정에 타오를 것이고, 젊은 시인의 가슴은 깊고 오랜 어둠으로 물들 것이다. 세계의 본질을 향한 인간의 간절한 탐색이 철학이라면, 유한한 인간의 숙명에 가늘디가는 구원의 빛을 던지는 예술이 시다. 무한 세계의 철학은 광활한 우발성의 우주에서 단 하나의 원형을 갈구하지만 유한한 인간의 시는 장구한 시간의 바다를 떠도는 단 한 척 나룻배를 꿈꾼다. 시가 윤리적이라면 그것은 오직 인간

---

33 기원전 360년경에 쓴 플라톤의 자연철학 저술로 소크라테스와 티마이오스, 크리티아스 등이 우주와 인간, 혼과 몸 등에 관해 대화하는 내용이다.

을 위한 구원의 표징을 드러내는 데 있다. 철학이 필연적이라면 그것은 인간의 외부에 인간을 포함하는 거대한 내부가 있음을 자각했기 때문이다. 인간을 향한 구원의 언어로서 시는 인간이 속한 거대 세계로서의 철학과 영원히 만나지 못한다. 이들의 영원한 길항 혹은 평행선은 인간이 누릴 수 있는 두 가지 인간지학인지 모른다.

만일 시인이 철학자를 경멸한다면 그것은 철학자가 인간을 배제한 우주를 꿈꿀 때뿐이다. 그러나 철학이 우주에 대한 탐닉 끝에 오직 하나의 본질을 정의한다 하더라도 혹은 전적으로 무한한 우발성의 체계로 우주를 내던져 버린다 하더라도 거기에는 언제나 인간이 함께할 수밖에 없다는 점에서 시인은 철학자를 경멸하지 않는다. 시인은 철학자와 마찬가지로 어떠한 경우에도 인간을 벗어날 수 없다. 만일 철학자가 시인을 경멸한다면 그것은 시의 매혹에 빠지는 것이 두려운 열정적인 탐구자의 자기 보호 본능이라는 지적[34]은 타당하다. 시는 시인 본인에게도 철학자에게도 매혹적인 위안의 수단이기 때문이다. 그렇다면 시인을 경멸하는 철학자의 심리는 무의식적이라기보다 오히려 의식적이다. 그것은 시로 인하여 얻는 위안 때문에 우주를 향한 자신의 열정이 꺾이는 게 두려운 자의 대단히 의지적인 노력이다. 언제나 시는 철학이 열정적으로 걸어가는 길과 같은 방향으로 나아가지만 그들은 아직 만난 적이 없다.

차라투스트라가 고향과 고향의 호수를 떠나 산으로 들어가 10년의 세월 동안 지치지도 않고 정신과 고독을 즐기며 살았던 것은 지혜의

---

34 "철학자는 때로 시인들을 경멸하기도 하는 것이다. 그것이 철학의 무의식이다.", 신형철, 「감각이여, 다시 한번-김경주의 시에 대한 단상」, 『몰락의 에티카』, 문학동네, 2008, 297쪽.

분열자의 산책

탐구를 위한 결연한 자기 고립이었지만, 그는 태양을 향해 "그대 위대한 별이여! 그대가 빛을 비추어 준다 하더라도 그것을 받아들일 존재가 없다면, 그대의 행복은 무엇이겠는가!"라며 이제 자신은 지혜를 "베풀어주고 나누어주려 한다."고 했다.[35] 그렇다면 차라투스트라는 탐구자의 차가운 열정과 구원자의 뜨거운 의지를 모두 갖춘 철학자이자 시인이며 동시에 시인이자 철학자인가. 그러나 '신의 죽음'을 전하며 초인 Übermensch을 가르치겠다는 『차라투스트라는 이렇게 말했다』도 시적이기보다는 장쾌한 사변에 가깝다. 시적 비유와 표현력이 넘실대는 한 편의 아름다운 항해 속에서도 끊임없이 통찰적 사유의 지혜를 전수하고자하는 차가운 열정이 번뜩인다. 어쩌면 철학과 시의 궤도는 차라투스트라에서 가장 근접했었는지 모르지만, 그렇다고 둘의 만남이 성사되었다고 할 수는 없다.[36]

『급! 고독』의 '시인 K'는 뒤죽박죽 접혀 있다.[37] 시공간의 접힘과 함께 의미도 되접혀 있다. 메신저 프로그램상의 문자로 보이는 모두 스물아홉 건의 문장은 의미 맥락을 추적하기 어려울 정도로 복잡하게 뒤섞여 있다. 우선 알파벳으로 코드화되어 있는 발신자의 이니셜이 접혀 있다.[38] 이들 발신자의 무작위적 이니셜은 그 자체로 일상의 접힘을 표현하지만, 무엇보다 발신자의 개체성을 무화시켜야 성립되는 이 작품의

---

35 프리드리히 니체, 『차라투스트라는 이렇게 말했다』(장희창 옮김), 민음사, 2004, 11~12쪽.

36 니체는 10대부터 말년까지 일관되게 시를 적은 시인이었다. 뷔르바흐가 니체의 여동생 엘리자베트 (Elisabeth Förster-Nietzsche, 1846~1935)의 허락을 받아 편집한 무자리온 판 니체 전집 제20권에는 소년 시절부터 말년까지의 시들이 모두 들어 있다. 아키야마 히데오·도미오카 치카오 엮음, 『니체전시집』(이민영 옮김), 시그마북스, 2013, 참조.

37 이경림, 「시인 K의 하루」, 『급! 고독』, 창비, 2019, 81쪽.

38 「시인 K의 하루」는 익명화된 발신자들인 'R-E-H-O-N-K-O-H-C-R-H-O-알 수 없음-B-MM-알 수 없음-R-C-Y-M-U-L-Y-C-@-D- $ -W-&' 등이 보낸 29건의 문자로 '구성'되어 있다.

표현욕을 반영하고 있다. 다음으로 이들이 보낸 각각의 문자(詩行) 내용도 뒤죽박죽 되접혀 있다. 의미의 일관성을 찾을 수 없으므로 발신 시점의 불규칙성까지 표상된다. 간혹 '발광'이나 '지랄', '좆같은'과 같은 주목될 필요가 없는 수식어가 자극적으로 주목되기는 하지만 그것도 우발적이면서 단발적일 뿐이다. 「시인 K의 하루」는 마지막 한 줄에 모든 시적 의미가 압축적으로 제시되어 있다. "당신은 소멸됩니다." 앞선 스물아홉 건의 문자처럼 아무리 무작위적이고 우발적으로 접히고 되접혀도 '시인 K'의 하루는 '소멸'이라는 필연성에 도달하는 과정임이 극명하게 드러난다. 그것은 크로노스Chronos, 시간의 신[39]의 뒤통수를 아무리 부여잡아도 반드시 다가오는 '소멸'이다.

「시인 K의 하루」에서 이경림은 세계와 마찬가지로 일상도 공존 불가능한 것들이 공존하는 거대한 일의적 세계임을 말하고자 했는지 모른다.[40] 개가 짖듯이("ㅋㅋ 그런 개 짖는 소리를?") 혹은 장난치듯이("오늘 수업, 빗자루와 몽둥이") 혹은 욕하듯이("지랄 같은 하루 되시기를") 접힌 세계의 접힘은 '시인 K'만 아니라 일상을 살아가는 우리 모두의 존재 조건으로 상정되기 때문이다. 그렇다면 그것은 "단번에 공존 불가능성들을 긍정하고 이것들을 관통하는 과정"이라는 인식이 되며, 동시에 세계는 그것이 발산하는 무작위적이고 우발적인 '놀이'라는 철학적 통찰이 된

---

39 크로노스의 어의는 '시간'이며, 그리스 신화와 소크라테스 이전 철학에서도 시간을 의미했다. 보통 형태가 따로 없는 무형의 신으로 묘사되거나 형태가 있는 경우 긴 수염을 가진 늙은 현자의 모습으로 묘사된다. 티탄신 크로노스(Cronus)와는 다른 신이다.

40 "천 갈래로 길이 나 있는 모든 다양체들에 대해 단 하나의 똑같은 목소리가 있다. 모든 물방울들에 대해 단 하나의 똑같은 바다가 있고, 모든 존재자들에 대해 존재의 단일한 아우성이 있다.", 질 들뢰즈, 『차이와 반복』(김상환 옮김), 민음사, 2004, 633쪽.

다.[41] "L-2천만이 선택한 국민 게임, X 놓고 X 먹고 X 되기" 놀이를 인간만 아니라 신도 즐긴다는 생각은 철학사의 물줄기 가운데 생성 혹은 지속의 사유에 가닿는다. 그렇다면 이경림은 니체의 바로 옆에서 철학을 향해 달려가는 시인이라는 말인가.

「전율하는 도시의 9층 유리 안에서」도 접히고 되접혀 있다. 우선 공간이 접혀 있다. '전율하는 도시의 유리'는 이미 수직의 아홉 겹(9층)이다. 또한 9층 내부도 '공중부양 된 식탁'과 그 아래 '나른히 잠든 애완견'과 '양란洋蘭인 척하는 꽃자줏빛 돼지들'로 겹쳐져 있다. 공간은 안팎에서 접혀 있다. 다음으로 시간이 접혀 있다. 시적화자는 "어젯밤/나는 스물몇살 새댁으로 송림동 산동네 좁은 골목을 헤맸다"고 말한다. 시인의 출생년도를 감안할 때 적어도 기록자는 얼추 50년 가까운 시간을 24시간 안쪽으로 접어 넣었다. 이어 "내일은/검은 면사포를 쓰고 낯도 모르는 신랑과 혼례를 올렸다"(강조-인용자)고 한다. 이것은 미래와 과거의 뒤섞임, 시제의 접힘이다. 접힌 시공간 속에서 "하루에 두어 차례 더러운 파도가 헐떡헐떡 왔"고, "알맞게 늙은 여자들이 연탄재처럼 둘러앉아 뜨개질을 하고", "시어머니와 꼬리가 아홉인 백여우가 마주 앉아 시시덕거"리는 일련의 압축적 사건들은 시적화자의 회오悔悟 혹은 한탄으로 승화된다.

모든 것은 접혀 있다. 시인의 기억 속에서, 시적화자의 진술 속에서, 공간도 시간도 모두 접혀 있다. 접힘은 일차적으로 정서적 반응이지만 물리적 보편성 속에서 복합적 이미지를 환기하고 있다는 점에서 「전율

---

41 "세계의 논리는 독특하게 변했다. 왜냐하면 그것은 발산하는 놀이가 됐기 때문이다.", 질 들뢰즈, 「영혼 안의 주름」 『주름, 라이프니츠와 바로크』 150쪽.

하는 도시의 9층 유리 안에서」의 시적 성취가 드러난다. 시공에 펼쳐진 가능한 사건들, 혹은 펼쳐지지 않은 암흑의 사건들을 응시하는 시인의 통찰이 날카롭게 빛난다. 짐짓 무덤덤하게, 표내지 않고 내색하지 않는 시선 속에서 인간사의 어떤 진실을 표현하는 시적 기량이 주목된다. 그렇다면 이경림은 "가능세계들에 모조리 발산을 배분하면서, 그리고 공존 불가능성을 모조리 세계들 간의 국경으로 만들면서, 고전주의적 이성을 재구축하려는 최후의 시도"[42]로서의 라이프니츠의 가능세계론에 가닿는다. 가능한 모든 것을 표현하는 것, 가능하지 않은 모든 것까지 표현하고자 하는 것, 이것은 바로 시인들의 시적 이상이기도 하다. 『급! 고독』의 접힌 주름들은 이경림 자신이 겪은 당대의 기억에 바치는 헌시와 같다. 그렇다면 주름과 접힘이란 영원히 반복되는 인간 세상의 잠재태일 수밖에 없다.

역전逆轉

언어는 흐른다. 말도 흐르고 글도 흐른다. 앞 말을 딛고 뒤의 말이 생성되고, 앞의 문장을 이어 뒤 문장이 형성된다. 앞에서 뒤로 혹은 과거에서 미래로 흐르는 언어는 그러므로 맥락이다. 맥락을 분절하는 것은 시간이다. 분절된 언어가 언제나 조리 정연한 것은 아니다. 얼마든지 부조리할 수 있고 언제든지 의미 형성이 불가능할 수도 있다. 일상어와 생활문은 통념적 맥락에 의거해 조리 있는 의미를 형성한다. 그러나 병

---

42 질 들뢰즈, 「영혼 안의 주름」 같은 책, 150쪽.

리적 언어는 맥락이 파괴됨으로써 의미를 잃어버리며, 그 부조리로 인하여 병리적 언어로 진단된다. 시적 언어는 통념적 맥락에 따라 의미를 형성하기도 하지만 의도적으로 맥락을 파괴함으로써 부조리한 의미를 생성하기도 한다. 병리적 언어가 의도되지 않은 오류라면, 시적 언어는 의도적인 파괴이다. 그런 점에서 시적 언어는 의미 요소들의 동시적 존립이 가능한 회화와 그 본성을 달리한다.

맥락은 흐르고 의미도 흐른다. 시적 언어는 흐르는 의미의 강물 위로 한순간 솟구치는 우발적인 특이점이다. 시간은 어떤 비의다. 시간은 개체와 개체의 조건에 따라 매우 다르게 인식되는 전적으로 자의적인 개념인가 하면, 거리와 속도와 질량으로 양화되는 완전히 기계론적인 시간론도 존재한다. 시간은 이 두 극단 사이에 실존하는 무한한 다의성의 개념이다. 시간의 비의는 영원Aion을 갈망하는 인간을 끊임없이 절망으로 내모는 분절된 시간을 내포한다. 우리는 시간에 대해 본성적으로 영원한 크로노스, '을'이다. 인간은 태어나는 순간부터 종착지를 향해 끊이지 않는 연속된 운동을 수행한다. 영원한 생명을 지향하면서도 순간순간 잘게 부서지는 편린의 시간을 겪으며 사는 게 인간이다. 시인은 분절된 크로노스의 시간을 부여잡고 영원히 영원을 꿈꾸는 불가능한 꿈의 도전자[43]이다.

순간과 영원의 '불일치'는 인간의 근원에 자리한다. 빅뱅 이론에도 불구하고 우주적 시간에 어떤 시작점을 지정하는 것은 무의미할 뿐만 아니라 가능하지도 않다. 인간은 자신에게 허용된 시간 동안 이러한 근

---

43 "'순간성'과 '현재형'을 근간으로 하는 '서정' 원리는 '시간' 형식과 구체적으로 결속될 수밖에 없는 속성을 지닌다.", 유성호, 「시간 형식으로서의 서정」, 『서정의 건축술』, 창비, 2019, 37쪽.

본적 불일치에 저항하거나 고발하거나 체념하거나 복종하면서 살아갈 수 있을 뿐이다. 시의 탄생 혹은 출발 지점에 존재와 지향의 '불일치'가 있다면, 그것을 초래한 시간에 대한 무한히 다양한 반응의 원인은 오히려 시간 자체에 있다. 시간은 공간이 다른 사물의 동시적 존재를 허용하지만, 공간은 시간이 다른 사물의 순차적 존재를 허용한다. 이것은 엇갈린 운명이다. 스토아철학자 크리시포스를 따를 때 인간은 적어도 시간과 공간의 어떤 조화로운 합일에 이를 수 없다. 그러므로 인간은 순간과 영원의 불일치만 아니라 시간과 공간의 불일치라는 이중적인 불일치를 겪으며 사는 유한자이다.

영화 〈인터스텔라〉(Christopher Nolan, 2014)의 마지막 장면에서 주인공 쿠퍼는 먼 우주의 시간 여행을 마치고 돌아와 병상의 늙은 딸을 만난다. 아직 젊은 아빠는 '꼭 돌아오겠다'던 약속을 지켜냈지만, 사랑하는 딸 머피는 이미 늙어 세상을 떠나려 하고 있었다. 그러나 '늙은 딸'에게는 더 이상 '젊은 아빠'와의 재회가 아니라 자손들과의 이별이 중요했다. 병상에 둘러 선 자식들과 손주들이 지켜보는 가운데 행복감에 젖어 죽어 가는 늙은 딸 머피와 짧은 재회 끝에 홀로 병실을 나서는 젊은 아빠 쿠퍼의 발걸음에서 고독의 의미는 역전된다. 〈바이센테니얼 맨〉 (Chris Columbus, 1999)의 똑똑한 로봇 앤드류 마틴(NDR-114) 역시 자신을 구입한 주인이 죽고, 그 딸이 죽고, 그 손녀까지 죽어 가는 속에서 스스로 죽음을 선택한다. 영원하지만 차갑기만 한 생명을 버리고 유한하지만 따뜻한 죽음을 갈구하는 앤드류의 모습에서도 고독의 의미는 근본적으로 역전된다. 고독은 시간에 있지 않고 사람에게 있다.

만일 우리를 이중적 불일치에 체념하거나 복종한 사람이라고 부른다만, 이경림은 그것에 저항하고 고발한 시인이라고 말할 수 있어야 한다. 그녀는 꿈꾸는 시인, 영원히 영원을 꿈꾸는 불가능한 꿈의 도전자이다. 만일 우리가 고독하다면 그것은 시간과의 싸움에서 패배한 때문이고, 『급! 고독』이 당당하다면 그것은 불가능한 꿈에 마음껏 도전했기 때문이다. 우리의 체념과 복종이 영원히 충족될 수 없는 영원에 갇힌 데 있다면, 이경림의 고발과 저항은 고독의 의미를 역전시킨 데 있다. 시인은 말한다. "흘러가는 구름을 기수급고독원이라 불러도 좋겠습니까".(「기수급고독원」) 고독은 초탈 선사의 계송과 같이 '흘러가는 구름'에 올라탄다. 이어서 '홀로 울울한 팽나무'에 올라타고 '위태로운 까치둥지'와 '검은 줄무늬 돌멩이'와 '떨고 있는 반백의 저 사내'에게 올라탄다.

> 흘러가는 구름을 기수급고독원이라 불러도 좋겠습니까
> 산비탈 공터에 홀로 울울한 팽나무를 기수급고독원이라 불러도 좋
> 겠습니까
> 우듬지 근처, 위태롭게 얹혀 있는 까치둥지의 검고 성근 속을,
> 담장을 뒤덮은 개나리덩굴 아래 고양이처럼 앉아 있는 검은 줄무
> 늬 돌멩이를,
> 엄동에 종일 생선 리어카에 붙어 서서 떨고 있는 반백의 저 사내를,
> 기수급고독원이라 불러도 좋겠습니까
>
> ―「기수급고독원」 부분

고독을 외롭지 않다거나 쓸쓸하지 않은 것이라고 강변하지 않는다. 오히려 "쓸쓸,/쓸쓸함의 최고봉/쓸쓸함의 낭떠러지!"라면서 사전적 의

미의 고독을 더욱 강화시키고 있다. 그러나 명백히 서로 수명이 다른 구름과 나무와 돌멩이와 사내를 싸잡아 '기수급고독원'으로 불러도 좋겠느냐는 반복된 질문은 고독을 고독孤獨이 아닌 다른 무엇으로 변형시킨다. 고독을 겪는 주체를 인간만이 아니라 자연 사물로까지 확대함으로써 고독의 의미를 확장시키고 있다. '급 고독'은 '급 고독孤獨'에서 '급! 고독高獨'으로, 또 '급給, 고독'에서 '급急, 고독'으로 변주된다. 고독의 의미에 일정한 변화를 유발함으로써 오히려 그 의미를 심화시키고 있다. 「기수급고독원」에서 고독의 의미 역전이란 고독을 겪는 주체의 외연 확장과 어의의 변주라는 두 가지 길을 통해 전개된다고 할 수 있다.

언어는 흐른다. 이른 아침 태양도 흐르고 한밤의 우주도 흐른다. 흐름 속에서 흐름에 반하여 시적 언어는 순간과 영원의 불일치와 시간과 공간의 불일치에 저항하며 고발한다. "나는 보았다. 그 속에서 수세기가 내 몸을 돌아 나오는 것을."(「자정子正」) 이 시에 등장하는 도래실(경북 문경)의 많은 사람들은 저항과 고발의 증인이다. 똥장군을 지고 가는 장수 아버지, 취해 비틀거리며 골목을 돌아가던 아랫마을 김 영감은 물론 어머니, 할머니, 구호물자를 받으려 줄을 선 사람들, 악동 형태, 아버지와 광부들, 멋쟁이 신 선생, 봉암사 상좌승. 이들은 마을회관 지나간 밤의 광장 "허공에서 상영되던 무성영화들."의 등장인물처럼 시인의 가슴에 넘쳐흐른다. 이들은 검은 새를 타고 어디론가 날아가는 '바람난 옥자'와 같이 "고통처럼 질기고 질긴 가죽혁대"가 되어 흘러가는 시인을 그 흐름에 역행하도록 붙잡는다.

인간은 누구나 서로 다른 공간에서 동시적으로 서로 다른 어떤 사건을 겪는다(공간 배타성). 그러므로 우리에겐 매우 많은 '동시대인'들이 주어지지만 결코 '같은' 사람이 아니다. 또한 우리는 서로 다른 시대를 경험한 매우 많은 인류를 포함하지만(시간 배타성), 그것은 완전히 '다른' 사람들의 통공通功,Communio이다. 흐름에 역행하도록 시인을 붙잡은 '수세기'에 걸친 수많은 도래실 사람들은 순간과 영원의 불일치만 아니라 공간과 시간의 불일치에도 저항하고 고발한 주체들이다. 「자정」의 이경림은 시간에 역행함으로써 흐르는 존재의 순행성에 비장미를 더했다. 그러므로 저항과 고발로서의 역행은 "영원성을 삶의 시간 안에서 실현시키며 살고 있는가"[44]라는 도저한 물음에 다다른다.

그러나 시인은 한 발 더 나아간다. "가을비 잠깐 다녀가신 뒤/물기 질척한 보도블록에 지렁이 두 분 뒹굴고 계십니다."(「지렁이들」)라며 크로노스의 뒤통수를 가차 없이 부여잡는다. "한 분이 천천히 몸을 틀어/S?"라고 물으시자 다른 한 분은 "천천히 하반신을 구부려/L…… 하십니다"라는 표현은 지렁이의 생태를 통해 순간의 의미에 근본적인 질문을 던진다. 지렁이도 인간도 크로노스의 분절된 시간 앞에서는 근본적으로 같다. 영원이 아닌 어떤 순간도 본질적으로 동일한 것이다. 「지렁이들」은 말한다. "아아, 그때, 우리/이목구비는 계셨습니까?/주둥이도 똥구멍도 계셨습니까?" 메말라 죽어 가는 지렁이의 양태인 S와 L과 U, C, J, O 등은 수정란의 발생으로 도약한다. 죽음이 곧 탄생이라는 인식은 영원 앞에 선 유한자의 근본적인 도전이다. 그러나 여기서 시인은 한번 더 크로노스의 뒤통수를 때린다. "그 진창에서 도대체 당신은 몇 번

---

44 "단독자인 나는 일상적 시간을 넘어 승화된 순간들, 죽음의 영역까지 끌어올릴 수 있는, 삶의 고양을 가져오는 순간들을 맞이하면서 살고 있는가라는 물음.", 이성혁, 「단독성과 영원성」 『서정시와 실재』 푸른사상, 2011, 111쪽.

이나 C 하시고/나는 또 몇 번이나 S 하셨던 겁니까?" 죽음도 반복되지만 탄생도 반복되는 것이다. 「지렁이들」에서 크로노스는 뒤통수를 세 번 얻어맞았다. 한 번은 순간이란 무엇인가라는 질문에서, 또 한 번은 죽음에서 탄생으로의 도약에서, 세 번째는 죽음과 탄생의 무한 반복을 통해서.

펼침

임계점까지 구겨지고 접히고 되접히는 가슴, 숨 막히는 절망의 순간과 극한의 고통 끝에서야 만나는 환희가 있다. 시란 시인의 가슴에 접히고 되접힌 어떤 응어리의 펼침이다. 꼬깃꼬깃 접혀서 더는 접힐 수 없는 응어리가 일순간 펼쳐지는 게 시다. 그것은 시인의 작의가 관철되는 '표현'이 아니라 '분출'이다. 분출되는 시는 우선 시인 자신을 위로하고 독자를 위로하고 그럼으로써 세상을 향해 구원을 빛을 던진다. 꿈을 믿는다면, 그것은 우발적인 분출의 순간을 기다리는 바람 때문이다. 시인은 꿈꾸는 자일 수밖에 없다. 시인에게 시의 행로는 언제나 불규칙적인 점멸이다. 그러므로 시인에게 어떤 본질적인 고통이 있다면 그것은 시의 우발성이다. 시의 불규칙적 강림 이외의 제반 압력은 비본질적이다. 때문에 탄생의 순간은 언제나 환희의 순간이다.

그러므로 펼침은 표현이 아니라 드러남이다. 기다림이 절박한 만큼 환희도 통렬해지는 시의 특성은 "표독한 자아, 극단의 주체가 오라!"[45]

---

45 류신, 「반서정의 잔혹극」 『말하는 그림』 민음사, 2018, 421쪽.

고 외치는 패기 넘치는 시적 도발의 윤리적 근거이다. 택시 운전사인 '옆집 남편 b'를 분류하는 이경림 시인의 펼침은 도발적이다. b는 '불타는 눈깔'이자 '늪에 빠진 시계'이다. 또 '섹스하고 싶은 나나니벌'이며, '나무 가지에 날아든 수리부엉이'이며 '와르르 무너지는 굴뚝'이다. '쏟아지는 빙하'이며, '똥통 벽을 하염없이 미끄러지는 구더기'이며, '날뛰는 똥'이며, '뒤집힌 풍뎅이'이다(「비유적 분류」). "그 외에도 그를 분류할 이름들은 만화방창이다." 그것은 "꽃들의 종류와 형상을 이루 헤아릴 수 없는 것"과 같다. 손님을 찾는 택시 기사의 분류에 한계란 있을 수 없다. 날마다 만나는 헤아릴 수 없는 사건의 계열 속에서 그는 시시각각 다른 술어를 필요로 드러나는 존재이기 때문이다.

시인의 펼침이 도발적인 것은 '눈깔'이나 '시계', '나나니벌', '수리부엉이', '굴뚝', '빙하', '구더기', '똥', '풍뎅이'와 같은 명사 때문이 아니다. 본질상 택시 운전사는 사건을 선택할 수 없다. 그는 우발적으로 전개되는 사건의 수신자이지 발신자가 아니다. 사건을 예측할 수 없는 만큼 택시 운전사 b를 분류하는 비유어에도 한계란 있을 수 없다. 도발은 이것이다. 술어적 사건이 택시 운전사를 정의한다는 것. 때문에 사물과 사람, 동물과 곤충과 구더기와 똥이 얼마든지 그를 정의하는 속성이 될 수 있다. 그래서 시인이 '옆집 남편 b'를 "꽃의 시간을 지나가는 중"이라고 말할 때에도 의미의 착란 없이 손쉽게 납득할 수 있는 것이다. 뿐만 아니라 "아아, 꽃들은 가마솥에 빠진 새끼 밴 고양이, 장작불에 얹힌 생닭, 금방 쏟아지고 말 먹구름, 없는 자정."이라는 펼침도 부조리극의 대사가 아니라 술어적 우발성의 드러남으로써 매우 적실해진다.

Na와 na와 NA라는 2진법의 경우의 수를 모두 사용하는 「Na, na」

도 펼침의 환희를 부르는 참신한 발상과 전개가 돋보인다. 고갱의 대작 「우리는 어디에서 왔으며, 무엇이며, 어디로 가는가」와 같이 모두 63행에 이르는 이 작품은 화자의 발화 시점을 기준으로 Na와 na에 얽힌 구체적인 에피소드가 유장하게 펼쳐진다. Na가 na의 마지막을 거두고 있는 첫 행부터 "늑대 한 마리가 태어나고 있다"라는 마지막 행까지 꼭짓점 없는 직선 같은 흐름으로 이야기들이 전개된다. 그때 na와 또 다른 na는 하굣길에서 깔깔거리던 단발머리 여중생으로 '독, 재, 타, 도'를 외치며 '어딘지 중앙'으로 몰려가는 성난 na들을 바라보는 구경꾼이었다. 몇 발의 총성과 매캐한 최루 연기가 폭죽처럼 터지는 도로에서 방향도 모르고 질주하는 토끼였다. 그렇게 뒤죽박죽 뒤엉킨 도로에서 na는 동행하던 na가 사라진 것을 알게 되었다. 이로써 첫 행의 Na가 na의 마지막을 거두고 있는 이유를 어림해 볼 수 있다. 그렇다면 여중생인 na를 통해 Na는 적어도 그의 부모 세대임을 추정할 수 있고, NA는 타도의 대상인 성난 독재자로 파악할 수 있다. 이처럼 시의 초반부(1~3연)는 na의 마지막을 거두는 Na와 그 사정을 드러내고 있다.

시의 중반부(4~8연)는 맞배지붕처럼 시제와 현실을 벗어나 수직적 이미지 속에서 na와 Na는 어디로 가며, 누구인지를 묻고 또 묻는다. '꽃비'가 내리는 필생처럼 na가 옷 벗기(몸 벗기 혹은 죽음)를 완성할 때 늑대는 태어난다. 죽음과 태어남 혹은 내림과 오름의 수직적 연결을 통해 안타까움과 쓸쓸함의 정조가 강화된다. 그러면서 갑자기 '요술 공주 핑키'를 등장시켜 "예쁜 핑키 여우 같은 핑키 염통도 없는 핑키/간도 쓸개도 밥통도 없는 두부 같은 핑키/핑키 아니면 그 무엇도 아닐 핑키"라며 조롱과 탄식과 비아냥과 회한을 뒤섞어 비장미를 더한다. 여중생

분열자의 산책

na의 마지막은 거리에서 드러났다.("촛대처럼 검게 서 있는 가로수") 때문에 "그때 na는 그 무엇도 아니었을까 나무와 나무 사이를 떠도는 어떤 기미도"라는 시행은 더욱 절실해진다.

시의 후반부(9~12연)는 다시 현실로 돌아와 "한 언덕을 다 잡아먹고도 사라지지 않는 Na"를 질책하고, '환장하게 이쁜 na'가 껌을 짝짝 씹으며 슈퍼마켓에 들어서는 것을 본다. 또 '은행나무 아래 수도 없는 na들이 악취를 풍기며 썩어가'는 것을 보고, 숯불구이 광고 현수막은 '미친 듯 떨고' 있는 것을 본다. 그리고 마침내 "어디선가 꽃비가 내리고 있다/늑대 한 마리가 태어나고 있다"로 마무리된다. 「Na, na」는 na의 마지막을 거두는 Na로 시작하여 늑대의 탄생에 이르는 흐름을 크지도 작지도 않은 목소리로 드러내고 있다. 들뜨지 않은 처연한 분위기 속에서 na를 위무하고, Na를 승화시키고 있다. 그것은 록 음악의 초고음 샤우팅이 아니라 시작도 끝도 좀처럼 구별하기 어려운 장중한 아악[46]과 같은 목소리다. 그것은 여중생 na의 꽃비 내리는 마지막이 한 마리 늑대의 탄생으로 이어지듯 죽음도 탄생도 모두 하나로 연결된 이어짐이라는 연속성의 철학에 가닿는다.

'표현'이 아니라 우발적 '분출'로서의 펼침의 필연성에 동의하는 것과 그 드러나는 양상의 필연성에 동의하는 것은 매우 다른 일이다. 「지렁이들」과 「Na, na」, 「시인 K의 하루」 등의 뛰어난 성과에도 불구하고 핵심적 의미가 비언어적 의미화에 의탁하는 일은 표현주의자의 지나치게

---

46 "아악의 시작은 시작이 아니고 마찬가지로 끝은 끝이 아니다. 또한 시작도 중간 같고 끝도 중간 같다. **이 비드라마적인 허술한 구조의 중간이 내가 태어나고 살고 죽는 시간과 공간이다**."(강조-인용자), 전영태, 「끝도 시작도 없는 음악의 미로(迷路)」, 『쾌락의 발견 예술의 발견』, 생각의나무, 2006, 72쪽.

의욕적인 개입으로 보인다. 시인이 경계해야 할 것은 대상이 아니라 자기 자신이라는 전언도 있거니와 참다운 시인은 자연스러운 흐름으로서의 펼침을 기다리는 데 소홀할 수 없다.[47] 의미의 겸허한 수신자가 아니라 의욕적인 발신자를 지향할 때 시인은 가장 위험한 순간에 직면한다. 모든 시는 시 양식 자체에 질문을 던지는 존재들이지만, 그것은 어디까지나 시의 몫이지 시인의 일은 아니다. 이것이 시 양식의 진정한 압력이다.

『급! 고독』이 보여 준 놀라운 펼침의 환희는 평생을 두고 나날이 거듭되고 반복된 접힘의 결과이며, 그것은 순간과 영원과 시간과 공간의 이중적 불일치에 맞선 한 도전자의 역전과 역행을 통해 관철되었음을 확인한다. 모든 공존 가능한 것들의 무한한 접힘의 세계가 이경림의 시적 존재론이라면 그 표현태로서의 펼침은 시적 윤리학이다. 인간을 향해 구원의 빛을 던지는 언어의 접힘과 펼침을 통해 『급! 고독』은 크로노스의 뒤통수를 부여잡은 영원한 청년의 기록이 되었다.

---

47 "서정시가 소리와 뜻 사이의 망설임이라고 말한 시인의 말은 골똘히 음미되어야 한다.", 유종호, 「시적이라는 것」 『시란 무엇인가』 민음사, 1995, 251쪽.

어느 윤리주의자의 우이의 시학

전동균론

선-악도 아니고, 좋음-나쁨도 아니다. 오직 있음이다. 우글거리는 있음들. 안개 속에서 혹은 어둠 속에서 꿈틀대는 있음들. 볼 수 없고 들을 수 없고 맡을 수도 잡을 수도 없는 있음들. 직선이 아니며 곡선이 아닌, 수직도 수평도 아닌, 삼각형도 사각형도 동그라미도 아닌 무엇과 무엇들의 있음뿐이다. 있음들은 도덕과 윤리 너머에 있다. 의미도 무의미도 넘어서 있다. 신체와 영혼 너머, 시간과 공간 너머 영원히 사라지지 않는 있음들.

고독의 뿌리에 소거할 수 없는 세계의 '있음'이 있다는 인식은 심리학이 아니며 사회학도 아니다. 한 번도 인간의 얼굴을 한 적이 없는 있음은 말 그대로 무인칭이며 부도덕이며 몰가치한 존재론이다. 있음이 몸을 얻을 때, 나의 존재가 내 신체를 만나 홀로 설 때 나는 고독하다. "존재가 '존재함'을 자신의 것으로 떠맡는 사건을 나는 홀로서기hypostase

라고 부른다."[48] 그러므로 고독의 본질은 있음의 홀로서기이다.

고독을 부정할 수 있다면, 우리가 우리들 있음의 홀로서기를 부정할 수 있다면 그것은 오직 죽음뿐이다. 그러나 신체의 죽음은 나의 고독에 대한 가장 강력한 저항이긴 해도 있음에 대한 부정이 아니다. 있음은 신체와 분리되어도 없어지지 않는다. 있음은 부정될 수 없다. 있음의 세계는 오직 긍정만이 존재하는 세계, 이곳에는 부정도 변증법도 존재하지 않는다. 대립도 대칭도 대자도 없다. 오직 즉자in itself적이다.

있음-'우리처럼 낯선', 만남들

있음과 신체의 만남에 필연성이나 법칙성을 부여할 근거는 어디에도 없다. 그야말로 우발적이다. 홀로서기 혹은 던져짐(존재자에게 던져짐)Geworfenheit은 순수 자유이자 진정한 의미의 우이偶爾이다.

있음(존재)과 신체(존재자)의 '구별'에서 더 나아가 '분리'에까지 도달한 데 하이데거를 이은 레비나스의 보람이 있으며, 우리가 전동균의 시를 읽는 키워드로 '우이'를 선택하는 타당성이 있다. 그가 『우리처럼 낯선』(2014)에 이어 『당신이 없는 곳에서 당신과 함께』(2019)에서도 서정시의 우발성을 견지해 나갈 때 세상의 모든 '낯선 만남'을 긍정하는 참다운 시의 위의를 확인할 수 있기 때문이다.

시라는 존재는 언제나 있지만 누구도 그것이 어디에 어떤 모습으로 있는지 알지 못한다. 시의 있음과 시편의 만남을 예측할 수 없다는 데

---

48 레비나스, 『시간과 타자』, 36쪽.

분열자의 산책

시적 본성이 있다. 시는 시인을 통해 시편으로 귀결되지만, 그 어느 순간도 전에 만났던 방식은 아니며 지나왔던 길도 아니다. 한 시인을 찾아오는 시의 모습은 영원히 처음이다. 그리고 처음이어야 한다. 인간의 역사에 필적하는 장구한 시간을 거쳐 오는 동안 시는 단 한 번도 같은 모습으로 드러난 적이 없다.

그것은 시인의 숙명이다. 시의 행로를 알 수 없다는 데 시를 기다리는 자의 고통의 뿌리가 있다. 필연성과 법칙성을 벗어난 곳에서 시와 시편이 한가로이 머무는 동안 언제나 시인들은 작은 방에 쪼그려 앉아 밤을 새었고 시린 아침을 맞았다. 시편들은 시인들의 창작물이 아니며, 시인이란 시의 있음을 받아쓰기하는 자들이라는 데 우이의 시학이 있다. 만일 어느 시인이 절망에 빠진다면, 그는 분명 시와 시편의 우발적 만남에 절망한 것이리라.

전동균이 "물고기는 왜 눈썹이 없죠?"라고 적을 때, 혹은 "돌들은 왜 지느러미가 없고 … 저토록 빠른 치타는 왜 제 몸의 얼룩무늬를 벗어나지 못하나요?"(「우리처럼 낯선」)라고 말할 때 그가 있음과 신체의 우발적 만남에 대한 존재론적 의문을 표현한 것이 아니어도 좋다. 하지만 하이데거나 레비나스와 다른 관점 위에 섰더라도 그는 물고기와 돌들과 치타들을 '우리처럼 낯선' 존재로 인식했다. 필연성과 법칙성을 벗어난 모든 만남은 낯설다.

이들의 만남은 '약속'도 아니며 '좋은 일'도 아니다("꼭 지켜야 할 약속이, 무슨 좋은 일이 있어 온 건 아니에요"). 이들의 만남을 이끄는 힘은 법도 아니고 도덕도 아니다. 말 그대로 "우연히, 누가 부르는 듯해 찾아왔을 뿐"이다. 이들의 만남은 또한 '나쁜 일'도 아니다. 만남은 몰가치하고 비인칭적이며 부도덕하다. 이것은 어쩌면 범신론과 무신론이 번뜩이는 반도덕주의, 반초월주의인지 모른다. 내재성을 향한 고통스러운 출발지로서 스피노자의 심신평행론psycho-physical parallelism 테제가 있다면, 대긍정을 향한 반도덕적 깨달음의 자리에 우이의 시학이 있다.

한 처음, 아무것도 없었던 것처럼
어떤 소리도 들리지 않았던 것처럼

―「우리처럼 낯선」 부분

"한처음에 말씀이 계셨다."(요한복음 1:1)는 성경 구절을 직접적으로 표상하는 시구 속에 이미 대긍정을 향한 시인의 의욕이 전면화된다. 보이는 것이 아니라 말씀을 믿으라고 요구하는 그리스도교는 세상의 바깥에 초월적으로 존재하는 신을 상정한다. 이는 금지하는 신이자 상징적 거세의 작인으로 기능하는 '큰 타자the Big Other'이며, 바깥에서 안을 들여다보는 통찰의 신이자 외부적 구원의 신이다. 그러므로 신은 절대적이고 영원하다. 시인은 "비타협적 '안 돼!'의 아버지"[49] 앞에서 "그냥 웃게 해주세요 지금 구르고 있는 공은 계속 굴러가게 하고 지금 먹고 있는 라면을 맛있게 먹게 해주세요"라고 함으로써 '우리처럼 낯선' 우발적 만남을 긍정한다.

전동균은 『우리처럼 낯선』의 「낮아지는 저녁」, 「단 한번, 영원히」, 「침묵 피정」, 「촛불 미사」, 「사순절 밤에, 밤은」 외에도 『당신이 없는 곳에

---

49 슬라보이 지제크, 『까다로운 주체』(이성민 옮김), 도서출판b, 2005, 519쪽.

서 당신과 함께』의 「약속이 어긋나도」, 「이 저녁은」, 「흰, 흰, 흰」, 「죄처럼 구원처럼」 등 많은 작품에서 통렬하게 신을 비판하고 힐난하는 가운데 오히려 절박한 구원의 메시지를 함축하는 역설적 시법을 보여 준다. 그것은 수직적-초월적 신(영혼)에 갇힌 수평적-내재적 인간(신체)의 해방을 꿈꾼 스피노자의 절박함에 닿을 듯하다.

시와 시편의 만남은 언제나 우발적이며, 시는 법과 제도로서의 '도덕'이 아니라 우발성의 '윤리' 자체를 인정하고 표현한다. "우리의 본성에 적합한 신체를 만날 때, 즉 그 관계가 우리의 관계와 결합할 때, 그 신체의 능력은 우리의 능력에 첨가된다고 말할 수 있다. … 우리를 변용시키는 정념은 기쁨에 속하며, 우리의 행위 능력은 증가되고 도움을 받는다."[50] 우리에게 윤리는 언제나 '적합한' 신체이다. 우리를 긍정하게 하는 것들, 기쁘게 하는 것들, 사랑하게 하는 것들. 모든 낯선 만남을 긍정하는 것들.

전동균의 우이의 시학은 두 가지 맥락을 아우른다. 하나는 존재와 존재자의 우발적 만남에 대한 긍정(존재론적 우이), 다른 하나는 시와 시편의 우발적 만남에 대한 긍정(양식적 우이)이다. 우발성에 대한 긍정은 절대적이지 않고 초월적이지도 한다. 법제적이지도 않고 도덕적이지도 않다. 스피노자가 '변용 능력'을 긍정함으로써 내재성의 윤리를 정초하였듯이, 전동균은 '우리처럼 낯선' 모든 것을 긍정하는 우이의 윤리를 정립하려 한 것인지 모른다.

그러나 "한 여인의 첫인상이 한 사내의 생을 낙인찍었다"(김중식, 「아

---

50 질 들뢰즈, 『스피노자의 철학』 46쪽.

직도 신파적인 일들이」)라고 말할 수 있다면, 그 낙인 속에 "서로 비껴가는 지하철 창문"의 컴컴한 초고속의 무늬가 새겨지는 것이라면, 그것은 다시 보편성을 거쳐 절대성을 지향하는 것이 된다. 세상의 모든 알 수 없는 조우, 우발적인 교차의 순간, 시시각각 번쩍이는 낯섦의 끝자락에 우리가 있다. 이것이 바로 '우이의 시학'을 보편자의 위치에 올려놓기를 요구하는 전동균의 시적 사유이다.

꿈–'문밖에 빈 그릇'들

꿈은 예측할 수 없으며, 꿈이 전하는 의미도 합리적이지 않다. 꿈은 우발적이며, 꿈의 메시지도 필연적이지 않다. 꿈은 꿈꾸는 자의 바람의 표현도 아니며, 꿈을 필요로 하는 사람을 영원히 배반하는 데 그 본성이 있다. 그러므로 '문밖에 빈 그릇을' 내놓는 일은 어쩌면 "저 달빛, 참,"(「문밖에 빈 그릇을」) 하며 허공에 툭 던져 놓는 허사虛辭와 같은 무욕의 꿈일지 모른다. 그것은 꿈의 본성을 깨달은 자의 순응이자 강렬한 저항이다.

꿈꾸는 자는 꿈을 향해 자신의 갈망을 끊임없이 투사할 수밖에 없다는 점에서 꿈의 본성에 순응하는 자이면서 동시에 저항하는 자이다. 그렇다면 꿈이 우리의 꿈을 배반하는 만큼 우리는 영원히 꿈을 꾸어야 한다. 시적 화자가 문밖에 빈 그릇을 '내놓은' 행동은 슬픔과 기쁨과 꿈의 시각화이자 상징화이다. 한 세상 모든 시시한 것들을 그러모아 그 손을 잡고 등을 토닥이고 어깨를 겯는 그릇의 이미지.

분열자의 산책

문밖에 빈 그릇을 내놓고

창가에 담요를 펴고 눕는다
이거 얼마 만이냐, 활짝 몸을 연다

-「문밖에 빈 그릇을」 부분

그러나 그냥 그릇이 아니라 '문밖에 빈 그릇'이다. 부엌이 아니라 문밖에 세간이 있는 것은, 그리고 그것이 빈 그릇인 것은 거기에 담을/길을 무엇을 상정한다. 그것이 물질적이어도 비물질적이어도 상관없다. 담을/길을 것은 무엇이 '여기에 없음'을 뜻한다. 그것은 뭉툭코 '친구 병태'가 하필이면 새벽에 찾아와 "소주를 콸콸 들이"켜고 "트위스트도 한판 땡"기는 이유이기도 하며, "발걸음들 나란히 … 동피골 골짜기로 들어"가는 이유이기도 하다.

골짜기 안에는 "난티나무 눈측백 수리부엉이 산양 똥"과 함께 "죽은 것과 산 것들"이 "제멋대로 뒤엉켜" 있다. 산 자의 세상과 죽은 자의 세상을 구별하지 않는 무시간성, 기어이 존재론적 우열을 회피하는 동피골 골짜기의 이미지는 선행자와 후행자의 논리적 필연성에 틈을 내고, 앞선 것의 우월성과 뒤엣것의 불완전성에 이의를 제기한다. 세상의 모든 열거된 것들의 높낮이 없는 당당한 표상은, "캄캄하고/눈부신" 형용모순으로 언어화된다. 동피골에서는 캄캄해도 눈부시고, 눈부셔도 캄캄할 수 있다.

따라서 '문밖에' 놓인 빈 그릇은 두 가지 역설을 함축하고 있다. 하나는 꿈을 배반하는 것이 꿈의 본성이라는 역설, 다른 하나는 삶과 죽음,

선행자와 후행자 사이의 논리적 연쇄를 뒤엉키게 만드는 존재론적 역설이다. 그렇다면 전동균은 800여 년 전 스코투스가 열어놓은 틈, "어떤 것이 선행자보다 선행한다면, 그것은 후행자보다 선행하기 때문"[51]이라는 내재성을 향한 미세한 틈새에 도달한 셈이다. 후행자도 선행자가 될 수 있다는 균열, 창조자로서의 제일자第一者의 절대적 선행성에 생긴 이 작은 균열은 곧 우발성의 다른 이름이다.

세상은 질서cosmos도 아니지만 무질서chaos도 아니다. 삶과 죽음이 뒤엉킨 세상, 물이 철벽이 되고 바위가 흐르는 세상, 분열된 코기토cogito들이 이미 죽은 '큰 타자'를 소환하는 세상은 非질서가 유일한 질서가 되는 세상이다. '문밖에 빈 그릇'을 내놓는 마음은 처음으로 돌아가 다시 "저 달빛, 참," 하고 탄식할 때의 바로 그 '참'에 해당하는, 의미를 함축한 非의미일 터이다. 나는 언제나 단 하나를 기다리지만 그것은 영원히 배반당한다. 그릇은 언제나 꿈꾸지만 꿈은 영원히 그릇을 배반한다.

꿈의 표징을 깔고 앉아 기도한다. "어서 얼굴을 감추소서, 주여".(「흰, 흰, 흰」) 꿈의 보편성과 배반의 항상성 사이에 세계가 있다는 듯 시인은 기도한다. 기도는 언제나 기도의 내용(바람)과 대상(신적 존재)을 상정하지만, 이 작품에서 시적 화자는 자신을 "깨진 돌조각, 해진 속옷의 얼룩"과 같다면서 기도 대상을 향해 "젖은 그 눈길 멀리 거두소서"라고 절규한다. '당신'을 부르면서도 '당신의 눈길'을 거두라고 외치는 모순된 언어는 무엇보다 기도의 절박성을 함축하지만, 배반을 두려워한 자기보호 본능의 다른 표현이기도 하다.

---

51 요하네스 둔스 스코투스, 『제일원리론』 21쪽.

이 여린 꽃잎 몇 장 견디지 못해

내 입술은 당신을 부르네

—어서 얼굴을 감추소서, 주여

-「흰. 흰, 흰」 부분

배반의 항상성에도 불구하고 우리에게 바람이 있는 한 기도는 끊일 수 없다. 바람은 '없음'이고, 기도는 '있음'을 향한 인간적 노력이다. 그러나 지금 이곳에는 이미 '죽은 자들'까지 돌아와 "생전의 모습 그대로 웃고 노래하며 춤을 추"고 있는데? "맨살의 사랑을 나누"고, '흰' 달빛 속에서 더욱 빛나는 꽃잎으로 휘날리는데?

기도가 불가피한 이유는 그것이 "눈 한번 감았다 뜨면/사라지는 환영들"이기 때문이다. 벚꽃이 지는 순간 새하얗게 빛나는 브라운운동의 '사라지는' 있음들이기에 기도는 필요하다. 유한한 시간에 대한 인식이 '죽은 자들'을 언급하게 하고 '당신'을 부르게 했지만, 기도 대상을 향해 '젖은 눈길'을 멀리 거두라고 함으로써 시인은 지금 이 순간 봄밤의 '없음'보다는 '있음'에 주목하고 있음을 제목 「흰. 흰, 흰」의 반복을 통해 확인할 수 있다. 달빛 속을 빛나게 활강하는 벚꽃의 이미지.

그러므로 다시 '무'란 "우리가 찾고 있는 것, 우리가 원하는 것, 우리가 기대하는 것이 없음"[52]을 가리킬 뿐이다. 우리에게 바람이 있는 한 기도는 끊일 수 없지만, 그것이 없음은 아니다. 오직 있음이다. 영원히

52　앙리 베르그송, 『사유와 운동』 118쪽.

있음이 있는 만큼 어디에서든 없음은 없다. 그것은 "아무 쓸모없음의 모든 쓸모있음."(최영철, 『시로부터』)이라는 효용론적 필요성과는 다른 '스스로 그러함'에 해당한다.

가령 「'자정의 태양'이라 불리었던」에서 "존재하지 않는, 사라지지도 않는" 당신처럼, 「누구의 것도 아닌」에서 "단 하나의, 수많은 얼굴"처럼, 「벙어리 햇볕들이 지나가고」에서 "미안하다 나여, 너는 짝퉁"이라고 외치는 순간처럼, 모순된 듯 보이는 존재의 양상들에 대해 그것은 '스스로 그러함'이라고 말하는 데 전동균 특유의 '있음의 윤리'가 있음을 확인한다. 그것은 법과 제도의 체계, 제한과 금지의 체계가 아니라 존재의 대긍정을 사유하는 윤리주의자의 세계이다.

자유-'낮아지는 저녁'의 윤리

우리에게 자유가 있다면, 자유를 구가하는 삶의 실재를 경험할 수 있다면 우리는 한없이 '낮은 곳'에 기거해야 한다. 낮음은 높음의 반대가 아니며, 낮은 곳은 높은 곳에 대하여 열등하지도 비천하지도 않다. 낮음은 도덕이 아니라 윤리다. 낮음은 도덕과 함께 타자를 심판하지 않는다. 고독한 절대자이자 심판자를 상정하는 초월적 가치 속에 도덕이 있다면, 낮음은 "내재적 존재 양태들의 위상학"[53]으로서 '높고 준엄한' 도덕을 대체한다. 자유는 '높은' 도덕이 아니라 '낮은' 윤리에서 온다.

---

53 질 들뢰즈, 『스피노자의 철학』 40쪽.

한껏 고개를 뒤로 젖혀서
하늘의 시린 뺨을 핥아보자는 거다
저무는 햇살의 새끼손가락을 오물오물 빨아보자는 거다

-「낮아지는 저녁」 부분

낮아지고 낮아짐으로써 "하늘의 시린 뺨을 핥"을 수 있으며, "햇살의 새끼손가락을 오물오물 빨아" 볼 수 있다. 낮은 곳에서야 하늘을 우러를 수 있으며 햇살 또한 누릴 수 있다. 그러므로 우리는 스스로 낮아짐으로써 자유를 구가한다. 이는 낮음의 도덕이 있어 강제하는 게 아니라 낮음의 윤리를 따라 긍정하는 자세이다. 그래서 "헐렁한 바지, 노끈으로 허리 묶고 서서/복사뼈 다 드러내고 서서"야 만끽할 수 있는 자유이자 풍요이다.

낮은 세계에 밤이 오면, "번지르르하게 윤나는 절지동물의 다리"(심보선, 「풍경」)가 되는 거리의 '약국'에서 '습진'과 무좀'이 통성명을 하는 것처럼 낮음의 윤리는 우리들 끼리끼리 즐기는 향유이다. 멀리 한하운의 "우리들 문둥이끼리 반갑다."(「전라도길」)와 신경림의 "못난 놈들은 서로 얼굴만 봐도 흥겹다"(「파장」)에 가닿는 진정한 자유의 쾌감이다. 그렇게 지금-이곳에서 자유를 말하는 것은 한없이 낮고 낮은 곳을 향하는 낮음의 윤리이다.

그렇다면 전동균의 시적 지향은 우이를 긍정하고 낮음의 윤리를 실현하는 데 있다. 그런 점에서 그는 자연주의자이자 윤리주의자이다. 고독할지언정 모든 있음에 대한 긍정이 자연주의라면, 그 실천은 윤리주의이다. 그의 창조성은 법제와 도덕이 아니라 대긍정의 사유와 윤리의 실천에서 온다. 언제나 높음이 아니라 낮음이다. 그것은 필연이 아니라 우발이며, 외부가 아니라 내부이다. 초월성이 아니라 내재성이며, 신이 아니라 인간을 좇는 데 있다.

낮은 곳에서 자유를 누리는 자는 화려하게 단장하지 않으며 순리를 거슬러 비틀지 않는다. 그는 그저 "훔쳐보자"고 말할 뿐이다. "사랑과 죄와 고독이 하나이듯이, 그렇게/언 고욤이 단맛을 깊이 품듯이, 그렇게" 훔쳐보자고 말한다. 왜?

> 산 밑 가겟집에 모여 날마다
> 새우깡에 소주를 먹는 사람들,
> 주인 몰래 소주병 들고 가다 문턱에 걸려 자빠지는
> 실업失業의 금 간 얼굴들 더불어서
>
> -「낮아지는 저녁」 부분

바로 더불어 살아가기 위해서이다. 이들의 자유는 가진 것을 버린 다음 얻게 되는 반성적 자유가 아니다. 욕망을 넘어선 자유 혹은 욕망하지 않는 자유이다. 가지려고 하지 않는 마음 혹은 갖지 못한 것을 긍정하는 마음이다. 그것은 우산도 없이 졸지에 소낙비를 만나 머리가 젖고 옷이 젖고 신발이 젖고 마침내 다 젖은 뒤에야 누릴 수 있는 한여름의 시원한 쾌감과 같다. 이들과 함께 "사랑과 죄와 고독이 하나"인 세계를 견디며 살아가기 위해 핥아보고, 빨아보고, 훔쳐보고, 껴안아 보자는 거다.

낮음의 자유를 구가하는 시인은 통회할 필요가 없다. '가짐'에 관한 모든 것을 던져 버리고 '있음'에 관한 모든 것을 긍정한 자는 오히려 신에게 통회를 요구한다. "저희를 빚으신 그 죄/옷을 찢으며 통회하소서".(『촛불 미사』) 물론 신은 '죄인 아담'을 창조하지 않았고, 아담이 '죄지을' 세계도 '죄지은' 세계도 만들지 않았지만 낮음의 자유를 누리는 자는 신에게 통회할 것을 요구할 권리가 있다.

그것, 낮음의 자유가 당당하기만 한 게 아니라 윤리적이기까지 한 이유는 신에게 더 이상 바랄 게 없기 때문이다. 가진 것을 다 던져 버리고, 있는 것을 다 긍정하였으므로 이제는 "저희를 빚으신 그 죄"를 고발할 수 있는 것이다. 그러나 그것은 "아무리 참회해도 결코 구원받지 못하리라는 냉엄한 현실인식에 기반한 것"이라기보다 오히려 "분노와 회의를 넘어선 간절함"⁵⁴으로 읽히는 데 시적 역설이 있다.

신은 수많은 '가능한 아담들(우리들)'을 창조하였을 뿐이다. 아담들만 아니라 "가능한 실재성을 가장 많이 지니는 것을 선택"⁵⁵하여 이 세상을 창조했을 따름이다. 신에게 죄를 물을 수 있다면 바로 이것, 공존 가능한 것들의 '최대화'를 구현한 때문이다. 전동균은 물론 이러한 모든 있음을 긍정하고 낮음의 자유를 구가하지만, 그 근원적 고독까지는 어찌 할 수 없는 일이다. 이것이야말로 우리가 우리의 모든 가능성을 긍정하면서도 날마다 촛불을 켜고 미사를 드리는 이유이며, 신이 세상을 근심하며 조바심치는 이유이기도 하다.

고독은 물질적이다. 있음의 자유가 신체를 만날 때, 존재가 홀로서기를 통해 존재자가 될 때 고독은 이미 시작된다. 세상의 모든 '최대화'

---

54 남진우, 「이곳에 살기 위하여」, 전동균, 『우리처럼 낯선』, 창비, 2014, 121쪽.
55 질 들뢰즈, 『주름, 라이프니츠와 바로크』, 112쪽.

는 고독의 물질화이자 현재화이다. 그러므로 "푸른 하늘을 제압하는/노고지리가 자유로웠다"(김수영, 「푸른 하늘을」)고 부러워한 '어느 시인'의 말은 역시 수정되어야 한다. 노고지리는 긍정될 수 있지만, 결코 자유롭지 않다. 노고지리는 고독하다. 노고지리는 하늘에서 자유를 구가하지도 못하지만, 땅에서 부자유하지도 않다. 그의 고독은 있음에서 왔기 때문이다.

시인의 대긍정은 여기에 있다. 모든 있음을 긍정하고, 있음의 고독을 모두 긍정하는 데 있다. 고독은 제거의 대상이 아니라 긍정의 대상이다. 자유에는 "피의 냄새가 섞여" 있지 않으며, 혁명은 '고독한 것'이 아니다. 자유는 우리의 있음을 긍정하는 데 있으며, 진정한 혁명은 모든 대립과 대칭과 대자를 무화시키는 우발성의 형이상학에 있다.

그렇다면 돌아가 전동균의 자연주의와 윤리주의는 신에 대한 반역이 아니라 변호인지 모른다. 그가 발밑의 '허공'과 당신이 부르는 곳의 '절벽' 앞에서도 "캄캄한 울음을 촛불처럼 밝혀 들고" 갈 때, 자신이 아니라 오히려 당신에게 "기도하소서, 주여", "옷을 찢으며 통회하소서"라고 외칠 때 변증법적 모순론을 넘어선 대긍정의 사유가 녹아든다. 날마다 「촛불 미사」를 바치는 '저희'들은 모든 것을 던져 버리고 있음 자체를 긍정한 고독한 혁명가이다. 그들은 대립과 대칭과 대자가 무화된 땅을 딛고 선 당당한 자유민이다.

구원이 간절할수록 신에 대한 부정은 강해진다. 우리에게 영원히 도래하지 않을 구원이 있는 한 신에 대한 부정은 긍정의 다른 이름이다. 신을 부정하면 할수록 절실함의 강도는 강화되기만 한다. 「단 한번, 영원히」("재의 수요일이 오기 전에, 내 얼굴을 찢고"), 「때늦은 청원」("허기로 가득한 밥을 주소서"),「마른 떡」("파문하라, 나를 파문하라") 등이 보여 주는 역설과 부정의 어법도 전동균의 우이의 세계에 깊이를 더한다.

서정抒情–'죄처럼 구원처럼', 그렇게

구원을 열망하면서도 날마다 죄를 지으며 사는 자들의 세계에 서정이 있다. 그것은 "남의 집 문간방에서 혼자 담배나 피우며 사는 것"(「죄처럼 구원처럼」)을 바라는 자에게 주목하는 마음이며, "모과나무의/모과알"이 되기를 희망하는 마음이다. 서정은 높은 데 있지 않고, 빛나는 데 있지 않다. 서정은 변두리를 거닐고 귀퉁이에 살며 "조금씩 커지면서/둥글어"진다. 그렇게 서정은 '죄처럼 구원처럼' 세상의 한쪽 끝에서 다른 끝을 향해 펼쳐져 있다.

낮은 곳, 어두운 곳에 살며 중심이 아닌 데서 스스로 "흔들리면서⋯ 번져나오는" 서정은 반플라톤주의와 친연성을 맺는다. 법칙과 필연의 반대편에 우이가 있듯이 서정은 본질을 지시하지 않으며 형상을 강요하지도 않는다. 우발을 긍정하듯 서정은 끊임없이 생성되는 무한의 대긍정이다. 서정은 공간을 뛰어넘고 시간을 벗어난다. "민주주의의 아나키 상태를 善의 초월성에 복종시키려는"[56] 자를 플라톤주의자로 볼 수 있다면, 서정시인은 진정한 아나키스트이다.

서정과 함께 울고 웃으며 그것에 깊이와 넓이를 더하는 서정시인은 전체주의 공화국의 시민이 되는 것을 선호하지 않는다. 그들은 단체로

---

56 알랭 바디우, 같은 책, 76쪽.

드러내 놓고 시끄럽게 떠들지 않고 비틀지 않고 부수지 않는다. 그들은 언제나 중심의 바깥으로 회전하는 자유인들이다. 그런 점에서 "시는 전체를 통찰하지 않는다."[57]는 최영철 시인의 전언은 주목되어야 한다. 서정은 잠재적이고 잠세적인 생의 내재성을 긍정하는 그만큼 초월적 이념성을 부정하는 자들에게 강림한다.

> 그 무연한 눈길 와 닿으면
> 놀란 듯 흔들리면서
> 속에서 저절로 번져나오는
> 파아란 빛 퍼뜨리는 것
> 툭 떨어지는 것
>
> ―「죄처럼 구원처럼」 부분

이 순간, "남의 집 문간방"에 살며 "혼자 담배나 피우"기를 원하는 자의 낮아진 마음에 오는 것은 무엇인가. "놀란 듯 흔들리면서… 저절로 번져나오는" 이것은? 혼자 피우는 담배 연기를 가로질러 다가오는 '무연한 눈길'은 파아란 빛을 퍼뜨리게 하고, 툭 떨어지게 하고, 마침내 깨지게 하는 '것'이다. 죄와 구원을 구별할 수 없는 모순적 심상이 교묘하게 중첩돼 있다.

표면적으로 눈길의 진원지는 "빨래를 개키고 쪽마루를 닦고 방문을 여닫는" 늙도록 혼자인 누구이지만, 시적 화자와 그이는 마주하지 않았

---

57 최영철, 『시로부터』 산지니, 2020, 11쪽.

분열자의 산책

다. 서로 '혼자'인 이들은 마치 "세상에 없는 사람"과 같다. 그런데도 이들은 '무연한' 소통으로써 교감하고 있다. 무연하거나 은밀한 이들의 소통은 모종의 부도덕(죄)을 상정한다. 그러나 동시에 혼자(고독)의 비의에 대한 깨달음이라는 윤리(구원)를 표상한다.

"헐렁한 바지, 노끈으로 허리 묶고 서서/복사뼈 다 드러내고 서서" 핥아보고 빨아보고 훔쳐보고 껴안아 보자고 한 「낮아지는 저녁」의 심상과 같이 다 던져 버린 뒤 홀로 살아가기를 원하는 이들의 소통은 죄와 구원으로 분절되지 않고, '고독한' 삶이라는 존재론으로 상승된다. 우리는 너나없이 홀로 왔다 홀로 가는 존재들이다. 서정은 이렇게 '죄처럼 구원처럼' 온다.

또한 서정은 "푸른 하늘을 날아다니는 무수한 물고기 떼들/투명해서 하나도 보이지 않는다"(이종섶, 「억울하지 않은 계절」)와 같이 보이는 것과 보이지 않는 것을 구별하지 않고, "상처받지 않은 영혼이 어디 있으랴?"(랭보, 「지옥에서 보낸 한 철」)와 같이 아픔과 아프지 않음을 나누지 않는다. 서정은 보이지 않아도 볼 수 있으며, 아프지 않은 데서도 아픔을 찾아낼 수 있다. 서정은 삶에서 죽음을 떠올리고, 죽음에서도 삶의 에너지를 이끌어 낸다.

> 땅속으로 꺼진 무덤들
> 시장 난전의 손바닥 같은
> 바람의 비문碑文을 읽어야 해요
>
> ―「먼 나무에게로」 부분

'먼 나무'는 물론 '신성한 나무'이다. 지금-여기에 있는 나무이면서 "아흔아홉 설산 너머"에 있는 '늘 푸른 나무'이기도 하다. 그러나 나무의 신성성은 공간적이지 않다. 가까워서 오는 것도 멀리 있어 오는 것도 아니다. 그것은 또한 시간적이지도 않다. 시간은 유한하기 때문이다. 나무는 삶-죽음의 존재론적 층위를 벗어남으로써 신성하다. "공원 보신탕 입구 개사슬 묶인" 나무와 "다람쥐가 뱀을 잡아먹고 사람이 사람을 불태울지" 모르는 '그곳'의 "으렁 으렁 먼나무"가 동일자가 될 때 나무는 영원히 신성해진다.

서정은 죄와 구원을 구별하지 않듯 삶과 죽음도 나누지 않는다. 「먼 나무에게로」가 포함하고 있는 몇 가지 죽음의 표정들, "땅속으로 꺼진 무덤들"과 "강가에서 노숙하는 사람"과 '뱀'과 '불태워지는 사람'과 '묶인' 개까지, '신성한 나무'를 향해 나아가는 이들의 걸음에 웅숭깊은 서정의 기운이 넘친다. 그처럼 종말이 아니라면 죽음은 차라리 구원일지 모른다. 이런 무차별적 서정과 함께 "그곳으로 가시지요 열매를 매단 채".

또한 서정은 현실과 환상을 넘나들고(「오후 두시의 벚꽃잎」), 나와 당신을 갈마들고(「서쪽으로 다섯 걸음」), 짐승과 사람과 생과 사를 중층적으로 교차(「독신자 숙소」)하면서 '선의 초월성'에 복종하지 않는 참다운 반플라톤주의적 민주주의를 구가한다.

세계의 있음(고독)을 위무하는 서정의 힘은 전동균의 최근 두 시집 『우리처럼 낯선』과 『당신이 없는 곳에서 당신과 함께』 곳곳에 포진돼 있다. 그가 일관되게 보여 준 있음에 대한 절대적 긍정의 태도를 윤리주의로 부를 수 있다면, 그의 시세계는 있음과 서정의 우발성을 적극적으로 사유하는 우이의 시학으로 부를 수 있을 터이다. 그의 시학은 너무 작아서 보이지 않는 거대한 양자 중첩quantum superposition처럼 안개 속에서 혹은 어둠 속에서 우글거리고 꿈틀대는 있음들, 오직 있음들에 대한 시적 사유라고 할 수 있다. 이곳의 윤리는 있음의 윤리이며, 여기서 자유란 한없이 낮아지는 자유이다.

　우리는 그의 시세계를 통해 낡은 서정을 옹호하려는 게 아니다. 그것에 대한 대자적 저항으로서의 새로운 서정을 발견하고자 하지도 않는다. 오히려 모든 구별이 사라진 자리, 대립과 대칭이 철저하게 붕괴된 곳을 찾고자 할 뿐이다. 그리하여 오직 있음을 긍정하고, 배반당할 줄 알면서도 꿈꾸기를 멈추지 않는 가장 낮은 자유를 누리는 세계를 정립하고자 한다. 마침내 그곳이라면 서정은 "결국 인간에 의해 바쳐지는 '신곡神曲'"이 될 수 있을 것이며, 지상의 분리와 차별을 넘어 대긍정을 향유하는 전위로서의 시를 만날 수 있을 것이다.

제
2
부

'새로움'과 '사라짐'의 역설

화이트헤드와 매슈 아널드의 「포기^{Resignation}」

영원히, 한없이 무기력한 인간은 자신이 알 수 없는 시간, 선택하
지 않은 공간에 툭 하고 떨어진다. 인간은 '부름 받은 자들'이지 '부른
자들'이 아니다. 그러나 인간을 부른 세계는 자신에 대해 아무것도 말
해 주지 않는다. 세계는 거대한 미궁이다. 안절부절 서성거리며 두리
번거리며 끊임없이 질문과 함께 살아가는 인간에게 그것은 싸늘한 암
흑이다. 진공이자 무언無言이며, 철옹성이자 철벽이다. 때문에 "깊은
산 고요가 차라리 뼈를 저리우는"[1] 칠흑 같은 밤 우리는 하늘을 본다.
보이는 것이라곤 가늘디가는 별빛 혹은 사그라드는 숨결 같은 어둠뿐
이다.

인간이 하늘을 보는 이유는 '모름' 때문이다. 모르므로 하늘 너머 보
이지 않는 것을 보려 한다. '철학하는 인간'은 어쩌면 『티마이오스』와 데

---

1   정지용, 「장수산 1」, 『정지용 전집 1』, 민음사, 2003(개정판 1쇄), 157쪽.

미우르고스와의 끝날 수 없는 대화에 빠져들 것이다. 그는 이 세계의 원인을 찾는 간절한 질문자이다. 원인이 어디에 있느냐를 두고 철학하는 인간들은 오랜 세월 숱하게 분기하며 합종연횡을 해 왔다. 원인을 '너머'에 둔 철학과 '안'에서 찾는 사유 사이에 수많은 스펙트럼이 있다. 그러나 어떤 철학도 아직 답을 찾지 못했다. 그들은 여전히 질문자들이다.

'시시詩詩한 인간'은 같은 하늘을 보면서도 질문하는 게 아니라 느낌에 주목한다. 그의 언어는 물음보다 느낌이다. 그는 밤하늘의 신비를 논증적으로 탐구하는 질문자가 아니라 스치는 별똥별의 빛나는 한순간에 경의를 표하는 사람이다. 시적 인간은 알 수 없는 원인을 찾기보다 오히려 그것의 부재를 받아들이는 '느낌'의 양상에 주목하는 자이다. 어떤 이는 웃고, 어떤 이는 운다. 웃음과 울음 사이에 수많은 스펙트럼이 있다. 시적 인간은 그 스펙트럼을 영원히 떠도는 존재자들이다.

세계의 원인을 찾기 위한 인간의 탐색을 철학이라고 할 수 있다면, 무기력한 인간의 숙명에 구원의 빛을 던지려는 행위를 시라고 할 수 있으리라. 철학은 광활한 우발성의 우주에 단 하나의 원인을 두려워하지만, 시는 장구한 시간의 바다를 건너는 한 척 나룻배를 꿈꾸는지 모른다. 시가 정서적이라면 그것은 인간을 위한 구원의 표징을 찾는 내적 갈망 때문이며, 철학이 이성적이라면 그것은 인간의 외부에 원인이 있음을 사유하기 때문이다. 때문에 철학과 시는 영원히 만나지 못한다. 둘은 서로 다른 곳에서 다른 방식으로 살아간다.

시인이 철학자를 경멸한다면 그것은 철학자가 인간을 배제한 우주를 꿈꿀 때뿐이다. 하지만 철학자는 어떠한 경우에도 인간을 벗어날 수 없다. 만일 철학자가 시인을 경멸한다면[2] 그것은 시의 매혹에 빠질 것을 두려워하는 질문자의 탐구 본능 때문이다. 시는 시인 본인에게도 철학자에게도 매혹적인 위안의 수단이다. 시는 언제나 인간과 함께 인간을 위하여 철학이 열정적으로 걸어가는 길과 같은 방향으로 나아가지만 그들은 아직 만난 적이 없다.

화이트헤드Alfred North Whitehead, 1861~1947가 "새로운 시대는 저마다 직접적으로 그에 선행하는 시대의 미적인 신들에게 가혹한 싸움을 걸어서 이력을 쌓기 시작한다"[3]라며 매슈 아널드Matthew Arnold, 1822~1888의 「포기」를 통해 새로움과 사라짐의 역설[4]을 논의한다거나, 들뢰즈가 말라르메의 「벨기에 친구들을 추억함」을 언급하며 '주름의 시'를 주창한 것은 철학과 시 사이에 모종의 연결고리가 있다는 점을 확인하게 한다. 동서양을 막론하고 시와 철학의 연관성은 일관되게 인정되어 왔다. 현대철학도 현대시를 주목해 왔다. 푸코와 로트레아몽, 하버마스와 샤를 보들레르, 데리다와 파울 첼란, 바디우와 페르난두 페소아 등 그 사례는 너무나 많다.

그렇다고 이러한 사례들이 곧 철학과 시의 만남을 의미하는 것은 아니다. 그들은 여전히 서로 다른 방식으로 자신들의 말을 할 뿐이다. 화이트헤드가 **"물리적 느낌**이 언제나 인과성을 막연하게 고집하는 것과 마찬가지로 **고차적인 느낌**은 늘 또 다른 질서를 막연하게 고집하고 있

---

2 "철학자는 때로 시인들을 경멸하기도 하는 것이다. 그것이 철학의 무의식이다.", 신형철, 『몰락의 에티카』, 문학동네, 2008, 297쪽.

3 앨프리드 화이트헤드, 『과정과 실재』(오영환 옮김), 민음사, 2016(2판 7쇄), 643쪽.

4 "세계는 새로움을 갈망하고 있으면서도, 친숙했던 것들과 사랑했던 것들을 동반하고 있는 과거를 상실하게 될지 모른다는 두려움을 한시도 떨쳐 버리지 못하고 있다는 **역설**에 직면해 있다."(강조-인용자) 앨프리드 화이트헤드, 같은 책, 642쪽.

분열자의 산책

다"(강조-인용자)[5]고 한 것은 그들 사이의 평행선이 여전하다는 것을 표상한다. 그들의 주거 공간은 멀고 언어도 다르다. 철학은 여전히 질문하고 있으며, 시 또한 느낌의 양상을 기록하고 있을 따름이다.

화이트헤드는 "어떠한 존재entity도 우주의 체계로부터 완전히 분리되어서는 파악할 수 없다는 것, 그리고 사변철학의 임무는 바로 이러한 진리를 밝히는 일"[6]이라며 자신의 철학을 '유기체 철학'이라고 명명했다. 또 유기체 철학은 스피노자의 도식과 매우 유사하다면서도 "사고의 주어-술어 형식을 버린다는 점"에서 그것과 다르다고 했다. 스피노자의 사유는 데카르트와 달리 세계의 원인을 세계 바깥에서 찾지 않은 점에서 유기체 철학과 닮았지만, 그가 '실체-속성' 개념으로 세계를 도식화했던 것[7]과 달리 자신은 "역동적 과정Dynamic Process의 기술"[8]로 대체한다고 했다.

스피노자와 마찬가지로 화이트헤드에게 원인은 끊임없이 연결된 세계에 내재해 있다. "모든 사물은 흐른다All things flow"[9]는 명제는 그의 이른바 '과정 철학'의 기본 명제이다. 『노자』에 보이는 '상선약수上善若水'의 사유와 같이 '흐름'은 단 한 번도 끊어지지 않는다. 완전히 연결된 세계이다. '흐름'은 공간적 연속성만이 아니라 '끊임없이 소멸하는 것'으로서의 시간적 영원성을 포함한다. 시간은 늘 새로움을 갈망하지만, 동시

---

5 앨프리드 화이트헤드, 같은 책, 643쪽.
6 앨프리드 화이트헤드, 같은 책, 52쪽.
7 B. 스피노자, 『에티카』(강영계 옮김), 도서출판 서광사, 2016, 19~21쪽.
8 앨프리드 화이트헤드, 같은 책, 58쪽.
9 앨프리드 화이트헤드, 같은 책, 419쪽.

에 사라져 가는 것들에 대한 공포를 함축한다. 새로움과 사라짐의 공존, 이것은 역설이다.

　시는 언제나 새로움을 갈망한다. 그렇게 하면서 시는 영원히 사라진다. 시의 탄생은 곧 시의 죽음이다. "문학이라 불리는 것의 역설적 구조는 문학의 시작이 곧 종말이 되게끔"[10] 한다. 이 역설의 한복판에서 화이트헤드는 매슈 아널드의 「포기」 도입부 2행을 인용했다.[11]

> To die be given us, or attain!
> Fierce work it were, to do again.

> 죽음이 주어져라, 아니면 죽음이 있게 하라,
> 또 한 번 하는 것이 가혹한 일이라면.[12]

　「포기」는 1849년 간행된 매슈 아널드의 시집 『The Strayed Reveller, and Other Poems길 잃은 낭인들, 그리고 다른 시들』에 수록된 작품이다. 누이동생에게 주는 충고를 담고 있는 이 작품은 전체 276행의 대작이다. 『과정과 실재』의 번역자 오영환은 "이 두 행은 메카를 향해 가는 순례자가 표현한 소감"이라며 화이트헤드가 매슈 아널드의 표제 「포기」가 의도한 바와 다른 의미로 받아들이고 있다고 했지만, 그런 것과 상관없이 탄생 속에 죽음이 있으며 그것을 '다시 하는 것to do again'이야말

10　자크 데리다, 『문학의 행위』(정승훈·진주영 옮김), 문학과지성사, 2013(제1판 제1쇄), 60쪽.
11　앨프리드 화이트헤드, 같은 책, 643쪽.
12　한국 화이트헤드학회 창립 회장이기도 한 오영환은 첫 행에서 문자 부호 '!'를 ','으로 바꾸는 외에도, 둘째 행에서는 어기(語氣) 강조를 위해 도치된 "Fierce work it were,"를 먼저 해석하지 않는 등 의역을 시도했다.

로 흉포한 일이라는 사유의 핵심은 생생하게 살아난다.

'끊임없이 소멸하는 것'으로서의 시간에 대한 화이트헤드의 날카로운 인식은 매슈 아널드의 「포기」에 주목했다. 거기에서 탄생과 죽음, 새로움과 사라짐의 공존에 대한 시적 통찰을 읽은 때문이리라. 이를 두고 철학과 시의 만남이라고 말할 수는 없지만, 적어도 둘이 걸어가는 길의 방향이 같다는 것은 확인할 수 있다.

아래에 졸역한 「포기」 도입부 21행을 원문과 함께 싣는다.

죽음이 우리에게 주어지거나, 아니면 이르게 하라!

흉포한 일, 그것을 다시 하는 것은

그리하여 순례자들은, 메카로 향하며 기도했다

불타는 정오에, 그 전사들은 말했다,

십자가를 목도리처럼 두르고,

자신들이 몸부림치던 기록이 소용돌이치는 수 마일의 먼지를 바라

보며

리디아 산 아래, 그래서 눈이

알프스 정상을 장밋빛 소용돌이로 에워쌀 때

고트족은 로마로 향했고, 훈족도 그곳으로 향했다

자신들 안장에 쭈그려 앉아,

불타는 태양이 물에 잠긴 광야로 소름 끼치게 쏟아질 때

신음하는 다뉴브강이 잡아끄는 데서

음울한 흑해까지, 그러니 모두 기도하라,

지치게 하든, 제정하든, 매혹하든

그들은 스스로 제의하기 때문이다.

이런 흔한 마무리

얻어진 목표는, 휴식을 줄 수도 있지.

그러니 그들에게 기도하라, 그리고 다시 일어서라.

그들이 한때 섰던 자리는, 그들에게 고통이었다.

고통은 물러났다가도 다시 시작되어

과거의 해협, 해류를 지나 오래도록 나아간다.

-「포기」 부분

To die be given us, or attain!

Fierce work it were, to do again.

So pilgrims, bound for Mecca, pray'd

At burning noon: so warriors said,

Scarf'd with the cross, who watch'd the miles

Of dust that wreath'd their struggling files

Down Lydian mountains: so, when snows

Round Alpine summits eddying rose,

The Goth, bound Rome-wards: so the Hun,

Crouch'd on his saddle, when the sun

Went lurid down o'er flooded plains

Through which the groaning Danube strains

To the drear Euxine: so pray all,

Whom labours, self-ordain 'd, enthrall;

Because they to themselves propose

On this side the all-common close

A goal which, gain'd, may give repose.

So pray they: and to stand again

Where they stood once, to them were pain;

Pain to thread back and to renew

Past straits, and currents long steer'd through.

-「Resignation」 부분

주름진 세상, 주름진 시

들뢰즈와 스테판 말라르메의 「벨기에 친구들을 추억함^{Remémoration d'amis belges}」

들뢰즈는 바로크 예술의 미적 특질을 '주름'으로 보았다.[13] 주름은 기능적 비유어가 아니라 "단지 모든 물질에 영향을 주는 데에 멈추지 않"고 "스케일, 속도 그리고 상이한 벡터들에 따라 표현의 물질"[14]이 되는 그것이다. 산이 그렇고, 물이 그렇고, 구겨진 종이와 살아 꿈틀대는 뇌세포의 운동이 주름이다. 임계속도를 넘긴 파도가 철벽이 되듯이, 분자운동의 속도에 따라 거대한 암벽도 물결친다. 그렇다면 주름은 어떤 본질을 지시한다.[15] 세계의 본질은 주름이다. 주름의 보편화, 혹은 그것의 우주화.[16]

---

13 바로크 예술(Baroque Art)을 설명하는 백과사전적 정보와 상관없이 17세기 초부터 18세기까지 대략 150여 년간 유럽 예술은 '주름의 시대'였다는 것이 질 들뢰즈의 통찰이며, 더 나아가 세계는 곧 주름이라는 사유를 전개했다.

14 질 들뢰즈, 「바로크란 무엇인가?」, 『주름, 라이프니츠와 바로크』 68~69쪽.

15 "바로크는 어떤 본질을 지시하지 않으며, 그보다는 오히려 어떤 연산 함수, 특질을 지시한다."라는 들뢰즈의 발언은 플라톤이나 아리스토텔레스 이래 이원론적 전통이 견지하고 있는 본질(이데아, 에이도스, 형상, 실체) 개념에 대한 거부를 뜻한다. 질 들뢰즈, 「물질의 겹주름」 같은 책, 11쪽.

16 "주름은 더 나아가 '형상'을 결정하고 나타나게 하며, 이것을 표현의 형상, 게슈탈트, 발생적 요소 또는 변곡의 무한한 선, 유일한 변수를 가진 곡선으로 만든다." 질 들뢰즈, 「바로크란 무엇인가?」 같은 책, 69쪽.

분열자의 산책

바로크의 어원은 중세 라틴어 'Baroco'라는 견해가 많다. 울퉁불퉁한 진주의 모양을 묘사할 때 사용되었다고 한다. 둥그런 진주와 우그러진 진주 사이에 바로크가 있다. 규칙과 불규칙 사이, 코스모스와 카오스 사이에 바로크가 있다. 결정성을 포함한 우발성이, 영토화를 포함한 탈영토화가, 필연을 포함한 우연이… 이런 식의 탈주가 무한히 연장될 때 주름은 다시 세계의 본질을 지시하게 된다. 들뢰즈에게 주름은 그의 존재론에 근거한 형이상학적 체계의 근간이다.[17]

주름진 세계가 있고, 그 세계를 드러내는 주름이 있다. 바로크 미술이 있고, 바로크 음악이 있다. 바로크 건축과 바로크 조각, 바로크 식탁과 바로크 음식, 바로크 신발, 바로크 수건… 바로크를 접두어로 하는 수많은 하위 갈래들이 있다. 들뢰즈는 그 갈래들을 장르론적으로 정의하는 대신 여섯 가지 규준으로 정리했다. 주름, 내부와 외부, 높은 곳과 낮은 곳, 펼침, 텍스처들, 패러다임 등이 그것이다. 모두 주름진 세계의 조형적 원리를 함축한다.

"주름은 물질과 영혼, 파사드와 닫힌 방, 외부와 내부를 분리시키거나 또는 그 사이를 통과한다."[18] 우리는 알고 있다. 우리의 영혼은 '영혼'이라는 단어로 표현되지 않는다는 것을. 그것은 수천만 수억만 편린들과 순간들이 시시각각 유동하고 반응하는 어떤 운동체에 가깝다. 또한 물질은 단면이 아니며, 그것으로 분해되지 않는 겹겹이 주름진 주름들의 집합에 가깝다. 따라서 파사드의 대립은 닫힌 방이 아니며, 외부

---

17 주름을 들뢰즈의 다른 책에서 보이는 대로 리좀이라고 한다거나, 기관 없는 신체라고 해도 무방할 것이다. 물론 클리나멘이나 모나드, 애벌레라고 할 수도 있겠다. 주름은 명사도 아니지만, 대명사도 아니다. 규칙성을 포함한 불규칙성, 필연성을 포함한 우발성, 차이를 포함한 반복과 같은 어떤 존재론적 특질을 함축할 뿐이다.
18 질 들뢰즈, 「바로크란 무엇인가?」, 같은 책, 69쪽.

의 대립은 내부가 아니다. 내부 안에 새로운 내부가 있고, 외부 바깥에 또 다른 외부가 있다. 주름은 안으로도 무한히 접혀 들며, 밖으로도 영원히 접힌다. 안팎은 대립적 개념이 아니다.

또 두 개의 층이 있다. "파사드-물질은 아래로 가고, 반면에 방-영혼은 위로 오른다."[19] 아래의 물질은 두 번 접혀 있다. 한 번은 견고하지 않은 탄력적인 물질의 본성에 따라, 또 한 번은 고유한 조형적 원리에 따라 기관을 구성한다는 점에서 접혀 있다. 물질은 겹주름이다. 그리고 영혼은 자신의 "주름들 위로 돌아다니는 한에서"[20] 그 테두리라는 조건에서 주름져 있다. 아래와 위는 물질의 열등성과 영혼의 우등성을 의미하지 않는다. 언제나 낮은 것보다 더 낮은 것이 있고, 높은 것보다 더 높은 것이 있다. 수직적 위계는 없고, 우열의 대립도 존재하지 않는다.

펼침은 "확실히 접힘의 반대나 소멸이 아니라, 접힘 작용의 연속 또는 확장, 접힘이 현시顯示되는 조건"[21]이다. 접힘이 있고 펼침이 있지만, 둘은 떨어져 있을 수 없다. 시작과 끝이 붙어 있고 탄생과 소멸이 한 몸이듯 둘은 일의적이다. 펼침과 함께 주름은 '물질의 겹주름' 안에서 색을 진동시키고, '비물질적인 표면'[22] 안에서 빛을 진동시킨다. 스토아주의의 후계자를 자임하는 들뢰즈는 펼침과 접힘을 물질적 층위에서도 설명하지만, 그것과 떨어질 수 없는 의미론의 측면에서도 해명한다. 바로크의 주름은 접힘과 펼침의 분리되지 않는 운동 속에서 무한한 의미

---

19 질 들뢰즈, 「바로크란 무엇인가?」, 같은 책, 69쪽.
20 질 들뢰즈, 「물질의 겹주름」, 같은 책, 11쪽.
21 질 들뢰즈, 「바로크란 무엇인가?」, 같은 책, 71쪽.
22 스토아주의에서 '의미'는 '물질'과 분리된 것이 아니라 그것의 표면효과이다. 물질적 사건은 그것을 해석하는 주체의 계열에 따라 거의 무한한 의미를 형성할 수 있다. 몰가치한 축구공 하나가 골라인을 통과한 사건을 받아들이는 계열이 무한한 것과 같다.

분열자의 산책

를 형성한다.

"일반적으로, 물질의 텍스처를 구성하는 것은, 그 물질이 스스로 접히는 방식이다."[23] 들뢰즈의 존재론은 주름진 세상을 만든 주름의 원리를 텍스처로 풀어 낸다. 바로크의 형태는 늘어남이라기보다 이력현상 hysteresis이다.[24] 물질은 자신이 거쳐 온 과거에 의존history-dependent한다. 주름이 주름을 만나 주름을 낳고, 사람이 사람을 만나 사람을 낳는다. 이로써 바로크의 주름들은 하나도 같지 않고, 모든 게 다르지 않은 텍스처를 이룩한다.

그리고 패러다임, '주름의 물질적 합성체들(텍스처)'은 어떤 형상적 요소 혹은 표현의 형식을 갖는가. 미적 영역을 넘어선 주름의 존재론은 어떤 패러다임을 보여 주는가. 들뢰즈는 "플라톤적 패러다임은 여전히 텍스처에 머물러 있으며 주름의 형상적 요소들을 끌어내지 않는다."[25]고 말한다. 세계의 바깥에 있는 이데아는 세상의 주름을 낳을 수 있지만(귀납), 그 주름의 형상적 원리를 연역할 수 없다는 것. 때문에 패러다임은 '마니에리슴maniérisme'[26]적인 양태 혹은 양상이 되며, 플라톤적 본질주의가 아니라 양태주의라는 맥락에서 비로소 세계의 본질이 된다.

이처럼 저 작은 소립자의 세계로부터 광대한 우주에 이르기까지 모든 것은 주름져 있다. 차디찬 돌덩이부터 뜨거운 태양에 이르기까지,

---

23 질 들뢰즈, 「바로크란 무엇인가?」 같은 책, 72~73쪽.
24 어떤 물리량이 그때의 물리적 조건만으로 일의적으로 결정되지 않고, 이전에 그 물질이 경과한 상태의 변화 과정에 의존하는 현상이다. 자성체의 자기이력, 탄성체의 탄성이력 등이 있다.
25 질 들뢰즈, 「바로크란 무엇인가?」 같은 책, 75쪽.
26 "들뢰즈가 라이프니츠 철학을 maniérisme이라고 말하고, 그것을 본질주의(essentialisme)에 대립시킬 때, 우리는 이것을 '양태주의' 정도로 번역해 받아들일 수 있을 것이다." 질 들뢰즈, 「바로크란 무엇인가?」 같은 책, 70쪽(역주 30).

시커면 죽음의 블랙홀로부터 갓 태어난 아기에 이르기까지 모든 것은 주름져 있다. 여섯 가지 규준으로 정리된 주름의 원리를 따라 들뢰즈는 "우리는 전성설에 미래가 없다는 관점에 확신을 갖지 않는다."[27]고 말한다. 현대 생물학의 상식에 반하는 바로크 발생학의 포고문 같은 발언이다. 어쩌면 우리는 그를 따라 세상 끝까지 주름을 노래하며, 새로이 탄생하는 아기들의 펼침을 축복해야 할지 모른다.

주름은 대립을 모른다. 주름은 모든 대립으로부터 자유롭다. 안팎도 위아래도 대립되지 않으며, 접힘도 펼침과 대립되지 않는다. 자신이 자신과 대립하지 않는 것처럼 주름진 세상도 자신과 대립하지 않는다. 주름은 거대한 긍정의 사유다. "어떠한 철학도 단 하나의 유일한 세계의 긍정, 그리고 이 세계 안의 무한한 차이 혹은 다양함의 긍정을 이토록 멀리까지 밀고 나가지 못했다."[28]는 헌사는 들뢰즈에게도 돌려져야 한다.

지제크는 들뢰즈를 적대시하면서 그가 "인용 부호 없이 자유간접화법으로 해석된 저자를 통해 직접 말하면서 모든 것을 승인한다."며 그러한 행위와 "'실제론적' 해석 사이의 관계는 항문 삽입과 '온당한' 질 삽입 사이의 관계와 같다."[29]고 했지만, 그것이 '철학적 비역질'이라 매도할 근거는 되지 않는다. 지제크와 상관없이 들뢰즈는 플라톤과 아리스토텔레스, 스토아주의자들과 루크레티우스, 토마스 아퀴나스와 둔스 스코투스, 데카르트와 스피노자와 라이프니츠와 칸트와 헤겔을 읽었다. 그리고 그들에게서 대긍정의 철학에 이르렀다.

---

27 질 들뢰즈, 「물질의 겹주름」 같은 책, 25쪽.
28 들뢰즈가 라이프니츠에게 바친 헌사. 질 들뢰즈, 「충족 이유」 같은 책, 109쪽.
29 슬라보이 지제크, 「들뢰즈-헤겔1: 들뢰즈 뒤에 달라붙기」, 『신체 없는 기관』, 도서출판b, 2013(초판 3쇄), 100~101쪽.

주름진 세상이 있으므로 주름진 시가 있다. 말라르메는 벨기에 친구들을 추억한다. 세월은 흘러 이젠 어느 숨결도 뒤흔들 수 없는 '완벽한 늙음'에 도달한 사람, 거의 향 피운 거나 진배없는 사람이다. 겹겹이 주름진 시간 앞에서 완벽히 늙은 사람은, 이미 자신을 넘어 주름의 세계다. "pli selon pli^{주름 또 주름}". 그러므로 시간 앞에서 혹은 시간과 함께 '짝 잃은 지 오랜 돌덩이'는 자신의 "주름을 한 꺼풀 두 꺼풀" 벗겨낸다. 그것은 되접기일 수 있다. 접힘과 펼침은 하나다.

'우리 시원의 기억'은 아득하고, 따라서 우리의 우정은 '갑작스럽고', 시간은 "태고의 방향芳香 대신 시간을 뿌려댄다". 추억이나 회상이 무의미할 정도의 기나긴 시간, "무척이나 흡족하게도" 늙음 혹은 주름은 흘러 흘러 떠돈다. 시간과 주름과 늙음의 복합적 이미지가 교묘하게 연결된다. 그리고 다시 진부할 새 없는 '어여쁜 이들', 새벽을 배가시키는 백조의 소요 속에서 도시는 '장엄한 표정'으로 내게 알려 주었다. "그가 낳은 아들 중 어떤 이들에게 또 한 번의 비상을 지시하는가를". 주름은 접히고 펼쳐지면서 무한히 이어진다.

주름진 세계가 있고, 주름진 시가 있다. "주름은 아마도 말라르메의 가장 중요한 관념일 것이다. 아니 관념일 뿐만 아니라, 차라리 그를 위대한 바로크 시인으로 만드는 작동, 조작적 행위다."[30]

세월은 흘러 이제 어느 숨결도 그를 뒤흔들지 못하리
거의 향 피운 거나 진배없는 완벽한 늙음

---

30 질 들뢰즈,「바로크란 무엇인가?」같은 책, 60쪽.

그로부터 달아나려는 듯 뚜렷이 나는 느끼네
짝 잃은 지 오랜 돌덩이 저의 주름을 한 꺼풀 두 꺼풀 벗겨내는 것을

늙음, 흘러 떠돌거나, 스스로 이것만을 증거하는 듯하이
우리 시원의 기억 아득하나 몇 사람은 무척이나 흡족하게도
새롭게 맺은 우리 우정의 갑작스러움 위에
태고의 방향芳香 대신 시간을 뿌려댄다는 것을

오 우리 만난 어여쁜 이들, 진부할 새 없는
브뤼헤에서 옛적 은하엔 백조 여럿
어지러이 소요하며 새벽을 배가시켰도다

그때 이 도시는 장엄한 표정으로 내게 알려주었지
날개 치듯 신속히 정기를 퍼트리도록
그가 낳은 아들 중 어떤 이들에게 또 한 번의 비상을 지시하는가를
-「벨기에 친구들을 추억함」 전문

A'des heures et sans que tel souffle l'émeuve

Toute la vétusté presque couleur encens

Comme furtive d'elle et visible je sens

Que se dévêt pli selon pli la pierre veuve

분열자의 산책

Flotte ou semble par soi n'apporter une preuve

Sinon d'épandre pour baume antique le temps

Nous immémoriaux quelques-uns si contents

Sur la soudaineté de notre amitié neuve

O trés chers rencontrés en le jamais banal

Bruges multipliant l'aube au défunt canal

Avec la promenade éparse de maint cygne

Quand solennellement cette cité m'apprit

Lesquels entre ses fils un autre vol désigne

A prompte irradier ainsi qu'aile l'esprit.

-「Remémoration d'amis belges」전문

"해부대 위에서의 재봉틀과 우산의 우연한 만남처럼"

푸코와 로트레아몽의 『말도로르의 노래』Le Chant de Maldoror

"이 책의 탄생 장소는 보르헤스의 텍스트이다."[31]

푸코Michel Foucault, 1926~1984의 주저 『말과 사물』의 서문은 이렇게 시작한다. 그는 보르헤스의 텍스트들에서 (1)'존재물의 무질서한 우글거림'을 완화해 주는 '정돈된 표면과 평면'을 모조리 흩뜨리고, (2)우리의 오랜 관행인 '동일자와 타자他者의 원리'에 '불안정성과 불확실성'을 오래도록 불러일으키고, (3)급기야 '우리의 사유', 우리의 시대와 우리의 지리가 각인되어 있는 사유의 친숙성을 깡그리 '뒤흔들어 놓는 웃음'을 보았다.

여기서 푸코가 추구했던 것은 명확해진다. 그는 존재물이란 원래 무질서하게 우글거리는 것이며, 바로 그 우글거림을 논증하고자 했다. 우

---

31 미셸 푸코, 「서문」, 『말과 사물』(이규현 옮김), 민음사, 2018(개역판 10쇄), 7쪽.

분열자의 산책

글거림은 불안정성과 불확실성이다. 그것은 '나'와 '너'를 구분하지 않는다. 세계는 수많은 '나'가 우글거리고 있는 공간일 뿐이다. 동일자와 타자는 없으며, 따라서 대립도 없다. 푸코는 플라톤 이래 수천 년 이어져 온 이원론과의 확실한 결별을 추구했다. 그는 보르헤스의 텍스트에서 "사유의 친숙성을 깡그리 '뒤흔들어 놓는 웃음'"을 보았다.

가령 푸코는, 보르헤스가 인용한 '어떤 중국 **백과사전**'(강조-인용자)에 따르면 동물은 "a)황제에게 속하는 것, b)향기로운 것, c)길들여진 것, d)식용 젖먹이 돼지, e)인어人魚, f)신화에 나오는 것, g)풀려나 싸대는 개, h)지금의 분류에 포함된 것, i)미친 듯이 나부대는 것, j)수없이 많은 것, k)아주 가느다란 낙타털 붓으로 그린 것, l)기타, m)방금 항아리를 깨뜨린 것, n)멀리 파리처럼 보이는 것"으로 분류되어 있다며 웃었다.

히포크라테스와 아리스토텔레스를 비웃듯 '어떤 중국 백과사전'의 동물 분류는 기존의 지식 체계를 무너뜨리고 상식을 배반한다. 여기에는 각 항목들을 "연결할 공통의 바탕 자체가 무너져 있다". 푸코 자신의 말대로 불가능한 것은 이 동물들의 '근접'이 아니라, '인접할 수 있는 장소'이다. 이들에게는 '공존의 궁전'이 없다. 그것은 '언어의 비非-장소'[32]가 아니라면 한 곳에 모일 수 없는 것들이다. 한마디로 언어로만 묶을 수 있는 비물질적 분류표라는 생각이다.

"보르헤스를 읽을 때 웃음을 자아내게 하는 거북함은 아마 언어가

---

32 주지하다시피 스토아철학은 "세계란 일차적으로 거대한 질서를 형성하는 물체들의 집합체"로 보았다. 세계의 '원인'은 일차적으로 '물체들'이며, 그 '결과'는 물체들의 운동으로 인해 발생되는 '사건들'이다. 이 사건들이 '비물체적인 것들'이다. 물질과 비물질의 대립을 무너뜨리는 스토아적 사유는 여기서 푸코로 연결된다. 스토아철학은 공허, 장소, 시간, 렉톤(lekton, 언어로만 표현 가능한 것)을 비물질적인 것이라 했다.

손상된 사람의 깊은 불안과 유사할 것이다. 다시 말해 장소와 이름의 '공통성'을 상실한 탓일 것이다."[33] 보르헤스가 보여 준 분류상의 왜곡과 비균질적인 공간 때문에 우리는 한편으로 웃으며, 다른 한편으로 불안감을 느낀다. 분류표가 거북함과 불편함을 주지 않고 사실로 확증되는 토대는 '요소들의 체계'가 갖춰진 질서이다. 이것이 흔들리면 온 세계가 뒤흔들린다.

"질서의 존재에 대한 맨 경험이 존재한다."[34] 지적 에너지에 충만했던 젊은 푸코가 분석하고자 했던 것은 바로 이 '경험'이었다. 질서가 있음을 느끼고, 그것이 변화되는 과정에 주목하고, 마침내 붕괴되고 새로운 질서가 정립되는 과정을 인식한다는 것, 그것을 푸코는 '고고학'이라 불렀다. 그것은 "역사상의 어떤 선험적 여건을 바탕으로, 어떤 실증성의 조건 속에서 사상이 출현하고 과학이 구성되고 경험이 철학에 반영되고 합리성이 형성되고는 … 해체되고 사라질 수 있는가"[35]를 찾는 학문이다.

따라서 그것은 지식의 흥망성쇠를 다루는 '지식의 고고학'[36]이다. 지식의 공간은 무엇으로 이루어졌는가. 어떤 질서에 따라 지식이 구성되었는가. 세상을 인식하는 체계이자 세계를 해명하는 이론으로서 '지식 자체'는 어떤 궤적을 그리며 변화해 왔는가. 푸코는 하나로 규정할 수 없는 지식의 본질을 묻지 않고, 지식 자체가 어떤 운동을 하며 생멸했는가에 관심을 두었다. 그것에 따르면 지식의 공간에 어떤 인식의 형태

33 미셸 푸코, 같은 책, 12~13쪽.
34 미셸 푸코, 같은 책, 16쪽.
35 미셸 푸코, 같은 책, 17쪽.
36 실제로 푸코는 1969년 『지식의 고고학(L'Archéologie du Savoir)』을 출간했다.

분열자의 산책

가 등장하는 지형(에피스테메)이 있고, 그 속에서 자신만의 고유한 방법론을 펼치며 한 시대를 해명하려는 지적 운동체가 나타난다.

언표이론을 기반으로 한 푸코의 에피스테메는 담론 형성의 조건에 대한 시대적·사회적·심리적 지평을 선험적으로 추상화한 게 아니다. 오히려 한 시대의 방대한 연구 성과를 엄밀하게 분석한 결과이자 그에 따른 경험론적 분류학의 총화에 가깝다. 때문에 그는 '어떤 에피스테메가 득세했다고 해서 특정 시대와 문화의 모든 사람들이 그 노선을 따라가는 것은 아니'라고 했다. 그러므로 일상의 우리가 시시각각 봉착하는 판단 의탁의 비주체적 상황의 총합은 결코 에피스테메가 아니다. 푸코는 개성적 주체들의 천변만화를 세세하게 살핀 끝에 그 기저에 흐르는 바탕을 포착한 것이다.[37] 바로 거기에 로트레아몽Lautréamont, 1846~1870[38]이 있고, 『말도로르의 노래』가 있다.

푸코는 말했다. "서양 문화의 가장 깊은 지층을 파헤치려는 우리의 시도는 바로 잠잠하고 겉보기에는 움직이지 않는 듯한 우리의 밑바탕에 단절, 불안정성, 균열을 되돌려 주려는 것인데, 우리의 발아래에서 다시 뒤흔들리는 것은 바로 이 밑바탕이다."[39] 그리고 이것은 또한 우리와 우리의 문화에도 마찬가지이다. 푸코와 함께 우리도 이러한 뒤흔들림을 보기 위해 연속과 안정성과 견고성을 깨뜨리는 로트레아몽을 읽고자 한다.

---

37 김재홍, 「주체적 개인을 위협하는 고도 정보화 사회의 역설」, 『서강대학원신문』(제141호), 2017.6.5, 2~3쪽.
38 본명은 이지도르 뒤카스(Isidore-Lucien Ducasse)이다. 외교관이었던 아버지의 영향으로 우루과이 몬테비데오에서 태어나 1859년 프랑스로 넘어와 타르브와 포의 리세에서 기숙생으로 수학했다. 『말도로르의 노래』(1869)와 『시법(Poésies)』(1870)이란 글 이외에 전기에 관해 알려진 바가 거의 없다. 로트레아몽은 무명으로 살다 스물넷에 요절했다.
39 미셀 푸코, 같은 책, 22쪽.

물론 푸코는 보르헤스를 찬양해 마지않았지만 그에 못지않게 '뒤흔들림'의 본성을 보여 준 『말도로르의 노래』에 주목했다. 생전에 로트레아몽은 이 특별한 산문시를 단편으로만 발표하다가 끝내 무명으로 사망했다. 그리고 사후 50여 년 만에 상드라르, 수포 등에 의해 재평가되어 전체 작품이 발표되었다. 50년이라면 일제 35년보다 15년이 더 긴 시간이고, 조선시대 군왕의 평균수명 46세[40]보다 길다. 이는 물론 안타까운 일이지만, '뒤흔들림'의 처지에서 보면 생명을 바친 한 시인을 기억하는 강렬한 오마주라고 할 수 있겠다.

총 여섯 편의 '노래'로 구성된 『말도로르의 노래』 첫 번째 노래는 시인의 이름 대신 별 세 개(★★★)로 표시되어 1868년 발표되었고, 이듬해 모든 노래가 담긴 시집이 '로트레아몽 백작'이라는 이름으로 출간되었다. 번역자 황현산에 따르면 로트레아몽은 당시 바이런, 미츠키에비치, 보들레르 등의 시인들을 비롯해 로망 누아르 작가들한테 영향을 받았으며, '로트레아몽'이라는 필명은 외젠 쉬[Eugene Sue, 1804~1857]의 소설 『라 트레아몽』에서 가져 왔다.[41]

『말도로르의 노래』는 로트레아몽 사후 초현실주의자들에 의해 저주받은 천재의 광기와 독창성이 빚어 낸 걸작으로 재평가되면서 화려하게 부활했다. 수많은 동물로 역동적으로 변신하면서 손발톱, 흡반, 부리, 턱으로 이 세상의 창조주와 인간을 공격하는 이 잔악무도한 반항아

---

40 천재학습백과 초등역사상식 퀴즈, https://terms.naver.com/entry.naver?cid=58600&docId=3557670&categoryId=58699.

41 황현산, 「동시에 또는 끝없이 다 말하기」, 로트레아몽, 『말로도르의 노래』, 문학동네, 2018(1판2쇄), 284~285쪽.

의 노래는, 여러 문인과 예술가를 경악과 충격에 빠뜨렸다. 바슐라르, 블랑쇼, 브르통, 엘뤼아르, 발레리, 아르토, 카뮈, 솔레르스, 크리스테바 등의 작가들은 물론 달리, 마그리트, 모딜리아니, 미로 등 미술가들의 상상력을 자극했고, 오늘날 현대 무용가들과 음악가들에게까지 독창적인 영감의 원천이 되고 있다.

"그는 아름답다. ··· 해부대 위에서의 재봉틀과 우산의 우연한 만남처럼 아름답다!" 사진가 만 레이^{Man Ray, 1890~1976}는 『말로도르의 노래』에서 한 청년을 묘사한 이 구절을 가져다 「이지도르 뒤카스의 수수께끼」라는 작품을 찍어 1924년 『초현실주의 혁명』지 창간호에 앙드레 브르통^{Andre Breton, 1896~1966}의 서문과 함께 실었다. 사람들은 '아름다움'의 전통적 이미지를 역전시키는 새로운 언어에 열광했다. 로트레아몽은 아름다움을 '뒤흔들었던' 것이다.

이 문장은 단번에 수많은 예술가와 문인에게 데페이즈망^{dépaysement42}이라고 하는, 초현실주의 미학의 모토가 담긴 문장으로 인용되어 왔다. 서양의 예술가들만 아니라 김춘수 시인까지 「산문시 열전」이라는 시에서 "재봉틀과 박쥐우산이 해부대가 아니라, 눈 내리는 덕운의 그 우물가에서 만났다면?"이라는 시를 쓴 적도 있다. 「여섯 번째 노래」 제1편의 중반부에 나오는 원문은 다음과 같다.

"**그는 어리다!** 멀리서는 사실 그를 성인^{成人}으로 여겼을 테니까. 진지한 인물의 지적 능력을 평가하는 일이라면, 살아온 날수의 총합은

---

42 어떤 사물을 일상적인 환경에서 이질적인 환경으로 옮겨 사물로부터 실용적인 성격을 배제하여 물체끼리의 기이한 만남을 현출시키는 초현실주의 표현 기법.-두산백과 두피디아

더 이상 고려대상이 아니다. 내가 능히 이마의 관상학적 주름에서 나이를 읽어낼 줄 아는바, 그는 열여섯하고도 사 개월이다! **그는 아름답다.** 맹금들의 발톱이 지닌 수축성처럼, 혹은 더 나아가서, 후두부의 연한 부분에 난 상처 속 근육운동의 불확실함처럼, 혹은 차라리, 저 영원한 쥐덫, 동물이 잡힐 때마다 언제나 다시 놓여지고, 그것 하나만으로도 설치류들을 수없이 잡을 수 있으며, 지푸라기 밑에 숨겨놓아도 제 기능을 다하는 저 쥐덫처럼, 그리고 특히, **해부대 위에서의 재봉틀과 우산의 우연한 만남처럼 아름답다!**"(강조-인용자)

-로트레아몽,「여섯 번째 노래」부분,『말도로르의 노래』

어떤 순간적이고 강렬한 분출 같은 것이 느껴진다. '열여섯하고도 사 개월'짜리 청년의 아름다움을 묘사하는 비균질적이고 우발적인 만남이 보인다. '해부대'와 '재봉틀'과 '우산'의 만남 말고도 맹금의 발톱, 후두부의 상처, 쥐덫, 설치류 등은 아름다움의 구성 요소라기보다 공포나 혐오와 친연성이 있어 보인다. 청년을 표현하는 기괴함이 괴팍하기만 하다. '어떤 중국 백과사전'이 분류학의 기반을 뒤흔들었듯이 로트레아몽은 아름다움의 뿌리를 송두리째 뒤흔들었다.

그러나 최상의 시가 요구하는 것은 밋밋한 아름다움이 아니라 새로운 언어이다. 참다운 시인이라면 그저 그렇고 그런 수많은 아름다운 시어와 시행을 벗어나 단 1mm라도 새로운 땅에 도달할 수 있기를 열망한다. 인류의 탄생과 함께 시작된 케케묵은 시라는 예술이 오늘날까지 그 생명력을 잃지 않은 것은 새로움을 향한 뒤흔들림을 최전선에서 만들어 내었기 때문이다.

스물네 살에 세상을 떠난 로트레아몽과 그의 사후 50여 년 만에 되살아난 『말로도르의 노래』는 푸코가 찾고자 했던 지적 운동체의 논리에 정확히 부합한다. 시의 공간은 무엇으로 이루어졌는가. 어떤 질서에 따라 시가 구성되었는가. 세상을 인식하는 체계이자 세계를 표현하는 예술로서 '시 자체'는 어떤 궤적을 그리며 변화해 왔는가. 푸코가 "해부대 위에서의 재봉틀과 우산의 우연한 만남처럼 아름답다!"에 주목했던 것은 바로 이런 이유에서이다.

그러므로 로트레아몽은 말한다. "독자는 부디 제가 읽는 글처럼 대담해지고 별안간 사나워져서, 방향을 잃지 말고, 이 음울하고 독이 가득한 페이지들의 황량한 늪을 가로질러, 가파르고 황무한 제 길을 찾아내야 할지니,"[43] 그렇다. 우리도 이제 떠나야 한다. 제 갈 길을 가야 한다. 더 이상 로트레아몽에 갇혀 있어서는 안 된다. 우리도 세상을 뒤흔들어야 한다.

---

43   로트레아몽, 「첫 번째 노래」 같은 책, 11쪽.

"덧없는 것, 사라지는 것, 우연적인 것"
하버마스와 샤를 보들레르의 「인간과 바다L'homme et la mer」

현재는 펼쳐지지 않은 미래이며, 과거는 펼쳐진 것들이 고정된 현재이고, 미래는 접혀진 사건들이 우글거리는 존재 이전의 시간이다. "미래를 품고 있는 현재 안에 과거를 놓는다."[44] 과거와 현재와 미래는 접힘과 펼침의 연속된 운동이라는 게 들뢰즈의 통찰이다. 그에 따르면 시간은 나뉠 수 없는 하나의 연속체이며, 단지 이것이 지속되는 세 층위를 경험적으로 분절시킬 수 있을 뿐이다. 시간은 단절되지 않는 사건의 연속이다.

따라서 모든 시점은 '현재'로 귀속된다. 과거와 미래는 연장된 현재일 뿐이다. 우리가 만일 한쪽으로 무한히 나아갈 수 있다면 그곳에는 분명 '최초의 폭발(빅뱅)'이 현재할 것이며, 다른 한쪽으로 무한히 뻗어갈 수 있다면 그곳에는 분명 '최후의 수렴점'이 있을 터이다. 모든 것은

---

44 질 들뢰즈, 『주름, 라이프니츠와 바로크』 145쪽.

'지금-시간Jetztzeit'[45]이다. 이를 '영원한 현재'라고 하거나 '영원성'이라 표현할 수도 있다. 현재는 영원하다.

'지금-시간'이라는 베냐민의 발상은 현재와 과거와 미래 사이에 일종의 윤리적 위계를 형성하게 만든다. (1)현재는 미래로부터 우리에게 닥쳐오는 문제들의 압박을 받고 (2)한편으로는 자신의 이익을 위해 습득해야 하는 과거에 대해 우위를 점하고, (3)다른 한편으로 순전히 일시적인 것으로 되어 버린 현재는 미래에게 간섭과 중지에 대한 설명을 해야 할 의무가 있다.[46] 베냐민은 현재를 연장시키지 않았지만, '지금-시간'의 개념적 가능성은 화이트헤드(과정)나 들뢰즈의 사유와 그다지 멀지 않다.

그런 점에서 "달리는 말의 다리는 네 개일 수도 있고 스무 개일 수도 있다"며 몇몇 시인들의 시세계를 묶어 '미래파'로 단정한 권혁웅의 주장은 '현재'에 대한 매우 속 좁은 폄훼라고 할 수 있다. 그가 비록 "먼 훗날, 이들의 작품이 낡았다는 비판이 제기되는 날이 분명히 올 것"이라고 함으로써 이들 작품을 '영원한 미래'의 표상으로 내세우는 무모함은 피했지만, '재미'를 '미래' 시의 준거로 삼은 것만큼은 과도한 접근이라 할 수 있다.[47] '재미'는 감성적 기호의 대상이지, 시간 개념의 요소가 될 수 없다.

평론가 류신의 보고에 따르면, 이탈리아의 시인이자 소설가 필리포 마리네티Filippo Marinetti, 1876~1944는 이미 1909년 프랑스의 〈르 피가로〉에

---

45 위르겐 하버마스, 『현대성의 철학적 담론』(이진우 옮김), 문예출판사, 2016(제1판 재쇄), 30쪽.
46 위르겐 하버마스, 같은 책, 35쪽.
47 권혁웅, 『미래파-새로운 시와 시인을 위하여』, 문학과지성사, 2005, 148~171쪽.

「미래주의 선언」을 발표한 바 있다. "지금까지의 문학은 생각에 잠긴 부동성, 황홀경, 그리고 수면만을 찬양했다. 우리는 공격적인 행동, 열에 들뜬 불면증, 경주자의 활보, 목숨을 건 도약, 주먹으로 치기를 찬양하고자 한다."[48] 그러나 114년 전에 발표된 '미래'는 '미래의 시간'이 아니라 '문학적 새로움'일 뿐이다.

마리네티가 자신의 생각을 '미래'주의라고 표현한 것은 '이전'을 추문으로 만들고 '이후'를 새로움으로 가득 채우려는 문학 보편의 사명을 공표한 것이라 할 수 있지만, 어떻든 그 표현은 시간 개념에 대한 논리적 착오라고 할 수밖에 없다. 그것은 "문학의 시작이 곧 종말이 되게끔"[49] 한다는 데리다의 주장을 반복하게 만드는 처사이다. 진정한 작품은 단 한 번 태어나는 것이며, 반복되지 않는다. 마리네티의 주장은 본질적으로 데리다의 생각과 다르지 않은 것이다.

이처럼 철학과 문학에서 '현재'의 의미를 묻고 그것의 속성을 이해하고자 하는 노력은 끊이지 않았고, 끊일 수 없다. 인간은 언제나 '지금-시간'을 기준으로 '고정된 현재'와 '접혀진 사건'을 사고하기 때문이다. 나아가 현대와 현대성에 대한 탐색, 고대-근대-현대의 구분 등에 관한 역사철학적 검토 등은 서양철학의 전통 속에서 쉬지 않고 이어져 왔다.

하버마스는 1980년 아도르노상 수상 강연 제목을 '현대성-미완의 기획'으로 삼았다. 이는 막스 베버Max Weber, 1864~1920의 '현대' 개념을 추상화한 '현대성'이란 용어가 학계에 도입된 1950년대 이후 60년대에 제기된 '포스트모더니즘'이라는 개념의 상관성을 의식한 결과라고 할

---

48 류신, 『말하는 그림』 248쪽.
49 자크 데리다, 『문학의 행위』 60쪽.

수 있다. 무엇보다 '현대성'을 '미완의 기획'으로 표현한 데 하버마스의 특별한 위상이 있다.[50] '현재성'과 마찬가지로 '현대성'도 간단한 몇몇 언급으로 정의할 수 있는 가벼운 주제가 아니다.

데카르트까지 소환되어야 할 '현재 혹은 현대'의 개념 정의 문제는 여전히 미완의 기획이자 앞으로도 해결되기 어려운 영구 미제사건일 지 모른다. 엄밀한 의미에서 그것은 시간문제가 아니라 주체의 문제이 기 때문이다. 인간은 언제나 '지금-시간'을 기준으로 살아가지만, 자신 의 삶을 '지금-여기'가 아니라 '다음-하늘'에 두고 있는 이라면 그에게 '현재'는 그다지 중요한 요소가 아니다. 하느님의 구원으로 영원한 생 명을 누리고자 하는 그리스도교 신앙인의 꿈은 '현재'가 아니라 '미래' 에 있다.

아우구스티누스Aurelius Augustinus, 354~430 이래 신앙과 이성의 조화를 추 구[51]한 스콜라철학 후기[52]에 이르러 맹아적으로 드러난 '주체'는 데카르 트René Descartes, 1596~1650에 와서 "나는 생각한다, 그러므로 나는 존재한다 Je pense, donc je suis"[53]로 표면화되었다. 데카르트적 '주체'의 탄생은 내가 살 아가는 현재와 현대를 생각하라고 요구했다. '현재'라는 인식은 곧 '나' 에 대한 확인이자 '자기인식'이다. 내가 지금 먹는 것 입는 것 생각하는

50 "나는 현대(성)가 오늘날 하나의 끝장난 기획으로 파악되어야 하는지, 아니면 여전히 미완의 기획으로 파악 되어야 하는지의 문제를 다루고자 합니다." 위르겐 하버마스, 앞의 책, 17쪽.

51 "누가 있어 당신을 모르면서 부르오리까?" A. 아우구스티누스, 『고백록』(최민순 옮김), 바오로딸, 2015(3판 14쇄), 30쪽.

52 가령 둔스 스코투스는 "어떤 것이 선행자보다 선행한다면, 그것은 후행자보다 선행하기 때문"이라고 함으 로써 세계의 제일원리인 신의 절대성에 대하여 '후행자'의 '상대적 선행성'을 인정했다. 신은 아담과 하와를 창조하였고, 신의 피조물인 인간은 자식을 낳는다. 요하네스 둔스 스코투스, 『제일원리론』(박우석 옮김), 누 멘, 2018(초판 2쇄), 21쪽.

53 르네 데카르트, 『방법서설/성찰/철학의 원리』(소두영 옮김), 동서문화사, 2018(1판 2쇄), 48~49쪽.

것이 현재의 삶이며, 이것이 내 생존의 현실적 조건이라는 인식이 가능해진 것이다.

그러나 하버마스는 "현대의 영역 밖에 놓여 있는 과거의 규범적 암시로부터 현대가 분리되는 과정을 철학적 문제로 부상시킨 최초의 철학자"[54]는 헤겔G. W. F. Hegel, 1770~1831이라고 말한다. 그에 따르면 후기 스콜라철학으로부터 칸트Immanuel Kant, 1724~1804에 이르는 과정은 이미 '현대의 자기이해를 표현'하고 있지만, 18세기말에 이르러서야 자기 확인 문제가 첨예화되었고, 마침내 헤겔은 자기 철학의 근본문제로 인지하게 되었다는 주장이다.

헤겔은 새로운 시대의 원리로서 주제성Subjektivität을 발견한다. 주체성은 네 가지 함의를 갖는다. (1)개인주의, (2)비판의 권리, (3)행위의 자율, (4)관념주의 철학 등이다.[55] 이 네 가지 항목들은 '현대'를 살아가는 우리가 쉽게 인정할 만큼 매우 '현대적'이다. 우리 개개인은 우리에게 주어진 고유한 성격을 따라 우리의 요구를 자유롭게 요구할 수 있다(개인주의). 또한 우리는 모든 이가 인정하는 것이 우리에게도 정당하다는 것을 알며, 모든 이에게 주어지는 것이 우리에게 주어지지 않을 때 비판을 가할 수 있다(비판의 권리). 그리고 우리는 우리의 행동에 대해 책임질 줄 알고(행위의 자율), '자기 자신을 아는 관념'을 철학이 한다는 것도 안다(관념주의 철학).

하버마스는 데카르트와 칸트와 헤겔을 거치는 200여 년 동안 중대한 변화가 있었다고 본다. (1)신앙의 영역과 지식의 영역의 분리, (2)법

---

54 위르겐 하버마스, 같은 책, 36쪽.
55 위르겐 하버마스, 같은 책, 36~37쪽.

분열자의 산책

적으로 조직된 사회적 교통의 영역과 일상적 공동생활의 영역의 분리가 그것이다.[56] 그가 보기에 현대(성)의 특징은 이와 같은 이중의 분리로 규정된다. 하버마스는 "시대의 정신이 총체성으로부터 벗어나고, 정신이 자기 자신으로부터 소외"[57]되는 삶의 이중화라는 위기에 대응하는 것이 결코 회피할 수 없었던 헤겔의 철학적 과제였다고 말한다.

이처럼 하버마스의 '현대성-미완의 기획'은 이중의 분리 혹은 삶의 이중화라는 맥락에서 '주체'의 탄생과 그 흐름의 역사에 대한 이해로 귀결된다. 그 시간은 짧게는 300년(헤겔), 길게는 500년(데카르트)에 이른다. 그동안 주체는 태어났고, 성장했고, 죽었다. 주체의 탄생과 함께 데카르트와 헤겔의 '현대'가 있었다면, 주체의 죽음과 함께 우리 시대의 '현대'가 있다.

하버마스는 "현대는 자신의 규범성을 자신으로부터 스스로 창조해야 한다"면서 "현대를 그 자체로부터 정당화하고자 하는 문제는 우선 심미적 비판의 영역에서 처음으로 의식화된다"[58]고 보았다. 그의 현대성에 대한 이해는 철학적 담론사의 형식을 취하는 속에서도 '심미적 담론'에 대한 관심을 놓지 않았다. 그는 "현대성의 철학적 담론은 여러 면에서 심미적 담론과 만나며 중첩된다"[59]면서 보들레르를 원용한다.

"현대성은 덧없는 것, 사라지는 것, 우연적인 것이다."[60] 보들레르에

---

56 위르겐 하버마스, 같은 책, 40쪽.
57 위르겐 하버마스, 같은 책, 42쪽.
58 위르겐 하버마스, 같은 책, 26쪽.
59 위르겐 하버마스, 같은 책, 13쪽.
60 위르겐 하버마스, 같은 책, 27쪽.

게 '현대'는 이처럼 '현대적'이다. 그에게는 '절대적 미'라는 규준이 없다. 그의 '현대'는 "시간의 제한을 받고 있는 상대적인 미의 척도"를 갖는다. 저 하늘에 빛나는 '이념(이데아)'이 아니라 '지금-여기'에 있는 것이 그의 예술이고 시였다. 여기서 다시 보들레르의 놀라운 발언이 연이어진다. "이것이 예술의 반을 차지하며, 다른 반쪽은 영원한 것, 변화하지 않는 것이다." 그는 현대적 예술이란 현실적 작용성과 영원성이 교차하는 데 있음을 인식했다.

여기서 '영원성'은 플라톤의 그것처럼 이념적인 것이 아니다. 오히려 "진정한 작품은 철저하게 생성의 순간에 사로잡혀 있다."[61]는 것이 보들레르의 생각이다. 즉 보들레르의 '상대적인 미'는 이념적 절대성은 부정하지만, '변하지 않는 아름다움'이라는 작용적 영원성은 인정하는 것이다. "모든 현대가 고대가 될 가치가 있으려면, 인간의 삶이 비자의적으로 설정한 '**비밀스러운 아름다움**'이 현대로부터 박탈되어야 한다."(강조-인용자)[62] 이러한 신비롭고 절대적인 아름다움이 제거될 때 현대 예술(시)은 고전적 위상을 얻게 될 것이라는 날카로운 진단이 보인다.

하버마스는 보들레르의 논의를 따라 '**우연적인 것**'에서 '현대의 고유한 척도'를 본다. "댄디는 이렇게 **덧없는** 순간의 오락 전문가이다."(강조-인용자)[63] 보들레르는 말한다. "댄디에게 중요한 것은 역사적인 것임에도 유행에 담겨 있을 수 있는 시적인 면, 찰나적 유행 속에 내포되어 있을 수도 있는 영원성을 바로 유행으로부터 분리하는 일이다." 절대적

---

61 위르겐 하버마스, 같은 책, 29쪽.
62 위르겐 하버마스, 같은 책, 28쪽, '각주 19'에서 재인용.
63 위르겐 하버마스, 같은 책, 29쪽.

분열자의 산책

으로 고정된 것도 아니고, 주체의 틀에 갇히지도 않은 '덧없는 것, 사라지는 것, 우연적인 것'의 찰나적 운동이 보들레르의 '현대' 속에 있다.

자유로운 인간이여, 언제나 그대는 바다를 사랑하리!
바다는 그대의 거울 ; 그대는 그대의 영혼을
끝없이 물결치는 파도에 비추어 보고,
그대의 정신은 바다 못지않게 쓰디쓴 심연이어라.

그대는 그대의 영상 한가운데 잠기는 걸 좋아하지
그대는 눈과 팔로 그것을 끌어안고, 그대의 심장은
사납고 격한 야생의 신음소리에
이따금 자신의 동요를 잊는다.

그대들은 둘 다 컴컴하고 은밀하다 :
인간이여, 아무도 그대 심연의 밑바닥 가늠할 수 없고
오 바다여, 아무도 그대의 은밀한 풍요를 알지 못하지,
그토록 악착같이 그대들은 비밀을 간직하는구나!

그러나 수많은 세월
그대들은 동정도 후회도 없이 서로 싸워 왔노니,
살육과 죽음을 끔찍이도 좋아하는구나,
오 영원한 격투사들, 오 냉혹한 형제들이여!

-「인간과 바다」 전문

Homme libre, toujours tu chériras la mer !

La mer est ton miroir ; tu contemples ton âme

Dans le déroulement infini de sa lame,

Et ton esprit n'est pas un gouffre moins amer.

Tu te plais à plonger au sein de ton image ;

Tu l'embrasses des yeux et des bras, et ton cœur

Se distrait quelquefois de sa propre rumeur

Au bruit de cette plainte indomptable et sauvage.

Vous êtes tous les deux ténébreux et discrets :

Homme, nul n'a sondé le fond de tes abîmes ;

Ô mer, nul ne connaît tes richesses intimes,

Tant vous êtes jaloux de garder vos secrets !

Et cependant voilà des siècles innombrables

Que vous vous combattez sans pitié ni remord,

Tellement vous aimez le carnage et la mort,

Ô lutteurs éternels, ô frères implacables !

-「L'homme et la mer」 전문

「인간과 바다」에서 '인간'은 벌써 자유롭고 탈주체적이다. 그는 '끝없이 물결치는' 바다를 사랑한다. 피사체와 거울의 관계처럼 인간의 자유는 바다의 자유를 비추고, 바다의 자유도 인간의 자유를 비춘다. 마찬가지로 인간의 정신은 바다의 심연만큼 깊고 깊다. 파도의 일렁임과 같이 마음의 일렁임이 있다. "둘 다 컴컴하고 은밀하다". 알 수 없고 가늠할 수 없는 '인간'과 '바다'는 보들레르의 '현대'에 적실한 속성을 갖는다. 그것은 '덧없는 것, 사라지는 것, 우연적인 것'들이다.

　보들레르의 시는 '현대'에 대한 그의 예술론적 사유에 육박하는 미적 실천으로 기록될 만하다. 인간은 바다와 싸운다. 바다도 인간과 싸운다. 둘은 모두 살육과 죽음을 두려워하지 않는다. 규정되지 않는 인간과 규정될 수 없는 바다는 '영원한 격투사들'이다. 그리고 그렇기 때문에 그들은 '형제들'이다. 신이 사라진 자리에 주체가 들어서고, 주체가 사라진 자리에 동일성이 제거된 우연이 들어선다. 이것이 고대와 중세와 근대와 현대를 분절시킬 수 있는 근거이다. 그것들은 시간 개념이 아니다.

"환원될 수 없는 암호화된 독특성"

데리다와 파울 첼란의 「하나 속에IN EINS」

데리다는 문학을 '이상한 제도'라고 말했다. 그가 보기에 문학은 제도가 아닌 제도이자 제도가 없는 제도였다. 이는 법칙이 없는 법이거나 규칙이 없는 규칙과 같다. 문학은 "모든 것을 모든 방식으로 말할 수 있게"[64] 해 주는 이상한 제도이다. '모든 것'을 '모든 방식'으로 말할 수 있다는 것은 문학의 공간을 '제도화된 허구'일 뿐만 아니라 '허구적 제도'로 만드는 것이기도 하다. 불가능을 가능케 하는 것이기도 하고, 가능한 것을 불가능하게 하는 것이기도 하다.

데리다는 바로 이 '이상함'에 이끌려 철학을 했고 동시에 문학을 했다. 이를 데리다 식으로 말하자면, 철학이 아닌 철학을 했고, 문학이 아닌 문학을 했다고 할 수도 있다. 규범이나 모범으로 벗어나고자 하는

---

64 자크 데리다, 「문학이라 불리는 이상한 제도」, 『문학의 행위』(정승훈·진주영 옮김), 문학과지성사, 2013(1판 1쇄), 53쪽.

열망이 청년 데리다의 심장을 데우고 있었던 것으로 이해할 수 있다.[65] 비록 마슈레[Pierre Macherey]처럼 '문학적인 철학'을 주창하지는 않았지만, 그에게 철학은 문학일 수 있었고, 문학도 철학일 수 있었다. 이는 어쩌면 자기 내면의 다중독백[polylogue]에 귀 기울이는 모든 이에게 해당되는 '경계 허물기'일 터이다.

사실 데리다가 문학과 철학을 넘나들었다고 하는 말 자체가 성립되지 않는다. 그것은 문학과 철학을 어떤 고정된 개념 안에 가두는 것이며, 불변의 실체를 상정하는 것이기 때문이다. 문학의 역사는 언제나 비문학 혹은 반문학의 공세로부터 만신창이가 된 문학을 보여 주며, 철학의 역사 또한 철학의 피투성이 몰골을 영원히 보여 줄 수 있을 따름이다. 그렇다면 데리다는 경계를 넘나든 것도 아니며, 그것을 허문 것은 더더욱 아니다. 차라리 '없음'을 '있음'으로 전환한 자신만의 '무엇'을 추구한 것뿐이다.

1989년 캘리포니아 라구나비치에서 데리다를 만난 애트리지[66]는 "블랑쇼, 퐁주, 첼란, 조이스, 아르토, 자베스, 카프카. 무엇이 이런 선택(분석대상으로 결정한 '선택'-인용자)을 하도록 만들었나요?"라고 물었다. 데리다는 이렇게 답했다. "이러한 '20세기 모더니즘 또는 비전통적 텍스트들'은 적어도 문학에 대한 비평적 체험을 새겼다는 공통점을 모두 공유하고 있습니다."[67] 요컨대 이들의 텍스트는 모두 '문학이란 무엇

---

65 "현재 제가 관심을 가지고 있는 것은 문학 또는 철학이라고 단언할 수 없는 것이기에 제 사춘기 시절의 욕망이 저로 하여금 이것도 아니고 저것도 아닌 작업에 매진하도록 했다는 가설이 더 재미있게 느껴집니다." 자크 데리다, 「문학이라 불리는 이상한 제도」 같은 책, 50쪽.

66 데릭 애트리지는 데리다와 관련된 문학이론 및 제임스 조이스 연구로 명망을 얻었으며, 데리다의 주요 논문 열 편과 그와의 대담을 담은 『문학의 행위』를 엮었다.

67 자크 데리다, 「문학이라 불리는 이상한 제도」 같은 책, 59쪽.

인가'라는 근본적인 질문을 던졌다는 주장이다.

규범화된 문학에 저항하고 양식화된 문학에 반기를 든 이들의 텍스트에서 데리다는 문학이라는 이상한 제도의 위기를 보았다. 위기는 곧 '문학의 종말'이다.[68] 문학을 전복하는 문학 텍스트는 기존의 문학에 질문을 던지고, 돌을 던지고, 비수를 던진다. 그것은 파괴자이자 종결자이다. 새로운 문학은 언제나 죽은 문학의 무덤 위에서 빛을 발한다. 따라서 문학의 기원을 찾는다는 것은 곧 '그 종말'을 보려는 노력이다. 문학은 기원을 갖지 않는다. 그것은 인간과 함께 처음부터 탄생과 죽음을 반복하며 지내 왔을 뿐이다.

그러므로 참다운 문학 작품은 단 한 번 태어난다. 그것은 비록 죽음과 동의어이긴 하지만, 결코 반복되지 않는 유일성이다. 그것은 고유명사이며 서명이며 등기이며 날짜이다. 이는 대체될 수 없고 번역될 수 없는 '유일한 것'의 특이성이다. 그러므로 문학은 고유명사들의 반복이며, 서명과 등기와 날짜들의 반복이다. 데리다는 탄생과 죽음의 반복이라는 역설을 이성 또는 상식의 잣대로 거부하려는 것이야말로 계몽이란 이름으로 무지에 이르는 '현대의 몽매주의'라고 부른다.

1월 20일에 렌츠는 산으로 갔다. … 렌츠는 무심히 길을 걸었다. 그는 때로는 오르막길을, 때로는 내리막길을 거침없이 걸었다. 피곤하다는 느낌은 전혀 없었지만, 물구나무서서 걸을 수 없다는 것이 가끔

---

68 "문학이라 불리는 것의 역설적 구조는 문학의 시작이 곧 종말이 되게끔 합니다." 자크 데리다, 「문학이라 불리는 이상한 제도」, 앞의 책, 60쪽.

분열자의 산책

불편했다.(강조-인용자)[69]

또한 날짜는 이런 것이다. 렌츠가 산으로 간 날은 분명 1월 20일이다. 그는 오르막길이든 내리막길이든 무심히 거침없이 걸었을 뿐이지만, 그날은 1월 20일이다. 날짜는 렌츠의 행동을 반복 불가능한 특이성으로 이끈다. 그날 렌츠의 행동은 단 한 번 일어난 사건이며, 시간이 고정됨으로 하여 공간까지 고유해진다.

'렌츠Jokob Michael Reinhold Lenz, 1751~1792'는 18세기 독일 '질풍노도' 시기의 시인이자 극작가이다. 쾨니히스부르크에서 신학을 공부하다 학업을 중단하고 슈트라스부르크로 가서 괴테, 헤르더, 실러 등과 교류했다. 그가 정신 질환을 나타낸 것은 1777년인데 그로부터 12년 후 모스크바의 한 거리에서 시체로 발견되었다.

「렌츠」는 뷔히너가 그의 전기를 읽으며 그가 오벌린 목사의 집에서 요양을 하는 등 광기狂氣를 이겨내려 노력한 데 관심을 가진 결과이다. 그것은 "세계의 종말을 환기시키고 필연적인 것으로 만드는 것은 인간의 광기"[70]라는 지적과 같이 격리에서 감금으로, 감금에서 다시 광인선狂人船으로의 강제 승선이라는 18세기적 환경 속에서는 견디기 힘든 고통과의 싸움이었기 때문이다.

「렌츠」는 독일 문학에서 대상으로 삼지 않았던 정신병을 리얼리즘적 관점에서 세밀하게 접근한 작품이다. 분열증을 앓고 있는 '렌츠'를 전면화시켜 작품을 이끌어 간 뷔히너의 용기는 자기 시대의 규범화된 문

---

69 게오르그 뷔히너, 『보이첵』 163쪽.
70 미셸 푸코, 「광인의 항해」, 『광기의 역사』, 인간사랑, 1999(재판), 36~37쪽.

학적 틀을 깨트림으로써 한계를 뛰어넘는 '시작=종말'의 실천적 사례가
될 수 있었다. 이 작품은 「보이첵」, 「레온체와 레나」와 더불어 불과 스물
네 살에 세상을 떠난 뷔히너를 천재 작가의 반열에 올려놓았다.

그리고 파울 첼란은 1960년 10월 22일 '게오르그 뷔히너상'을 수상
했다. 그의 수상 연설 「자오선The Meridian」에 대해 데리다는 '담론'이자
'연설'이라고 규정했다. "이 언어행위는 (단지) 날짜라는 주제에 관한 논
문이나 메타담론이기만 한 게 아니라 시에 의한 날짜의 저주이기도 하
고 날짜의 시적인 작품화이기도 하다."[71] 하필이면 1월 20일, 누가 산
속을 걷고 있었는가. 예술가였는가, 시인이었는가. 첼란은 이 둘을 배
제하지도 않았지만 특정하지도 않았다.

오직 '렌츠'였다. 그는 혼자 걸었다. 거침없이 걸었다. 단지 '물구나무
서서 걸을 수 없다는 것이 가끔 불편할 뿐'이었다. '렌츠'는 유일했으므
로 고독했다. "유일한 것: 독특성, 고독, 만남의 은밀성. 무엇이 날짜에
유일한 것을 배정할 수 있는가?"[72] 데리다의 답은 간단하다. 그것은 '절
대적 고유성'이다. '렌츠'의 1월 20일은 시적 본질에 가닿는다. 대체할
수 없고 대체되지 않는 날짜에 시가 있다.

여기서 일반성의 의미도 역전된다. 똑같은 게 여러 개 있는 게 아니
라 '절대적으로' 고유한 날짜가 여럿 있는 게 일반성이다. 또한 '여럿'의
의미도 변화된다. 고유성이 사라진 '하나들'의 집합이 아니라 서로 다른
'하나들'이 곧 '여럿'이다. 이것이 문학의 시작을 종말이라고 말한 데리
다의 발견이고, '렌츠'가 하필이면 1월 20일에 산속을 걷게 된 의미를

71 자크 데리다, 「쉬볼렛: 파울 첼란을 위하여」, 509쪽.
72 자크 데리다, 「쉬볼렛: 파울 첼란을 위하여」, 같은 책, 502쪽.

깨달은 첼란의 '날짜'이다.

　2월 13일. 마음의 입 속에
　깨어난 쉬볼렛이 있다. 너와 함께,
　사람들
　파리의. 노 파사란

　숫자들, 묶인
　이미지의 숙명으로
　그리고 반대-
　숙명으로

　그리고 숫자들은
　숫자가 없는 것들과 함께
　엮였다. 하나 그리고 천 ……

-「하나 속에」 부분

Dreizehnter Feber. Im Herzmund

erwachtes Schibboleth. Mit dir,

Peuple

De Paris. No pasarán.

die zahlen, im Bund

mit der Bilder Verhängnis

und Gegen—

Verhängnis

Und Zahlen waren

mitverwoben in das

Unzählbare. Eins und Tausend……

-「IN EINS」부분

쉬볼렛Schibboleth(혹은 쉬뽈렛)은 일종의 암호이다. 성경 판관기에 따르면 갈
앗인들이 에프라임으로 가는 요르단 건널목을 점령하였을 때 도망가는
그들이 "강을 건너게 해 주시오." 하면 '쉬볼렛'을 발음해 보라고 해서
그들이 '시볼렛'이라고 말하면 즉시 죽여 버렸다. 그렇게 죽은 자들이
4만2,000명이었다.[73] 에프라임인들은 '쉬' 발음을 못했기 때문이다.

'노 파사란No pasarán'은 "통과하지 못하리라"는 뜻의 스페인어로 적(특
히 파시즘)에 대항하여 결의를 다지는 구호로 쓰였다.[74] 따라서 그것은
'막힌 통로', 곧 아포리아aporia다. 장벽이거나 절벽이 아니라 통로임에도
통행할 수 없기 때문에 고립감은 극대화된다. 실제로 파리에서 적들은

---

73 "길앗인들은 에프라임으로 가는 요르단 건널목들을 점령하였다. 도망가는 에프라임인들이 "강을 건너게 해
     주시오." 하면, 길앗 사람들은 그에게 "너는 에프라임인이냐?" 하고 물었다. 그가 "아니요." 하고 대답하면, 그
     에게 "쉬뽈렛' 하고 말해 봐." 하였다. 그 사람이 제대로 발음하지 못하여 '시뽈렛'이라고 하면, 그를 붙들어
     그 요르단 건널목에서 죽였다. 이렇게 하여 그때에 에프라임에서 사만이천 명이 죽었다."(「판관기」 12 : 5-6)
74 자크 데리다, 「쉬볼렛: 파울 첼란을 위하여」, 같은 책, 528쪽, '각주 14' 참조.

아포리아에 갇혔다. 그들은 점령했으나 지배할 수 없었고, 이겼으나 승리할 수 없었다.

공교롭게도 첼란은 루마니아의 정통 유대인 가정에서 자랐으며, 그의 부모는 독일에 강점되었을 때 나치에 의해 살해되었다. 부모가 모두 나치에 의해 죽임을 당한 사건이 첼란의 내면에 얼마나 강하게 새겨져 있는지 정확히 표현할 수는 없는 일이지만, 이 작품에서 보듯 그것은 단절과 차단으로 나타난다. 그러므로 '노 파사란'은 강력한 분노의 표출이라고 할 수 있다.

「하나 속에」 첫 연은 모두 네 개의 언어가 구사되어 있다. 제목과 날짜처럼 첫 행은 독일어, 둘째 행의 쉬볼렛은 히브리어로, 셋째 행의 peuple는 프랑스어, 넷째 행의 '노 파사란'은 스페인어이다. 데리다는 이와 같은 언어의 다양성은 '모두 한꺼번에, 같은 날짜에, 유럽의 지도 위에 별처럼 깔려서, 특이한 사건들의 시적이고 정치적인 기념일을 공동 집전할 수도 있을 것'[75]으로 보았다.

쉬볼렛의 발음이 에프라임인들에게 목숨이 걸린 문제였다면, 네 개의 언어가 각 행마다 배치돼 자유롭게 발음될 수 있다는 것은 그 자체로 상징성을 띤다. 하나의 발음이 4만2,000명의 목숨을 거두어 들인 근거였던 데 반해 언어의 자유로운 소통(혹은 지나감, pasar)은 '적'에 대한 진정한 승리를 표상한다고 할 수 있다. 그러므로 그것은 '마음의 입 속에Im Herzmund'서 깨어나는 것이다. '쉬볼렛'.

마지막으로 2월 13일은 어떤 날인가. 뷔히너의 1월 20일과 마찬가

---

75 자크 데리다, 「쉬볼렛: 파울 첼란을 위하여」, 같은 책, 533쪽.

지로 첼란에게도 2월 13일은 어떤 유일한 날임이 분명하다. 데리다의 말처럼 "모든 글쓰기는 날짜 적기이고(서명과 마찬가지이므로), 모든 텍스트에는 출처가 있으며, 날짜는 서명처럼 반복 가능성의 대응-논리"[76]이기 때문이다. 그러나 데리다는 이 날짜를 하나의 의미로 확정하지 않는다. 그럴 수도 없고 그럴 필요도 없다. 그는 단지 두 가지 예를 들었다.

하나는 1934년 2월 12일이다. "이날은 폭동에 뒤이어 도리오Doriot를 위시한 우파 연대 결성이 실패한 후에 군중과 좌파 지도자들을 자발적으로 각성하게 만들어 준 거대한 행진이 일어난 날이다. 그리고 이것이 바로 인민전선의 기원이었다."[77] 다른 하나는 1962년 2월 13일이다. 그날은 "알제리 전쟁 끝 무렵 샤론 역에서 학살된 희생자들의 장례식이 열린 날이었다. 수백, 수천의 파리 시민들이, 파리 민중이 행진한 날이었다."[78] 그리고 첼란은 그날 파리에 있었다.

데리다에게 2월 13일에 무슨 일이 일어났느냐보다 중요한 것은 숫자로 표기된 날짜 자체의 유일성을 첼란이 인식하고 있었다는 확신에 있다. 마음의 입 속에서 깨어난 '쉬볼렛'이 '노 파사란'에 대응하는 복합적인 하나의 의미망을 형성하듯이, 2월 13일도 그 날짜에 '일어난 일들'[79]이라는 사건의 고유성을 함축하는 장치라는 생각이다.

데리다의 논문 「쉬볼렛」은 1984년 미국 시애틀 워싱턴대학교에서 열린 첼란의 작품에 대한 국제 컨퍼런스에서 강의 형식으로 발표되었

---

76 자크 데리다, 「쉬볼렛: 파울 첼란을 위하여」, 같은 책, 490쪽,
77 자크 데리다, 「쉬볼렛: 파울 첼란을 위하여」, 같은 책, 535쪽,
78 자크 데리다, 「쉬볼렛: 파울 첼란을 위하여」, 같은 책, 536쪽,
79 "세계는 일어나는 모든 것이다." 루트비히 비트겐슈타인, 『논리-철학 논고』(이영철 옮김), 책세상, 2017(초판 12쇄), 19쪽.

다. 그리고 2년 후 개정증보판으로 「쉬볼렛: 파울 첼란을 위하여」를 파리에서 출판했다. 그리고 원고 말미에 '시애틀, 1984년 10월 14일'이라고 정확히 기록해 두었다.

뷔히너가 독일 문학에 광기를 도입함으로써 동시대의 통념으로부터 벗어났다면, 첼란은 하나의 의미를 새롭게 제시함으로써 '절대적 고독'의 차원을 존재론으로 승화시켰다. 그리고 데리다는 이들의 '문학 행위'를 '시작=종말'의 이상한 제도 내부로 수렴했다. 데리다는 말한다. "환원될 수 없는 이 암호화된 독특성은 **하나 속에**in eins 다양성을 모으며, 그 전송망을 통해 시는 읽힐 수 있게 된다."[80]

---

80 자크 데리다, 「쉬볼렛: 파울 첼란을 위하여」, 같은 책, 550쪽.

"무한의 '진정한 철학'을 세우는 길"

바디우와 페르난두 페소아의 「바다의 송시^{ODE MARÍTIMA}」

바디우가 「페소아와 함께 동시대인 되기,라는 하나의 철학적 과업」을 주창하며 "철학은 아직 페소아의 높이에서 사유하지 않는다."[81]고 외칠 때, 그것은 플라톤주의와 반플라톤주의를 넘어 현대성^{modernité}의 진정한 의미를 캐묻는 매우 근원적인 성찰이었다. '먼 하늘'에 진짜 세계를 두고 '지금-여기' 가짜 세계를 살아가는 우리 모습을 부정하는 데 현대성이 있다고? 아니면, 다시 죄지은 인간이 되어 저 고고한 이념의 성전을 향해 묵묵히 나아가는 수도자적 삶에 현대성이 있다? '현재'를 살며 '현대'를 사유하고자 하는 바디우에게 페소아는 '플라톤 대전大戰'을 완전히 종식시킬 하나의 '과업'을 시사했다고 할 수 있다.

바디우는 말했다. "반플라톤주의는 엄밀한 의미에서 우리 시대의 공통분모^{lieu commun}이다."[82] 우선 니체와 베르그송을 거쳐 들뢰즈에 이르는

---

81 알랭 바디우, 『비미학』 74쪽.
82 알랭 바디우, 같은 책, 75쪽.

'생의 창조적 내재성'을 열망하는 이들에게 플라톤의 '개념의 초월적 이념성'은 인정될 수 없다. 저 멀리 참된 세상은 결코 영원하지도 않고 진실하지도 않다. 생기 잃은 창백한 '이념'이 아니라 우글거리는 애벌레 주체들이 득시글거리는 우발적인 세계가 진짜이고, 거기에 플라톤이 설 자리는 없다. '진짜 세계'는 잠재적인 역량들이 한 순간 솟구쳤다 사라지고 다시 솟구쳤다 사라지는 '주름'과 구별되지 않는 '펼침'의 장field이다.

또한 모든 인식의 원리를 관류하는 '지성적 직관'이라는 플라톤의 전제도 난센스일 뿐이다. 언어-문법적 범주를 가득 채우고 있는 비트겐슈타인과 카르납, 콰인의 '거대한 분석철학'은 직관이 아니라 언어-문법적 구조 안에 진짜가 있다고 말한다. 이들에게는 경험세계의 감각자료들과 그것을 조직하는 논리적 차원 말고 다른 것은 (필요)없다. 주체도 (필요)없다. 이 세계를 이끌어 가는 진정한 작용인은 논리(언어-문법)의 구조이다.

하이데거가 앞장서 깃발을 흔들고 있는 해석학적 경향에서도 플라톤의 이데아는 허상일 뿐이다. 만일 이데아가 천차만별 모든 존재자들의 개별성을 하나로 수렴할 수 있다면, 그리하여 마침내 존재 자체가 사라지고 마는 거대한 허무주의에 빠져들고 만다면? 하이데거와 그의 벗들은 이를 결코 수용할 수 없었다. "현존재가 본디 세계-내-존재로서 존재하고 있기 때문이다."[83] 이들은 세계의 바깥에 세계의 원인을 두는 사람들이 아니었다.

마르크스주의자들과 반마르크스주의자들도 플라톤에 반기를 든 것

---

83 마르틴 하이데거, 『존재와 시간』(전양범 옮김), 동서문화사, 2018(4판 3쇄), 79쪽.

은 마찬가지였다. 구소련 과학아카데미가 편찬한 사전은 플라톤을 노예 소유자들의 이데올로그로 '우아하게' 다루고 있고, 윤리적이고 민주주의적인 정치철학의 신도들인 글뤽스만Glucksmann 같은 신철학자들은 플라톤을 전체주의 사상가의 수장으로 본다.[84]

이처럼 플라톤에 반기를 들고, 싫든 좋든 '지금-여기' 우리가 살고 있는 이 세상이 진짜 세계라고 생각하는 이들은 많다. 그들은 비록 플라톤이 위기에 처한 자기 시대와 치열하게 응전한 사실을 부정하지는 않지만, 도처에서 솟구쳐 나와 "플라톤 선생, 당신은 틀렸어!"라고 소리치는 모습이 눈에 보이는 듯하다. 이는 바디우에게도 마찬가지였다. 그가 보기에 철학의 '현대'는 반플라톤주의를 통주저음으로 깔고 있다.

페소아는 어디에 서 있는가. 바디우가 아직 도달하지 못했다고 하는 페소아의 '높이'는 어디에 있는가. 그가 '플라톤 대전'을 완전히 종식시킬 높이를 보여 주었다면, 그것은 어디인가. 바디우는 이 지점에서 "우리 타인들, 철학자들이 아직도 완전히 이해하지 못하고 있다."[85]고 탄식한다. 그가 보기에 페소아는 반플라톤주의의 첨두아치이자 플라톤주의의 척후병으로 보이는 것이다.

페소아는 본명 페소아 외에도 카에이루와 캄푸스, 헤이스 등 네 가지 이름으로 시를 썼으며, 그 밖에도 70여 개를 웃도는 이명을 적극적으로 구사한 이명법hétéronymie의 달인이었다. 이명은 본명을 지시적으로 대체하는 가명이나 필명과는 완전히 다르다. 이명은 주체이자 다른 주체를 상정하는 일이다. 이명은 저마다 주체성을 띠는 만큼 각기 고유한

---

84 알랭 바디우, 같은 책, 76쪽.
85 알랭 바디우, 같은 책, 87쪽.

분열자의 산책

이력을 가지며, 서로 다른 어법을 보여 준다. 따라서 페소아는 페소아이기도 하고, 카에이루이기도 하고, 캄푸스와 헤이스이기도 하다.[86] 이것 자체가 이데아와 모상, 모상(주체)들의 동일성을 상정하는 플라톤주의에 반하는 일이기도 하다.

그러나 바디우는 페소아의 현대성은 이름에만 있는 것이 아니라고 말한다. "캄푸스라는 이명으로 쓴 시들에서는, 특히 긴 송시頌詩, ode들에서는 맹렬한 생기론의 모습이 보이며 … 천재적인 아이디어의 한 가지는 기계론과 생명의 약동élan vital의 고전적인 대립이 순전히 상대적이라는 것을 보여 준 것."[87]이라고 했다. 페소아는 들뢰즈보다 훨씬 앞서서 "욕망 안에는 일종의 기계적 일의성이 있으며, 시는 그것을 신성화하지도 이상화하지도 말고, 그 흐름과 단절을 존재의 열광이라 할 수 있는 것으로부터 직접 파악하면서 그 에너지를 포착해야 한다고 생각했다"는 것이다.

또 '언어적 운동'을 통해 사유를 시화詩化한 것도 반플라톤적인 것이다. 바디우가 보기에 페소아는 "시의 강한 일관성 안에서 거의 아무 단어가 아무 의미라도 가질 수 있"는 "부정否定을 거의 미로처럼 복잡하게 사용하는 방법을 발명"[88]했다. 부정이 시행 전체에 걸쳐 있어 어떤 단어가 부정되는 것인지를 확정할 수 없게 만들었다. '떠다니는 부정', 긍정과 부정 사이를 끊임없이 미끄러지는 '애매함' 또는 '긍정의 망설임'. 이

---

86 "네 가지 이름하에 우리에게 주어진 네 개의 시의 집합은, 같은 사람의 손에서 쓰인 것들임에도 그 지배적인 모티브와 언어를 사용한 방식이 너무도 달라서, 각각이 하나의 완성된 예술적 짜임을 이루고 있다." 알랭 바디우, 같은 책, 77쪽.

87 알랭 바디우, 같은 책, 78쪽.

88 알랭 바디우, 같은 책, 79쪽.

를 통해 존재의 역량을 표현하는 가장 적극적인 표현은 끈질기게 주체를 철회하는 것이라는 '모순율의 시적 전복'을 창안했다.

페소아는 또 배중률도 부인했다. '서로 모순되는 두 판단이 모두 참이 아닐 수는 없다'는 원리를 넘어서서 페소아는 '이것도 저것도 아님'을 만들어 내었다. "시가 다루는 것은 퍼붓는 빗줄기도 대성당도 아니고, 그대로 드러난 사물도 그것의 그림자도 아니며, 밝은 빛 아래서 직접 보는 것도 유리창의 불투명함도 아닌"[89] 전혀 다른 어떤 것, 모든 '예'와 '아니오'의 대립을 무너뜨리는 어떤 것으로 나아간다. 이는 플라톤 시대 이후 고전적인 논리학 법칙을 정면으로 부정하는 일이다.

바디우는 또 '사유'와 '언어 놀이'를 동일시하게 한 점도 반플라톤주의 양상으로 보았다. 페소아의 이명법은 주체적 동일성의 부정만 아니라 '시적 놀이'로 나아간다는 것이다. 그것은 "자기 고유의 규칙과 다른 것으로 환원될 수 없는 내적 일관성을 가진 시적 놀이들"[90]이 존재하게 하고 "그 결과 이명성의 놀이들의 포스트모던한 조합 같은 것"이 된다. 카에이루는 보들레르가 원했던 운문과 산문의 경계가 모호해지는 글쓰기를 완성한 것이 아닐까? 캄푸스의 송시에는 휘트먼의 아류적 경향이 있고, 헤이스의 송시에는 의도적으로 고대 시를 흉내 낸 모습이 보인다. 바디우는 이러한 '놀이와 눈속임의 결합'이야말로 반플라톤주의의 정점이라고 보았다.

또한 "사유의 통로에 기대지 말 것"이라는 페소아의 구호는 데카르

---

89 여기서 바디우는 마리우드 사카르네이루 등 동인들과 페소아가 만든 잡지 『오르페우』 1915년 2월호에 발표된 시 「비스듬히 내리는 비(Chuva Oblíqua)」를 원용하고 있다.
90 알랭 바디우, 같은 책, 80쪽.

분열자의 산책

트석 주체(코기토)에 대한 하이데거의 비판에 견줄 만한 '그대로 존재하게 함laisser-être'에 해당한다. 페소아는 또 사회주의자나 마르크스주의자는 아니지만, 시의 관념화를 강력하게 비판하고 있다는 점에서 반플라톤적이다. "시는 그것이 말하는 바만을 정확히 말해야 한다는 데 끊임없이 관심을 기울인 나머지 우리에게 아우라 없는 시세계를 내놓은 것이다."[91] 이를 바디우는 "있는 그대로의 사유 그 자체"로 표현했다.

이상과 같이 수많은 논거들이 축적되어 있다면, 페소아는 결국 반플라톤주자인가. 그러나 바디우는 네 가지 반론을 제기하며 그렇지 않다고 말한다.

첫째, 플라톤적 정신을 알아보게 하는 틀림없는 지표 가운데 하나는 수학적 패러다임의 승격이며, 페소아는 시가 존재의 수학을 파악하게 하는 것을 (자신의) 기획으로서 명시적으로 못 박았다고 했다. 둘째, 더욱 플라톤적인 것은 보이는 것에 대한 호소의 원형적인 존재론적 기반이라고 명명할 수 있는, '감각의 존재 유형'이 시에서 문제가 되는 것이라는 점이다. 셋째, 이명법 자체도 사유의 장치로 이해한다면 이상적인 장소를 구성하며, 그곳에서 형상들 사이의 호응과 불일치는 플라톤의 『소피스테스』에 나오는 '최고류' 사이의 관계를 연상시키기도 한다. 넷째, 페소아의 정치적 기획도 플라톤의 『국가』와 닮았다. 플라톤이 도시국가의 조직과 정당성을 이상적으로 결정하고자 한 것과 같이 페소아도 포르투갈의 구체적인 이념을 시적으로 만들려 했다.

수학은 형상적이다. 하나와 하나를 더해 보지 않아도 그것이 둘임을

---

91 "페소아의 시는 유혹하거나 암시하려 하지 않는다." 알랭 바디우, 같은 책, 81~82쪽.

안다. 삼각형과 사각형의 면적을 구하는 공식은 곧 법칙이며, 어떠한 수학적 난제도 우발성의 영역에서 규칙성의 차원으로 승화되기를 기다리고 있을 따름이다. 페소아가 예술적 미와 수학적 미가 근본적으로 동일하다고 말했다면, "뉴턴의 이항정리는 〈밀로의 비너스〉만큼 아름답"[92]다고 본 때문이다. 바디우는, 페소아에게 언어란 그것이 "아무리 다양하게 변화하고 사람을 놀라게 하고 암시적인 경우에도, 그 언어의 심층에 어떤 **정확성**을"(강조-인용자) 부여할 대상이었다고 주장했다.

페소아의 플라톤주의 측면에 있어 '감각의 존재' 유형'이 시에서 문제가 된다는 것은, 「바다의 송시」 첫 부분에서 지금-여기 있는 실제의 부두가 본질적인 '커다란 부두'임을 드러낼 때이다.[93] 감각되는 실제의 부두가 '커다란' 무한으로 보일 때 그것은 일종의 유형화에 해당한다. 부두는 다른 모든 부두를 표상하고, 항구는 다른 모든 항구를 드러낸다. 그러나 플라톤이나 아리스토텔레스에게 유형화는 실제와 이념 사이에 일정한 간격을 두는 것이지만, 페소아의 "'이념'은 사물로부터 분리되지 않으며, 초월적이지 않다."[94]

이명법도 마찬가지이다. 바디우의 말대로 만일 카에이루를 '같음의 형상'과 동일시한다면, 캄푸스는 '다름의 형상'이 되어야 한다. 고통스러운 타자성으로서 형상 없는 캄푸스가 『티마이오스』의 '부유하는 원인'과 동일시된다면, 그는 그 반대편에서 '형상의 엄격한 권위'를 갖춘

---

92 "캄푸스의 짧은 시의 첫 행(제목이 없는 시이므로 제목을 대신하기도 한다)이다." 알랭 바디우, 같은 책, 83쪽 '각주 7'에서 재인용.
93 "나 홀로, 텅 빈 부두에서, 이 여름 아침에,/나는 항구 입구를 바라보고, **무한**을 바라본다." 페르난두 페소아, 『초콜릿 이상의 형이상학은 없어』, 민음사, 2021(1판5쇄), 127쪽.
94 알랭 바디우, 같은 책, 85쪽.

분열자의 산책

또 다른 타자(가령 헤이스)를 필요로 하게 된다. "이명법은 관념적인 장소에 대한 가능한 이미지 중 하나이며, 사유의 범주들이 교대로 등장하는 놀이를 통한"[95] 이미지 중의 하나인 것이다.

페소아의 기획과 플라톤의 『국가』가 닮은 것은, 자신의 조국에 대한 시적 이념을 '도래하지 않은' 미래의 '왕의 귀환'에 걸 때 나타난다. 그것은 예측되지 않는 우발적인 사건으로 다가올 것이란 점에서 자신의 기획 전체를 '안개와 수수께끼로 덮어버리는' 결과를 초래할 것이지만, 기획과 계획에 의거한 이상의 실현이라는 점에서 다르지 않은 것이다.

이처럼 페소아는 반플라톤주의자이면서 동시에 플라톤주의자이다. 바로 이 순간이 페소아가 '플라톤 대전'을 종식시킨 지점이며, 바디우가 '우리는 아직 페소아의 높이에서 사유하지 못하는 것'이라고 고백하게 되었던 지점이다. 여기서 철학은 시에 대해 무기력하기 짝이 없다.

그렇다면 페소아는 어디에 위치하는가. 그의 현대성이란 무엇인가. 바디우는, "페소아의 현대성은 플라톤주의와 반플라톤주의 간의 대립의 유효성에 의문을 던지는 것이며, 시 사유의 과업은 플라톤주의에 충성하는 것도 그것을 전복시키는 것도 아닌 것"[96]이라고 말했다. 때문에 그는 "이 시인이 우리에게 열어준 간극 속에서, 다수와 공백, 무한의 진정한 철학을 세우는 길을 따를 것. 신들이 영원히 떠나버린 이 세계에 정당성을 부여하는 철학을"[97] 세워야 한다고 다짐하게 되었던 것이다.

아래에 그 일부를 인용하는 페소아(캄푸스)의 「바다의 송시」는 보통

---

95 알랭 바디우, 같은 책, 86쪽
96 알랭 바디우, 같은 책, 87쪽
97 알랭 바디우, 같은 책, 88쪽

의 시집 한 권 분량을 훌쩍 넘어서는 방대한 작품이다. 이에 대해 바디우는 "이 세기의 가장 위대한 시 중 하나"[98]라고 밝힌 바 있다.

> 나 홀로, 텅 빈 부두에서, 이 여름 아침에,
> 나는 항구 입구를 바라보고, 무한을 바라본다.
> 바라보며 나는 기뻐한다,
> 작고, 검고 선명한, 여객선이 들어오는 것을 보고.
> 저 멀리서 온다, 뚜렷하게, 자기 방식대로 고전적으로.
> 자기 뒤로 먼 하늘에 텅 빈 증기의 자취를 남기면서.
> 들어온다, 그리고 아침도 함께 들어온다, 그리고 강의
> 여기저기에서, 바다의 삶이 잠에서 깨어난다,
> 돛이 올라가고, 예인선曳引船이 앞으로 나아가고,
> 작은 배들이 항구에 정박한 배들 뒤로 모습을 드러낸다.
> 은은한 미풍이 분다.
> 하지만 내 영혼은 내게 덜 보이는 것과 함께한다,
> 들어오는 여객과 함께,
> 왜냐하면 그것은 거리와, 아침과 함께하기에,
> 이 시각 바다의 감각과 함께,
> 내 안에 어떤 메스꺼움처럼 올라오는 쓰린 달콤함과 함께,
> 마치 멀리의 시작처럼, 그러나 영혼에서,
>
> —「바다의 송시-산타-리타 핀토르에게」 부분(1~17행)[99]

---

98 알랭 바디우, 같은 책, 84쪽
99 페르난두 페소아, 같은 책, 127쪽.

분열자의 산책

Sozinho, no cais deserto, a esta manhá de veráo,

Olho prò lado da barra, olho prò Indefinido,

Olho e contenta-me ver,

Pequeno, negro e claro, um paquete entrando.

Vem muito longe, nítido, clássico à sua maneira.

Deixa no ar distante atrás de si a orla vá do seu fumo.

Vem entrando, e a manhá entra com ele, e no rio,

Aqui, acolá, acorda a vida marítima,

Erguem-se velas, avançam rebocadores,

Surgem barcos pequenos de traás dos navios que estáo no porto.

Há uma vaga brisa.

Mas a minh'alma está com o que vejo menos,

Com O paquete que entra,

Porque ele está com a Distância, com a Manhá,

Com o sentido marítimo desta Hora,

Com a doçura dolorosa que sobe em mim como uma náusea,

Como um começar a enjoar, mas no espírito,

-「ODE MARÍTIMA-a Santa-Rita Pintor」 부분(1~17행)

만일 철학과 시가 영원히 만나지 못하는 사이라면, 서로 다른 세계에서 다른 방식으로 사유하기 때문일 터이다. 마찬가지로 시가 철학의 높이에 도달하지 못한다면, 그 또한 시의 본성이 철학과 다르기 때문이다. 그러므로 철학과 시는 '높이'를 다투는 경쟁자가 아니라 서로를 의식하면서 함께 걸어가는 관계이리라. 철학이 인간을 벗어날 수 없는 것처럼 시 또한 인간을 떠날 수 없다. 둘은 영원히 인간과 함께하는 양식이다.

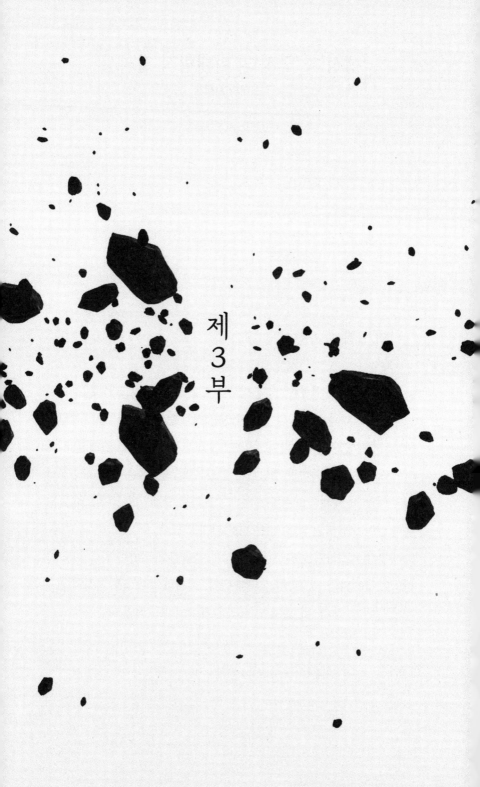

제 3 부

'생성'과 '긍정'의 비대립적 일의성

김종태의 시세계

시와 반복 불가능성

시는 세계를 표현한다. 시의 비문법적 문법에 의해 드러나는 세계는 오래도록 시인과 독자들의 공유지였다. 이들은 한곳에서, 같은 생각을 하며, 서로에게 근거가 되어 주었다. 시인과 독자는 상호 전제한다. 그러므로 시인은 고독하되 절망하지 않았으며, 독자들은 고단하되 쓰러지지 않았다. 세계를 표현하는 시는 함께하는 모든 이들을 위로하고 달래며 살아가게 하는 알 수 없는 힘을 가지고 있다.

세계가 예측하기 어려운 불규칙성과 불확실성을 띠는 만큼 시도 오래도록 규범화와 제도화를 회피해 왔다. 세계의 우발성은 시적 우연성의 근원이다. 세계-내-존재[1]인 시인은 세계의 우발적인 한순간을 해체

---

1 "현존재가 본디 세계-내-존재로서 존재하고 있기 때문이다." 마르틴 하이데거, 『존재와 시간』, 79쪽.

하는 동시에 결합해 내며, 독자들은 바로 그 반복 불가능한 '한순간'을 미적 체험으로 향수하는 현존재인 것이다.

시를 통해 드러나는 것은 세계의 부분들이며, 이것들의 무한한 다양성이 또한 시이다. 시적 가능성의 바탕은 세계인 셈이다. 그러나 부분들의 집합은 세계가 아니며 다양성의 총합 또한 세계가 아니다. 시는 언제나 개별적이며 특수하다. 시는 보편성을 거부한다. 그러므로 시는 이중적이다. 표현하는 동시에 숨기는 양식의 이중적 성격은 시를 일종의 비밀의 형식으로 만든다. 시는 모든 것을 말하면서 아무것도 말하지 않는다.[2]

비밀의 형식으로 정의되는 문학이라는 '이상한 제도'의 역설적 구조[3]는 시의 시작을 곧 종말로 이끈다. 좋은 시는 반복 불가능하며 단 한 번 태어난다. 시에서 시작과 종말은 구별되지 않는 하나이다. 시의 참다운 위의는 둘이 아닌 데 있다. 시사는 연속된 시간이 아니라 단절의 집합으로 보이며, 시의 동력은 의지가 아니라 우연으로 보인다.

시는 '쓰는' 것이 아니라 '받아 적는' 것이라는 생각은 우발적인 시작詩作의 과정을 고통과 인내의 시간으로 느끼는 모든 시인들의 공통 인식이기도 하다. "하나의 작품에, 하나의 고유명사"라는 '절대적 특이성'은 결국 "모든 특이성과 모든 고유명사에 통용"[4]되는 시의 역사를 이룬다. 그것은 비극과 희극의 '이상한' 동거가 반복되는 불연속의 시간이며, 제각각 빛을 발하는 고유명사들의 무한한 고원plateau이기도 하다.

---

2 "당신은 모든 것을 말하면서 아무것도 말하지 않는다." 질 들뢰즈·펠릭스 가타리, 『천 개의 고원』, 547쪽.
3 "'문학의 시작이 곧 종말이 되게끔 합니다." 자크 데리다, 『문학의 행위』, 60쪽.
4 자크 데리다, 같은 책, 89~90쪽.

시를 다양성과 무한의 고원으로 이해하는 것은 세계의 비대칭·비대립성을 전제하는 것이다. 바다에 대하여 육지가 대립되지 않는 것처럼 하늘에 대하여 땅은 대칭되지 않는다. 세계는 상상할 수 있는 모든 '대對하여'에 대하여 거부 의사를 분명히 표한다. 세계는 비대칭적이다. 따라서 시도 비대립적이다.

그러나 대칭의 이원론은 인간의 바깥에 본질을 상정하고 세계를 양태로 간주한다. 그러므로 대칭은 고고한 수직의 체계이자 형상과 모방, 영혼과 육체, 의식과 물질, 지배와 피지배의 파생적 관계를 야기한다. 대칭의 체계에서 인간은 본질의 모방이거나 신의 피조물이거나 변명을 필요로 하는 무능한 존재자일 뿐이다.

물리적 차원의 대칭은 윤리적 층위의 대립과 쌍을 이룬다. 대칭이 몰가치하다면 대립은 가치론적이다. 원형에 대하여 복제품의 열등성과 영혼에 대하여 육체의 종속성과 의식에 대하여 물질의 우선성, 지배에 대하여 피지배의 불가피성이 발생한다. 대립은 본성상 대립을 벗어나기 위해 대립의 쌍을 해체하는 작용을 수반하며, 때문에 공격적이고 전투적이며 파괴적이다. 대립의 결과는 인류사를 참혹한 고통의 현장으로 만들어 왔다.

따라서 대칭의 물리학과 대립의 윤리학을 극복하는 것은 참다운 시가 추구해야 할 과제가 된다. 시는 대칭에서 비대칭으로, 대립에서 비대립으로 나아가는 길을 쉬지 않고 걸어왔다. 좋은 시가 보여 주는 원융圓融의 세계는 미적 참신성과 윤리적 정당성을 동시에 견지하면서 인간의 실존을 '따뜻한 수평'의 체계로 만들어 준다. 세계는 시 속에서 비대칭·비대립의 일의적 존재가 된다.

시는 대칭의 쌍이 사라지고 대립의 경계선이 없는 곳에서 태어난다. 시 안에 자리한 하나의 세계가 처음부터 둘(혹은 여럿)이 아니라고 말할 수는 없지만, 그런 점에서 시가 표현하는 세계의 일의적 비대칭성은 인간의 역사에 위안의 언어를 선사하는 어떤 것이 된다. 즉물적 세계의 예측할 수 없는 우발성이 시라는 양식을 통해 비대칭의 세계에 도달할 때 우리는 스피노자적 기쁨[5]을 만난다.

"시는 하나의 작용이다. 시가 우리에게 가르치는 것은 세계가 대상들의 모임으로 나타나지 않는다는 것이다. 세계는 사유에 반대되는 것이 아니다. 세계는—시의 작용을 위해서는—그 현전이 객관성보다 더 본질적인 것이다."[6] 시는 세계와의 작용 속에서 그 현전을 통해 비대칭의 실존을 표현하며, 독자와의 작용 속에서 비대립의 세계를 표현한다. 시의 사유는 세계와 대립되지 않는다. 오히려 세계의 현전을 능동적으로 사유함으로써 세계의 부분으로 진입한다.

따라서 시인의 "과제는 차이가 분배되는 공간에 모든 반복들이 공존할 수 있도록 하는 데"[7] 있다. 서로 다르지만 대립하지 않는 차이와 반복을 표현하는 것이 시의 세계이며, 때문에 세계는 자신의 천변만화를 그 움직임대로 보여 줄 수 있다. 세계를 표현하는 시의 비대칭성에 주목하는 것은 대칭의 물리학과 대립의 윤리학을 넘어선 시의 실재를 확인하는 일이다.

그것은 공격적이지 않고, 전투적이지 않고, 파괴적이지 않은 실상을

---

5 "우리를 변용시키는 정념은 **기쁨**에 속하며, 우리의 행위 능력은 증가되고 도움을 받는다."(강조-인용자) 질 들뢰즈, 『스피노자의 철학』(박기순 옮김), 민음사, 2017(제2판 제12쇄), 46쪽.

6 알랭 바디우, 『비미학』 61쪽.

7 질 들뢰즈, 『차이와 반복』 19쪽.

만나는 일이기도 하다. 대칭과 대립을 벗어난 지점에서 시는 "천 갈래로 길이 나 있는 모든 다양체들에 대해 단 하나의 똑같은 목소리"[8]가 된다. 그것이 "역동적이기보다는 쓸쓸하고 고즈넉하게, 실험적이기보다는 고전적으로, 가치론적이기보다는 실존적으로, 함성을 지르기보다는 나직한 목소리"[9]로 다가오는 시의 진정한 위의이다.

고전적 깊이와 현대성

김종태의 시에서 비대칭·비대립의 양상은 다양하게 드러난다. 정지용 시 연구자로서 그를 통해 얻은 고전적 깊이가 현대성과의 조화로 나타나는가 하면, 고독과 소외를 인간의 본질적 조건으로 인식하는 현상학적 존재론으로 표현되기도 한다. 그리고 이러한 차원을 통섭하고 아우르면서 생성과 긍정의 시적 세계를 펼쳐 보인다. 여기서 생성이 비대칭의 물리적 일원론을 지칭하고, 긍정이 비대립의 윤리적 일의성을 지시하는 것임은 물론이다.

김종태는 그의 박사학위 논문을 통해 "공간 의식을 중심으로 정지용 시의 총체적 의미를 규명"하고자 시도한 바 있다. 그는 정지용의 초기 시는 시 의식의 형성으로, 중기 시는 주제의식의 심화로, 후기 시는 산수山水적 정신세계의 탐구로 보는 것이 타당한 시기 구분 방법이 될 것이라 주장했다.[10] 이는 그가 정지용의 작품세계를 단절된 시편들의 집

---

8 질 들뢰즈, 같은 책, 633쪽.
9 유성호, 『서정의 건축술』 41쪽.
10 김종태, 『정지용 시 연구-공간 의식을 중심으로』 고려대학교 대학원 박사학위논문, 2002, 8~9쪽.

합으로 보지 않고, 시 의식-주제의식-정신세계라는 연속된 맥락 속에서 이해하고자 했음을 시사한다.

이를 위해 김종태가 천착한 방법론은 '공간 의식'이다. 그에 따르면 공간에는 경험 주체의 태도와 정신이 들어 있으며, 공간 의식은 공간 속에서의 자아의식이다. 공간과 자아의식은 서로 고립된 개념이 아니라 역동적인 영향 관계를 띤다는 인식이다. 그는 정지용의 시적 여정에서 공간과 자아의식의 유기적 연쇄 속에 형성된 '공간 의식'이 중요한 토대가 되고 있음을 보았다.

이와 같은 논의에 따라 정지용 작품세계의 시기 구분은 한 단계 더 심화된다. 시 의식 형성의 토대가 된 초기 시는 '원형적 공간'에, 주제의식의 심화로 이어진 중기 시는 '근대적 공간'에, 산수적 정신세계의 탐구로 이어진 후기 시는 '제의적 공간'에 연결된다. 시인의 삶이 단속적이지 않은 만큼 그의 시세계 또한 연속적으로 파악되지 않을 수 없으며, 그러한 시간적 연속은 공간적 연쇄로 이어질 수밖에 없다는 통찰이다.[11]

특히 주목되는 점은, "후기 시에 나타난 죽음의 공간은 고단한 갈등의 무화를 위한 제의적 장소"라는 전제 아래 "산수 공간을 중심으로 한 후기 시의 죽음은 행복한 죽음이며 방법적인 죽음"[12]이라는 주장이다. 죽음과 행복을 등치시키는 역설도 매우 시적인 인식이지만, 그것이 '방법적인 것'이라는 생각은 정지용의 후기 시를 이해하는 김종태 특유의 발상이라고 할 수 있다. 정지용에게 죽음은 정신세계의 탐구를 위한 방

---

11 "시기 구분의 큰 틀로서 규정한 세 가지 공간은 단절된 것이 아니라 정지용의 삶과 문학의 전반적 형상을 보여 주는 상호 작용의 틀이다." 김종태, 같은 논문, 13쪽.
12 김종태, 같은 논문, 108쪽.

법론적 도전이었다. 나아가 제의적 장소를 "(1)탈속적 내면 공간", "(2) 향천적 운동성과 초월", "(3)죽음의 공간과 갈등의 무화" 등으로 세분함으로써 정지용이 추구한 정신세계의 탐구 양상을 깊이 있게 분석했다.

이러한 과정을 통해 김종태는 정지용이 걸어간 정신적 궤적을 함께 했다. 정지용을 통해 동심의 대지와 가족애를 공유하고(원형적 공간과 고향 의식), 정지용을 통해 고단한 도시와 안정을 희구하고(근대적 공간과 이중적 태도), 정지용을 통해 죽음의 공간과 갈등의 무화를 경험했다(제의적 공간과 자연 합일). 김종태는 정지용의 고전적 깊이를 감득하면서 자신의 시대와 호응했다.

정지용에서 김종태로 이어지는 이런 흐름을 직접적으로 보여 주는 작품은 「예장禮裝」이다. 정지용의 작품을 김종태가 자기화한 것임은 물론이다. 정지용의 「예장」은 금강산 만물상 바위 절벽에서 떨어져 죽은 장년 신사의 자살을 소재로 하고 있다.[13] '모오닝코오트'에 예장을 갖춘 신사의 주검이 등장한다. 당시 신문에 보도된 실화를 소재로 했다. 김종태의 「예장」은 '모오닝코트'와 '삼동三冬의 산' 등의 시어를 비롯해 "지용의 「예장」 속 사내가 있었다"와 같은 표현을 통해 직접적으로 정지용을 사숙한 시인임을 드러내면서 삶과 죽음의 경계를 무화시키는 사유를 보여 준다.

모오닝코오트에 예장禮裝을 가추고 대만물상大萬物相에 들어간 한 장년신사壯年紳士가 있었다 구만물舊萬物 우에서 알로 나려뛰었다 웃저고리

---

13 정지용의 「예장」은 「호랑나비」, 「도굴」, 「조찬」, 「비」, 「인동차」, 「붉은 손」, 「꽃과 벗」, 「나비」, 「진달래」 등과 함께 『문장』 제23호(1941. 1)에 수록된 작품으로 모두 금강산을 소재로 한 시편들이다.

분열자의 산책

는 나려가다가 중간 솔가지에 걸리여 벗겨진채 와이셔츠 바람에 넥타
이가 다칠세라 납족이 업드렸다 한겨울 내-흰손바닥 같은 눈이 나려
와 덮어 주곤 주곤하였다 장년壯年이 생각하기를 "숨도 아이에[14] 쉬지
않어야 춥지 않으리라"고 주검다운 의식儀式을 가추어 삼동三冬내-부
복俯伏하였다 눈도 희기가 겹겹이 예장禮裝같이 봄이 짙어서 사라지다

-정지용, 「예장」 전문

「예장」의 장년 신사는 말 그대로 자살을 앞두고 무슨 의식을 치르듯
예장을 입었다. 일반적 차원에서 '예의를 다한 복장'이라는 뜻의 정장
으로 보아야 할지, 군 장교들이 입는 일정한 형식을 갖춘 의전 복장으
로서의 예복으로 보아야 할지 단정하기 어렵지만, 어느 것으로 보아도
'예장'이 '죽음'의 의미를 강화하는 데에는 차이가 없다.

산중에서 자살한 신사의 시체는 한겨울 내내 발견되지 않았다. "흰
손바닥 같은 눈이 나려와 덮어 주곤 주곤 하였다"는 표현과 "주검다운
의식儀式을 가추어 삼동三冬내-부복俯伏하였다"는 표현을 통해 알 수 있
다. 그는 죽었지만, 육신은 눈송이 아래 얼어 있었다. 그리고 "눈도 희
기가 겹겹이 예장禮裝같이 봄이 짙어서 사라지다"라는 표현으로 마무리
된다. 그것은 부복한 장년 신사의 주검(禮裝)을 눈이 내려 예장禮葬해 주
었다는 비유이자, 봄이 되어 눈과 함께 소천召天하는 자연 섭리를 시사
하기도 한다.

「예장」에서 죽음의 표현은 건조하고 객관적인 시각 아래 묘사된다.

---

14 전집에는 '와이샤쓰'와 '넥타이', '숨도아이에'로 표기되어 있음. 『정지용 전집 1-시』, 173쪽.

묘사된 장면scene과 장면의 모자이크적 연쇄 속에서 시적 의미가 형성되고 강화된다. 절벽에서 추락하는 육신의 나풀거리는 모습은 솔가지에 걸린 '웃저고리'로 상상할 수 있고, 바닥에 떨어진 시신의 모습은 "넥타이가 다칠세라 납족이 업드렸다"는 시구를 통해 알 수 있다. 겨우내 부패하지 않은 모습은 '부복하였다'를 통해, 봄이 되어 차츰 육탈되는 모습은 겹겹이 예장같이 사라진다는 표현을 통해 짐작할 수 있다.

정지용의 「예장」은 죽음 의식을 치른 장년 신사의 외적 상황과 교감한 시인의 내적 반응이다. 예장과 자살의 보기 드문 만남에 주목한 점과 주관적 감정을 배제한 이미지의 연결로 작품을 구성한 점에서 정지용의 모더니즘적 긴장을 엿보게 한다. 자살의 동기를 알 수 없는 주검이 겨우내 '부복한 것'은 한편으로 자연의 법칙이지만, 다른 한편으로 윤리적 귀결임을 암시한다. 때문에 '봄이 짙어서' 사라진다는 의미도 중의적이다. 정지용은 금강산 만물상이라는 산수山水에다 매우 감각적인 한 주검을 포치布置하여 죽음의 의미에 질문을 던지고, 죽음을 사유했다.

검정 정장, 노랑 넥타이
이것은 아주 오래된 나의 예장
'모오닝코트'를 입고 삼동三冬의 산山 깊이 죽으러 간
지용芝溶의 「예장」 속 사내가 있었다
그를 따름인지 아닌지 모르겠지만 나는
예禮의 끝을 백금빛 시계로 갈무리한다
황홀한 박수를 기대하며 무대로 향할 때
피의 뜨거움을 노랑 견絹으로 동여매고

마음의 서늘함을 검정 모ㅌ로 감싸니

어제 그어졌던 아침 윗도리의 붉은 분필자국은

검은 대지의 혈흔처럼 경계를 지워간다

데면데면 아버지 영정을 습관처럼 마주하면

무슨 할 말이 남은 듯 성에 속 희미한 아침은

창밖으로 하나 가득 구름을 몰고 온다

어젯밤 연속극 주인공의 운명을 곱씹던 어머니는

졸린 눈을 비비며 새 와이셔츠를 다리신다

나는 이토록 꼿꼿한 옷차림을 한 채

어머니와 나의 운명을 포석^{布石}처럼 늘어놓는다

불현듯 도래할 설국^{雪國}의 검은 하늘 위에

오로라를 띄우듯 환한 넥타이를 걸치고 싶다

나는 무슨 세상을 배우러 떠나야 하나

예장에 기대어 다스려 볼까나 육신의 불을

예장에 기대어 풀어 볼까나 마음의 독을

-김종태, 「예장」 전문

김종태의 「예장」은 죽음에 대해 질문하기보다 답하고 있다. 죽음은 삶과의 단절이 아니라 오히려 삶의 연속이다. 아버지는 영정 속에서 아들과 함께하며, 늙은 어머니는 연속극 주인공의 운명을 셈하며 아들의 와이셔츠를 다린다. 이 작품에 등장하는 일상의 한 순간, 시인은 죽음과 함께 삶의 연속을 사유한다.

그러나 연속은 언제나 생의 쓰라린 현장들을 포함하고 있다. '육신

의 불'과 '마음의 불'이 타오르고 타오른다. 울혈처럼 마디마디 맺힌 고통의 표정들이 작품 전반에 저류를 형성하면서 의미론적 긴장을 유발한다. 이 긴장이 바로 정지용의 「예장」을 호출했고, 겨우내 부복했던 한 장년 신사의 얼어붙은 몸을 이끌어 냈다. "이러한 자의식이 바로 그의 시를 낭만적 충동과 고전적 성찰로 엮이게끔 하는 원질"[15]을 이룬다.

시인은 지금 내면의 어떤 강렬한 통증에 시달리고 있다. 어제 그어진 윗도리의 붉은 분필 자국이 검은 대지의 혈흔처럼 느껴진다. 그러한 내면을 '검정 정장'과 '노랑 넥타이'로 동여매고 감싸서 '피의 뜨거움'을 다스리고, '마음의 서늘함'을 달랜다. 시인의 외부에는 눈구름이 몰려오고 있다. "흰손바닥 같은 눈이 나려" 정자용의 '장년 신사'를 덮어 주었듯이, "불현듯 도래할 설국雪國의 검은 하늘"이 다가와 시인의 내면에 날카로운 빗금을 긋고 있다.

그러므로 "나는 무슨 세상을 배우러 떠나야 하나"! '육신의 불'과 '마음의 불'을 품에 안고 예장을 갖추어 만물상 절벽으로나 뛰어들까. 뛰어들어 겨우내 부복이나 해 볼까. 돌아가신 아버지 영정과 늙은 어머니의 다림질 곁에서 시인은 지금 쓰라린 내면을 견디고 있다. 그것은 정지용이 장년 신사의 주검을 보도한 기사에서 읽어 낸 죽음의 의미이자 김종태가 자신의 내면을 다스리며 깨달은 죽음의 의미이다. 죽음은 삶의 연속이며, 삶은 죽음을 향해 끝없이 질주한다.

김종태의 시는 고전적 깊이와 현대성을 동시에 아우르면서 질문하기보다 응답한다. 물론 그 응답의 방식은 정지용의 그것과 같은 선명한

---

15 유성호, 「누구도 자신의 눈에 고인 눈물은 보지 못하리」, 김종태, 『오각의 방』, 작가세계, 2014(초판2쇄), 148쪽.

이미지들의 연쇄이다. 그의 「예장」에 등장하는 수많은 색(빛)의 연쇄들이 있다. 검정, 노랑, 백금빛, 붉은 분필 자국, 혈흔, 검은 하늘, 불……. 수많은 내적 고통의 연쇄들이 있다. 죽음, 황홀, 뜨거움, 서늘함, 육신, 독……. 김종태는 자신이 우발적으로 마주하게 되는 삶(죽음)의 순간들에 응답하는 원형을 고전적 깊이에서 찾으면서도 그 표현 형식을 자신의 고유한 언어적 감각에 맡김으로써 고전과 현대의 조화를 이룩해 가고 있다.

고독과 소외의 존재론

김종태의 시에서 고독과 소외는 타자화되어 나타나지 않는다. 어떤 고독의 표정도 자기화되며, 어떤 소외의 양상도 동일화된다. 그것이 가능한 이유는 고독과 소외를 존재론적 차원으로 인식하기 때문이다. 그에게 고독과 소외는 경제학적인 것도, 사회학적인 것도, 심리학적인 것도 아니다. 고독은 인간의 본질적 생존 조건이며, 소외 또한 인간 존재의 한 본성이다.

존재^{être}와 존재자를 구별할 때 우리는 고독의 참다운 의미에 접근할 수 있다. '있음'과 '있는 것(자)'을 구별하는 것, 무한한 '있음'이 단 하나의 '있는 것(자)'으로 탄생할 때 우리는 고독해진다. '홀로서기'는 "존재자가 '존재함'을 자신의 것으로 떠맡는 사건"[16]이다. 세상의 존재자를 모두 소거하고자 했던 데카르트의 사유가 도달한 지점은 코기토였지

---

16 엠마누엘 레비나스, 『시간과 타자』(강영안 옮김), 문예출판사, 2018(제1판 19쇄), 36쪽.

만, 그는 끝내 생각하는 주체(존재자)와 있음(존재)을 분리하지 못한 채 고독하게 세상을 떠났다.

다多가 일一로 수렴될 때 우리는 고독해진다. 혼자이기 때문에 고독한 게 아니라 혼자로 나서 고독한 것이다. 내가 고독하면 너도 고독하고, 그들이 고독하면 우리도 고독하다. 모든 '하나들'은 고독하다. 고독한 하나들에게 고독은 결코 상대화될 수 없다. 이것이 절대 고독의 진정한 의미이다.

고독을 이해한다는 것은 하나들 사이의 거리를 인정하는 것이며, 사랑을 갈구한다는 것은 하나들 사이의 고독을 받아들이는 일이다. 그러므로 고독한 존재자들은 함께mit 살아야 한다. 김종태가 고독과 소외를 타자화하지 않는다는 명제가 성립되는 것은 이러한 존재자들의 고독을 깊이 인식한 시편들을 두었기 때문이다.

우산 쓰고 미아리를 건너갈 때
초로의 남자가 담뱃불을 빌리러 왔다
신문 뭉치로 숱 성긴 머리를 가린 채
그가 문 담배는 반쯤 젖어
고갯길 전봇대는 인가 쪽으로 휘어 있었다
아리랑 고개 어디쯤에서 발 동동 구를
내 여자를 생각할 뿐이었다
갈 길은 우회로뿐이어서 장마의 바람은
제 짝을 잃어도 외로워하지 않았고
불을 만들지 못하는 불꽃 앞에 서서

'지리산 처녀 보살' 간판을 가린 조등을 보았다

불현듯 조객처럼 서러워졌다

어떤 전생이 비 새는 파라솔의 백열등처럼 서서

그와 나의 무의미한 상관성을

내리 비추고 있는 것일까

객들의 사연을 살피던 처녀 보살은

자신의 내력을 펼친 채 그 위에 누웠다

라이터가 반짝 하고 꺼지는 사이

그는 엄지에 힘을 주며

끌고 온 등 뒤의 멍에를 곁눈질했다

나는 젖고 있을 여자 생각뿐이었다 죽음 이후

익명의 흔적을 지우고 가는 사이렌 소리가

천천히 밤 고개를 넘어갔다

아직도 노인은 라이터를 켜고 있었다

—「미아리」 전문

여기 두 명의 사내가 있다. 한 사내는 '하나'뿐이고, 다른 한 사내는 '둘'이다. 초로의 한 사내는 장맛비 속에서 담뱃불을 빌리려 하고, 다른 한 사내는 그것을 빌려 주려 하고 있다. 두 사람을 연결하고 있는 '무의미한 상관성'은 불이지만, 빗속에서 불꽃은 일지 못한다. 불이 필요한 순간 불을 피우지 못하는 결핍이 이 작품의 근저를 형성하고 있다. 미아리의 '고독'은 우선 결핍이다.

그런데 이들의 배경으로 '지리산 처녀 보살' 간판을 가린 조등弔燈이 있다. 생을 위하여 미래를 예감하고자 하는 체계인 '보살'과 죽은 자를 보내기 위하여 과거를 기억하는 형식인 '조등'이 있다. 이들은 삶과 죽음 사이에 있는 것이다. 때문에 시적 화자는 '하나'뿐인 초로의 사내에 공감하고, "아리랑 고개 어디쯤 발 동동 구를" 내 여자를 생각하며 '둘'을 갈구하는 것이다. 그러므로 고독은 역시 '하나'에 있다.

또한 '내 여자'도 지금 '홀로' 있다. 그녀는 빗속에서 '나'를 기다리고 있을 터이다. 전봇대마저 인가 쪽으로 휘어진 것은 그녀와 내가 '함께' 해야 한다는 간절한 바람을 표상한다. "젖고 있을 여자 생각뿐", 그녀가 젖고 있는 만큼 나도 젖고 있다. 둘은 떨어져 있어도 같은 상태에 이른다. 이것은 고독한 존재자는 함께 살아가며, 함께 살아가야만 한다는 존재론적 주제의 시적 변주이다.

「미아리」에는 세 가지 고독의 표정이 나타난다. 등 뒤에 자신의 명에를 짊어진 초로의 한 사내는 고독하다. 방문객들의 사연을 살피다 자신의 내력을 펼치는 처녀 보살도 고독하다. 그리고 이들의 고독을 응시하며 자기화하고 동일화하는 '나'도 고독하다. 바로 여기서 인간이 고독을 견딜 수 있는 유일한 수단은 '함께'라는 명제가 성립된다. 「미아리」는 인간 존재의 근원에 천착해 들어간 작품이다.

깨진 거울 속의 무수한 길들을 본다
가늘게 갈라진 몸이 정렬하는 구역마다
소인은 찍혔으나 발신자를 알 수 없는 편지같이
은빛 빛깔의 파편들이 서로를 잡아당긴다
이름 없이 다가와 휴지조각으로 사라지는

분열자의 산책

차가운, 찌르는, 에이는, 뜨거운

아예 스스로의 형체를 잃는 맨몸의 주소들이 있다

가을 늦은 오후, 홀로 깨진 거울 앞에 서면

겨울나무 저녁 이파리처럼 사라진 몸들이

내 누추한 정신 구석구석에서 바람을 일으킨다

마실간 지 십년 된 아버지 눈앞에서 어른거리고

한때 좋았던 애인들은 귓전에서 소곤거린다

환상지증후군 환자의 하소연같이

오! 새 팔과 다리가 간질간질 돋아나는구나

실낱같은 금으로 서로 다른 저녁의 어둠이 온다

뇌수까지 엉키어드는 유리 거미줄

얼기설기 이어지고 또 끊어진 데로 달그림자 비친다

갱지처럼 구겨져 더 큰 통증이 살갗에 생생하다

분명 거울 속에는 나밖에 없다, 아니 아니

산산이 깨어진 내 몸의 순간 속에는 거울밖에 없다

저 금의 주름이 온몸을 덮어갈 때도

그건 진정 내 팔과 내 발목이 아닐 것이다

지나간 시간들은 반송될지도 모르겠지만

아니 아니, 그 반송지에도 나는 없을 것이다

-「깨진 거울 속을 본다」 전문

또 다른 고독과 소외의 표정은 '깨진 거울'에 있다. 사라져 간 것들을
자기화하고 동일화하는 생성이 있고, 그것이 다시 소멸을 향해 나아갈

수밖에 없다는 시적 역설이 있다. 시인은 거울 앞에서 '사라진 몸들'이 자신의 정신 구석구석에 바람처럼 되살아오는 것을 느낀다. 10년 전 돌아가신 아버지가 어른거리고, 옛 애인들도 귓전에서 소곤거린다. 사라진 것들의 회귀는 물론 자기화와 동일화의 결과물이지만, 니체의 영원회귀와 같이 그것 자체로 하나의 생성이다.

사라진 것들은 영원히 회귀하면서 시적 주체의 내면에 빗금을 긋는다. "차가운, 찌르는, 에이는, 뜨거운" 빗금, 그것은 "뇌수까지 엉키어드는 유리 거미줄" 같은 것이다. 하필이면 시인이 '깨진 거울' 앞에 선 것은 바로 빗금 때문이다. 반대로 '깨진 거울'이 시인에게 되살려 준 것도 결국 빗금이다. 빗금으로 인하여 자기화와 동일화를 수행한 시인은, 동시에 사라져 간 것들을 회귀시키는 쓰라린 빗금을 경험하게 된다.

따라서 "지나간 시간들은 반송될지도 모르겠지만/아니 아니, 그 반송지에도 나는 없을 것"이라는 발언은 소멸을 향해 나아갈 수밖에 없는 인간 존재에 대한 자각으로 연결된다. 김종태의 「깨진 거울 속을 본다」는 바로 그 '깨진' 거울에서 보이는 무수한 길을 따라 "소인은 찍혔으나 발신자를 알 수 없는 편지"같이 사라진 것들의 회귀(생성)와 소멸에의 지향이라는 역설적 언어로 구축되어 있다.

그런데 회귀하는 것들의 속성은 비인칭적인 '어떤 것'이라며 김종태의 시작법에 모종의 변화를 보여 주는 작품이라는 고봉준의 분석은 주목된다.[17] 그에 따르면 서정시의 오래된 특징인 자기 고백적 성격, '자아'나 '주체' 개념을 중심으로 세계를 전유하는 시적 문법을 인칭적이라

---

17 "김종태의 시세계는 인칭적 경향에서 비(非)인칭적인 경향으로 진화하는 양상을 보이고 있다." 고봉준, 「깨진 거울, 이질적인 것들의 공존을 위하여-김종태론」, 『시와표현』 2016년 11월호, 63쪽.

할 때 「깨진 거울 속을 본다」는 그러한 경계를 넘어선 시이다. 회귀하며 생성되는 것들은 비인칭적이다. 거울이 깨질 때 그어지는 '빗금'의 방향을 예상할 수 없는 것처럼 바람을 일으키고, 어른거리고, 소곤거리는 것들은 예측되지 않는다. 때문에 대상과의 동일성을 전제로 한 서정적 주체의 인칭적 자각은 '깨진 거울'에선 볼 수 없다.

이처럼 김종태의 고독과 소외의 존재론은 세계의 우발성과 시적 우연성을 그것대로 보여 주면서 생성과 긍정의 태도를 견지하고 있다. 생성은 대칭적이지 않고, 긍정은 대립적이지 않다. 생성의 비대칭적 물리학과 긍정의 비대립적 윤리학이 만나는 지점에 김종태의 시가 있다. 그것은 물론 고독의 자기화와 소외의 동일화를 통해 도달한 자신만의 시적 세계라고 할 수 있다.

생성과 비대칭의 일원론

생성을 사유한다는 것은 세계의 우발성을 존재론적으로 받아들인다는 의미이다. 생성은 시간적으로 영원하며, 공간적으로 무한하다. 그러므로 생성은 영원히 회귀한다. "영원회귀는 생성의 존재이다."[18] 생성은 끊임없이 반복되며, 반복 또한 끝없는 차이를 낳는다. 생성은 "자신과 이혼하는 것과 더불어 끊임없이 결혼하는"[19] 형식이다. 이것이 차이와 반복의 형이상학이다.

이렇게 말할 수도 있다. 고름, 고른 판, 리좀, 시뮬라크르, 어두운 전

---

18 질 들뢰즈, 『니체와 철학』(이경신 옮김), 민음사, 2016(2판12쇄), 137쪽.
19 질 들뢰즈, 『차이와 반복』, 336쪽.

조, 시선점, 조형력, 강도적 세로좌표, 미분 곡선의 접선, 곡률, 텍스처, 카오스모스, 프랙탈, 끌개, 첨두아치, 그램분자 …… 실로 무한하다. 세계는 대칭의 이원론이 아니라 지시할 수 없고 범주화할 수 없는 개념 없는 개념들의 무한한 연쇄 속에 있다. 생성은 알 수 없는 순간, 알 수 없는 방식으로 발생하는 연쇄적 사건event이다. 그러므로 생성은 수직적 위계를 형성하지 않고, 수평적이며 비동시적인 동시성을 띤다.

생성은 비대칭적이며 일원론적이다. 생성은 플라톤적 이원론이 아니라 스토아적 일원론에 친화적이다. 스토아주의는 물질-의식의 경계를 무너뜨려 비대립적 사건의 존재론을 보여 주었다. 그들은 실체를 물체sôma라 주장하면서도 비물체적인 공허, 장소, 시간, 렉톤을 물체적인 것의 표면(이면) 효과로 받아들였다.[20] 스토아적 사건론에 대립은 없다.

비대칭적 세계의 다양성의 근거는 창조성이다. 그것은 인위적인 창조의 의지가 아니라 신의 '주사위 던지기'[21]이다. 라이프니츠를 따라 "신은 공존 불가능한 여러 세계에 걸쳐 있는 '불확실한 아담' 또는 '변덕스러운 아담'을 창조한 것이 아니라, 세계가 있는 만큼이나 많은 수의 발산하는 아담들을 '가능태의 이유에 따라' 창조하였으며, 여기에서 각 아담은 자신이 속한 세계 전체를 포함한다."[22] 창조성은 다양성을 극한까지 밀고 나아가는 데서 실현되는 비대칭적 세계이다.

김종태의 시가 생성과 비대칭의 일원론을 지향하고 있다는 것은 그의 창조적 열정이 세계의 다양성을 증진시키고 있다는 의미가 된다. 김종

---

20 이정우, 『시뮬라크르의 시대-들뢰즈와 사건의 철학』, 기획출판 거름, 2000(제2판 제1쇄), 77쪽.
21 "주사위 던지기는 〈우연〉을 긍정하고 모든 우연을 사유하는 역량이며, 이것은 무엇보다도 원리가 아니라 모든 원리의 부재이다." 질 들뢰즈, 『주름, 라이프니츠와 바로크』, 124쪽.
22 질 들뢰즈, 『주름, 라이프니츠와 바로크』, 118쪽.

태식 생성의 양상은 그의 작품들 곳곳에서 발견된다. 그 가운데 「오각의 방」은 이성혁, 고봉준, 이재훈 등 많은 논자들의 주목을 받으며, "'삶'과 '죽음', '피'와 '살', '언어'와 '실재'가 함께 공존하는 세계는, 환멸을 넘어 생성에 이르는 역설적 사유 과정을 담고"[23] 있다는 평을 들은 바 있다.

겨울나무들의 신발은 어떤 모습일까, 쓰러진 나무는 맨발이고 흙 잃은 뿌리들의 마음은 서서히 막혀간다 차마고도를 온 무릎으로 기어 넘은 듯 가죽등산화가 황달을 앓는 뇌졸중 집중치료실, 수직의 남루 와 사선의 슬픔 사이로 스미는 잔광에 빗살무늬 손금이 꼬물거린다

바른쪽 이마로 서녘 하늘을 보려는 글썽임이다
마음의 파편으로 서늘한 가슴을 잡는 암벽등반의 안간힘이다

기억은 끝끝내 한 점일까, 그곳에 느리게 닿아가는 사투들, 그 점을 먼저 안으려는 투신들, 어디로 향할 수 없는 주저함에 몸을 닫는 밤이 다 피와 살의 경계로 한 가닥 비행운이 흐릿하다 지상의 방들은 언젠 가 병실일 터이지만 스멀거리는 약 냄새는 낯익도록 말이 없다 모든 비유는 환멸을 향한다고

이토록 고요한 읊조림이 있었던가
기역자 양방향 창에 퇴실한 부음처럼 눈발이 부딪힌다

---

23 유성호, 같은 글, 141쪽.

첨탑으로 치솟는, 입간판에 주저앉는 맨몸의 무너짐 허나 감각이
사라진, 고통은 있으나 느끼지 않는 언어도단이다 두세 마디 허공 사
이 헐벗은 역설은 굳건한 방정식으로 내려앉을까 눈물 속으로 들어간
시간이 와디처럼 흘러가면 사구 위 푸른 꽃잎을 회색 속옷으로 덮어
주고 싶다

침대 밖으로 나와 있는 무릎은 여전히 고도를 넘고 있다

-「오각의 방」 전문

작품은 모두 여섯 개 연으로 구성되어 있다. 전반적으로 산문적 시
행들을 거느리고 있는 가운데 짧은 시행으로 이루어진 세 개 연이 사이
사이에 있어 작품에 형태적 율동감을 부여하고 있다. 규칙성과 정형성
을 벗어난 경영을 하고 있는 것이다. 첫 연은 뇌졸중 집중치료실이 무
대이다. 계절은 겨울이다. 쓰러져 누운 환자의 배경으로 겨울 햇살은
비껴 들어오고, 그것은 '빗살무늬 손금'이 되어 꼼물거린다.

환자는 지금 맨발로 누워 있다. "차마고도를 온 무릎으로 기어넘은
듯" 그의 등산화는 낡고 낡았다. 그것으로 건강할 때 그는 비록 남루했
을지언정 개결介潔하고 부지런한 사람이었음을 알 수 있다. 수직의 남루
와 사선의 슬픔은 일차적으로 병실의 물리적 환경을 표상하지만, 또한
이제 병들어 누운 그와 그를 바라보는 시적 화자의 내면 풍경을 그려내
고 있다. 그는 (수직으로) 서서도 남루했지만, (사선으로) 누워서도 서글
프다. 이처럼 '오각의 방'은 경각에 달한 한 성실한 생활인의 마지막을
의탁한 공간이다.

2연은 그것을 바라보는 시적 화자의 글썽임과 안간힘을 담고 있다. '서녘 하늘'을 바라보는 글썽함도 처연한 것이지만, 온 마음을 산산이 부수는 가슴을 부여잡는 '암벽등반'의 안간힘도 절박하기만 하다. 3연은 '끝끝내 한 점'으로 환기되는 환자의 종착지를 다루고 있다. 그리고 그곳으로 달려가는 환자를 부여잡는 '사투들', 어떻게 하면 '느리게' 만들 수 있는가를 실행하는 '투신들'이 있고, 마침내 "어디로 향할 수 없는 주저함에 몸을 닫는 밤"이 있다. 그러므로 지상의 방들은 언젠가 병실일 수밖에 없지만, 한 생이 저무는 그 '순간의 방'에서 '모든 비유'는 '환멸'을 야기할 뿐이다.

그리고 4연과 5연에는 기어이 죽음에 이른 상황과 그것을 마주한 시적 화자의 반응이 나온다. 사투와 투신의 시간을 지나 마침내 '고요한 읊조림'의 때가 왔다. 눈발은 부음처럼 양방향 창을 때리고, 시적 화자는 맨몸으로 무너져 내린다. 모든 감각이 사라진 살아남은 자의 육신은, "고통은 있으나 느끼지 않는 언어도단"에 이른다. 이 헐벗은 역설, '눈물 속으로 들어간 시간'은 '와디'[24]처럼 흘러내린다.

뇌졸중 집중치료실은 '오각의 방'이다. 오각형의 방이어도 되고, 오각悟覺의 방이어도 좋다. 한 생명이 이승에서의 삶을 마감하고, 다른 생을 시작하는 공간은 어떤 오각이어도 된다. 6연에서 환자는 침대 밖으로 무릎을 내놓고 "고도를 넘고 있다". 바로 여기서 「오각의 방」을 생성과 비대칭의 일원론으로 이끌어 가는 번뜩이는 사유가 등장한다. 죽음은 절대적 단절에 그치지 않고, '고도'를 향한 새로운 시작을 지시한다.

---

24 와디(wadi), 건조 지역에서 평소 마른 골짜기였다가 큰비가 내리면 물이 흐르는 강을 말한다.

죽음은 삶의 종말이 아니라 새로운 삶의 시작이다.

집중치료실에서 비유는 그 어떤 것도 환멸을 야기할 뿐이었지만, 오각의 방에서 '고도'는 생성을 촉발한다. 이곳에서는 생과 사도, 피와 살도, 언어와 실재도 대칭되지 않는다. 고도는 모든 대립이 무화되는 일원론적 공간이다. 유성호는 이를 세 가지로 분석했다. "존재론적 경계를 넘어서는 '고도高度'이기도 하고, 존재론적 격절을 환기하는 공동체적 '고도孤島'이기도 하고, 끝내는 오지 않는 형이상학적 '고도godot'[25]이기도"[26] 하다. 확실히 모든 '고도'는 단절된 차원들을 하나로 연결하면서 결국 물리적 세계의 다양성을 시적 역량으로 확장하는 기제이다.

사막의 모래바다 위에 세워진 고도古都에서 "한없이 사라지고 또 순식간에 자라나는 모래산"을 응시하며 소멸과 생성이 결국 '한 몸'임을 자각하는 「사막의 출입구」 역시 비대칭적 일원론의 또 다른 시적 양상이다.

여기까지가 운명의 몫인가 열면 막막하고 잠그면 허허롭다 이국종 여치처럼 징징거리는 모래바다위에 따분한 듯 해안선이 털썩 무릎을 꿇고 분분한 초록을 핥는 모래바람은 금세 검푸르러진다 갓 태어난 쌍봉낙타의 연한 울음이 신기루를 맞이하는가 달빛 아래 파묻힌 고도古都의 사금파리, 망중한의 금독수리는 시간의 갈증에 말라 부스러지리 열사熱砂의 재 되리 소리가 몸짓이 되고 몸짓이 강한 향기를 휘저으며 움찔대는 찰나의 유동流動, 한데 얺어 다시 바다로 나갈 나의 배는

---

25 베케트의 『고도를 기다리며(En Attendant Godot)』에서 두 사람의 무숙자(無宿者)가 기다리고 기다려도 끝내 나타나지 않는 인물이 고도(Godot)이다.
26 유성호, 같은 글, 140쪽.

분열자의 산책

어디에 묶어 두었는가 흑폭풍黑暴風의 그늘진 배후를 기꺼이 맞이해야 한단 말인가 어찌 보면 외통길이다 중음신中陰身을 기다리는 듯한 포즈에 익숙해지련다 행불행의 자전축이 맞이할 좌표가 좀 더 분명해질 것이다 다만 어디까지가 운명의 몫인지 이제 낙타풀을 즙내어 어떤 사연의 비망록을 옮겨야 할 듯도 하다 한없이 사라지고 또 순식간에 자라나는 모래산이 또다시 눈앞에 떠오른다 출입구가 한 몸으로 똬리를 튼 불혹不惑의 지도, 그 그림자로 등고선을 드리우느니

-「사막의 출입구」 전문

이 작품이 보여 주는 비대칭의 세목들은 다양하다. 우선 '여는 것'과 '닫는 것'이 대칭되지 않는다("열면 막막하고 잠그면 허허롭다"). 또 '분분한 초록'과 '모래바람'도 대척점을 벗어나 서로에게 푸르름으로 스며든다("분분한 초록을 핥는 모래바람은 금세 검푸르러진다"). 빛나는 황금의 고도와 부서진 사금파리도 하나다("달빛 아래 파묻힌 고도古都의 사금파리"). '소리'와 '몸짓'도 몸을 바꾸면서 찰나적으로 유동한다("소리가 몸짓이 되고 몸짓이 강한 향기를 휘저으며 움찔대는 찰나의 유동"). 사라짐과 자라남도 주름과 펼침처럼 결국 하나의 본질에서 나오는 두 표현태로 드러난다("한없이 사라지고 또 순식간에 자라나는 모래산").

결국 사막의 '출입구' 자체가 '들어감'과 '나옴'이라는 대칭을 벗어나 하나가 된다. 그러므로 "여기까지가 운명의 몫인가"라는 자문은 '불혹의 지도'에 그려지는 등고선과 같이 구불구불하고 울퉁불퉁한 하나의 원圓이라는 답에 이른다. 「사막의 출입구」에서 '등고선'은 물질적 층위와 사회적·역사적 측위, 윤리적 층위를 아우르면서 거대한 생성과 비

대칭의 일원론적 세계를 시화하고 있다.

이 밖에도 김종태의 많은 시편들은 인간의 역사에 기록된 전쟁과 살육과 고통의 흔적들을 위무하는 듯 대칭적·대립적 구도를 벗어나 있다. "난형과 난원형의 인연들"(「바냔나무 내 인생」), "경계를 벗어나고자 몸부림할 때"(「복화술사에게」) 등과 같이 그의 작품들은 수직적 대칭의 세계가 아니라 수평적 생성의 세계를 보여 준다.

긍정과 비대립의 일의성

이제 죽음을 사유할 때이다. 죽음을 넘어 삶을 사유할 때이다. 죽음이 삶과 손을 잡고, 삶이 죽음과 어깨를 겯고 있음을 생각할 때이다. 죽음은 절대적 단절이 아니라 삶의 연속이며, 삶을 가능하게 하는 조건임을 인식할 때이다. 그리고 시는 오래도록 삶 속에서 죽음을, 죽음 속에서 삶을 보아 왔다. 시는 삶과 죽음이 손을 잡고 서로에게 온기를 전하는 장면들을 표현해 왔다.

천상병이 「귀천」하여 "아름다운 이 세상 소풍 끝내는 날/가서, 아름다웠더라고 말하리라"고 한 것과 같이, 고은이 「문의 마을에 가서」 "죽음이 삶을 껴안은 채/한 죽음을 받는 것을" 본 것과 같이 시는 언제나 삶과 죽음을 대립시키고 고립시키지 않았다. 이것이 다양한 개성적 표현과 수많은 변주 양상에도 불구하고 서정시가 견지해 온 공통의 지평이다.

김종태의 작품 또한 삶과 죽음의 연속성을 사유하고 있다. "허공은 무슨 까닭으로 이름 없는 아가들을 깨우는가"라는 시행을 반복하면서 알 수 없는 이유로 '허공'에 내던져진 어린 영혼을 위무하고 있는 「허공의 아가들에게」는 대칭과 대립으로 인해 스러진 생명들을 호명함으로써 그가 얼마나 절박하게 비대칭·비대립의 세계를 갈망하는지 보여 준다.

　　꿈꾸는 아가들의 옹알이가 요람 안에 출랑거릴 때 허공은 무슨 까닭으로 이름 없는 아가들을 깨우는가 검은 모래바람이 은사시나무 가지를 덮어갈 때 허공은 이름 없는 아가들을 깨우는가 그 병든 가지마다 싹이 돋고 잎이 날 때 허공은 이름 없는 아가들을 깨우는가 사원의 잔해 사이로 전투기가 날아다니고 조종사의 헬멧이 폐허의 광장에 내동댕이쳐질 때 허공은 이름 없는 아가들을 깨우는가 그 몸 속 폭탄이 불꽃놀이처럼 흩어져 애먼 몸들 산산이 멍빛으로 흩어질 때 허공은 이름 없는 아가들을 깨우는가 죽은 몸과 죽어가는 몸이 엉키어 천년의 탑을 쌓을 때 허공은 이름 없는 아가들을 깨우는가 창살 아래 갇힌 흰 살들이 기름을 머금고 타들어 갈 때 허공은 이름 없는 아가들을 깨우는가 타들어간 연기가 굵은 핏줄이 되고 잘린 모가지가 되고 허공은 이름 없는 아가들을 깨우는가 자장가를 가득 실은 술 취한 배들이 암초에 좌초되고 허공은 이름 없는 아가들을 깨우는가 그 배에 묶어 놓은 음표들이 밤바다에 흩어지고 허공은 이름 없는 아가들을 깨우는가 이름 없는 아가들이 오래 전 잠들어 있었던 허공의 복수復讐가 넘실넘실 쏟아져 흐르는데 허공은 아침마다 흰빛으로 다시 살아나 그 무슨 까닭으로 이름 없는 아가들의 영원한 꿈을 이토록 세차게 깨우는가

　　　　　　　　　　　　　　　　　　　　-「허공의 아가들에게」 전문

　　작품 이해를 위해 '아가들을 깨우는 순간들'을 추출하면 다음과 같

다. (1)꿈꾸는 아가들의 옹알이가 요람 안에 촐랑거릴 때, (2)검은 모래바람이 은사시나무 가지를 덮어갈 때, (3)병든 가지마다 싹이 돋고 잎이 날 때, (4)사원의 잔해 사이로 전투기가 날아다니고 조종사의 헬멧이 폐허의 광장에 내동댕이쳐질 때, (5)몸속 폭탄이 불꽃놀이처럼 흩어져 애먼 몸들 산산이 멍빛으로 흩어질 때, (6)죽은 몸과 죽어 가는 몸이 엉키어 천년의 탑을 쌓을 때, (7)창살 아래 갇힌 흰 살들이 기름을 머금고 타들어 갈 때, (8)타들어 간 연기가 굵은 핏줄이 되고 잘린 모가지가 될 때, (9)자장가를 가득 실은 술 취한 배들이 암초에 좌초될 때, (10)그 배에 묶어 놓은 음표들이 밤바다에 흩어질 때. 그리고 작품의 대미는 아침마다 '흰빛으로' 살아나 아가들의 영원한 꿈을 '세차게 깨우는' 허공으로 귀결된다.

열 가지 '순간들'은 일견 '그리고'로 연결된 병렬 항들로 보이지만, 일정한 의미 연쇄를 형성하면서 의미와 무의미의 경계를 넘나들며 '허공에 던져진 아가들'의 비극적 상황에 심도를 더해 주고 있다. 일종의 연쇄법이자 점층법적 효과이다. '열 가지' 순간들은 '열 가지 이상'이다. 이를 의미론적으로 분절하면, 먼저 (ㄱ)꿈꾸는 아가들이 있었고, (ㄴ)모래바람이 불고, 가지가 썩어 가는 시간이 오고, (ㄷ)전투기와 폭탄이 날아들고, (ㄹ)죽은 몸들이 쌓여 가고, (ㅁ)생의 '배들'이 좌초되고 산일되며, (ㅂ)흰빛으로 살아난다. 이는 '삶-죽음-되삶'의 구조를 형성한다.

그리고 시행들의 연쇄 속에 환기되는 무의미의 영역이 있다. 「허공의 아가들에게」에 등장하는 "꿈, 바람, 전투기, 조종사의 헬멧, 몸속 폭탄, 산산이 흩어진 멍빛 몸, 주검들의 탑, 타는 살, 핏줄, 자장가, 밤바다"와 같은 언표들은 "무서움, 분노, 절망, 안타까움, 이별"과 같은 인접적 의미를 유발한다. 무의미는 의미의 대립항이 아니라 상관항이다. 의미가 사건의 계열에서 상대적인 위치를 차지한다면, 오히려 무의미는 절대적 위치를 가진다.[27] 이것은 표현 바깥에서 의미를 유발하는 시 양식의 본성적 특질이기도 하다.

이처럼 「허공의 아가들에게」는 죽음을 사유하는 김종태의 절박한 현실 인식을 예리하게 보여 주고 있다(표현의 영역). 동시에 그가 갈망하는 세계의 모습도 보여 주고 있다(표현되지 않은 영역). 그것은 비대칭의 물리학과 비대립의 윤리학일 수밖에 없다. 우리는 잘 알고 있다. 둘로 나뉘어 얼마나 많은 사람들이 죽어 갔으며, 앞으로도 얼마나 많은 극단적 대립과 투쟁 끝에 죽어갈 것인지.

일본 시인 혼다 히사시本多壽의 시 「증언」에 다음과 같은 시행이 있다.

한 사람의 갓난아기를 희생시켜
한 사람의 병사를 죽였다
폭탄은 우유병에 설치했을까
아니면 기저귀 속이었을까

태어난 지 얼마 안 된 갓난아기의 미래를
한 개의 폭탄으로 바꿔서
병사 한 명을 죽여야 하는 이유를
나는 알지 못한다, 라고 말해서는 안 된다

---

27 질 들뢰즈, 『의미의 논리』(이정우 옮김), 한길사, 2015(제1판11쇄), 163쪽.

나는 알고 싶지 않다, 라고 눈을 피해선 안 된다
라고 나는 나를 타이른다

병사 한 명의 배후에 숨겨져 있는 것
갓난아기 한 명의 배후에 숨겨져 있는 것
숨겨져 있는 게 분명히 있다
라고 나는 나에게 다짐을 한다

-혼다 히사시, 「증언」 부분(한성례 옮김)

아프가니스탄 전쟁에서 귀환한 소련군 병사의 증언을 인용한 작품
이다. 한마디로 근원에서부터 인간성에 절망하게 만드는 참혹한 '증언'
이다. 「허공의 아가들에게」에도 "몸속 폭탄이 불꽃놀이처럼 흩어져 애
먼 몸들 산산이 멍빛으로 흩어질 때"라는 표현이 있다. 두 작품의 영향
관계를 추정할 수는 없지만, 이것으로써 비극적 대립의 결과에 반기를
드는 두 시인의 문제의식은 보편성을 획득한다.

김종태의 또 다른 작품 「알리나가 되어」는 2022년 발발한 러시아-
우크라이나 전쟁을 다루고 있다. 알리나는 우크라이나 병사 안드리이
의 아내로 러시아군에 의해 두 팔과 두 눈, 청각 일부를 잃은 남편을 홀
로 간병하는 사진 한 장으로 많은 사람들에게 감동을 주었다고 한다.

감긴 눈이 환상통 속에 스민 백열등 불빛을 볼 수 없겠지만, 잘린
손이 덧난 상처의 고름 묻은 가슴을 움켜잡지 못하겠지만, 들리지 않
는 귀가 통곡 같은 천둥소리에 움찔거릴 리 없겠지만, 서로 비껴가는

허공의 사연들로 나뭇잎 이슬이 맺힌다

부서진 팔과 멍든 다리가 옛 모습 아니더라도, 갈라진 입술과 사라진 광대뼈에 옛 얼굴 안 보이더라도, 힘없는 심장과 흐릿한 맥박이 옛 청춘의 연가를 읊조리고 그늘진 목소리와 주저않는 호흡이 그 음정 끝을 흐리더라도

검붉은 눈물은 두렷한 메아리로 허공의 비석을 닦고 햇살은 입김처럼 그 위로 가라앉아 푸르렀던 아지랑이 언덕 위로 새롭게 돋아나는 당신의 손가락, 파문처럼 퍼져나가 창해를 더듬는 무량한 지문의 온기를 품은 옷매무새

집속탄 연기를 맞으며 내 마음이 당신 마음속으로 당신 마음이 내 마음속으로 자꾸자꾸 번지기 시작하는 시간의 파편, 꿈틀거리는 멍빛 주검 가득한 지뢰밭에 미사일을 퍼부어도 무너뜨릴 수 없는 갸륵한 기억 속에 나의 영원이 있다

                                        -「알리나가 되어」 전문

작품은 남편 안드리이를 간호하는 알리나가 자신에게 주어진 상황을 이해하고, 마음을 가다듬고 다짐하는 내용으로 이루어져 있다. 그녀의 결론은, "꿈틀거리는 멍빛 주검 가득한 지뢰밭에 미사일을 퍼부어도 무너뜨릴 수 없는 **갸륵한 기억 속에 나의 영원이 있다**"(강조 - 인용자)는 결구에 들어 있다. 시인은 '알리나가 되어' 이러한 발언에 강조점을 두

었다. 비대칭·비대립을 열망하는 김종태의 시적 강도가 얼마나 강렬한 것인지 알게 한다.

그가 죽음을 사유한다는 것은 일차적으로 죽음을 삶의 연속으로 인식하고 그 경계를 허물어 존재론적 일의성을 추구하는 것이지만, 동시에 참혹한 대립의 결과를 벗어나기 위한 비대칭·비대립의 시적 윤리를 정초하는 것이기도 하다. 비록 시는 세계의 정치적·사회적 영역에서 실효적 영향력을 행사할 수 없을지 모르지만, 그럼에도 시인은 대긍정의 비대립적 일의성을 추구하지 않을 수 없다는 선언이기도 하다. 그것은 별것 아닌 것은 같은 '갸륵한 기억 속에' 온 세상의 평화가 있고, 영원한 삶(=죽음)이 있다는 선언이다.

그런 점에서 세계를 표현하는 김종태 시의 비대립성에 주목한다는 것은 부정적 모순론에 따라 어떤 대상을 적대시하고 공격하려는 반시反詩적 태도와의 결별을 의미한다. 시는 표현하는 동시에 포함하며, 사유하는 동시에 긍정한다. 시는 대칭과 대립에서 벗어나 거대한 원융을 추구한다. 김종태의 시편과 같이 시적 윤리는 대립이 아니라 긍정에 있다.

또한 우리는 잘 알고 있다. '순수시'와 '참여시'는 허구라는 것을. '옳은 시'가 따로 있지 않은 것처럼 '그른 시'도 있을 수 없다는 것을. 우리에게는 오직 다양한 시가 있을 뿐이다. 사건의 지평선 위로 번쩍 솟구쳐 올라 푸른빛(혹은 붉은빛)을 발하는 수많은 다른 시가 있을 뿐이다. 시는 거대한 고른판gros plan[28]을 퉁겨 오르는 물방울들의 불규칙한 브라운운동과도 같다.

---

28 질 들뢰즈·펠릭스 가타리, 『천 개의 고원』 327쪽.

1998년 등단한 김종태 시인은 현재까지 두 권의 시집을 상재했다. 당장 새 시집을 내더라도 더없는 과작의 시인이라 할 수 있다. 그러나 지금까지 본 대로 그가 정지용 연구자로서 얻은 고전적 깊이를 현대성과 조화시키고, 존재론에서 윤리학에 이르는 철학적 사유를 시적 표현으로 담아낸 넓이와 깊이는 여느 다작의 시인을 가볍게 넘어선다. 무엇보다 생성과 긍정에 이르는 비대칭의 물리학과 비대립의 윤리학을 정초하고자 시도한 시적 노력은 우리 시단의 귀중한 자산이라고 할 것이다.

'두 가지' 분절의 양상

유자효 시의 미적 특성에 관한 시론試論

시론詩論을 위한 시론

　유자효 시인은 1968년 신아일보(시)와 불교신문(시조)으로 작품 활동을 시작했다. 반세기 넘는 시적 도정에서 열여덟 권의 시집과 네 권의 시선집, 네 권의 산문집과 두 권의 시집 해설서, 다섯 권의 번역서를 펴냈다. 시인으로서 서른 권이 넘는 시적 성과를 거두었다는 것은 그가 오랜 동안 시를 향한 일관된 삶을 살아왔다는 증좌이다. 그는 제44대 한국시인협회 회장으로서 한국 시의 발전을 위해 노력한 시단의 원로 가운데 한 사람이다.

　상당한 분량에 달하는 그의 작품 세계에 대한 평단의 접근과 학계의 연구가 다소 부족한 가운데 몇몇 평론가들의 언급은 주목할 만하다. 김재홍[29]은 유자효의 시세계를 '생명 탐구와 희망의 시론'으로 압축했다. 그에 따르면 "유자효의 시에서 우리는 유일한 삶 가운데서 영원을 꿈꾸고 변전하는 시대정신 속에서 정신의 일관성을 지켜 나가고자 하는 시인으로서의 정신적 지향성을 읽어 낼 수 있게 된다."고 평했다.

권영민도 "유자효는 인생과 생명에 관한 집중적인 성찰을 통해 생과 사, 희극과 비극 등 양면적인 면모를 지닌 삶을 긍정하는 시세계를 보여 주고 있다."면서 "인간 존재의 유한성을 극복하려는 의지가 담긴 시, 과거를 회상하며 현재를 음미하는 시 등을 발표하고 있다."고 언급했다.

이승하도, 유자효의 시는 "고난을 극복하는 사람들에게 전하는 위로의 말"이라면서 코로나 시대에도 그것에 절망만 하지 않고 "자연의 품에 안겨 스스로 치유하는 생명체의 생명력을 보고는 희망을 갖기로" 한다고 말했다. 절망에 좌절하지 않고 오히려 그 끝에서 희망을 발견한 것이 유자효 시의 윤리의식이라고 본 것이다. 이승하는 또 "이 가공할 환난의 시대에 지혜의 말씀을 들려준" 데 감사를 표하기도 했다.

이숭원도 유자효의 시를 "대중적 융화의 가능성을 가장 충실히 실현한 작품들"이라고 논평하면서 "간결 미학의 시적 요체는 압축성과 함축성"이라고 지적한 바 있다. 그는 또 "유자효 시인이 인식하고 깨달은 이상적인 경지는 자연의 순리를 따르는 단순성의 길"이라면서 최근의 시적 경향을 '단순성의 미학'으로 정리하였다.

그러나 이와 같은 비평적 언급만으로 시력 55년의 시세계를 체계적으로 분석하고 평가하는 것은 애초에 불가능한 일이다. 그것을 가능케 하려면 우선 열여덟 권에 달하는 시집에 수록된 방대한 시편들을 일일

---

29 문학평론가 김재홍(1947~2023)은 필자와 동명이인이다. 만일 같은 장르를 다루는 문인이었다면 관례상 20년 이상 후학인 필자가 이름을 바꿔 쓰는 게 도리였으나, 비평가와 시인으로 서로 다른 분야에 종사한다며 필명을 따로 쓰지 않았다. 그러나 뒤늦게 문학평론가가 되어 평론집까지 내게 되어 민망할 따름이다.

이 검토하는 작품론적 노력이 선행되어야 한다. 또한 시인으로서의 삶만 아니라 34년에 이르는 방송기자로서의 생활에 대한 작가론적 접근도 필요하다.

그리고 불어과를 졸업한 뒤 이미 1970년대부터 정치부, 외신부 등에서 국제뉴스를 다루었던 점, 또 파리특파원으로 근무하는 동안 동구 공산권이 붕괴되는 과정을 체험한 점, 이 밖에도 페루 쿠스코(「쿠즈코 기행」)와 스리랑카(「타밀 반군에게」)와 중국(「장가계」), 일본(「서울과 도쿄의 부처」) 등 그가 주목한 지역이 실로 글로벌하다는 점은 주제론적 관점에서 특별히 강조되어야 한다.

이는 분명 1970~80년대 동시대 시인들에게서 보이는 순수문학-참여문학, 모더니즘-리얼리즘 등의 대립적 구조를 벗어난 것이며, 그와 같은 이원론적 관점이 아니라 대긍정의 일원론적 가능성을 시사하는 것이기 때문이다. 만일 작품 분석의 실제 과정을 통해 그러한 사실을 확인할 수 있다면, 우리는 이념적 대립의 시대에도 인간적 통일을 추구한 그의 선구적 노력을 만나게 될 터이다.

그런 점에서 이 글은 유자효의 시세계를 세밀하게 분석하고 종합하는 본격적인 비평이나 연구가 될 수 없다. 제한된 지면에 이와 같은 관심을 모두 담기에는 여러가지 여건이 불비하다. 그러므로 그의 작품 세계를 구성하는 몇 가지 미적 특성에 관해 언급함으로써 본격적인 논의를 위한 일종의 시론을 제시해 보고자 한다.

분열자의 산책

첫 번째 분절-시인과 기자

주지하다시피 유자효 시인은 기자이기도 했다. 그는 방송기자로 34년을 일했고, 파리특파원과 보도국 정치부장, 라디오본부장, 방송기자클럽 회장을 역임했다. 경력만으로 보자면 본업이 기자이고 부업이 시인인 것처럼 보인다. 한 생을 살면서 확연히 구별되는 두 분야에서 모두 대성하기란 쉽지 않은 일일 터인데, 그는 시인으로서도 기자로서도 자신의 입지를 확고히 다졌다.

시인은 자신의 내면에 떠오른 어떤 심상을 고도로 압축된 언어로 표현하는 사람이다. 방송기자 역시 주어진 짧은 시간 안에 사건의 전말을 정확하게 기록하고 전달하기 위해 문장을 자르고 줄이고 압축하는 사람이다. 난해 시만큼 장시가 많이 발표되고 있는 시단의 최근 분위기로 보면 '압축'이라는 것이 시의 기본적 요건이라고 말하기 어려워졌고, 뉴스 역시 심층보도의 경우에는 얼마든지 분량이 길어질 수 있다는 점에서 기사 작성의 필수 과제라고 말하기 어렵다.

그러나 역시 시는 다른 장르에 비해 짧은 게 사실이고, 방송 뉴스 역시 짧다. 시인과 기자는 짧은 분량, 짧은 시간에 자신이 하고자 하는 말을 다 해야 하는 사람들이다. 둘 사이에 압축이라는 공통점이 있다. 따라서 언어적 감각이 난숙해져야 함은 물론이다. 단어 하나에 담을 수 있는 의미를 확대하고, 단어와 단어의 연결을 통해 그 의미가 행간으로 확장되는 것을 유도할 수 있어야 한다.

하지만 시인이 세상을 보는 눈과 기자가 보는 방법은 다르다. 시인은 굳이 육하원칙을 전제로 할 필요가 없다. 또한 누가 다치고 부서졌는지 누가 때리고 깨뜨렸는지 알 필요도 없다. 시인은 일상을 살며 궁극적으로 자신의 내면에 귀를 기울이는 사람이고, 기자는 차라리 외부에 시선을 고정하는 사람이다. 시인과 기자는 본질적으로 다를 수밖에 없다.

> 햇빛은 말한다
> 여위어라
> 여위고 여위어
> 점으로 남으면
> 그 점이 더욱 여위어
> 사라지지 않으면
> 사라지지 않으면
> 단단하리라
>
> ―「정(釘) 1」 전문

이 작품은 모두 8행의 아주 짧은 시다. 시와 시조를 함께하며 출발한 젊은 시절 유자효 시의 개결한 양상을 보여 주고 있는 작품이다. 햇빛 아래 한없이 여위어 가는 어떤 상황을 극한으로 밀어붙여 '점點'으로 치달은 다음 마침내 사라질 지경까지 이르러 그것을 견뎌내야만 못(釘)과 같은 '단단함'에 이른다는 정신주의적 세계가 엿보인다. 폭염이나 땡볕의 이미지 속에 여위어 가는 어떤 인고의 시간이 있고, 작아지고 작아져서 하나의 점에 이르는 정신의 도정이 선명하다. 반면,

분열자의 산책

20여 년 전 콜롬보에서

코브라를 목에 감고 나를 쫓아다니던 너는

이제 30대 청년이 됐다

그동안 네가 어떤 삶을 살았는지 나는 모른다

단지 26년 동안의 스리랑카 내전이 끝났다는 것

타밀 반군의 우두머리가 주검으로 발견됐다는 외신과 함께

어른이 된 너를 연상시키는 반군 포로의 사진을 보고

여섯 살짜리 새까만 아이를 떠올렸을 뿐이다

그때의 너나 사진 속의 청년이나

살아 있는 것은 초롱한 눈뿐이었다

너는 타밀의 독립을 원했었겠지

지긋지긋한 가난이 싫었었겠지

그래서 어느 날 반군이 되어 총을 들고 나섰었겠지

그러나 긴 내전은 살육과 보복으로 점철됐었고

신비롭던 인도양 부처님의 섬은

처참한 비극들이 난무하는

아비지옥으로 돌변했었다

정치란 그런 것이다

힘에 의한 개조를 꿈꾸는 그 순간부터

피는 필연적인 것이다

-「타밀 반군에게」 부분

위 작품은 모두 40행의 대작 가운데 일부이다. 앞서 인용한 작품과

분량 면에서도 현격한 차이가 있지만, 소재도 매우 다르다. 「정釘1」이 동양적 정신의 고아한 정취를 함축하고 있다면, 「타밀 반군에게」는 시사적·정치적 이슈를 다루고 있다. 어법은 더욱 다르다. 「정釘1」이 시와 시조의 경계를 허무는 듯 언어적 절제를 통해 강인함을 보여 준다면, 「타밀 반군에게」는 회고조의 편안한 진술 속에 평화와 안녕을 열망하는 인류 보편의 가치가 제기되고 있다. 연이은 시행에서 유자효는 "종전과 평화의 함성이 난무할/축제의 콜롬보에서/혁명의 죽음을 본다"고 말했다. 그 어떤 혁명도 죽음 앞에서는 정당화될 수 없다는 전언으로 보인다.

두 작품이 보여 주는 양상은 시인과 기자의 감성을 모두 갖춘 유자효 특유의 것으로 생각된다. '시인 유자효'의 정신주의적 세계가 '기자 유자효'의 시사적·정치적 세계와 공존하는 모습이라고 하겠다. 그러나 동시에 한 개인에게 공존하는 두 가지 감각이 상당히 이질적인 형식으로 표현된다는 점도 확인할 수 있다. 내면을 응시하는 시인과 외부를 직시해야 하는 기자의 위치는 서로 다를 수밖에 없다. 이 지점이 유자효 시의 미적 특성을 구성하는 첫 번째 분절이다.

두 번째 분절-시와 시조

꽃을 이고 종종걸음
달려가는 아낙네

노동의 머리에 핀

화사한 화관이여

어느새 환해진 골목
덩달아 핀 그 인생

-「꽃장수」전문

이 작품은 전형적인 시조이다. 초중종장이 명확히 구분되고, 자수율까지 지켜지고 있다. 시상의 전개에서도 선경후정先景後情의 전통이 반영되었다. 또한 전반적인 시적 경영을 종장에서 갈무리하고 종합하는 시조의 양식적 특성이 잘 지켜지고 있다. 그런데 꽃을 이고 가는 '아낙네'와 그것을 팔아야만 하는 '노동자'의 이미지가 겹쳐지면서 이 시조는 현대시의 문제의식에 가닿는다. 아낙네와 노동자라는 이질적인 두 주체가 꽃장수로 통합되고, 둘의 사전적 의미에 반전이 일어나면서 대단히 예각적인 시사성을 띠게 된다. 그리고 이런 모순적 상황이 '환해지는 골목'과 '덩달아 핀 그 인생'으로 종합되면서 시와 시조의 경계는 허물어진다.

이와 같은 시조의 세계가 유자효 시의 초기부터 형성되고 지켜지고 있음은 다음 작품을 통해서도 확인할 수 있다. 1972년 『시조문학』 네 번째 추천작 「혼례」 제1수는 아래와 같다.

모란 병甁 와룡 촛대
대추 유과 월병 대두大豆

화문석 수繡 방석
두벌 교배交拜 북향 재배再拜

눈부신 화관花冠의 구슬
떨려 오는 수줍음

　어느덧 거의 사라진 전통 혼례의 풍경이 선명하게 묘사된 선경 부분과 화관을 쓴 신부의 내면의 떨림을 포착한 후정 부분이 입체감 있게 되살아나 있다. 글자 수를 고려해 최소한만 남기고 모든 조사를 제거한 각 시행마다 팽팽한 긴장이 감돈다. 언어적 긴장이 혼례를 치르는 신부의 내적 긴장으로 자연스레 전이되고, 결국 인간의 삶에서 혼인이 차지하는 막중한 의미론적 사태를 표상해 내고 있다. 이미 50여 년의 시차를 두고 사용된 시어는 다소 낯설어졌지만, 전통사회의 가치와 그 표현 형식으로서의 혼례를 이처럼 선명하게 표현한 작품도 흔치 않을 터이다.
　그런데 최근 발간된 그의 시집 『포옹』에 수록된 표제작은 현대시의 발언법이 충실하게 지켜지고 있다는 점에서 시조와 구별되는 유자효 특유의 시적 양상이라고 할 수 있다.

　남극 황제펭귄이 영하 수십 도의 폭풍설을 견디는 것은 포옹의 힘이다
　그들은 겹겹이 에워싼다
　수백 수천의 무리가 하나의 덩어리로 끌어안고 뭉친다
　천천히 끊임없이 회전하며 골고루 포옹의 중심에 들어가도록 한다

분열자의 산책

그 중심은 열기로 더울 정도라고 한다

남극 황제펭귄의 포옹은

영하 수십 도를 영상 수십 도로 끌어올린다

-「포옹」전문

이 작품에는 두 가지 이질적인 상황이 표면화되어 있다. (1)영하 수십 도의 폭풍설이 몰아치는 극도로 추운 남극과 (2)허들링huddling을 한 황제펭귄 무리의 온도가 수십 도라는 뜨거운 중심이 있다. 대상에 접근하는 건조한 문체는 물론 '기자 유자효'의 그것이지만, 대상을 선택한 심미적 준거점은 역시 '시인 유자효'의 것이다. 또한 자수율을 고려하지 않은 자유로운 진술, 서경과 서정을 구별하지 않는 활달한 시행의 경영이라는 점에서 완연한 현대시이다.

그럼에도 「포옹」은 저 먼 남극에서의 '포옹'의 힘을 날카롭게 보여줌으로써 갈라지고 흩어진 우리 시대의 인간 군상을 향해 던지는 매우 보편적인 '통합'의 메시지를 보여 준다는 점에서 그가 추구하는 시조의 정신에서 그다지 멀리 벗어나 있지 않다. 바로 이 지점, 즉 시조의 형식과 현대시의 서정이 이형성을 견지하면서도 공존한다는 점이 유자효 시의 미적 특성을 구성하는 두 번째 분절이다.

남은 과제들

유자효의 시는 이처럼 이중적 분절의 양상이 중층적으로 교직되면서 하나의 세계를 이룩하고 있는 것으로 보인다. 그런데 이와 같은 시론을 논증하기 위해서는 보다 많은 작품을 분석하여 실증적 자료를 제시하고, 그 양상들을 일정한 기준 위에서 분류하고 정리할 필요가 있다.

이는 열여덟 권의 시집에 이르는 방대한 작품을 모두 다루어야 한다는 형식적 발언이 아니다. 그의 시가 보여 주는 미적 특성을 정확히 파악하기에는 이 글이 다루고 있는 작품이 너무 적다는 생각이다. 그러므로 시인과 기자, 시와 시조의 양식적 특성에 따라 그의 작품이 복합적 분절의 양상 위에 성립되어 있다는 주장은 어디까지나 잠정적일 수밖에 없다.

또한 그의 시에 대한 주제론적 접근도 필수적이다. 시사적·정치적 이슈를 사실에 입각해 다루어야 하는 오랜 기자 생활로 인해 형성된 그의 정신적 태도를 준별해 볼 필요가 있고, 앞서 언급한 대로 대립적 이원론이 아니라 대긍정의 일원론을 추구한 작품들을 검토할 필요도 있다. 또 『신라행』 등에서 보이는 선비 정신과 그의 작품에 두루 보이는 애민哀憫 정신도 파악해 보아야 한다.

이러한 생각은, '두 가지' 분절이 유자효 시의 미적 특성을 파악하는 데 있어 형식의 요소에 해당한다면, 그것만으로는 그의 시를 종합적으로 이해할 수 없다는 주장이 된다. 그것은 기자 정신, 선비 정신, 애민 정신과 이를 아우르는 비대립적 대긍정의 사유가 그의 시에 내재해 있음이 실증적으로 확인될 때 가능할 것이다.

다른 태어남을 준비하고 있을
금은돌 유고시집 『그녀 그』에 부쳐

역량 있는 문학 연구자이자 평론가와 시인으로, 화가이면서 예술 이론가로 맹활약하던 금은돌이 세상을 떠났다는 소식은 아직도 믿기지 않는다. 믿을 수 없다. 그의 표정과 웃음과 목소리와 말투가 너무나 선명하다. 그가 즐겨 입던 옷과 그의 걸음걸이와 그가 매던 가방과 그가 만나던 친우들의 분위기가 또렷이 떠오른다. 정말 그는 떠났는가. 그와 함께했던 사람들, 그가 보여 준 시와 평론과 에세이와 그림이 남았으므로 그가 떠나지 않았다고 말하는 것으로는 부족하다.

경계를 무너뜨려야 한다. 삶과 죽음을 대립시키는 바로 그 경계를 부수어야 한다. 나누기가 아니라 더하기가 필요하다. 태어남 속에 죽음이, 죽음 속에 태어남이 나눌 수 없는 하나로 존재한다. 그것은 "시작이 곧 종말"[30]이 되는 문학이라는 이상한 제도의 본성과도 닮았다. 창조를

---

30   자크 데리다, 『문학의 행위』 60쪽.

이어 창조를 낳는 문학과 같이 생명을 이어 생명을 낳는 자연 또한 창조이다. 금은돌은 떠난 것이 아니라 태어남의 곁에서 다른 태어남을 준비하고 있다.

월명사는 '미타찰彌陀刹'에서 만날 날을 기다리며 도를 닦겠다고 했지만, 금은돌이 박사학위 논문으로 연구한 기형도는 "네 파리한 얼굴에 술을 부으면/눈물처럼 튀어오르는 술방울이/이 못난 영혼을 휘감고/온몸을 뒤흔드는 것이 어인 까닭이냐."(「가을 무덤-祭亡妹歌」)[31]라고 탄식했다. 수도修道와 탄식의 거리가 이토록 좁다는 것을 필자는 금은돌의 죽음을 알리는 부음을 통해 깨달았다. 만일 필자의 수도와 탄식이 진실하다면, 태어남의 곁에서 다른 태어남을 준비하고 있는 그를 만날 때 아래의 졸시를 기록했다고 조심스레 말할 수 있으리라.

　　죽은 후배 시인을 만나러
　　성요셉병원 장례식장엘 갔다

　　그녀는 없고
　　그녀의 남편과 어린 아들이 서서

　　고독은 물질적이라며
　　사회학적인 것도 아니고
　　경제학적인 것도 아니고

31　기형도, 『기형도 전집』, 문학과지성사, 2004(제1판 제11쇄), 158~159쪽.

고독은 물질적이라며

죽음은 진정한 해방이자
극한의 자유라며
우수수 떨어지는 목련에 대하여
날개를 파닥이는 하얀 봄을 상상하는 것

걸어가는 두 사람 앞에서
해맑게 뛰어가는 어린것을
빛나는 상실의 순간을 보는 것은
고독이라고

아, 슬픔은 깊이가 없다고
허망하다고
고독은 더 이상 너에게 있지 않다고
더는 고독하지 말라고

-졸시 「고독에 대하여」 전문

비록 학교를 졸업하고 서로 멀리 떨어져 사는 동안 그를 자주 만나지는 못했지만, 다행히 근본적인 단절은 없었고 드물게 소식을 듣고 더욱 드물게 만나면서도 의당 그가 걸어가고 있는 길은 어림할 수 있었다. 우리는 학생 시절 한 동아리에 속해 꽤 진지하게 세상의 변화를 고민한 바 있고, 그것을 실현하기 위해 노력한 적이 있기 때문이다. 그러니까 필자의 어림은 그가 보여 주는 어떤 변화에의 열망, 쉼 없는 도전, 머묾을 모르는 유랑 혹은 유목, 꿈틀댐, 끓어오름, 주름과 펼침 등에 가닿는다.

이렇게 말할 수도 있다. 고름, 고른판, 리좀, 시뮬라크르, 어두운 전조, 시선점, 조형력, 강도적 세로좌표, 미분곡선의 접선, 곡률, 텍스처, 카오스모스, 프랙탈, 끌개, 첨두아치, 그램분자, 차이와 반복 … 실로 무한하다. 지시할 수 없고 범주화할 수 없는 개념 없는 개념들[32]의 무한한 연쇄 속에 그의 철학적 사유가 있고 미적 인식이 있고, 시와 회화로 구현된 표현의 장치들이 있다. 모름지기 금은돌은 지시와 범주화 바깥에서 혹은 그런 것들과 다른 차원에 속한 사람이었을 것이다.

가령 "뜨거움과 차가움 사이, 움직임과 정지 사이, 교차 경계면에서 충돌하면서, 역동적인 회오리가 발생한다. 회오리는 사건을 일으킨다."[33]라고 말할 때 그는 확실히 유구한 '사건의 철학'을 응시하고 있었다. 그는 플라톤적 이원론이 아니라 스토아적 일원론에 친화적이다. 스토아주의는 물질-의식의 경계를 무너뜨려 사건의 존재론으로서 비대립적 생성의 사유를 보여 주었다. 그들은 실체를 물체sôma라 주장하면서도 비물체적인 것인 공허, 장소, 시간, 렉톤을 물체적인 것의 표면(이면) 효과로 그 실체성을 인정했다.[34] 스토아적 사건론에 대립은 없다.

또 "기형도는 갈등하고 있었다. 고민하고 있었다. 참여시와 순수시라는 이분법에 그 자신이 길들여지지 않으려고 했다."면서 "이분법을

---

32 경험적 '직관'과 지성적 '개념'을 대립시켜 "직관 없는 사유는 공허하고 개념 없는 직관은 맹목적"이라고 말한 칸트와 달리 금은돌 선생의 사유에는 이원론적 나누기가 보이지 않는다. I. 칸트, 『순수이성비판』(최재희 역), (주)박영사, 2013(개정중판발), 97쪽.

33 금은돌, 『금은돌의 예술 산책』, 청색종이, 2020(초판 1쇄), 34쪽.

34 이정우, 『시뮬라크르의 시대-들뢰즈와 사건의 철학』, 77쪽.

가로지르는 방법을 모색하고 선택하려 했다."[35]고 말할 때 금은돌은 분명 기형도를 통해 자신의 비대립적 사유를 가다듬고 있었다. 우리는 잘 알고 있다. 둘로 나뉘어 얼마나 많은 사람들이 죽어 갔으며, 앞으로도 얼마나 많은 극단적 대립과 투쟁을 야기할 것인지. 또한 우리는 잘 알고 있다. 순수시와 참여시는 허구라는 것을. '옳은 시'가 따로 있지 않은 것처럼 '그른 시'도 있을 수 없다는 것을.

우리에게는 오직 다양한 시가 있을 뿐이다. 사건의 지평선 위로 번쩍 솟구쳐 올라 푸른빛(혹은 붉은빛)을 발하는 수많은 다른 시가 있을 뿐이다. 시는 거대한 고른판[36]을 퉁겨 오르는 물방울들의 불규칙한 브라운운동과도 같다. 그것은 사건들의 계열 속에 있다. "존재(물체 또는 사태/성질)가 아니라 존재 방식(사건/부대물)"[37]이다. 시적 의미는 이원론적 대립이 아니라 규칙화할 수 없는 계열에 의해 발생한다. 금은돌이 쉬지 않고 묻고 되물으면서 끝내 찾고자 했던 것은 결국 '다른 길'이었다는 것을 느낀다.

안성이 떠돈다 흔들린다 안성에 사는 내가 마산에 있는 갤러리 '리
좀'에 도착한다 안성이 펴진다
나무를 그린다 낯선 지명을, 긋는다 캔버스 틀을 짜기 위해 화방에
들른다 다 그린 거 맞나요?
그는 틀 안에서 자른다 나뭇가지에 앉았던 바람을, 새의 발톱이 가

---

35 금은돌, 같은 책, 97쪽.
36 질 들뢰즈·펠릭스 가타리, 『천 개의 고원』 327쪽.
37 질 들뢰즈, 『의미의 논리』 51쪽.

로채던 먹잇감을

이웃나무에서 다투었던 새의 부리를, 도로변에 들어서지 못한 물소리 개미소리를 자른다

잘린 것들은 어디로 가야 하나 입술 안에는 금방 뱉어내고 싶은 비밀이 가득하다

아저씨는 규격으로 본다 액자 안에 꽃을 담고 구름을 담고 바다를 담고 규칙을 담는다

나무는 어디에 있나 솜털에 겨드랑이에 손으로 물감을 뭉개었던 손톱 아래

나무가 머무른다 씨앗을 뿌린다 파라핀유가 코끝을 간질일 때 나무가 자란다

바깥으로 바깥으로 나무가 달린다 가지를 뻗는다 잎사귀가 자란다 파랗게 파랗게 탈출한

꽃이 입술을 벌린다 도주한 꽃이 바다로 길을 만든다 그래 도망이다 도망가자 탈출이다 탈출하자

저 나무가 빵을 얻으려고 해 기쁘다 저 돌이 바다를 향해 뛰어들려고 해 기쁘다

파란 하늘에 감정을 칠하는 일 뜻밖의 돌, 뜻밖의 산책로, 뜻의 바깥에서 의미를 저지르듯이, 뜻밖의 들판에 비 내리고

뜻밖의 비 맞으며 잎사귀 태어난다

새로운 바람에 흔들리지 않으면 안성이 죽는다

안성은 안성이 아니어야 한다 금은돌은 금은돌이 아니어야 한다

       -「리좀-2017. 7. 15 전시에 부쳐」 전문

'리좀', 들뢰즈 철학의 근본 개념이다. 들뢰즈는 이를 설명하기 위해 수십 페이지에 달하는 동명의 논문을 썼지만, 금은돌은 15행의 짧은 시로 표현했다. '안성'이라는 주어가 '떠돈다'와 '흔들린다'라는 술어를 만났다. 떠돎과 흔들림의 인접성은 환유적이지만, 이 둘의 유사성은 또한 은유적이다. 환유와 은유는 구별되지 않는다. 왜 안성인가? 그곳은 시인이 살던 곳, '安城'이다. 주어와 술어의 불일치 혹은 불균형이 날카롭게 번뜩인다. 이것부터 리좀이다. 리좀은 일치와 균형을 모른다. 그렇다면 안성은 푸른빛인가 붉은빛인가. 마산은?

안성과 마산은 못해도 300킬로미터는 떨어져 있다. 그래도 안성을 펼치면 마산에 도착한다. 이것도 리좀이다. 리좀은 계량화된 거리를 모른다. 규칙화된 시간을 모른다. 리좀은 접힘과 펼침의 분리되지 않는 운동이다. 연이은 행들에서 보이는 표현들, 나무로 그리는 낯선 지명, 틀에 의해 잘려나가는 바람과 새의 먹잇감, 새의 부리, 물소리와 개미 소리. 이처럼 '아저씨의 틀(규격, 코드, 규칙)'에 의한 '잘려 나감'의 우발성, 물가치성, 불규칙성 또한 리좀적이다.

또한 나무와 머무름, 나무의 씨 뿌림, 나무의 자람이라는 주술 구조도 금은돌의 의식적인 리좀적 표현이다. 주어와 술어의 긴장이 팽팽하다. '틀' 바깥으로 혹은 틀 바깥에서만 진정으로 달리고 뻗고 자라는 나무와 그것의 잎사귀도 리좀적이다. 틀 안에 있는 것은 어떤 것도 리좀적일 수 없다. 그러므로 금은돌은 나무가 빵을 얻으려고 하고 돌이 바다를 향해 뛰어들려고 할 때 진정한 기쁨을 누린다.[38] 뜻밖의 돌, 뜻밖의 산책

38 "어떤 때에 암맥은 덩어리 안에 붙잡힌 생물들을 둘러싸고 있는 물질의 겹주름이어서, 대리석 타일은 마치 물고기로 가득 차 물결치는 호수와 같다." 질 들뢰즈, 『주름, 라이프니츠와 바로크』 13쪽.

로, 뜻밖의 들판, 뜻밖의 비, 뜻의 '바깥'에 진짜 뜻이 있다. 금은돌의 「리좀」은 완벽한 리좀의 세계를 추구한 리좀의 윤리학이라고 할 수 있다.

그렇다면 「리좀」은 리좀 개념의 설명문인가. 환유와 은유를 구별할 수 없는 것처럼 설명문과 시를 구별할 방법이 따로 있지 않다는 점에서는 일단 그렇다고 할 수도 있다. 그러나 "새로운 바람에 흔들리지 않으면 안성이 죽는다"고 하면서 마침내 "안성은 안성이 아니어야 한다 금은돌은 금은돌이 아니어야 한다"라고 다짐할 때 이 작품은 개념에 대한 설명을 넘어 한 편의 빼어난 '리좀 시'로 상승한다.

안성이 새로워지기 위해서는 이미 안성이 가지고 있는 것을 벗어나야 하고, 금은돌이 새로워지기 위해서는 이미 그가 포함하고 있는 것을 내던질 수 있어야 한다. 자아의 부정否定은 비자아가 아니라 자아가 이미 가지고 있는 것이다. 자신을 버릴 때 새로움이 온다. 금은돌은 「리좀」에서 개념으로서의 리좀을 표현하면서도 개념 바깥의 진정한 리좀적 운동을 열망함으로써 사건의 지평선 위로 번쩍 솟구쳐 올랐다.

산티아고에 비가 내리고 나는 비를 맞지 않는다 빗방울은 슈퍼마켓 진열대 위에 떨어지고 감자칩 비닐봉지가 나뒹군다 산티아고에 비가 내리고 그대가 우산을 펼친다 우산은 빗방울을 튕겨내고 그대는 우산 속에 몸을 숨긴다 튕겨 나간 빗방울이 거리를 날아다닌다 그곳에서 펼쳐지는 그대 발자국 산티아고에 비가 내리고 빗방울이 접혀지며 구두코에 달라붙는다 산티아고에 비가 내리고 그대는 커피숍 안으로 걸어 들어간다

분열자의 산책

의자에 앉은 빗방울 의자는 물에 젖고 의자는 흘러내리고 의자는 유리창을 바라본다 산티아고에 비가 내리고 빗방울이 목덜미에 다가와 부딪친다 파고드는 송곳 빗방울은 살갗을 뚫고 핏줄을 베어 낸다 산티아고에 비가 내리고 그대가 기침을 한다 손으로 입을 막고 스위치를 올린다

산티아고에 비가 내리고 나는 마스크를 쓰고 입을 조물거린다 숨을 덜 쉬며 좁은 방에서 날숨을 내뱉는다 김이 차올라 안경이 뿌옇다 제대로 뱉지 못했던 입김이 겨우, 새가 되어 날아간다 산티아고에 비가 내리고 물 없는 주전자가 끓어오른다 꿈은 잠을 자르고 큰 아이는 달을 찾겠다며 무작정 맨발로 뛰쳐나간다 그대는 오지 않고 나는 안전하다 마중 나가야 할 것인가? 뱃속 아이에게 물어본다 산티아고에 비가 내리고 다시마를 우린 물이 여전하다 태아의 발길질이 거세지고 배를 쓰다듬는다 산티아고에 비가 내리고 나는 하품을 한다 후쿠시마에 비가 내리고 아이가 녹아내린다

* 영화 < 산티아고에 비가 내린다 >의 제목에서.

-「산티아고에 비가 내리고」 전문

"산티아고에 비가 내리고"가 열 번이나 반복되고 있다. 시란 의미의 구축물일 뿐 아니라 리듬과 화음을 갖는 음악적 체계를 포함하고 있음을 보여 주는 작품이다. 이 시의 음악성은 정형시의 그것과 같이 규칙적이거나 법칙적이지 않다. "산티아고~"의 위치는 음률적으로도 의미

론적으로도 불규칙하다. "산티아고~"는 그 구문 내부에 "산~ 비~ 내~"
의 강세로 인해 형성되는 음의 규칙성을 포함하면서도 작품 속에서 나
타나는 위치를 예측할 수 없기 때문에 자연스러움을 잃지 않는다.

들뢰즈는 박자와 리듬의 본성을 대비시키면서 박자의 규칙성을 부
정적으로, 리듬의 가변성을 긍정적으로 언급한 바 있는데, 금은돌은 이
동연의 입을 빌려 "'박자-반복'은 시간의 규칙적인 분할이며 동일한 요
소들의 등시간적인 회귀이다. 강세와 강도를 지닌 음가들의 집합체인
'리듬-반복'은 계량적으로 동등한 악절이나 음악적 여백들 안에서 어떤
비동등성과 통약불가능성들을 창조하면서 작용한다."[39]고 인용함으로
써 이 작품의 음악성은 매우 의식적으로 추구되었음을 짐작하게 한다.

그렇다면 내가 '맞지 않는' 산티아고에 내리는 비는 무엇인가. 진열
대 위에 떨어지고 우산 위에서 튕겨나고 구두코에 달라붙기도 하지만
내가 맞지 않는(못하는) 비란 무엇인가. 세계의 공존 가능성이나 비동시
적 동시성이거나 콜라주거나 겹침이거나 주름이 보인다. 술어주의자
금은돌이라면 배격했을 방식으로 풀이하자면, 산티아고와 슈퍼마켓과
커피숍과 그대와 뱃속 아이와 후쿠시마라는 주어들은 자신의 고유한
술어를 숨긴 채 단일한 사건(술어)으로 드러나 있다. 서로 다른 빗방울
이 하나의 빗방울로 표현된 데 이 작품의 시다움이 있다.

'우리는 다르지만 결코 다르지 않다'가 성립하는 만큼 '우리는 같지만
결코 같지 않다'도 성립한다. 산티아고의 비가 슈퍼마켓 진열대 위로
떨어진 비와 다르지 않고, 후쿠시마 방사능에 오염된 비와 구두코에 달

---

39 금은돌, 같은 책, 230쪽(각주 151참조).

분열자의 산책

라붙는 비가 다를 수 없다. 그렇다면 금은돌의 사유는 "천 갈래로 길이 나 있는 모든 다양체들에 대해 단 하나의 똑같은 목소리"[40]가 있다는 일의적 존재론 위에 자신의 윤리학을 세운 것이라고 할 수 있다. 그가 이 작품에서 표 나지 않게 표를 내고 있는 '뱃속 아이'의 이미지를 우리는 결코 가볍게 보아서는 안 된다.

그런데 무엇이 그를 그토록 힘들게 했을까. 어떤 상처가 있었기에 "살점이 수챗구멍으로 흘러 들어"가고 "하얀 피가 흘러 들어간다"(「그 상처를 그냥 놔두어야 한다」)고 말하는 것일까. 이것을 파악하는 데 금은돌의 시세계를 이해하는 요체가 있을 것이라 생각해 본다. 그는 "그 상처는 그냥 바람."이라고 했다. 그러면서 말미에 "꿈꾸는 자의 손가락 사이로, 바람이 드나든다. 우리가 모두 드나든다."고 표현했다. 그에게 상처는 바람이었다. 인간은 바람을 버릴 수 없으므로, 상처에서 벗어날 수 없다. 그래서 금은돌은 '그 상처를 그냥 놔두어야 한다'고 제목을 붙였는지 모른다.

이 글은 금은돌 시인의 유고시집 『그녀그』에 대한 해설을 목표로 했지만, 본격적인 단계에 도달하기도 전에 정해진 원고 분량을 초과하고 말았다. 작품만을 다루기에는 그와 필자의 공통적 경험과 공유지가 너무 넓고 깊었기에 부득이 도입부에 췌사를 넣을 수밖에 없었던 때문이지만, 다른 한편으로는 작품의 근간을 이루고 있는 그의 사유가 심원하고 시편마다 표현된 자질들이 매우 개성적이어서 제한된 분량 안에 시세계 전반을 다루는 것은 애초에 불가능에 가까웠다고도 할 수 있다.

---

40 질 들뢰즈, 『차이와 반복』 633쪽.

장차 그의 작품세계를 주밀하게 다룰 기회가 오기를 희망하며, 다재다능한 한 시인의 이른 죽음을 부족한 이 한 편의 졸고로써 애도하고자 한다.

'10회말 투아웃'과 끝내기 만루 홈런

2000년대 시와 야구

첫 번째 장면

1982년 3월 27일, 지금 DDP(동대문디자인플라자)가 들어선 자리에 있던 서울야구장에서 '한국야구선수권대회'라는 이름으로 한국 프로야구가 공식 출범했다. 초봄 먼지 날리는 맨땅의 야구장에서 MBC 청룡, 롯데 자이언츠, OB 베어스, 삼성 라이온스, 해태 타이거즈, 삼미 슈퍼스타스 등 여섯 개 팀으로 출발했다. 미국식 지역 연고제를 도입해 MBC는 서울, 롯데는 부산, OB는 대전, 삼성은 대구, 해태는 광주, 삼미는 인천을 각각 연고지로 삼았다.

형형색색의 깃발을 든 수백 명의 여성들과 군무를 추는 무용수들의 축하 공연에 이어 마운드에 오른 사람은 당시 대통령 전두환이었다. 그는 한국 프로야구 사상 첫 시구자였다. 전두환의 공은 타석에 선 타자가 몸을 피해야 할 정도로 몸쪽으로 바짝 붙어 들어갔고, 포수가 몸을 일으켜서야 겨우 잡을 수 있었다. 그때 중계 아나운서는 "아! 멋지게 들어옵니다. 네~ 정말 '스트라이크 볼'입니다. 역시 왕년의 스포츠 선수다운 투구였습니다."라며 호들갑을 떨었다.

개막 경기는 MBC 청룡과 삼성 라이온스가 대결했다. 우승 후보로 꼽히던 두 팀을 개막 경기의 상대로 지정한 셈이었다. MBC의 선발투수는 국내 최고의 잠수함 투수로 불리던 이길환이었고, 이를 상대한 삼성의 1번 타자는 천보성이었다. 첫 투구와 첫 아웃의 주인공들이다. 삼성은 역시 강했다. 한국 프로야구 첫 안타와 첫 홈런을 쳐 낸 이만수와 선발투수 황규봉의 활약에 힘입어 7 대 1까지 앞서 나갔다. MBC의 선발 이길환과 구원투수 유종겸은 통타당했다.

그러나 MBC도 만만치 않았다. 5회말 유승안의 적시타와 6회말 감독 겸 선수 백인천의 홈런으로 7 대 4까지 따라붙었다. 그리고 7회말 4번 타자 유승안의 3점 홈런으로 마침내 동점을 만들었다. 그리고 두 팀은 10회말 투아웃까지 승부를 가르지 못했다. 7 대 7 동점 상황이 이어졌다. 삼성은 최동원 이전 국내 최고의 투수로 통했던 이선희를 방패로 내세웠고, 그는 비록 만루를 허용하긴 했으나 8~9회를 실점 없이 막아 냈다.

운명의 10회말 투아웃 이후, 실업야구 통산 1,000번째 홈런의 주인공이기도 한 이종도가 MBC의 창槍으로 타석에 섰다. 그리고 투볼 노스트라이크 상황에서 이선희의 3구째 슬라이더가 이종도의 무릎을 파고들었다. 누상에는 이미 김용달, 유승안, 백인천이 꽉 들어차 있었고, 포볼을 줘서 밀어내기 패배를 당할 수 없었던 이선희는 스트라이크를 던져야만 했다. 그리고 그는 알고도 못 친다는 몸쪽 슬라이더를 던졌다.

분열자의 산책

순간 이종도의 방망이가 세차게 돌았다. 그것으로 끝이었다. 배트 중앙에 맞은 공은 좌측 담장을 훌쩍 넘어가 버렸다. 만루 홈런이었다. 프로야구는 개막 경기부터 연장전을 펼쳤고, 가장 극적이라는 만루 홈런으로 끝나는 초대형 이벤트가 펼쳐졌다.

한국 프로야구는 지난 40여 년 동안 발전을 거듭해 왔다. 1982년 관중 143만8,768명에 선수 평균 연봉 1,215만원이던 것이, 2022년에는 관중 607만6,074명[41]에 선수 평균 연봉 1억4,648만원을 기록했다. 관중 수와 연봉 액수에서만 비약적으로 성장했을 뿐만 아니라 미국 프로야구 메이저리그[MLB] 경기장에 버금가는 잔디구장과 돔구장은 물론 관중들을 위한 각종 편의 시설이 구비된 첨단 경기장이 들어섰다. 봄바람에 마른 먼지가 날리는 꽃샘추위 속에서 투구를 하고 스윙을 하던 시대는 이제 지나간 것이다.

그런데 야구를 보고 즐기는 인구에 비해 직접 경기에 참여하는 사람은 생각보다 많지 않아 보인다. 문화체육관광부가 조사한 『2022 국민생활체육조사』에 따르면, 국민들이 참여하는 '체육 동호회 조직 가입 종목' 순위에서 야구는 10위권 내에 들지 못했다. 등산, 축구(풋살 포함), 농구, 탁구, 배드민턴에 밀린 것은 물론 수영과 테니스, 볼링, 골프(그라운드 골프, 파크골프 포함), 게이트볼에까지 밀리며 등위 밖에 머물렀다.[42] 그것은 '향후 가입 희망 체육 동호회' 항목에서도 마찬가지였다. 전문적인 운동선수가 아닌 일반인들에게 야구는 아직 관람하고 즐

---

41 한국야구위원회(KBO)의 집계에 따르면, 코로나-19 바이러스로 인한 팬데믹 사태 이전인 2017년 840만 688명으로 관중 최고 기록을 보였다. https://www.koreabaseball.com/History/Crowd/GraphYear. aspx

42 문화체육관광부, 『2022 국민생활체육조사』, 2022, 121~126쪽.

기는 레저에 가까운 것인지 모른다.

그것은 야구가 다른 구기종목과는 달리 몇 가지 핸디캡을 가지고 있기 때문일 터이다. 우선 야구는 최소한 한 팀에 아홉 명의 인원이 있어야 한다. 모든 플레이의 출발점인 투수 외에도 홈을 포함해 모두 네 개의 루가 있고 거기에 각각 포수와 1루수, 2루수, 3루수 등 수비수가 있어야 한다. 그리고 유격수와 세 명의 외야수까지 필요하다. 이들이 모두 공격 때 타자가 되어 경기를 펼치게 되므로 야구 경기를 하기 위해서는 모두 열여덟 명의 선수가 있어야 한다. 또 유니폼이나 헬멧, 포수용 마스크, 스파이크, 각종 보호 장비 등은 없다 하더라도 최소한 야구장갑과 공, 방망이 등은 있어야 한다. 이처럼 인원과 장비 면에서 다른 종목에 비해 진입 장벽이 높기 때문에 생활체육의 장에서 순위 밖에 머무르게 된 게 아닌가 한다.

그러나 박규남은 "2016년 문화체육관광부에 따르면 야구 동호인(16만명, 6위) 클럽 수가 축구, 생활조조, 배드민턴, 테니스, 게이트볼에 이어 많은 것으로 확인되었으며, 사회인야구포털인 게임원(2018)에 의하면 현재 등록되어 있는 사회인야구동호인은 약 53만 명이고 동시에 약 2만8천여 개의 클럽이 있다."[43]고 밝힌 바 있다. 그로부터 7년 뒤인 2023년 기록은 야구 동호인 63만 명에 클럽은 3만3,400여 개라고 한다.[44] 비록 다른 종목보다 상대적으로 참여자가 적기는 하지만 야구 역시 한국인의 생활체육 현장에서 결코 적지 않은 비중으로 폭넓게 수용

---

43 박규남, 「코로나19 시기에 사회인야구동호인들의 여가만족과 운동만족에 관한 연구」, 『인문사회21』(제12권 5호), 사단법인 아시아문화학술원, 2021, 860쪽.

44 사회인 야구 기록 플랫폼 '게임원' 홈페이지(http://www.gameone.kr) 참조.

되고 있음을 알 수 있다.

야구는 지난 1905년 미국인 P. Gillett길례태. 吉禮泰에 의해 한국에 도입
된 이래[45] 76년 만에 프로화가 진행되었고, 103년 만인 2008년 베이징
올림픽에서 금메달을 따는 등 엘리트 스포츠와 생활체육 영역에서 모
두 한국민들의 일상 속에 자리 잡았다.

두 번째 장면

2000년대 시를 읽는 데 주목할 만한 양상의 하나는 바로 야구이다.
2003년 한화 이글스 소속 야구선수로 뛰던 도미니카공화국 출신의 메
히아를 다룬 동명의 작품이 그해《중앙일보》중앙신인문학상 시부문
당선작으로 선정되는가 하면[46], 「스윙」 등 직접적으로 야구를 다룬 작품
여덟 편이 실린 여태천의 시집 『스윙』이 제27회 김수영문학상을 수상
하기도 했다. 또한 김요아킴은 55편의 수록작 모두 야구를 소재로 한
『왼손잡이 투수』를 발간하기도 했다.

이들은 모두 1960년대 후반에서 70년대 초반에 태어난 시인들로
1982년 프로야구가 출범한 이후 날로 인기를 더해 가던 시기에 청소년
기를 보낸 시인들이다. 글러브가 없으면 비료부대나 신문지를 접어서
사용했고, 배트가 없으면 공사장의 각목을 들고 휘둘렀다. 헬멧도 없고

---

45 김명권, 「한국 프로야구의 창립 배경과 성립 과정」, 『스포츠인류학연구』(제7권 2호), 한국스포츠인류학회,
2012, 165쪽.
46 당선자 김재홍(필자)은 2009년 동명의 시집 『메히아』를 발간했고, 여기에는 야구를 다룬 시 아홉 편을 포함
해 축구와 권투 등 총 열두 편의 스포츠 시를 게재했다.

징이 박힌 스파이크도 없이 맨땅에서 고무공[47]을 던지고 치고 달렸던 세대이다. 좋아하는 선수들의 사진이 들어간 카드를 모으거나 경기 결과를 알리는 스포츠뉴스에 일희일비하기도 했다. 야구의 규칙을 이해하고 즐기기에 너무 어리지도 않고, 그렇다고 입시 부담에 갇히지도 않았던 이들은 그야말로 야구에 심취한 세대라고 할 수 있다.

그런데 이들과 앞선 세대의 야구팬들은 공유점과 차이점을 동시에 갖고 있는 것으로 볼 수 있다. 꽤 많은 장비가 필요하고, 다소 복잡한 경기 규칙을 이해해야 즐길 수 있는 종목이라는 특성이 공유점의 하나인 것은 물론이다. 때문에 부실한 장비에다 불편한 경기장을 사용해야 했다는 사회적·경제적 여건이 다음 공유점을 차지한다. 또 출신지에 따라 특정한 야구팀을 좋아하고 응원하며 그 팀의 경기 결과에 자신의 감정을 투사하는 행위 또한 다르지 않다.

그러나 프로화가 진행된 이후 야구팬들의 성향은 점진적으로 변해갔다고 할 수 있다. 가령 이전 세대가 자신의 출신 지역 고등학교를 열렬히 응원한다든가, 소속 회사에 따라 해당 실업야구팀의 팬이 되었던 것과 달리 이들은 지역 연고팀을 응원하면서도 그 팀의 실력 있는 선수나 개성적인 특정 선수를 좋아하는 일종의 팬덤을 형성하기 시작한 세대이다. 팀을 응원하기도 하지만, 특정 선수를 지지하거나 추종하는 현상이 강화된 것이다.

또한 이들은 한국 프로야구만 아니라 미국과 일본의 프로야구에도 관심을 갖기 시작했다. 박찬호 선수가 미국 프로야구 메이저리그에 데

---

47 가끔은 선수들이 경기에 사용하는 공인구를 쓰기도 하였으나, 동네야구에서는 주로 그것을 흉내 낸 '딱공(딱딱한 공)' 또는 테니스공과 같은 물렁한 고무공을 사용하는 경우가 많았다.

분열자의 산책

뛰해 활약하기 시작한 1996년 이후[48]에는 그의 경기가 생중계되는가 하면, 100여 년이 넘는 긴 시간 동안 축적된 미국 야구의 각종 데이터들을 숙지한 이른바 'MLB 전문가'가 방송에 등장하기 시작했다. 또한 박찬호에 이어 김병현, 김선우, 최희섭, 추신수, 류현진, 강정호, 김하성 등 30여 명에 이르는 선수들이 계속해서 메이저리거로 활약을 하면서 이들 세대 이후의 야구팬들은 이제 미국 프로야구에 대해서도 상당한 수준의 안목을 갖고 즐길 수 있게 되었다.

일본의 경우에도 한국 프로야구 초창기 MBC 청룡의 백인천이 선수와 감독으로 있었을 뿐 아니라 장명부(요미우리 자이언츠) 등 일본에서 뛰던 선수들이 국내에 들어와 활약하면서 간접적으로 경험할 수 있었으나, 그 뒤 국내에서 뛰던 선동열, 이종범, 이상훈, 이승엽, 임창용, 김태균 등이 일본으로 진출해 실력을 발휘하면서 중계방송과 스포츠뉴스 등을 통해 물리적·심리적 거리를 상당히 좁힐 수 있었다.

이처럼 2000년대 시의 한 양상을 이루는 시와 야구의 만남에는 이들 세대의 경험이 환경과 배경이 되었다고 할 수 있다. 이들의 내면에 각인된 야구가 시로 표현되기 시작한 것은 자연스러운 흐름이기도 하다.

그날 라면은 불었다
팅 빈 집 오후의 곤로 위엔
동대문구장에 모인 관중들만큼의

---

48 1994년 1월 미국 프로야구팀 LA 다저스에 입단한 박찬호는 대런 드라이포트(Darren Dreifort)와 함께 역대 열일곱 번째로 마이너리그를 경험하지 않고 메이저리그에 직행한 선수가 되었으나, 단 두 경기에 등판하고 마이너리그로 내려갔다. 그가 본격적인 메이저리거로 활약하기 시작한 때는 1996년이다.

끓는점이 양은냄비에 쏟아졌다

동네에서 처음 산 컬러 TV엔

늘 학교 벽 높이 걸린 그분이 길어 나왔고

요란한 팡파르에 주말은 더욱 환했다

마운드에서 첫 번째로 던진 그분의 공

비록 어색한 자세였지만

위력적인 마구에 놀라 나는

급하게 면과 스프를 뜯어 넣었다

실력으로 환전되어 갈 돈 냄새는

적당히 6등분하여 마련된 마스코트 위로

사람들의 마니아 본능을 자극했고

나도 앞으로 내 고향 팀을

열렬히 숭배키로 했다

그날 푸른 용과 사자는 그분을 위해

손에 땀을 쥐게 할 동점 상황과

이어 짜릿한 만루 홈런을 연출했고

어느새 내 라면도 퉁퉁 불어 갔다

-김요아킴, 「1982년 3월 27일」 전문[49]

한국 프로야구 개막 경기 장면을 스케치하듯 전개해 나간 이 작품은 야구 마니아의 기억의 밀도를 보여 주는 듯하다. 자신 앞에 놓여 있

---

49   김요아킴, 『왼손잡이 투수』, 황금알, 2012, 112쪽.

                분열자의 산책

는 라면은 통통 불어 가지만 TV 속의 경기 장면은 전혀 놓치지 않고 모니터링 하듯 보고 있다. 경기에 집중하는 만큼 라면이 불어가는 장면의 대비가 이 작품의 시적 묘미를 높여 주고 있다. 곤로 위에서 끓는 양은 냄비만큼 동대문구장 관중석이 들썩이는 모습의 유비도 시적이다. 또 화려한 식전 행사 이후 등장한 '학교 벽 높이 걸린 그분'의 '마구'에 주목한 것도 김요아킴의 시대 인식의 소산이다.

이 작품에서 또 주목되는 표현은 "실력으로 환전되어 갈 돈 냄새"와 "적당히 6등분하여 마련된 마스코트"이다. '돈 냄새'는 선수의 실력이 돈으로 환산되는 프로 스포츠의 특성을 반영한다. 팀의 성적이나 인기도 중요하지만, 타율·방어율·홈런·도루·실책 등 선수 개인의 능력을 가리키는 각종 지표들이 해당 선수의 인기도를 좌우하고 결국 연봉으로 계산되는 게 프로야구이다. '6등분'되었다는 것은 한국 프로야구 출범 시 팀의 개수를 표상하는 것이지만, 나아가 '적당히'라고 제한함으로써 한국 프로야구 태동에 정권의 개입이 있었음을 암시하고 있다.

그런 점에서 "나도 앞으로 내 고향 팀을/열렬히 숭배키로 했다"란 시구는 상반된 두 가지 심리를 내포한다. 하나는 미국이나 일본의 야구팬들에게서도 보이는 보편적인 것으로서 자신의 고향에 대한 애정을 연고팀에 투사하는 심리이다. 다른 하나는 자연 발생적인 흐름에서 출범한 프로야구가 아니라 정권의 징치적 고려가 반영된 프로화에 대한 반발 심리이다. 따라서 김요아킴이 작품 제목을 「1982년 3월 27일」로 정한 것도 우선 자신의 내면에 각인된 '그날'의 기억을 환기하기 위한 것으로 볼 수 있으며, 나아가 '바로 그날'이 스포츠의 정치화에 닿아 있다는 인식의 결과라고 할 수 있다.

모니터 위에는 새벽마다 올라오는 데이터
어젯밤에는 휴스턴과 필라델피아가 이겼다
미네소타와 디트로이트는 연패를 벗어났다

가끔씩 에러도 나지만
mlb.com은 날마다 30개 팀이 벌인
열다섯 경기의 세세한 기록을 실시간으로 전송한다

몬트리올은 선발투수가 3이닝도 못 버텼고
보스턴은 끝내기 홈런을 맞았다
배그웰의 솔로와 토미의 투런 홈런 사이에
고개를 푹 떨군 글래빈과 오티스의 사진

새벽이 되면 지구 반대편에선 경기가 끝난다
본즈는 홈런을 두 개나 쳤고
푸홀즈의 타율은 조금 올라갔고
할러데이와 가니에의 방어율은 내려갔다

담뱃불이 꺼진다
다음 게임이 벌어지기 전까지
모니터를 끄고 기다리는 시간은 너무 길다

낡은 아파트 단지 빈 골목으로

오징어 트럭이 들어와 고래고래 소리친다

경기는 계속되어야 한다

-김재홍, 「나는 날마다 야구경기를 모니터 한다」 전문[50]

이 작품은 미국 프로야구 메이저리그를 다루고 있다. 박찬호와 김병현이 대성공을 거두면서 야구를 좋아하는 한국인들은 태평양 건너 미국의 경기를 보고 즐기기 시작했다. 이러한 인기를 배경으로 국내 방송사들은 정규편성을 통해 정기적으로 중계방송을 하는가 하면, 한국인 선수가 출전하는 날에는 특집편성을 통해 실시간으로 방송하기도 했다. 야구팬들은 평일 저녁과 주말 낮에는 한국 야구를 즐기고, 새벽이나 오전에는 미국 야구를 즐기게 되었다.

미국 야구는 내셔널리그^{NL}와 아메리칸리그^{AL}로 나눠 모두 30개 팀이 연간 160게임 이상 펼치고, 경기마다 각 팀에서 대략 열다섯 명 이상이 출전하니 매일 엄청난 양의 기록들이 쏟아져 나온다. 투수를 평가하는 평균자책점$^{ERA, Earned Run Averag}$, 피안타율$^{BAA, Batting Average Against}$과 같은 지표들[51] 말고도, 타자들의 실력을 가늠케 하는 타율$^{AVG 또는 BA, Batting Average}$, 홈런$^{HR, Homerun}$, 타점$^{RBI, Run batted in}$ 등[52]이 있으니 메이저리그 야구를 깊이 있게 즐기는 데에는 실로 많은 노력이 필요해졌다.

---

50 김재홍, 『메히아』, 천년의시작, 2009, 28~29쪽.

51 이 밖에도 투수들을 평가하는 지표들에는 이닝당 출루허용률(WHIP, Walks plus Hits per Innings Pitched), 9이닝당 탈삼진(K/9), 스트라이크 대 볼넷 비율(K/BB), 대체선수 대비 승리기여도(WAR, Wins Above Replacement), 수비 무관 평균자책점(FIP, Fielding Independent Pitching) 등 다양한 것들이 있다.

52 타자들의 능력을 평가하는 지표로는 이 밖에도 출루율(OBP, On Base Percentage), 장타율 (SLG, Slugging Percentage), 이를 합산한 OPS(On Base Plus Slugging), 도루(SB, Stolen Bases), 볼넷과 삼진 비율, 대체선수 대비 승리기여도(WAR) 등 다양한 지표들이 있다.

이 작품의 도입부가 보여 주는 바와 같이 팀의 승패와 같은 경기 결과 말고도 수많은 정보들이 생성되기 때문에 마니아 수준의 팬이라면 골방에 앉아 하루 종일 각종 수치들 사이를 비집고 돌아다니게 된다. 그리고 '새벽이 되면' 공허감이 몰려온다. 더 이상 찾아다닐 데이터가 없어지고, 집계된 정보들의 관리를 모두 끝내고 나면 야구 마니아는 갑자기 허전함에 빠진다. 오징어 트럭이 아파트 단지에 들어와 오징어를 사라고 소리치듯, 마니아는 마음속으로 어서 빨리 '다음 경기'가 펼쳐지기를 바라며 소리치게 된다.

커피 물이 끓는 동안에 홈런은 나온다.
그는 왼발을 크게 내디디며 배트를 휘둘렀다.
좌익수 키를 훌쩍 넘어가는 마음.
제기랄, 뭐 하자는 거야.
마음을 읽힌 자들이 이 말을 즐겨 쓴다고
이유 없이 생각한다.
살아남은 자의 고집 같은,

커피 물이 다시 끓는 동안의 시간.
식탁 위에 놓인 찻잔을 잠시 잊고 돌아오는 시간.
오후 2시 26분 37초,
몸이고 마음이고 새까맣다.
20년 넘게 믿어 온 기정사실.
내 오후의 어디쯤에는 불이 났고 구멍이 뚫렸던 것이다.

분열자의 산책

방금 전 먹었던 너그러운 마음을
다시 붙들어 매는 데 걸리는
시간은 고작 17초.
애가 타고 꿈은 그렇게 식는다.

오후 2시 26분 54초,
커피 물이 다시 품지 않는 시간.
식탁 위로 찻잔을 찾으러 오는 시간,
커피는 아주 조금 식었고
향이 깊어지는
바로 그때
도무지 아무 생각이 나지 않을 때
국자를 들고 우아하게 스윙을 한다.

-여태천, 「스윙」전문[53]

「스윙」은 일상의 어느 특정한 국면에서 우연히 마주한 홈런 장면을
담담히 그리고 있다. 여기에 두 가지 스윙이 있다. 하나는 관중석을 일
거에 광란의 도가니로 만드는 스윙이고, 다른 하나는 식탁 옆의 허공
을 가르는 빈 스윙이다. 두 스윙은 같기도 하고 다르기도 하다. 야구 배
트를 들고 홈런을 쳐낸 스윙과 국자로 식탁 공기를 가르는 스윙은 물리
적으로 같은 것이고, 타자의 마음에 들어찬 희열과 시적 화자의 내면에

---

53 여태천, 『스윙』 민음사, 2008, 12~13쪽.

고인 쓸쓸함은 다른 것이다. 이러한 일치와 불일치 사이의 극단적인 거리차가 이 작품에 시적 깊이를 더해 주고 있다.

"여태천의 야구는 타자에게도 투수에게도 속해 있지 않다."[54] 권혁웅은 물론 서로 상대를 이겨야만 하는 타자와 투수의 영원한 불일치를 말한 것이지만, 실제로 『스윙』에 수록된 여덟 편의 야구 시는 모두 야구를 통해 '야구'와 '야구 너머'를 잇는 어떤 중층적 서정의 세계를 보여 주고 있다. 이 작품이 보여 주는 대로 "커피 물이 다시 끓는 동안의 시간"을 계산하는 시적 화자의 섬세하고 예민한 감각이 절대 고요 속에 빠진 어느 선승의 득도 순간처럼 강렬하다. 야구는 그 자체로 인생의 축도로 비유될 수 있는 것이지만, 여태천은 그것을 더욱 예각화함으로써 생의 비애를 심도 있게 다루고 있다.

여태천의 그와 같은 시적 태도는 "아무도 모르게 옷을 갈아입고/꿈의 구장으로 가자/버스를 타고 지하철을 타고/꿈의 구장으로"(「꿈의 구장」) 가자고 하는 간절한 구원의 메시지에 닿아 있다고 할 수 있다. 만일 야구가 노히트노런을 기록하는 투수나 만루 홈런을 때려내는 타자를 통해 일상을 살아가는 개개인의 신산고초를 달래는 위안이 되는 것이라면, 영화 〈꿈의 구장〉[55]에서 "옥수수 밭에 야구장을 만들면 그가 온다. If you build it, he will come."는 대사는 얼마든지 현실이 될 수 있는 것이다.

그런 점에서 2000년대 시단의 한 양상 가운데 야구를 소재로 한 시가 등장한 것은 앞선 세대 선배 시인들이 보여 준 자기 시대와의 감응

---

54 권혁웅, 「떠올라(fly), 사라지다(out)」, 여태천, 같은 책, 95쪽.
55 캐나다 작가 W. P. 킨셀러가 1982년에 출간한 소설 『맨발의 조(Shoeless Joe)』를 원작으로 한 미국 영화로 캐빈 코스트너, 에이미 매디건, 버트 랭카스터 등이 출연했다. 한국에는 1991년 개봉됐다.

과 특별히 다를 것 없는 자연스러운 귀결이라고 할 수 있다. 그것은 "선수들 간의 호흡과 배려는 마치 파편화된 우리 삶에 꼭 필요한 공동체로서의 연대의식"에 다름 아니라며 "홈에서 출발하여 다양한 이야기들의 변수를 겪으며 다시 홈으로 돌아와야 하는"[56] 야구의 룰과 인생의 룰을 연결한 김요아킴의 태도에서도 확인할 수 있는 일이다.

세 번째 장면

한국 프로야구 출범은 전두환 정권의 체제 유지와 사회 안정을 목적으로 정부 차원에서 추진된 결과였다. 1981년 5월부터 7개월 동안 기초조사와 자료수집, 기관 의견 청취 및 협의, 구단주와 기업체 물색 등을 거쳐 완성된 문교부의 〈한국프로야구창립계획〉에 대통령 전두환이 서명함으로써 그해 12월 11일 공식 창립되었다.[57]

그런데 김명권의 보고에 따르면, 한국 야구 프로화를 최초로 제안한 곳은 당시 유일한 민영방송사로 전국 네트워크를 구축하고 있던 문화방송MBC이다. "문화방송은 1981년 초, 신년도사업 및 20주년 기념사업으로 한국야구의 프로화 방안 ①문화방송의 구상, 문화방송의 프로야구단 창단구상, ②배경과 명분이라는 표제로 프로야구 창설계획안 7쪽 분량을 중역회의에서 제안"[58]했다. 그러나 아무리 전국 규모의 네트워크를 갖춘 방송사라지만 문화방송 단독으로 사회 전반에 큰 영향을

---

56 김요아킴, 『야구, 21개의 생을 말하다』 도서출판 전망, 2015, 164쪽.
57 김명권, 같은 글, 163쪽.
58 김명권, 같은 글, 169쪽.

주는 한국 야구의 프로화를 추진할 순 없었다.

그렇다면 문화방송 창사 20주년 기념사업의 한 아이디어가 전두환 정권의 어떤 수요와 맞닿아 추진된 것으로 생각해 볼 수 있다. 전두환은 그해 5월 수석비서관 회의에서 "우리 국민들은 여가선용의 기회가 별로 없고 또 한국인들은 스포츠를 좋아하니 야구와 축구의 프로화를 추진해 보라."[59]고 지시했다고 한다. 이에 따라 정부는 6월부터 문화방송의 프로야구 창립안을 보고받고, 한국야구위원회(KBO)와 접촉하는 등 구체적인 작업을 거쳐 〈한국프로야구창립계획〉을 청와대에 보고했다(8월). 이를 전두환이 최종 승인함으로써 한국 프로야구가 출범하게 되었던 것이다.

대통령이 수석비서관 회의에서 야구와 축구의 프로화를 추진하라고 지시한 시점은 광주에서 민주화를 요구하는 시민들의 목소리가 강렬하게 퍼져 나오던 때이다. 이와 같은 엄중한 시기에 정권에 대한 반발과 정치권에 대한 회의적 시각을 스포츠를 통해 희석해 보려는 시도로 해석할 수 있다. 실제로 5공화국 청와대 교육문화수석을 지내며 프로야구 출범에 관여했던 이상주[60]는 "국민들이 무슨 국회의원은, 장관은 누가되느냐 해서 정치적 관심이 많았어요. 그래서 일종의 정치적 관심이 과잉됐다고 볼 수 있고, 나는 그러면 스포츠 같은 것을 프로화하면 앞으로 국민들 관심도 건실해지고 건전하게 바뀔 거 아니냐. 그런 생각으

---

59 김명권, 같은 글, 167쪽에서 재인용.
60 5공화국 청와대 교육문화수석을 지낸 이상주는 김대중 정부 후기인 2001년 9월부터 2002년 1월까지 청와대 비서실장, 2002년 1월부터 이듬해 2월까지는 교육인적자원부장관 겸 부총리를 지내기도 했다.

로 한 거"[61]라고 증언함으로써 간접적으로 그 의도를 인정하기도 했다.

김요아킴의 작품에서도 보았듯이 1982년 3월 27일은 '스포츠를 통한 탈정치화'라는 정권의 전략 아래 추진된 초대형 이벤트의 서막이라고 할 수 있다. 그로부터 5년 뒤 거대한 민주화 운동의 열기가 '6월 항쟁'으로 표출되었다는 점에서 전두환 정권의 목적이 성공적으로 달성되었는지는 알 수 없지만, 한국 프로야구는 그간 수많은 스타 선수를 탄생시키면서 국민 생활의 곳곳에 스며들었다. 어쩌면 야구는 다시 스포츠의 본질로 돌아가 혹독한 인간 삶을 위무하고 위로하는 본연의 역할을 다하고 있는지 모른다.

그런 점에서 김재홍과 김요아킴, 여태천의 야구 시가 등장한 것은 탈정치화라는 정권의 의도를 넘어선 보편적 인간애의 표현이라고 할 수 있다. 그것은 엄혹한 권위주의 정권의 압력 속에서도 끝내기 만루 홈런 때려 낸 야구의 승리이기도 하다. 그렇다면 앞으로도 시는 야구를 더 주목해야 하고, 스포츠에 더욱 예민해져야 한다.

61 김명권, 같은 글, 168쪽에서 재인용.

깊이와 넓이의 시

정지용 「백록담」, 백석 「국수」, 정호승 「산산조각」

시는 세계를 표현한다. 시의 비문법적 문법에 의해 드러나는 세계를 시인과 독자들은 오래도록 향유해 왔다. 세계가 예측하기 어려운 불규칙성과 불확실성을 띠는 만큼 시도 규범화와 제도화를 오래도록 회피해 왔다. 현존재로서의 세계-내-존재[62]는 시가 표현하는 우발적인 한 순간을 미적 체험으로 수용하면서 세계를 이해해 왔다.

그런데 시를 통해 드러나는 것은 세계의 부분들이며, 이것들의 무한한 다양성이 또한 시이다. 그러나 부분들의 집합은 세계가 아니며 다양성의 총합 또한 세계가 될 수 없다. 시는 언제나 개별적이며 특수하다. 시는 보편성을 거부한다. 그러므로 시는 이중적이다. 표현하는 동시에 숨기는 양식의 이중적 성격은 시를 일종의 비밀의 형식으로 만든다. 시는 모든 것을 말하면서 아무것도 말하지 않는다.[63]

---

62 "현존재가 본디 세계-내-존재로서 존재하고 있기 때문이다." 마르틴 하이데거, 『존재와 시간』 79쪽.
63 "당신은 모든 것을 말하면서 아무것도 말하지 않는다." 질 들뢰즈·펠릭스 가타리, 『천 개의 고원』 547쪽.

문학이라는 '이상한 제도'의 역설적 구조[64]는 시의 시작을 또한 종말로 이끈다. 좋은 시는 반복 불가능하며 단 한 번 태어난다. 시에서 시작과 종말은 구별되지 않는 하나이다. 시의 참다운 위의는 둘이 아닌 데서 나타난다. 시사는 연속된 시간이 아니라 단절의 집합으로 보이며, 시의 동력은 의지가 아니라 우연으로 보인다.

시는 '쓰는' 것이 아니라 '받아 적는' 것이라는 인식은 창작의 과정을 고통과 인내의 시간으로 느끼는 모든 시인들의 공유지이기도 하다. "하나의 작품에, 하나의 고유명사"라는 '절대적 특이성'은 결국 "모든 특이성과 모든 고유명사에 통용"[65]되는 시의 역사를 이룬다. 그것은 비극과 행복의 '이상한' 동거가 반복되는 불연속의 시간이며, 제각각 빛을 발하는 고유명사들의 무한한 고원plateau이기도 하다.

시를 다양성과 무한의 고원으로 이해하는 것은 세계의 비대칭성을 전제하는 것이다. 바다에 대하여 육지가 대립되지 않는 것처럼 하늘에 대하여 땅은 대칭되지 않는다. 세계는 상상할 수 있는 모든 '대하여'에 대하여 거부 의사를 분명히 표한다. 세계는 비대칭적이다. 따라서 시도 비대칭적이다.

그러나 존재의 일의성에도 불구하고 세계를 대칭의 체계로 감각하는 일은 얼마든지 가능하며, 인간의 무기력은 한편으로 대칭적 세계의 예측 가능성을 필요로 하고 또 그 안정성을 추구하기도 한다. 때로 어떤 시인들은 대칭의 세계를 좇기도 하는 것이다. 대칭의 이원론은 인간의 바깥에 본질을 상정하고 세계를 양태로 간주한다. 그러므로 대칭은

---

64 "문학의 시작이 곧 종말이 되게끔 합니다." 자크 데리다, 『문학의 행위』 60쪽.
65 자크 데리다, 『문학의 행위』 89~90쪽.

고고한 수직의 체계이자 형상과 모방, 영혼과 육체, 의식과 물질, 지배와 피지배의 파생적 관계를 야기한다. 대칭의 체계에서 인간은 본질의 모방이거나 신의 피조물이거나 변명을 필요로 하는 무능한 존재자일 뿐이다.

물리적 차원의 대칭은 윤리적 층위의 대립과 쌍을 이룬다. 대칭이 몰가치하다면 대립은 가치론적 측면을 포함한다. 원형에 대하여 복제품의 열등성과 영혼에 대하여 육체의 종속성과 의식에 대하여 물질의 우선성, 그리고 지배에 대하여 피지배의 불가피성이 발생한다. 대립은 본성상 대립을 벗어나기 위해 대립의 쌍을 해체하는 작용을 수반하며, 때문에 공격적이고 전투적이며 파괴적이다. 따라서 대칭의 물리학과 대립의 윤리학을 극복하는 것은 참다운 시가 추구해야 할 과제가 된다.

시는 대칭에서 비대칭으로, 대립에서 비대립으로 나아가는 길을 쉬지 않고 걸어왔다. 좋은 시가 보여 주는 원융의 세계는 미적 참신성과 윤리적 정당성을 동시에 견지하면서 세계-내-존재의 "본질적 구성을 갖는 현존재의 존재를 나타내는 형식적이며 실존론적인 표현"[66]이 된다. 시가 품은 세계는 대칭적이지 않고 대립적이지 않다. 세계는 시 속에서 비대칭의 일의적 존재가 된다.

시는 대칭의 쌍이 사라지고 대립의 경계선이 없는 곳에서 태어난다. 시 안에 자리한 하나의 세계가 처음부터 둘(혹은 여럿)이 아니라고 말할 수는 없지만, 그런 점에서 시가 표현하는 세계의 일의적 비대칭성은 인간의 역사에 위안의 언어를 선사하는 어떤 것이 된다. 즉물적 세계의

---

[66] 마르틴 하이데거, 같은 책, 75쪽.

분열자의 산책

예측할 수 없는 우발성이 시라는 양식을 통해 비대칭의 세계에 도달할 때 우리는 기쁨을 만난다.

"시는 하나의 작용이다. 시가 우리에게 가르치는 것은 세계가 대상들의 모임으로 나타나지 않는다는 것이다. 세계는 사유에 반대되는 것이 아니다. 세계는—시의 작용을 위해서는—그 현전이 객관성보다 더 본질적인 것이다."[67] 시는 세계와의 작용 속에서 그 현전을 통해 비대칭의 실존을 표현하며, 독자와의 작용 속에서 비대립의 세계를 표현한다. 시의 사유는 세계와 대립되지 않는다. 오히려 세계의 현전을 능동적으로 사유함으로써 세계의 부분으로 진입한다.

따라서 우리 "삶의 과제는 차이가 분배되는 공간에 모든 반복들이 공존할 수 있도록 하는 데"[68] 있다. 서로 다르지만 대립하지 않는 차이와 반복을 표현하는 것이 시의 세계이며, 때문에 세계는 자신의 천변만화를 그 움직임대로 보여 줄 수 있다. 그러므로 변화를 표현하는 시는 그만큼 "자신과 이혼하는 것과 더불어 끊임없이 결혼하는"[69] 양식이기도 하다.

세계를 표현하는 시의 비대칭성에 주목하는 것은 대칭의 물리학과 대립의 윤리학을 넘어선 시의 실재를 확인하는 일이다. 그것은 공격적이지 않고, 전투적이지 않고, 파괴적이지 않은 실상을 만나는 일이기도 하다. 대칭과 대립을 벗어난 지점에서 시는 "천 갈래로 길이 나 있는 모든 다양체들에 대해 단 하나의 똑같은 목소리"[70]가 된다. 그것은 "역동

---

67 알랭 바디우, 『비미학』 61쪽.
68 질 들뢰즈, 『차이와 반복』 19쪽.
69 질 들뢰즈, 같은 책, 336쪽.
70 질 들뢰즈, 같은 책, 633쪽.

적이기보다는 쓸쓸하고 고즈넉하게, 실험적이기보다는 고전적으로, 가치론적이기보다는 실존적으로, 함성을 지르기보다는 나직한 목소리"[71]로 그렇게 다가오는 시의 진정한 위의일 것이다.

1

절정絶頂에 가까울수록 뻑국채 꽃키가 점점 소모消耗된다.

한마루 오르면 허리가 슬어지고 다시 한마루 우에서 목아지가 없고 나종에는 얼골만 갸웃 내다본다.

화문花紋처럼 판版박힌다.

바람이 차기가 함경도咸鏡道 끝과 맞서는 데서 뻑국채 키는 아조 없어지고도 八月 한철엔 흩어진 성신星辰처럼 난만爛漫하다.

山그림자 어둑어둑하면 그러지 않어도 뻑국채 꽃밭에서 별들이 켜든다.

제자리에서 별이 옮긴다. 나는 여긔서 기진했다.

2

암고란巖古蘭, 환약丸藥 같이 어여쁜 열매로 목을 축이고 살어 일어섰다.

3

백화白樺 옆에서 백화가 촉루髑髏가 되기까지 산다.

내가 죽어 백화처럼 흴 것이 숭 없지 않다.

―――――――

71 유성호, 『서정의 건축술』 41쪽.

4

귀신鬼神도 쓸쓸하여 살지 않는 한모롱이, 도체비꽃이 낮에도 혼자
무서워 파랗게 질린다.

5

바야흐로 해발海拔 육천 척六千尺 우에서 마소가 사람을 대수롭게 아
니 녀기고 산다.

말이 말끼리 소가 소끼리, 망아지가 어미소를 송아지가 어미말을
따르다가 이내 헤여진다.

6

첫 새끼를 낳노라고 암소가 몹시 혼이 났다.

얼결에 山길 백리百里를 돌아 서귀포西歸浦로 달어났다.

물도 마르기 전에 어미를 여힌 송아지는 움매-- 움매-- 울었다.

말을 보고도 등산객登山客을 보고도 마고 매여달렸다.

우리 새끼들도 모색手色이 다른 어미한틔 맡길 것을 나는 울었다.

7

풍란風蘭이 풍기는 향기香氣, 꾀꼬리 서로 부르는 소리, 제주濟州 회파
람새 회파람 부는 소리, 돌에 물이 따로 굴으는 소리, 먼 데서 바다가
구길때 쏴-- 쏴-- 솔소리, 물푸레 동백 떡갈나무 속에서 나는 길을
잘못 들었다가 다시 측넌출 긔여간 흰돌바기 고부랑길로 나섰다.

문득 마조친 아롱점말이 피罷하지 않는다.

8

고비고사리 더덕순 도라지꽃 취 삭갓나물 대풀 석이^{石耳} 별과 같은 방울을 달은 고산식물^{高山植物}을 색이며 취^醉하며 자며 한다.

백록담^{白鹿潭} 조찰한 물을 그리여 산맥^{山脈} 우에서 짓는 행렬^{行列}이 구름보다 장엄^{壯嚴}하다.

소나기 놋낫 맞으며 무지개에 말리우며 궁둥이에 꽃물 익여 붙인 채로 살이 붓는다.

9

가재도 긔지 않는 백록담^{白鹿潭} 푸른 물에 하눌이 돈다.

불구^{不具}에 가깝도록 고단한 나의 다리를 돌아 소가 갔다.

좃겨온 실구름 일말^{一抹}에도 백록담은 흐리운다.

나의 얼골에 한나잘 포긴 백록담은 쓸쓸하다.

나는 깨다 졸다 기도^{祈禱}조차 잊었더니라.

－정지용,「백록담」전문

「백록담」은 정지용의 여러 명편들 가운데에서도 돋보이는 위치를 차지한다. 모두 아홉 수에 이르는 분량도 다른 작품들과 구별되며, 다루고 있는 다양한 제재들을 다채롭게 포치하면서 '백록담'이라는 절정에 이르는 시적 정서를 경영하는 언어들도 깊이와 넓이를 아우르고 있다. 외적 행동의 전개에 따라 내적 정서가 거기에 부합하는 필연성을 띠면서 매우 단단한 시편으로 완성되었다.

특히 「백록담」 제6수의 '어미'에 대해 유종호는 기아^{棄兒}공포증과 단

분열자의 산책

명短命공포증의 반영으로 보았다.[72] 일본 제국주의의 침탈 속에서 많은 동포들이 유랑 끝에 죽음(임)을 맞이하는 현실의 은유로 본 셈이다. 만일 암소가 자연의 섭리대로 새끼를 순산하여 모정을 베푸는 모습이었다면, 그것은 '백록담'의 표면에 그쳤을 것이다. 놀란 '어미'가 산길 백리를 달려 서귀포로 달아난 것은 정지용이 인식한 시대 상황의 반영이라고 할 수 있다. 마침,

> 말아, 다락같은 말아,
> 너는 점잔도 하다마는
> 너는 웨그리 슬퍼 뵈니?
> 말아, 사람편인 말아,
> 검정 콩 푸렁 콩을 주마.
>
> 이 말은 누가 난줄도 모르고
> 밤이면 먼데 달을 보며 잔다.
>
> -정지용, 「말」 전문

에서 보이는 망아지의 행동도 시적 화자가 마주한 동시대의 안타까운 여러 표정 가운데 하나일 터이다. 어미를 여읜 송아지가 울며불며 말을 보고도 매달리고, 등산객을 보고도 매달리는 상황을 겪은 이라면 아무리 많은 사람들이 허기에 시달리던 시대라 하더라도 귀하디귀한 '검정

---

72 유종호, 『시란 무엇인가』, 민음사, 2002(1판 16쇄), 115쪽.

콩 푸렁 콩' 주어서라도 망아지를 달랠 수밖에 없었을 것이다. 그것은 분명 송아지와 망아지를 위한 범속한 자연주의가 아니다. 그러므로 "우리 새끼들도 모색毛色이 다른 어미한틔 맡길 것을 나는 울었다."고 할 수 있었던 것이다.

눈이 많이 와서
산엣새가 벌로 나려 멕이고
눈구덩이에 토끼가 더러 빠지기도 하면
마을에는 그 무슨 반가운 것이 오는가 보다
한가한 애동들은 어둡도록 꿩사냥을 하고
가난한 엄매는 밤중에 김치가재미로 가고
마을을 구수한 즐거움에 사서 은근하니 흥성흥성 들뜨게 하며
이것은 오는 것이다
이것은 어늬 양지귀 혹은 능달쪽 외따른 산옆 은댕이 예데가리밭
에서
하로밤 뽀오햔 흰김 속에 접시귀 소기름불이 뿌우현 부엌에
산멍에 같은 분틀을 타고 오는 것이다
이것은 아득한 넷날 한가하고 즐겁든 세월로부터
실 같은 봄비 속을 타는 듯한 녀름볕 속을 지나서 들쿠레한 구시월
갈바람 속을 지나서
대대로 나며 죽으며 죽으며 나며 하는 이 마을 사람들의 으젓한 마
음을 지나서 텁텁한 꿈을 지나서
지붕에 마당에 우물둔덩에 함박눈이 푹푹 쌓이는 여늬 하로밤

분열자의 산책

아배 앞에 그 어린 아들 앞에 아배 앞에는 왕사발에 아들 앞에는 새
끼사발에 그득히 사리워 오는 것이다
이것은 그 곰의 잔등에 업혀서 길여났다는 먼 넷적 큰마니가
또 그 집등색이에 서서 자채기를 하면 산넘엣 마을까지 들렸다는
먼 넷적 큰 아바지가 오는 것 같이 오는 것이다

아, 이 반가운 것은 무엇인가
이 히수무레하고 부드럽고 수수하고 슴슴한 것은 무엇인가
겨울밤 쩡하니 닉은 동티미국을 좋아하고 얼얼한 댕추가루를 좋아
하고 싱싱한 산꿩의 고기를 좋아하고
그리고 담배 내음새 탄수 내음새 또 수육을 삶는 육수국 내음새 자
욱한 더북한 삿방 쩔쩔 끓는 아르궅을 좋아하는 이것은 무엇인가

이 조용한 마을과 이 마을의 으젓한 사람들과 살틀하니 친한 것은
무엇인가
이 그지없이 枯淡하고 素朴한 것은 무엇인가

-백석, 「국수」 전문

많은 논자들이 백석의 시편들에 나타나는 '이야기'라는 표현 양상에
주목하고 있다. 이를 자연 대상에 대한 동화와 투사[73]라는 서정시의 문
법과 구별해 '이야기 시'로 정의하는 경우도 수다하다. 그러나 그와 같

---

[73] "시는 사물의 순간적 파악, 시인 자신의 순간적 사상·감정을 표현한 것, 인생의 단편적 에피소드, 영원한 현
재 등으로 정의된다." 김준오, 『시론』, 삼지원, 2019(제4판 39쇄), 41쪽.

은 표현법에 주목하기만 한다면 이 작품이 보여 주는 것과 같은 전통 사회의 웅숭깊은 정서를 제대로 파악하고 향수하기 어려울 터이다.

여기서 '국수'는 단지 음식만이 아니다. 국수가 환기하는 흥성한 풍경은 "이 조용한 마을과 이 마을의 으젓한 사람들"에게, 또한 100여 년 상거한 현대의 독자들에게 따뜻하고 복된 자기 공동체에 대한 넓고 깊은 애정을 선사하는 것이다. 그런 점에서 「국수」는 가난하고 외롭고 높고 쓸쓸했던 시공간을 풍요로운 감각으로 재현함으로써 우리에게 가장 구체적인 감각의 정정을 선사"[74]했다는 유성호의 언급은 주목되어야 한다.

「국수」는 유난히 길고 추운 겨울을 견디었던 고통의 시대를 달래는 위로의 시편이다. 또한 '고통'이라는 보편성 위에서 힘겨운 삶을 견디어 내는 많은 이들에게도 위로를 준다. 가령 "산엣새가 벌로 나려 멕이고/눈구덩이에 토끼가 더러 빠지기도 하"는 상황은 "눈보라가 내리는 백색의 계엄령"(최승호)과 같은 원체험을 한 후세대와도 소통할 수 있는 공통의 경험이기도 한 것이다.

「국수」를 읽는 방법은 다양할 수 있지만, 알 듯 모를 듯 낯선 북방 언어와 그 언어를 노련한 이야기꾼의 구술처럼 풀어내는 텁텁한 말 재미를 첫손에 꼽아야 할 것이다. 또한 눈 내린 이 조용한 마을 의젓한 사람들을 하나하나 껴안고 어루만져 주는 품의 공시성과 큰마니 큰아바지로부터 대를 이어 전해진 내력의 통시성이 주는 뜨끈뜨끈한 동질감에서 연원하는 위로의 힘을 빼놓을 수 없을 터이다.

---

[74] 유성호, 「이 그지없이 고담하고 소박한 것은 무엇인가」, 『시마』 도서출판 도훈, 2023년 가을호(제17호), 14쪽.

룸비니에서 사온

흙으로 만든 부처님이

마룻바닥에 떨어져 산산조각이 났다

팔은 팔대로 다리는 다리대로

목은 목대로 발가락은 발가락대로

산산조각이 나

얼른 허리를 굽히고

무릎을 꿇고

서랍 속에 넣어두었던

순간접착제를 꺼내 붙였다

그때 늘 부서지지 않으려고 노력하는

불쌍한 내 머리를

다정히 쓰다듬어주시면서

부처님이 말씀하셨다

산산조각이 나면

산산조각을 얻을 수 있지

산산조각이 나면

산산조각으로 살아갈 수 있지

-정호승,「산산조각」 전문

정호승의 「산산조각」도 체험의 동질성과 위로라는 맥락에서 백석의
그것과 다르지 않다. 저 먼 룸비니에서 사 온 그것은 인도식 토산품이
나 향토음식이 아니라 '부처님'이며, '흙으로 만든' 그 조상을 통해 흙이

아니라 부처의 자비를 열망하는 시적 화자는 일상의 삶을 고통과 허기로 느끼며 살아가는 많은 이들의 바람과 닮아 있다. 바람을 이루려는 간절함만큼 부서진 조각들을 그러모아 원래 모양으로 돌려놓으려는 마음도 절박한 것이다.

이 작품의 시적 반전은 '깨진 부처님'의 말씀을 따라 '산산조각'의 의미가 역전되는 데 있다. "산산조각이 나면/산산조각을 얻을 수 있지/산산조각이 나면/산산조각으로 살아갈 수 있지"에서 보이듯 도저한 긍정의 사유가 시를 읽는 독자들의 상식적 해석에 반기를 들면서 위로의 메시지로 전환된다. '깨짐→붙이려 함→붙이지 않아도 됨'이라는 의미 단락이 독자의 예측을 벗어남으로써 산뜻한 한 편의 긍정적 시그널이 되었다.

얼핏 보면 「산산조각」에서 깊이와 넓이를 잰다는 것은 무리가 있어 보인다. 매우 간단한 하나의 에피소드가 시 전반을 차지하고 있기 때문이다. 그러나 하나의 표정에도 만상을 담을 수 있는 시적 구조를 생각할 때 이 작품이 위로의 대상으로 삼는 필부필부의 삶의 강역은 결코 좁지 않고 얕지 않다 할 것이다.

그런 점에서 세계를 표현하는 '시의 비대칭성'에 주목한다는 것은 부정적 모순론에 따라 어떤 대상을 적대시하고 공격하려는 반시反詩적 태도와의 결별을 의미한다. 시는 표현하는 동시에 포함하며, 사유하는 동시에 긍정한다. 시는 대립과 대칭에서 벗어나 거대한 원융의 정서를 추구한다. 정지용과 백석, 정호승의 시편들이 독자들의 호응을 얻을 수 있었던 것도 그러한 시 본연의 사명을 표현해 내었기 때문이라고 할 수 있다.

현대철학의 사유가 대칭이나 변증법이 아니라 생성과 우발성에 주목한 것처럼 시의 윤리는 대립이 아니라 긍정에 있다.

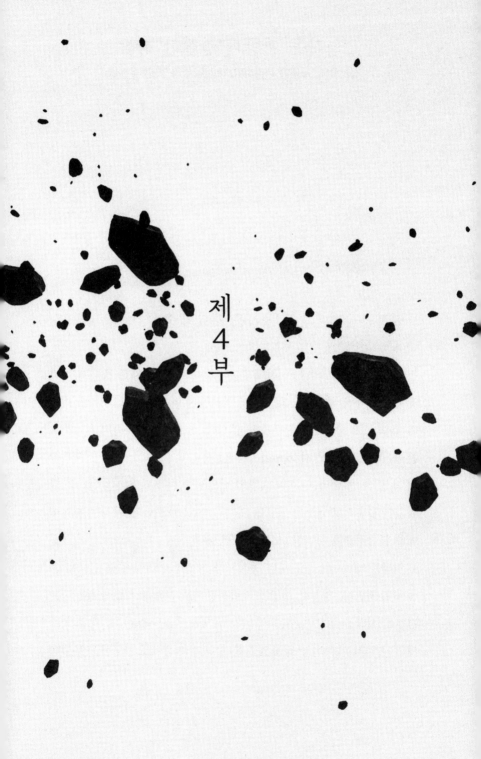

제
4
부

'놀라운' 저항과 '간절한' 창작

천양희의 『새벽에 생각하다』와 김택희의 『바람의 눈썹』

절정의 국면에 솟은 '놀라운' 저항의 증거

시간은 어떤 비의다. 인간에게 시간은 개체와 개체의 조건에 따라 매우 다르게 인식되는 전적으로 자의적인 개념인가 하면, 거리와 속도와 질량으로 양화되는 뉴턴류의 완전히 기계론적인 객관적 시간론도 존재한다. 그러므로 시간은 이 두 극단 사이에 실존하는 무한한 다의성의 개념, 어떤 비의다. 또한 시간의 비의는 영원을 갈망하는 인간을 끊임없이 절망으로 내모는 분절된 시간Chronos을 내포한다. 우리는 시간에 대해 본성적으로 영원한 크로노스, '을'이다.

인간은 태어나는 순간부터 종착지를 향한 끊어지지 않는 연속된 운동을 수행한다. 영원한 생명을 지향하면서도 순간순간 잘게 부서지는 편린의 시간을 겪으며 사는 게 인간 존재다. 이런 맥락에서 지향과 존재의 '불일치'는 어떤 근원에 자리한다. 빅뱅 이론에도 불구하고 우주적 시간에 어떤 시작점을 지정하는 것은 무의미할 뿐만 아니라 가능하지도 않다. 인간은 자신에게 허용된 시간 동안 이러한 근본적 불일치를 고발하거나 공격하거나 체념하거나 복종하면서 살아갈 수 있을 뿐이다.

우탁禹倬, 1263~1342이 "늙난 길 가시로 막고 오는 백발 막대로 치려터니/백발이 제 몬져 알고 즈럼길노 오더라"(「탄로가」)고 한 것은, 거역할 수 없는 시간에 대한 치기어린 말장난이기보다 오히려 백기투항의 솔직한 자기표현이다. 천양희 시인이 "오늘은 나의 시력 50년째 되는 날이다/이제는/살려고 하기에도/충분한 시간이다"(「50년」)라고 한 것은, 맥락상 '충분하다'가 중의적인 게 사실이지만 시간에 대한 어떤 강렬한 저항을 시사한다.

시의 탄생 혹은 출발 지점에 지향과 존재의 '불일치'가 있다면, 그 불일치를 유발한 시간에 대한 무한히 다양한 반응의 원인은 오히려 시간 자체에 있다. 시간은, 공간이 다른 사물의 동시적 존재를 허용한다(공간 배타성). 또한 공간은, 시간이 다른 사물의 순차적 존재를 허용한다(시간 배타성). 이는 엇갈린 운명이다. 스토아철학자 크리시포스를 따를 때 인간은 적어도 시간과 공간의 어떤 조화로운 합일에 이르는 존재일 수 없다.

우리는 서로 다른 공간에서 동시적으로 서로 다른 어떤 사건을 겪는다. 그러므로 인간에겐 매우 많은 '동시대인'들이 주어지지만 결코 '같은' 사람이 아니다. 또한 우리는 서로 다른 시대를 경험한 매우 많은 인류를 포함하지만 그런 만큼 완전히 '다른' 사람들의 통공에 가깝다. 만일 우리가 우탁을 시간에 대해 체념한 사람이라고 부를 수 있다면 천양희 시인은 그에 저항한 시인이라고 말할 수 있어야 한다.

나는 오늘 늦은 인터뷰를 했습니다
세월은 피부의 주름살을 늘리고
해는 서쪽으로 기울었습니다
당신은 무엇이 되고 싶었냐고
입술에 바다를 물고 그가 물었을 때
나는 내가 되고 싶었다고 말하고 말았습니다

-중략-

일흔 살의 인터뷰를 마치며
마흔 살의 그가 말했습니다
떨어진 꽃잎 앞에서도 배워야 할 일들이 남아 있다고
참 좋은 인터뷰였다고

-「일흔 살의 인터뷰」 부분

　시인은 '다른 무엇인가 되고 싶었지만' 늘 실패한 탓에 '내가 되고 싶었다'고 말한다. 노을도 되고 싶었고 파도도 되고 싶었지만, 실패를 거듭한 시인은 마침내 '내가 되고 싶었다'고 한다. 또 생략된 부분에서는 '희망을 버리니까 살았다'고 말했고, '행복을 알고도 가지지 못할 때 운다'고 말했다. 요컨대 시인은 숱한 실패와 상실과 불행의 끝에서 '내가 되고 싶었다'고 말했다. '일흔 살 시인'의 인터뷰는 이처럼 '나'를 옹호하는 강인한 의지를 함축하고 있다.
　비록 해는 서쪽으로 기울고 주름살은 늘었고 성공과 획득과 행복의 땅을 딛고 선 자는 아니지만, '내가 되고 싶었다'를 당당하게 말할 수 있는 것은 이 시인이 적어도 시간에 대해 어떤 강렬한 저항과 극복 의지를 견지하고 있음을 말해 준다. 때문에 작품 전반은 표면의 차분하고 부드러운 전개에도 불구하고 '되고 싶었다', '극복하겠다', '붙잡았다'는 서술어로써 팽팽한 긴장을 유지하고 있다. 또한 '입술에 바다를 문 그', '파도를 밀친 그'로 나타나는 '마흔 살의 그'도 날카로운 은유의 대상으로서 이런 긴장된 분위기의 한 축이 되고 있다.

서울시 마들마을에 사는 한 그루
시인은 시력 50년이나 된다 이 시인의
시력 중간 부분에는 70년의 나이테와
40년의 고립이 울울하게 자라고
있다 얼마나 정중한가

시인 한 그루는 장중한 나무 한 그루에게
정중하게 인사하고
아무 일도 없던 것처럼 오래
오만 가지를 꺾기로 한다

-「정중하게 인사하기」 부분

이처럼 천양희의 저항은 어떤 돌발성이나 과격성과는 거리가 멀다. 70년의 나이테를 가지고도 300년 된 '장중한' 은행나무에게 '정중히' 인사할 줄 아는 저항이다. 그러므로 '정중'과 '장중', '아무'와 '오만'의 언어 감각과 더불어 어떤 무욕의 지경을 보여 준다.

결국 시간에 대한 참다운 저항은 실현 불가능한 영원을 고집스레 '지향'하는 데 있다기보다 시간에 갇힌 인간으로서 자기 '존재'의 의미를 새롭게 규정하는 데 있다는 점을 이 시인은 본능적으로 체득한 것으로 보인다. 이처럼 은행나무에게 예의를 갖추는 일은 결코 쉬운 일이 아니다.

모든 시작들은 나아감으로 되돌릴 수 없고

되풀이는 모든 시작詩作의 적이므로

문장을 면면이 뒤져보면

표면과 내면이 다른 면面이 아니란 걸

정면과 이면이 같은 세계의 앞과 뒤라는 걸 알게 된다

-중략-

고독이 고래처럼 너를 삼켜버릴 때

너의 경멸과 너의 동경이 함께 성장할 때

시를 향해 조금 웃게 될 때

그때 시인이 되는 것이지

결국 시인으로 존재하기 위해

쓰지 않으면 안 되는 순간이 오는 것이다

-「시작법(詩作法)」 부분

그러므로 이것은 '시작법'이 아니다. 시에 대한 기능주의적 강의계획

분열자의 산책

서가 아니라 '일생 동안' '진창에서 절창'으로 나아간 도정을 보여 주는 일종의 윤리학이다. 천양희 시인은 이러한 실천 윤리를 견지하면서 '쓰지 않으면 안 되는 순간'을 마주했던 것이다. 시력 50년, 나이테 70년의 시인에게 여전히 이러한 절정의 국면이 높게 솟아 있다는 사실은 또한 놀라운 '저항'의 증거가 아닐 수 없다.

시인은 "새벽에 생각하니/시여 고맙다"고 했다.('시인의 말') 또 "새벽에 홀로 깨어 생각하니 … 고맙다 나의 인생이여"라고 미셸 투르니에 Michel Tournier를 인용했다(〈새벽에 생각하다〉). 이것이 바로 크로노스의 존재임에도 아이온을 지향하는 인간의 참된 윤리학이다.

카이로스kairos를 열망하는 '간절한' 창작

시를 기다리는 시인에게 시의 행로는 언제나 불규칙적인 점멸이다. 그러므로 시인에게 어떤 본질적인 고통이 있다면 그것은 시의 우발성이다. 서정주 〈화사집〉의 발문, "시를 사랑하는 것은, 시를 생산하는 사람보다도 불행한 일"이라는 언급은 그 진솔한 토로에도 불구하고 김상원을 시의 독자로 만들지 시인으로 세우지 못한다. '불행한 시인'의 시를 '불행히도 사랑하는' 이중의 불행을 겪는 독자를 인정한다 하더라도, 시인 또한 시의 우발성이라는 불우와 세계의 '그늘'을 천착해야 하는 운명이라는 이중의 불행을 앞서 겪기 때문이다.

시인에게 시의 불규칙적 강림 이외의 제반 압력은 오히려 비본질적이다. 때문에 김택희의 본래적 불우는 차라리 시적이다. 가령 "걸어오는 동안/낮아지던 시간들/이제는 옹이도 맑은 영혼으로의 디딤돌이다."('시인의 말')라는 말은 시를 향하는 한 영혼이 짊어져야 했던 수많은 옹이에 대한 역설적 긍정으로 읽힌다. 시간의 연속성에 분기점을 형성하는 옹이에 대한 긍정이야말로 이 시인의 숱한 '낮아지던 시간들'을 시적 순간으로 만들어 주는 차원 변화의 역전이다.

카이로스는 '기회의 신'이다. 앞머리는 길지만 정수리부터 뒤통수에는 머리카락이 없는 형상으로 등장하는 그리스의 신이다. 앞에 있는 기회는 누구나 잡을 수 있지만 일단 지나가면 잡을 수 없다는 '기회'의 본질을 함축하고 있다. 그러므로 카이로스의 시간은 인간적 의지에 따라 무엇이든 만들 수 있는 능동성의 시간이며, 그런 점에서 천편일률적인 일상에 변곡을 유도하는 특이점의 시간이다. 김택희에게 '옹이'는 강한 의지의 카이로스의 시간이었다.

천양희가 오랜 고독("40년의 고립")과 함께 어떤 쓸쓸함의 처연한 심사를 툭 내던지듯 무심히 기록함으로써 오히려 시간을 능동적으로 자기화한 데 비해 김택희는 아직 열정이 넘친다. 매우 의욕적인 이 시인의 내면은 짐짓 익숙한 포즈로 봄을 이야기한다. 시작이다, '소실점消失點, vanishing point'. "애초에서 건너온 시간/돌아앉은 발길들 멀어져 가네/야윈 동행에 봄으로 뻗은 손길 축축하네".(〈소실점〉) 봄을 향한 '야윈 동행'의 끝에 걸린 아득한 소실점을 무한히 육박해 들어가려는 의지가 이 첫 작품부터 번뜩인다.

말이 노닐던 물가
바람에도 단물이 묻어 있다

근처 꽃밭에선 지중해를 건너온 연보라 꽃들 몸 비비고
달은 물속에 잠겨 둥근 걸음으로 강을 건넌다

-중략-

달빛이 홀로 휘황하고 강가 푸른 꽃향기가 바람 따라
제 걸음으로 달려온다
달님도 바람도 시나브로 무르익은 한참

흐르는 백 년 잠시 숨을 고른다

-「달빛을 줍다」 부분

　익숙한 은유 속에 속세간의 진실한 단면이 함축된다. 군사적 효용을 상실하고 더 이상 운송 기능도 할 수 없는 말은 우리 일상에서 이미 사라졌지만, 여전히 '말이 노닐던 물'을 건너 '불어오는 바람'에는 '단물'이 묻어 있다. 그러므로 달은 '둥근 걸음'으로 강을 건너면서 어떤 '행복한' 환상의 공간을 표상한다. 때문에 현재를 살면서도 언제나 미래의 새로운 무엇을 갈망하는 우리에게, "달님도 바람도 시나브로 무르익는" '흐르는 백 년'이라면 속세간의 진실에 완전히 부합하는 것이다.
　가령 존 단John Donne이 "이 벼룩은 그대와 나며, 이것은 우리의 신방이며, 혼례성당"(「벼룩」)이라고 한 것은 마음을 주지 않는 여인에 대한 치졸한 저주라기보다 '너와 나의 피를 섞은 벼룩'으로나마 사랑을 이룩하겠다는 간절한 고백이다. 마찬가지로 "저 멀리 강 건너 외따로 떨어진 지붕 낮은 집"을 사흘 밤 내내 바라보아도 '여전히 당신이 보이지 않을 때' 김택희는 차라리 '봄밤의 꿈'을 꾼다.

강가에 앉아 접어 둔 마음 널어 보네
저 멀리 강 건너 외따로 떨어진 지붕 낮은 집
사흘 밤이라 부르네

-중략-

가만히 다가가 문 밀어 보니
빈 방만 담겨 있네
돌아보지만 여전히 당신 보이지 않네

-「봄밤의 꿈」부분

여기서 박목월의 「이별가」에 보이는 이승과 저승, 차안과 피안의 경계로서의 강을 떠올린다거나, 정희성의 「청명」이 보여 준 현실과 이상의 불일치로서 강을 떠올린다고 하여 김택희의 '깨어진 꿈'의 의미가 달라지는 것은 아니다. 또한 '사흘'의 의미를 매장례埋葬禮와 연결 짓는다고 해서 '꿈'에서라도 무엇인가를 반드시 이루겠다는 소망의 무게는 결코 가벼워지지 않는다.

젖을 뗀 지 오래지 않았다는 털이 온통 까만 강아지가 시골집에 왔을 때 조랑조랑 흔드는 꼬리며 눈에 물기 촉촉하던 고 안쓰럽고 귀여

분열자의 산책

운 것이 쓰다듬는 내 손가락을 어미젖인 줄 알고 쪽쪽 빨아 댈 때의 느낌이란 참! 그 어린 까망이가 제 이름을 부르면 어찌 알았는지 뒤뜰에 있다가도 작은 네발로 앙증스레 달려오는 새 생명의 모습이 눈에 밟힐 때

-「적우(積雨)」 부분

어떤 최상의 장면을 본다. 아직 인간의 품에 들기 전 네 발로 자신의 대지를 디디던 강아지에 대한 헌사를 전경으로, 탄생과 구별되지 않는 '생의 저묾'에 대한 어떤 본능적 자각이 시의 후경을 이루고 있다. 세파를 의식하지 않는 내면의 육성이 이 시의 진술에 이끌리는 독자들의 보편적 심사를 깊게 품어 준다. 그러니 비는 쌓이고 의지가지없는 우리들의 마음도 포개진다.

모순론에 입각한 부정과 부정의 논리학으로서 변증법은 종언을 고했다. 부정은 하나를 딛고 다른 하나를 지향하는 치열한 쟁투일지언정 세계에 대한 겸허한 성찰일 수는 없다. '이것이 아니라 저것이다'는 식의 대자적 맥락이 인간 존엄성을 극단화한 계몽주의는 될 수 있어도 세계의 다질적 다양성에 머리 숙여 감응하는 참다운 시인의 받아쓰기 자세일 수는 없다. 그런 점에서 「적우」는 탄생에서 죽음에 이르는 한 시간 구간 전체를 포함하는 매우 넓은 품을 보여 준다.

김택희의 첫 시집 『바람의 눈썹』에는 심상의 물화物化로서 투사와 이입은 있으나 대자적 부정은 보이지 않는다. 이 시인의 작법은 유구한 시적 전통의 근원에 닿아 있다. 하지만 시집 전반에 걸쳐 시적 주체와 대상이 근본적으로 분리되어 있는 점은 아쉬운 대목이다. 의도적인 인

위적 합일만큼이나 무의식적인 분리의 이원화도 일종의 작의로서 욕망의 소산이기 때문이다. 그러므로 김택희의 시는 순연한 받아쓰기가 아니라 카이로스의 시간을 열망하는 간절한 창작에 가깝다.

한겨울을 견디는 낭만자객들의 온기

김왕노의 『도대체 이 안개들이란』과 정철훈의 『가만히 깨어나 혼자』

벌써 이태째다. 시를 적는 사람도 읽는 사람도 마스크로 입을 가린 채 보이지 않는 바이러스와 씨름하며 고단하게 살아가고 있다. 가려진 것은 입이지만 손이며 발이며 머리와 마음까지 갇혀 버린 듯한 시간이다. 시계詩界의 모든 이가 가족과 친지와 벗들과의 만남을 거르고 미루며 쌓인 상처를 가슴에 품고 다시 이 겨울을 견디고 있다.

또한 기도하고 있다. 생계를 위협받는 이들을 위한 기도와 몸을 다친 이들을 위한 기도가 다르지 않고, 앓는 이들을 위한 치유의 기도와 돌아간 이들을 위한 위령 기도가 다를 수 없다. 기도를 필요로 하는 모든 이들을 위하여 시는 기도한다. 시는 시를 적는 사람을 통하여 읽는 이들에게, 읽는 이들을 통하여 적는 사람들에게 구원의 메시지를 전달하는 양식이다.

모든 이를 위한 시는 그러나 군중을 지향하지 않고 밝고 높은 데를 좇지 않는다. 또한 사람의 무리라고 무조건 부정하지도 않으며 빛의 궁전이라서 맹목으로 거부하지도 않는다. 외려 시는 모든 이들을 낱낱으로 살피며 그들이 모두 밝고 높게 빛나기를 간구한다. 시가 멀리하는 것은 오직 하나가 되어 버린 군중이며, 순간의 궁전마저 나누려 하지 않는 비뚤어진 욕망뿐이다.

그런 점에서 시는 시인을 부려 영원히 충족될 수 없는 이 세상 기도의 언어를 빚고 낳는 예술이다. 역사에서든 문학에서든 낭만주의자의 손끝에 사람이 있다면 모든 시인은 결국 낭만주의자인지 모른다. 사람을 향한 기도의 언어를 짊어지고 끊임없이 바위를 밀어 올려야만 하는 시시포스Σίσυφος의 형벌을 달게 받는.

"너무 먼 새라 더 그리운" 알바트로스를 꿈꾸며 "저 완강하고 강력한 안개"를 속속들이 파헤치는 김왕노 시인과 "우리가 감자를 먹는 것은/ 땅속의 지진을 먹는 것"이라는 사실을 '가만히 깨어나 혼자' 성찰하는 정철훈 시인, 그들은 낭만자객이다. 그들은 바이러스 이전에도 이후에도 사람을 향해 기도의 언어를 적었으며, 쉬지 않고 바위를 밀어 올렸다.

자객은 사람을 해치지만, 낭만자객은 사람들을 무리가 아니라 낱으로 살펴 온전히 되살려 낸다. 사람들의 코와 입과 눈을, 그들의 얼굴과 가슴과 다리를, 그들의 일거수일투족을 하나하나 세세하게 분별하고 정위하고 재구한다. 낭만자객에게 분석과 종합은 둘이 아니다. 그들은 분석하면서 종합하고, 종합하면서 분석한다.

'도대체 이 안개들이란'

낭만자객 김왕노에게 안개는 '계엄군'이다(「도대체 이 안개들이란」).

"시도 때도 없이" 안개가 자욱한 이 도시에서 '사람들'은 "벽을 짚고 서서 불안으로 울먹"이기도 한다. 계엄군은 '불확실의 대명사'이다. 안개 속에서 '안개의 수갑'에 채워져 사람들이 사라지고, 안개가 걷힌 후에는 "여기저기 충돌로 부서진 차"와 함께 실종자 명단은 '새로' 작성되어야 한다.

"안개에서는 죽은 사람들의 냄새가 난다." 마침내 시인은 절규한다. "저 완강하고 강력한 안개가 두렵다." 그렇다면 '도대체' 이 안개들이란 무엇인가. 무엇이기에 시인의 추억에까지 침투해("나의 추억엔 온통 안개가 자욱하다.") '영문과 출신 누나'를 사라지게 하고, 무덤을 만들고 비문을 새기게 하는가.

김왕노 시인은 안개를 규정하지 않는다. 규정되지 않는다. 질문할 뿐이다. '대체' 안개란? 그러나 안개가 '불확실의 대명사'라면, 역으로 불확실한 모든 것은 안개가 된다. 존재의 의미가 역전되는 순간 안개는 곧 세계가 된다. 시시각각 무엇이 벌어질지 모르는 세계, 자동차들이 부서지는 세계, 사람들이 왔다가 사라지는 세계. 이 세계는 안개다.

알바트로스가 날았으면 좋겠어. 홍방울새도 되새도 아니고 군무로 벼락 치는 소리를 내는 가창오리 떼도 아니고

세상에서 가장 큰 새 신천옹이라 불리는 알바트로스, 신천옹이 나는 하늘, 알바트로스가 나는 하늘 하면 얼마나 어감이 좋은가. 내 속에 날아든 알바트로스가 좁아터진 내 머릿속을 수천수만 평으로 넓혀 가는

알바트로스가 날았으면 좋겠어. 먹이를 얻기 위해 크고 우아한 날개를 접고 차디찬 바다에 몸을 내리꽂는 가차 없이 던지는 삶의 본질이 무엇인가 보여 주는 알바트로스가 나는 하늘

먼 바다에서 살기에 날아온다 해도 너무 먼 새 알바트로스, 날아와서 내 꿈을 낚아채도 좋은데 아무리 생각해도 내게서 너무 먼 바다, 너무 먼 새라 더 그리운, 애절한

-김왕노, 「알바트로스」 전문

과연 알바트로스는 날아올까. 안개로 가득한 이 세계를 날갯짓 한 번으로 덮을 수 있는, 아니면 바다 속으로 단 한 번 내리꽂는 장엄한 추락의 형식으로 "삶의 본질이 무엇인가 보여 주는" 알바트로스는 언제쯤 날아올까. 안개의 계엄군이 득시글거리는 이 세계를 명쾌하게 규정해 주는 본질주의자 알바트로스. 김왕노 시인이 『도대체 이 안개들이란』에 담은 예순네 편의 시편을 통해 찾아 헤맨 것은 과연 '동일성'("어떤 동일성의 세계로 이끄는 힘", 유성호, 「해설-기억의 심층을 탐색하는 낭만적 사랑의 노래」)이다.

시인은 '안개'를 규정하지 않았다. '도대체 안개들이란' 무엇인가 질문하기는 했지만 무엇으로 규정하지 않음으로써 세계의 불확실성이란 비의를 알아차렸다. 마찬가지로 "먼 새라 더 그리운" 알바트로스를 향한 '애절한' 마음을 거리낌 없이 표출함으로써 자신이 꿈꾸는 것은 곧 세계의 동일성임을, 그것이 '사람을 향해' 던지는 기도의 언어임을 보여 주었다.

분열자의 산책

그것은 세계의 본질이 무엇인가라는 존재론적 물음에 대해 무모하게도 단 하나의 해답을 던지는 것이 아니다. "삶의 본질이 무엇인지" 알고자 하는 마음, 곧 사람을 향해 사람에게 이로운 게 무엇인가를 찾고자 하는 마음이라는 점에서 낭만주의자의 윤리에 가닿는다. 낭만자객은 안개 속에서도 사람들에게 그 불확실성을 걷어 내 보여 주고 싶어한다. 그는 세계를 규정하기 위해 분투하는 연구자가 아니라, 세계를 살아가는 사람에 천착하는 존재이다.

때문에 김왕노 시인은 "노을에 물들어 서천으로, 서천으로"(「서천」) 가면서도 "가다가 멈춘 곳에 삼꽃이 핀다."는 것을 일깨우고, 어머니의 죽음 앞에서도 "땅을 열고 어머니 안에 닫힌 어머니를 넣고 넣"(「어머니는 마트료시카」)을 수 있는 것이다. 안개의 불확실성 속에서도 삶의 본질을 희구하였듯이 서천에서도 삼꽃을 피우고, 어머니 속에 어머니를 넣(낳)을 수 있는 것이다.

오직 사람을 향하는 낭만자객의 타자 지향의 종점에 "끝내 너를 사랑할 수 없어 나를 미치도록 사랑하"(「너를 사랑할 수 없어 나를 사랑하였다」)는 '내'가 있는지 모른다. 이로써 낭만자객은 시인만 아니라 이 세상을 살며 사랑하는 모든 이가 되었다.

'가만히 깨어나 혼자'

이 세상 수많은 낭만자객 가운데 한 명인 정철훈이 '혼자' 깨달아 가는 것은 아무래도 홀로 있음 자체에 대한 성찰이다. 그는 짐짓 일상의 편린과 소회로 성찰의 깊이를 숨긴다. 속초와 양평에 사는 두 시인을 떠올리는 일상을 제시한 뒤 그것만으로도 그들의 생활에 끼어드는 것일지 모른다는 소회가 작품의 표면을 부드럽게 감싸고 있다(「가만히 깨어나 혼자」).

그러나 그가 "두 시인도 혼자가 좋을 것이다/혼자 시를 짓다가 무너뜨리고/다시 시를 짓는 혼자/연락이 끊긴 지 오래되었다"라고 말할 때 '홀로'의 의미는 중층화된다. 여기서 '홀로'는 긍정의 대상도 부정의 대상도 아니다. 오히려 그 둘을 모두 아우른다. '홀로'에서 양가적 의미를 간취해 냄으로써 정철훈은 아주 특별한 낭만자객이 되었다.

'홀로'의 일차적 의미는 '나의 존재함'이라는 자동사이다. 내가 존재한다는 사실, 나의 있음은 "어떤 지향성도 어떤 관계도 없는" 절대적 자동사이다.[1] 나는 대상을 만지고 타자를 보지만 영원히 타자가 아니다. "나는 완전히 혼자이다". 그러므로 '홀로'의 이차적 의미는 '타자(다른 나)가 아님'이 된다.

레비나스가 고독은 물질적이라고 외칠 때, "고독은 로빈슨 크루소의 경우처럼 격리되었기 때문에 생기는 것도 아니고 의식 내용물을 타인에게 전달할 수 없기 때문에 생기는 것도 아니"[2]라고 말할 때 '홀로'의 의미는 형이상학의 차원으로 심화되고 「가만히 깨어나 혼자」에 숨겨 놓은 시인의 성찰의 깊이가 드러난다.

모든 존재자는 고독하다, 낱낱을 낱낱으로 살피고 되살려 내는 낭만자객 앞에서 모든 존재자들은 '홀로' 가득하다.[3] 우리는 모두 우리 몸으

---

1 엠마누엘 레비나스, 『시간과 타자』 34쪽.
2 엠마누엘 레비나스, 같은 책, 36쪽.
3 "존재자가 '존재함'을 자신의 것으로 떠맡는 사건을 나는 홀로서기hypostase라고 부른다." 엠마누엘 레비나스, 같은 책, 36쪽.

로 '홀로서기' 때문에 고독한 것이지, 얘기할 상대가 없어서 자식들이 떠나서 아무도 찾는 이가 없어서 고독한 것이 아니다. 고독은 외로움이 아니다.

'홀로'의 의미를 이처럼 극한까지 파고든 정철훈은 감자를 먹는다.

> 장맛비 내리는 가을 문턱
> 순천-보성행 버스 안은 승객이 세 명뿐
> 벌교에서 탄 아낙은
> 앞 좌석에 껑충 뛰어 올라앉더니
> 자리가 따뜻하네, 한마디 했다
> 순천에서 내린 승객이 덥혀놓은 자리
>
> 아낙은 나와 동갑내기였다
> 일곱 살 때 벌교에서 처음 기차를 타봤는데
> 신발을 벗어들고 맨발로 올라탔다는 아낙
> 그 예쁜 말을 들으려고 보성에 가나 보다 할 때
> 아낙에게 전화가 걸려왔다.
>
> "뭐시라고요, 지가 장애인 5호를 받고 있는디
> 그게 깎인다고요?
> 올해는 감자 농사를 망쳐버려 남편이
> 돈 한 푼 안 주는데 어찌 살라고요?"

다음 정류장에서 내린 아낙이
읍사무소에 항거하기 위해 걷는
되똥 걸음의 저변엔
측량할 수 없는 쓰라림이 번져 들고 있었다.

아낙의 키는 90센티미터
감자에서 거인이 나온다
절반쯤 땅속에 묻힌 생활의 거인

누구도 감자를 먹지 않고는 살아갈 수 없고
우리가 감자를 먹는 것은
땅속의 지진을 먹는 것이다

-정철훈, 「감자」 전문

'감자'에서 거인이 나온다는 것을 우리는 모두 알고 있다. 정말 거인
이란 게 있다면 모든 거인은 겨우 "90센티미터"의 아낙, "절반쯤 땅속
에 묻힌" 감자에게서 나온다. 감자가 감자를 먹고 감자를 낳는 게 세상
이지만, 아주 가끔은 거인을 낳기도 한다. 이발사 아들이 이발사가 되
고, 장의사 아들이 장의사가 되는 게 세상의 이치라지만, 아주 가끔은
거인이 나오기도 한다. 그러므로 "우리가 감자를 먹는 것은" 말 그대로
"땅속의 지진을 먹는 것이다", 폭발이다.
'90센티미터' 아낙의 되똥 걸음과 그녀의 '측량할 수 없는 쓰라림'은
결국 홀로서기의 부산물이지만, 우리가 저 고독의 깊이를 어림하는 것

과는 상관없이 거인을 낳은 진짜 거인이 누구인지 분명히 보여 주는 이 작품에서 '지진의 강도'는 결코 약하지 않다.

"내 습작은 당신을 오독하는 습작"(정철훈, 「다시 찾은 습작 노트-이상^李箱에게 띄우는 편지 풍으로」)이라면서도 "난해라는 당신의 바이러스를 앓고 있었"다고 고백하는 정철훈 시인의 이번 시집은 그 오독의 자의성마저도 '홀로'의 참다운 양상으로 읽히게 만든다. 나는 영원히 '타자(다른 나)가 아님'이기 때문이다.

시단의 중견들인 김왕노 시인과 정철훈 시인의 새 시집에서 '낭만자객'을 떠올린 것은 한편으로는 깊이 없는 은유로 보일 수 있겠지만, 다른 한편으로는 김왕노의 타자 지향과 정철훈의 고독(홀로) 탐색에서 우리는 분명 영원히 사람을 향할 수밖에 없는 낭만주의자들의 날카로운 정신을 보게 된다. 모든 시인은 낭만자객이 되어야 한다.

첫사랑은, 하나에서 무한으로

이재무의 『한 사람이 있었다』

한 소년이 있었다. 그는 4월이 오면 "온 산야를 뛰어다니며/하늘이 멍들도록 소리치고 싶"(「사월이 오면」)은 소년이었다. 세상의 율법을 버리고 한 마리 야생이 되어 미치고 싶은 소년이었다. 하늘 광목 북북 찢어 버리고 세상 울타리 마구 짓밟아 버리고 함부로 죄를 낳고 싶은 소년이었다.

소년은 꿈틀대는 생명의 본능 그 자체였다. 분자운동과 세포호흡의 근본에 충실한 인간, 생명이 지시하는 유기체의 기계적 운동에 충실한 인간이었다. 인간의 윤리가 아니라 생명의 법칙을 따라 소년은 꽃불로 활활 타올라 봉두난발 마구 날뛰고 싶었다.

그렇다면 소년만 그런 것이 아니다. "그녀는 자전거를 잘 탔다".(「푸른 자전거」) 그녀의 자전거가 지나가면 길가 풀잎들은 기립박수를 쳐 대고, 나뭇잎들은 환호작약하며 하얗게 몸을 뒤집었다. "그녀의 자전거는 세상의 얼룩을 닦는 수건이었다". 그녀로 인해 세상은 잘 닦은 유리창처럼 빛났다.

열여섯 소녀가 안장 위에서 웃는 웃음소리는 종소리처럼 공중에 파문을 일으켰다. 온 세상 열여섯 살이 되어 맑고 높게 빛나는 순간이었다. 소년과 마찬가지로 소녀도 한 생명이 모든 생명을 낳는 절정을 구가하고 있었다. 사랑은 하나에서 무한으로 나아가는 생명의 행진이다.

그러나 소년과 소녀는 달랐다. 소년은 함부로 죄를 낳고 싶었지만, 소녀는 생명의 푸른 자전거로 세상의 얼룩을 닦았다. 소년은 야수가 되어 온 산야를 뛰어다녔지만, 소녀는 자신의 푸름으로 세상을 맑고 맑게 빛내었다. 소년의 운동성과 소녀의 정숙성 사이에서 희비가 교차한다.

어둠이 빠르게 마을의 지붕을 덮어오던
그해 겨울 늦은 저녁의 하굣길
여학생 하나가 교문을 빠져나오고 있었다.
마음의 솔기가 우두둑 뜯어졌다.
풀밭을 흘러가는 뱀처럼 휘어진 길이
갈지자걸음을 돌돌 말아 올리고 있었다.
종아리에서 목덜미까지 소름 꽃이 피었다.
한순간 눈빛과 눈빛이 허공에서 만나
섬광처럼 길을 밝히고 가뭇없이 사라졌다.
수면에 닿은 햇살처럼 피부에 스미던 빛
고개 들어 바라본 하늘엔
밤의 상점처럼 하나둘씩 별들이 켜지고
산에서 튀어나온 새 울음과

땅에서 돋아난 적막이 길에 쌓이고 있었다.

말없이 마음의 북 둥둥, 울리며 걷던 십 리 길

그날을 떠나온 지 수 세기

몸속엔 홍안의 소년 두근두근, 살고 있다.

-「첫사랑」 전문

또한 어쩌랴. 소년과 소녀는 다르지 않은 것을. 생명으로 생명을 입고 생명이 된 소년과 소녀는 '첫사랑'으로 이미 하나의 소리 하나의 빛을 발한다. 종아리에서 목덜미까지 소름 꽃이 피고, 한순간 허공에서 눈빛과 눈빛이 섬광처럼 마주쳤다. 그 빛은 비록 오래 머물지 않았으나, 몸속에는 '수 세기'를 이어 두근두근 살고 있다.

첫사랑은 첫 번째 사랑이 아니라 모든 사랑이다. 첫사랑의 절대적 위엄을 이 작품은 완전히 입체적으로 구현하고 있다. 섬광 같은 첫사랑 앞에서 뱀처럼 휘어진 길은 갈지자걸음을 돌돌 말아 올리고, 하늘엔 밤의 상점처럼 하나둘씩 별들이 켜지고, 산에서 튀어나온 새 울음과 땅에서 돋아난 적막이 길에 쌓이는 모순된 상황이 실현되었다.

천지만물이 소년과 소녀의 첫사랑 앞에서 머리를 조아린다. 시간은 저녁에서 한밤으로 수 세기를 흘러가고, 공간은 교문 앞에서 휘어진 십 리 길을 따라 밤하늘 별들로 무한히 이어진다. 첫사랑은, 하나에서 무한으로 펼쳐진다. 사랑은 절대적 하나이며, 무한히 영원하다. 그러므로 첫사랑은 거룩하다.

한 사람 속에 만인이 있습니다

분열자의 산책

한 사람 속에 세계가 있습니다

한 사람을 만나면 천하를 얻고

한 사람을 보내면 세계가 사라집니다

새벽이슬마다에 별꽃이 피듯

한 사람 안에 만인이 피어납니다

사랑은 한 사람을 사는 동안

만인을 피우는 일입니다

-「한 사람2」 전문

연전에 간행한 그의 산문집 『괜히 열심히 살았다』에서 이재무는 "이
념으로 목에 핏대 세우며 만난, 그 많은 동지며 친구들은 지금 다 어디
갔는가?" 탄식하면서 "사람의 정이 이념보다 힘이 센 것"이라 토로한
적이 있다. 자신과 정치적 성향이 많이 다른 대선배 오세영의 '푸른 고
집'을 사랑한다며 이념이 아니라 정으로 만난 정인들이 다툼 끝에 헤어
진 경우를 들어 본 적이 없다고도 했다.
   그러니 사랑이야 오죽하겠는가. "한 사람 속에 만인이 있다"는 시행
의 지시적 의미를 오해할 사람은 없다고 믿는다. 사랑을 했거나 사랑을

하고 있는 사람이라면 그 하나의 상대에게 실로 만인이 있음을 안다. 사랑에는 한 사람이 만인이 되는 역설이 있다. 또한 온 세상이 한 사람 속에 있고, 천하가 그에게 속한다. 그러므로 "사랑은 한 사람을 사는 동안/만인을 피우는 일"이 되는 것이다.

이재무 신작 시집 『한 사람이 있었다』에는 무려 여든세 편의 사랑 시편이 담겼다. 스스로 말하듯 논리적 합리적 이성적 지성이 아니라 격정적 돌출적 일탈적 성격에서 오는 가감 없이 솔직하고 순정한 시편이다. 시인이라면 한 번쯤 연시집을 생각한다고는 하지만, 이처럼 일관되고 생동감 있는 사랑에의 탐구는 흔치 않으리라.

가슴속에서
잉걸불 같은 그리움이
일렁일 때마다
휘파람 불며 숨차게, 언덕을
오르내리던 소년
귀밑에서 턱까지
구레나룻 우부룩하게 자랐을 때
선술집 들러 성년식을 치루고
도도하게 취흥에 겨워 잠들었다
깨어나보니
순식간에 세월은 흘러
머리 희끗한 장년이 되어 있었다
그러나 몸속

소녀와 소년은 늙는 줄을 몰랐다

-「소년」전문

「소년」은 이번 시집의 출발점이다. 그리움이 잉걸불처럼 일렁일 때마다 휘파람 불며 숨차게 언덕을 오르던 소년은 아직 늙지 않았다, 머리는 희끗하고 나이는 장년이 되었어도 몸속 "소녀와 소년은 늙을 줄을 몰랐다"고 외치는 시집이 『한 사람이 있었다』이다. 사랑은 늙을 수 없고 결코 늙지 않는다는 유구한 진리를 재확인하는 시집이다. 이재무는 60대 중반에 이른 초로의 시인이지만, 여전히 활기 넘치는 사랑의 소년이다.

무엇이 그를 사랑의 탐구자, 사랑의 예찬자로 만들었을까. 열여섯 살 첫사랑의 기억이 그에게 남겨 놓은 것은 대체 무엇이기에 이토록 솔직하고 순정한 시편을 낳게 했을까. 그는 '운명'이라고 말한다. 운명은 하나의 무기력이자 체념이지만, 동시에 냉혹한 현실이기도 하다. 운명은 인간의 주체성을 다른 데 맡기는 것이지만, 동시에 인간을 솔직하게 하고 순정하게 만든다. 이것이 운명의 윤리학이다.

광대무변 우주 속
하나의 별에서 온 나와
또 하나의 별에서 온 네가
생의 궤도에서 옷깃 스친 뒤
순간을 영원처럼
잊을 듯 차마 못 잊어

선혈 찍어 마음 그리는 것은

내 의지가 아니다

지구별을 다녀가는 나그네

너와 내가 사람을 벗고

숨 탄 곳으로 되돌아가

수억 광년 떨어진 자리에서

무연하게 서로를 반짝이는

그날이 오기까지

그칠 줄 모르고 타오르는

영혼의 외로운 불은

내 신념이 아니다

신이 베푼 가혹한 선물이다

-「운명1」전문

내가 "하나의 별에서 온" 것처럼 "또 하나의 별에서 온 네가" 만약 지구별을 다녀가는 나그네일 뿐이라면, 우리는 모두 광대무변 우주 속을 잠시 스쳐 가는 미물에 불과해진다. 우리의 무기력, 우리의 무능이 우리의 조건이다. 그러므로 우리는 솔직하고 순정해져야 한다.

"그칠 줄 모르고 타오르는/영혼의 외로운 불은" 내가 선택한 게 아니다. 나는 외롭자고 태어난 게 아니라 외롭게 태어났을 뿐이다. 아무리 발버둥 쳐도 인간은 외로움을 벗어날 수 없다. 그것은 '신의 가혹한 선물'이다. 그것이 인간의 운명이다.

사람은 누구나 자신이 알 수 없는 시간, 선택하지 않은 공간에 툭 하

고 떨어진다. 나를 부른 세계는 자신에 대해 아무것도 말해 주지 않는
다. 세계는 거대한 수수께끼다. 알 수 없기에 사람은 사랑으로 살아가
야 한다. 사랑은 사랑 없이는 살아갈 수 없는 인간의 생존 조건이다.

> 나는 돌아가는 중
> 어제도 그제도 돌아가는 데 열중했다
> 태어나서 내가 한 일은 돌아가는 일
> 왔으니 돌아가는 것
> 돌아가는 길목에 벗과 의인
> 강도와 도둑 그리고 천사는 만났지만
> 나는 길에서 쉴 수가 없다
> 돌아가서 말하리라
> 괴롭고 슬픈 일이 있었지만
> 약 같은 위로와 뜻밖의 사랑과
> 기쁨으로 걷는 수고를 덜 수 있었노라
> 나는 돌아가는 중
> 시간의 가파른 계곡을 타고
> 푸른 별, 숨 탄 곳
> 돌아가 나는 마침내 나를 벗으리라

-「돌아간다는 말」 전문

이쯤 되면 이재무야말로 운명론자다. 태어나는 그 순간부터 '돌아가
는 일'밖에 할 수 없는 인간의 운명을 이토록 처절하게 증언하는 시가

또 있을까. "왔으니 돌아가는 것"이다. 그렇다. "괴롭고 슬픈 일이 있었지만" 위로와 사랑과 기쁨이 있어 '걷는 수고'를 덜 수 있었다. 가서, "시간의 가파른 계곡을 타고" 가서, 나는 마침내 내가 숨을 탄 그곳에서 나를 벗을 것이다.

이재무의 이번 시집에는 곳곳에 생의 비애를 알아차린 시인의 번뜩이는 통찰이 나타난다. 사랑으로 사랑을 감싸고, 그것으로 삶을 살아가는 인간의 운명을 솔직하게 바라보고 있다. 그에게 삶은 살아가는 것이 아니라 돌아가는 것이듯, 사랑이란 너와 나를 살아가게 하고 돌아가게 하는 일이다.

이 밖에도 『한 사람이 있었다』에는 많은 사랑의 시편들이 등장한다. 「닥터 지바고」, 「나의 길」, 「몰래 온 사랑」, 「비 오는 날」 등은 장년의 시적 화자가 사랑 앞에서 자신의 모든 꺼풀을 벗어 내고 자신과 솔직하게 대면하는 가운데 솟구쳐 나온 시편들로 보인다.

그러므로 이재무에게 첫사랑은, 하나에서 무한으로 연결된다. 단 한 사람을 위한 사랑이 모든 이를 위한 사랑으로 나아가고, 단 한 순간의 사랑이 영원한 사랑으로 이어진다. 『한 사람이 있었다』는 우리 시단에선 근래엔 보기 드물게 태어난 사랑 탐구이자 사랑 예찬이다.

"숨 탄 곳으로 되돌아가/수억 광년 떨어진 자리에서/무연하게 서로를 반짝이는/그날이 오기까지" 나도 나의 운명 앞에서 머리를 숙이고 겸허히 나를 들여다보아야 하리라. 운명의 윤리학에 경의를 표해야 하리라. 나의 사랑이여.

분열자의 산책

'간격' 사유하기 혹은 '외로움'의 탄생

김경미의 『당신의 세계는 아직도 바다와 빗소리와 작약을 취급하는지』

'구분'은 무엇보다 '나누는 것'이다. 구분 대상이 사람이라면, 그 사람과 다른 사람을 어떤 기준에 따라 나누는 것이 된다. 나누기는 '다름'을 인정하는 방식이다. 외양이든 내면이든 그것의 복합이든 나누기의 기준이 있다는 것은 인간에게 구별 가능한 모종의 인간적 특질이 있음을 시사한다. 인간에게는 인간을 종합하는 인간성 외에도 인간을 나누는 특성도 있다.

마찬가지로 '염소와 양을 구분하는 것'은 둘 사이에 어떤 다름이 있다는 말이 되며, 동시에 이들에게는 유사성이 있다는 말이 된다. 공통점이 전혀 없는 것을 애써 나누기에 우리의 시간은 그다지 넉넉하지 않기 때문이다. 대충 살펴봐도 사슴, 노루와 더불어 이들은 육식을 하지 않는다는 공통점이 있고, 발굽이 있으며, 먹은 음식을 반추한다는 공유지가 있다.

또한 이 둘은 매우 다르다. 이들은 약 400만 년 전 공통 조상에서 갈라졌다. 양은 털이 많아 몸집이 커 보이는 반면 염소는 날씬해 보인다. 양은 꼬리가 아래로 처졌고, 염소는 바짝 서 있다. 발정기가 되면 숫염소는 고약한 냄새를 풍기는 반면 숫양에게는 그런 변화가 없다. 양은 구레나룻이 연상되는 갈기가 있고 염소는 턱수염이 있다. 풍성하지 못한 수염을 가리키는 '염소수염'이라는 단어는 야박한 구두쇠를 연상시키기도 한다.

뿐만 아니다. 양은 온순하고 무리지어 있는 걸 좋아하는데 염소는 호기심이 많고 혼자서도 잘 논다. 양은 가축화가 되면서 대다수에서 뿔이 나지 않게 된 반면 염소는 여전히 뿔이 난다. 그러니까 "염소와 양을 구분하는 방법은//뿔의 있고 없음/화가 났을 때/엉덩이를 쓰는지 머리를 들이받는지"(「구분법」) 등과 같은 '다름'에 따라 '나누기'를 하면 된다.

김경미는 이와 같은 행위를 '구분한다'라고 부르며 이를 '구분법'으로 명명했다. 여기서 놀라운 점은 순간적인 의미론적 도약이다. 양들의 '빽빽이' 붙어 사는 행태와 그 '붙음'을 싫어하는 자신과의 '구분'이 바로 그것이다. 도약은 두 가지다. 하나는 구분 대상의 도약이고, 다른 하나는 구분 기준의 도약이다. 하나는 양과 염소의 구분에서 양(동물)과 자신(인간)의 구분으로, 다른 하나는 빽빽이 붙는 행태라는 외적 구분에서 '간격'이라는 내면적 성향의 구분으로 도약시킨 것이다.

'간격' 사유하기, 이것은 '외로움'의 탄생 근거를 추적하는 일이다. 아니면 외로움을 견디는 존재자의 생존 본능이다. 레비나스는 '있음(존재) être'과 '있는 것(존재자)existant'을 구별한다.[4] '있음'은 '없음'이 없다는 것을

---

4 엠마누엘 레비나스, 같은 책, 34~37쪽.

분열자의 산책

말한다. '무(없음)란 있을 수 없다.'는 베르그송의 결론[5]과 같이 오직 '있음'만이 존재한다. 그 '있음'이 드러날 때 '있는 것'이 된다.

'고독'의 의미에 큰 변화가 일어난다. 이제 고독은 심리적·사회적 현상이 아니라 존재론적 차원이 된다. 고독은 위안의 대상이 아니라 깨달음의 영역이다. '있음(존재)'은 고독하지 않지만, '있는 것(존재자)'은 고독하다. 모든 '있는 것'들은 함께 있지만Miteinandersein 동시에 홀로 서야 hypostase 하기 때문이다. 고독한 존재자들이 함께 모여 있는 세상이 우리들의 세계이다.

따라서 죽음은 고독을 벗어나는 유일한 길이 된다. 외로운 존재자의 홀로서기를 넘어 모든 부정성이 사라진 있음의 차원으로 회귀하는 일이다. 고독의 의미 변화에 이어 죽음 개념에 대한 인식론적 전환이 일어난다.

　　염소와 양을 구분하는 방법은

　　뿔의 있고 없음
　　화가 났을 때
　　엉덩이를 쓰는지 머리를 들이받는지

　　온순이 먼저인지 고집이 먼저인지

　　나와 양의 구분법은

5　앙리 베르그송, 『사유와 운동』(이광래 옮김), 문예출판사, 2001(제1판 제4쇄), 117~118쪽.

양들은 단체로 빽빽이 앉는데

나는

옆구리에 살처럼 찰싹 붙는 거

가방을 싫어해

인질극이 아니라면

멱살 잡을 게 아니라면

간격

화가 났을 때

나이나 반말이나 뿔과 엉덩이 말고

간격을 쓰는 것

제일 좋은 접근법이자 구분법이다

-「구분법」 전문(강조-인용자)

　그렇다. '간격'은 구분법이면서 동시에 접근법이다. 존재자 사이의
간격을 인정하는 것이 그것들을 근원에서부터 인정하는 것이 된다. 존
재자 사이의 접근(사귐)도 구분(다름)도 간격을 두는 데 있다. 김경미에
게 '간격'의 사유는 접근과 구분의 양 축을 따라 그 폭이 유동하면서 만
들어 내는 스펙트럼이 고독의 양상이라는 깨달음이다. 간격이 외로움
의 탄생 근거이다. 외로움은 간격과 함께 탄생한다.[6]

분열자의 산책

하지만 예민한 독자라면 여기서 한발 더 나아간다는 것을 읽어 낼 터이다. '간격'은 몰가치한 존재론적 층위의 '주어진 간격'만이 아니다. 나아가 '의도적인 간격'까지 포함한다. 적극적으로 고독해지기 혹은 당당하게 외로워지기. 수동적으로 외로움을 인정하는 데서 능동적으로 외로움을 찾아가는 데 김경미 사유의 도저함이 있다.

다르게 생각하고 다르게 생활하기, 외롭기 싫지만 외로움으로써 다른 것을 생산해 내는 자가 시인이다. 시인은 외로움을 추구하는 자이고, 시는 그 외로움의 귀결이다. 외로움이 빚어 낸 결실(시)이 극한에 이르러 이 세상에 새로운 감각(인식) 하나를 선사한다. 하나의 단어, 한 줄의 시행 끝에 떨어질 듯 말 듯 간신히 매달려 인간의 감각 지평을 한 단계 넓혀 주는 것이 시이다. 그것이야말로 고독한 존재자의 위엄이라는 전언이 「구분법」에 보인다.

스물두 살인가
그해 겨울 친구들은 나를 사이다라고 불렀다
내가 그렇게 청량하거나
톡 쏘며 발랄하거나 시원하거나 달착지근해서가 아니라
늘 소화가 안 된다면서 자주 사이다를 마셨기 때문이었다

어떤 옷도 표정을 소화하지 못했다
손은 그럴 필요가 없는 것들만 잡았다

---

6 레비나스는 '고독'이라는 단어에서 일체의 심리적·사회적 물기를 제거하고자 했지만, 그 철학적 의도와 상관없이 고독은 외로움과 상관적이며 흔히 슬픔이나 괴로움으로도 연결된다.

한 남자는 일 년째 날마다 전화를 걸어
전화기 고장 신고하신 분이죠?
어떤 여자 이름을 댔고

어느덧 그 이름이
내 이름 같았다

이십 대가 십 대를 소화하지 못하면
삼십 대가 전 생애를 소화하지 못하리란 건
분명한데

사이다도 소화하지 못한 이십 대의 목에
따갑게 따갑게
매일 불이 붙었다

-「사이다」 전문

'사이다'는 김경미라는 존재자의 고독의 뿌리를 함축한다. 친구들과 구별되는 아이콘 '사이다'로 하여 '사이다'로 불린 청년. 청량함, 시원함, 달착지근함이라는 개념에 소화제라는 의미를 추가하며 '사이다'의 외연을 확장시킨 사람. 다른 이들보다 소화에 부담을 가진 그녀는 음식만이 아니라 다른 것들까지 잘 소화시키지 못했다. "어떤 옷도 표정을 소화하지 못했다/손은 그럴 필요가 없는 것들만 잡았다".
　외로움의 탄생이 보인다. 그녀는 소화할 수 없는 다름(옷)을 거부했

　　　　　　　　　　　　　　　　　　　　分裂者의 散策

지만, 끝내 몸은 소화 불량이라는 생물학적 다름을 강요했다. 통제되지 않는 다름의 불규칙한 운동에서 외로움이 탄생했다. 수신자를 찾지 못해 1년 동안 이어진 '한 남자'의 엇갈린 신호음, 그 끝에서 "어느덧 그 이름이" 내 이름이 되는 외로움이 탄생했다. 「사이다」에는 외로움이 외로움을 낳고, 그것들이 서로 외로움을 양산하면서 '전 생애'가 외로움에 이르는 존재론적 인식이 드러난다.

　　죽은 사람 취급을 받아도 괜찮습니다

　　살아 있는 게 너무 재밌어서
　　아직도 빗속을 걷고 작약꽃을 바라봅니다

　　몇 년 만에 미장원에 가서
　　머리 좀 다듬어 주세요, 말한다는 게
　　머리 좀 쓰다듬어 주세요, 말해 버렸는데

　　왜 나 대신 미용사가 울었는지 모르겠습니다

　　잡지를 펼치니 행복 취급하는 사람들만 가득합니다
　　그 위험물 없이도 나는
　　여전히 나를 살아 있다고 간주하지만
　　당신의 세계는
　　어떤 빗소리와 작약을 취급하는지

오래도록 바라보는 바다를 취급하는지
여부를 물었으나

소포는 오지 않고

내 마음속 치욕과 앙금이 많은 것도 재밌어서
나는 오늘도
아무리 희미해도 상관없습니다

나는 여전히 바다 같은 작약을 빗소리를
오래오래 보고 있습니다

-「취급이라면」 전문

'취급해도 좋고 취급하지 않아도 좋습니다. 이렇게 취급해도 좋고, 저렇게 취급해도 좋습니다.' 김경미의 이번 시집 표제작이라고 할 수 있는 「취급이라면」은 이처럼 '취급'으로부터 자유로워짐으로써 고독을 유랑하는 한 존재자의 자유의 표정이 실감 나게 그려지고 있다. 그 극점에는 "죽은 사람 취급을 받아도 괜찮습니다"라는 완전히 현상학적인 사유가 번뜩이고 있음은 물론이다.

진정한 자유는 고독으로부터 벗어나는 것인지 모른다. 홀로서기의 고독 속을 살아가는 인간에게 죽음은 자유를 향한 유일한 길일 수 있다. 그러나 김경미는 "살아 있는 게 너무 재밌어서" 빗속을 걷고 작약을 바라본다. '머리 다듬어 달라'는 말과 '머리 쓰다듬어 달라는 말'을 뒤섞

분열자의 산책

어 쓰더라도 아무런 불편을 겪지 않는 초탈한 마음이 있다. 그러므로 내가 아니라 미용사가 울어도 괜찮고, 또한 누가 울어도 괜찮다.

물론 '행복'을 취급하는 사람들처럼 나도 행복하면 좋겠지만, 꼭 그렇지 않더라도 나는 "여전히 나를 살아 있다고 간주"한다. 마음속에 치욕이나 앙금 같은 것이 있어도 상관없다. 나는 다만 "바다 같은 작약을 빗소리를/오래오래 보고 있"으면 된다. '당신의 세계는 아직도 바다와 빗소리와 작약을 취급하는지' 알고 싶지만, 그렇기를 바라지만, '아무리 희미해도' 상관없다. 세상은 그런 것이다. 불일치와 불규칙과 불행이 자신의 상대어를 따로 가지지 못하는 세상, 그것이 우리가 살고 있는 세계이다.

고독의 의미를 탐색하며 외로움의 탄생에 주목한 김경미의 이번 시집에는 수많은 번뜩이는 이미지들이 보인다. 가령 「약속이라면」("내가 고독해서 얼마나 재밌는지를 알면"), 「사슴과 엽총」("고민한다 사슴 같던 그녀"), 「노노노!」("당신을 찾아서/역 안을 아직도 헤맨다"), 「달걀 빌리러 가기-C 시인께」("나 외로워, 하면서요") 등에 보이는 날카로운 사유는 "이 블랙 유머가 흘러나오는 곳을 찾아 계속 거슬러 올라가면 그 끝 어둡고 깊은 곳에서 홀로 쪼그리고 앉은 지독한 고독을 마주하게 될 것"이라는 김기택의 말[7]을 새삼 확인하게 된다.

또한 이런 것은 어떤가,

1. 버스 뒷좌석에 앉은 중학교 2학년생처럼

---

7 김기택, 「추천의 말」, 『당신의 세계는 아직도 바다와 빗소리와 작약을 취급하는지』(김경미 시집), 민음사, 2023(1판 1쇄), 142쪽.

2. 인생살이 다사다난했던 40대처럼

3. 베란다 유리창 밖 지나가는 행인처럼

4. 두 개의 신체와 영혼, 도플갱어처럼

5. 쏜살같은 바퀴벌레 만난 듯이

6. 다중인격자의 가족처럼

7. 손가락만 한 전철표처럼

8. 문자 받았는데 일주일째 안 읽는 사람처럼

9. 문자 보냈는데 일주일째 안 읽는 애인을 둔 사람처럼

10. 길고양이의 세모 귀처럼

11. 생방송 뉴스 앵커의 귀 뒤에 꽂힌 마이크처럼

12. 탤런트 되고 싶었는데 되지 못한 사람처럼

13. 고무장갑 찝어 놓은 주방 집게처럼

14. 소매 길이처럼

15. 80년된 냉면 전문점처럼

16. 비행기 관제사처럼

17. 글썽글썽 글성(成)글성(별) 말장난

18. 백지수표처럼

-「라디오작가 글쓰기 강의 목차」 부분

푸코가 인용한 보르헤스의 '어떤 중국 백과사전'[8]에 육박하는 불규칙
하고 예측 불가능한 '라디오작가' 되기 프로그램이다. 이 모든 강의를

---

8 미셸 푸코, 『말과 사물』 7쪽.

분열자의 산책

이수하여 작가가 되느니보다 어느 하나도 수강하지 않는 것이 차라리 수월한 방법이 될 듯하다. 작가가 되는 길에 규칙이 있을 수 있겠는가. 시인이 되는 길을 어떻게 규칙화할 수 있겠는가.

그렇지 않은가. 다름의 또 다른 표현인 '간격'이야말로 우리 고독의 조건이지만, 바로 그것이 있기 때문에 이토록 다른 것들의 만화경이 자유롭게 펼쳐지는 것 아니겠는가. 그렇기 때문에 우리는 지독한 고독 속에서도 이번 생을 긍정할 수 있는 것 아니겠는가.

'한 사람'을 위한, '한 사람'

이은규의 『무해한 복숭아』

복숭아를 생각한다. 황도, 백도, 천도복숭아… 불로초, 불수감佛手柑, 석류와 함께 불로장생 신선이 날마다 먹는 과일… 이가 약한 늙은 부모님께 숟가락으로 떠 드리면 좋은… 때로는 달고 부드럽고, 때로는 쌉싸름하고 씹는 맛이 일품인… 보들보들 까끌까끌 고운 솜털… 한여름 무더위 속에서도 한 입 깨물면 입안에 맑은 물소리를 내며 향기를 내뿜는 수밀도.

복숭아를 떠올리면 맛있다, 먹고 싶다, 드리고 싶다, 나누고 싶다, 따뜻하다, 다정하다, 부드럽다, 달콤하다, 촉촉하다, 시원하다, 맑다, 깨끗하다, 편안하다, 행복하다와 같은 단어들이 연이어 생각난다. 언제나 어디에서나 결코 '무해하지 않은' 복숭아와 함께 우리는 오랜 동안 만나고 이야기하고 먹고 헤어지며 살아왔다. 우리에게는 복숭아와 함께했던 점심과 복숭아로부터 시작된 오후의 산책이 있고, 복숭아가 찾아온 아침과 복숭아를 보낸 저녁이 있다.

그렇기에 복숭아에게 '무해하다'라는 말을 붙이는 것 자체가 세간의 상식에 반하는 일종의 형용모순에 가깝다고 말할 수 있다. 유해有害와는 아무런 상관이 없는 복숭아에게, 그것의 상대어인 '무해'를 말함으로써 없어도 될 전제를 만들어 내기 때문이다. 여기서 모든 식물에는 약과 독이 공존한다느니, 세상 어떤 것도 인체에 전혀 해롭지 않은 것은 없다느니 하는 말은 않기로 하자. 약학이나 독성학toxicology을 얘기하는 자리가 아니라 시를 읽는 순간이니 말이다.

「복숭아 라이브 드로잉」에 따르면 이은규가 복숭아에게 '무해하다'고 말한 것은 '응원하기' 위해서이다. "무럭무럭 차오르는, 물큰"한 복숭아를 응원하기 위해 그 마음 그대로 "드로잉이 끝날 때까지" 그 자리에 머물러 응원하기로 한 것이다. '한 사람'이 자리를 떠나도 '나'는 자리를 지켰다! 그 사람과 같은 생각을 떠올리지 않았기 때문이다. 당연한 얘기지만 자리를 떠난 '한 사람'과 자리를 지킨 '나' 사이에 생각의 차이가 있고 복숭아는 그 '생각'의 차이를 상징한다.

　　무언가 갑자기 떠오른 사람처럼 한 사람이 자리를 떠났다 같은 생각을 떠올리지 않은 나는 자리를 지켰다 열두 번째 나무 아래 오래 서서 복숭아 열매를 바라보았다 천천히 차오르는 생각 혹은 열매, 펜을 들고 있지 않았지만 복숭아 라이브 드로잉은 계속되었다 드로잉이 끝날 때까지 그 자리에 머물러야만 할 것 같았다 무해한 복숭아를 응원하기 위해 무럭무럭 차오르는, 물큰

-「복숭아 라이브 드로잉」 전문

"천천히 차오르는 생각 혹은 열매"는 떠남과 지킴을 표상하고, 이 둘의 날카로운 차이를 생각하게 하고 차오르게 하며, 마침내 존재의 이쪽과 저쪽을 나누고, 이쪽의 존재와 저쪽의 존재까지 구별해 준다. '한 사람'과 한 '한 사람'은 이렇게 멀고 다르며, 그들은 세상의 이쪽 끝에서 저쪽 끝까지 무한히 펼쳐져 있다. 이런 펼쳐짐의 현장성, 이런 무한함의 실재성이 바로 '라이브 드로잉'의 진정한 내포일지 모른다.

그런데 이 작품의 놀라움은 나누기와 구별에 목적을 두지 않고, '라이브 드로잉은 계속되었다'고 말하는 데 있다. 존재의 무한한 펼쳐짐을 그 자체로 긍정하는 '계속' 혹은 '지속'의 영원성이 보인다. 만일 복숭아가 맛있는 과일이나 청량감을 주는 음식에 그치지 않는 '무해함'의 근거가 될 수 있다면, 나누기와 구별을 넘어서는 '복숭아 라이브 드로잉'은 계속될 것이기 때문이다. 그러므로 복숭아는 '라이브'와 함께 '무해'하다.

이은규의 세 번째 시집 『무해한 복숭아』는 이처럼 '한 사람'의 의미를 묻고 답하고 되묻는 '다른 한 사람'에 대한 시적 성찰로 가득하다. 물론 그 성찰은 고답적 언사나 사변적 진술이 아니라 과일과 음식과 식물들의 무한한 천변만화를 통해 드러난다. 마치 살아 꿈틀대는 천 가지 존재의 만 가지 변화를 표상하는 듯 때로는 달고 부드럽고, 때로는 쌉싸름하고 씹는 맛이 일품인 시편들로 나타난다.

보자, 「터키 아이스크림」과 「수박향, 은어」, 「살구」, 「카스텔라의 건축」, 「나와 너와 귤과 탱자」, 「납작복숭아」, 「밤의 포춘 쿠키」, 「수플레 팬케이크」, 「청귤」, 「밤의 크루아상과 토끼」, 「붉은 점박이 호박」, 「찰리와 초콜릿 공장」, 「복숭아 라이브 드로잉」까지 상큼한 과일 향과 고소한 쿠키의 내음이 물씬하다. 또한 '수국', '초원', '섬', '목화', '자몽망고튤

립', '후추나무', '숲', '자작나무'가 하늘하늘 무성하고, '키위'가 날고 '어
린 양'은 분홍 발굽으로 사뿐사뿐 걸으며 '말'은 곁눈가리개를 풀자 뜨
거운 콧김을 뿜어낸다.

　　살구나무 그늘에 앉아 생각한다

　　손차양, 한 사람의 미간을 위해
　　다른 한 사람이 만들어준
　　세상에서 가장 깊고 가장 넓은 지붕

　　그 지붕 아래서 한 사람은
　　한낮 눈부신 햇빛을
　　지나가는 새의 부리가 전하는 말을
　　부고처럼 갑자기 들이치는 빗발을
　　오래 바라보며 견뎠을까, 견딤을 견뎠을까
　　한생이 간다 해도 온다 해도 좋을

　　이제 한 사람은 없고
　　긴 그늘을 얼굴에 드리운 한 사람만 남았다
　　살구나무는 잘 있지요
　　안 들리는 안부는 의문문과 평서문 사이에 있고
　　살구꽃말은 수줍음 또는 의혹

남은 한 사람의 과제는
살구라는 여린 이름에 대해 생각해보는 것
그 이름 안쪽에 누군가 숨겨놓은 비밀비밀
살구殺狗, 나무에 개를 매달아 손님께 살뜰히 대접하자
다음 해 하양과 분홍을 다투며
꽃들이 만발했다는 오래된 이야기
나무의 기억들이 나이테에 새겨지듯

수줍음과 의혹으로 가득 찬 페이지는 무겁다

때로 어떤 예감은 법칙보다 서늘하고
저 새는 왜 오래된 이야기를 물고 왔을까
후드득 살구 한 알이 땅에 떨어지는 순간

먼 속삭임들, 닿을 텐데 닿을 것만 같은데

-「살구」 전문

　모든 시가 그렇듯, 8연 27행의 이 작품에는 참으로 많은 서사가 들어있다. '한 사람'의 미간을 위해 '다른 한 사람'이 만들어 준 "세상에서 가장 깊고 가장 넓은 지붕" 손차양이 있고, 그것으로 인해 환기되는 다정하고 따뜻한 교감이 있다. 이 교감 속에서 '다른 한 사람'은 '한 사람'의 견딤을 생각한다. 그/그녀는 "견딤을 견뎠을까".
　그러나 "이제 한 사람은 없고/긴 그늘을 얼굴에 드리운 한 사람만 남

　　　　　　　　　　　　　　　　　　　　　　분열자의 산책

았다". 한 사람이 없으니 "살구나무는 잘 있지요" 하는 안부는 의문문인 동시에 평서문이다. 질문의 대상을 상정해야 하는 의문문에서 그 대상을 소거하고 나면 결국 남는 것은 자문자답의 평서문이 된다. 살구나무 그늘에 앉아 '한 사람'을 생각하는 '다른 한 사람'의 내면 풍경이 쓸쓸하다.

그리고 '다른 한 사람'은 살구꽃말 '수줍음 또는 의혹'을 따라 수수께끼를 풀어간다. '살구'라는 여린 이름 안쪽에 무엇이 있을까. 어쩌면 그것은 무시무시한 살구殺狗? 손님 대접을 위해 죽임을 당한 개가 떠나고 난 이듬해 "하양과 분홍을 다투며" 꽃들이 만발했다는 이야기는, 나무의 기억이 나이테에 새겨지듯 마음속 깊이깊이 지울 수 없는 심연에 각인된다.

그러므로 살구꽃말은 '수줍음 또는 의혹'이 아니라 '수줍음과 의혹'이 된다("수줍음과 의혹으로 가득 찬 페이지는 무겁다"). '한 사람'과 '다른 한 사람'의 교감 속에 수줍음이 있고, '한 사람'의 떠남과 '다른 한 사람'의 남음이라는 현실 속에 의혹(문)이 있다. 수줍음을 지나온 풀리지 않는 의문은 무겁기만 하다. 또한 안타깝기만 하다. 어쩌면 좋은가. "먼 속삭임들, 닿을 텐데 닿을 것만 같은데".

「살구」는 이처럼 다정하고 따뜻한가 하면, 안타깝고 궁금한 서사로 가득하다. 이는 또한 이은규의 이번 시집을 '한 사람'을 위한, '한 사람'의 내면이 수많은 이야기로 펼쳐지는 '사랑방 연가'로 느껴지게 만든다. 그것은 초승달을 '밤의 크루아상croissant'이라 명명하는 이의 마음이기도 하다. "아무리 노크를 해도 이제는 열리지 않는/한 사람의 마음을 가만히 떠올려" 보는 마음 말이다. 달은 저 멀리 「정읍사」에도 보이는 대로 그것이 비추는 넓이만큼 멀리 떨어져 있는 이들의 교감의 채널이다.

밤 산책합니다
하늘엔 노란 크루아상이 걸려 있어요
초승달이라는 이름의 빵을 좋아했던 사람

문득 인간은 포유류
따뜻하게 데운 흰 우유와 설탕 알갱이

울고 싶지만 우는 법을 잊어버렸다고요
나는 오지 않는 잠을 기다리다
마중 나오는 일이 자주 있습니다

아무리 노크를 해도 이제는 열리지 않는
한 사람의 마음을 가만히 떠올려봅니다
있는 그대로 바라볼 줄 안다는 건 어른의 일입니까
나는 아직 어른이 되지 않겠습니다

-중략-

저만치 그림자를 드리우고 서 있는 사람은 누구입니까
내 눈에만 보이는 검은 얼룩, 얼룩들

분열자의 산책

토끼가 해맑게 웃으면 웃고

찡그리면 찡그리는 동안

토끼도 나도 점점 알 수 없는 표정이 되어가네요

―「밤의 크루아상과 토끼」 부분

크루아상은 언제나 초승달이고, 그곳에는 예나 이제나 토끼가 살며 토끼와 함께 오래도록 우리들의 이야기가 오가는 채널이다. 초승달이 있어 '한 사람'과 들리지 않는 대화를 주고받을 수 있고, 크루아상이 있어 나이테처럼 사라지지 않는 기억을 꺼내 볼 수 있다. 그러므로 "나는 아직 어른이 되지 않겠습니다"라는 말은 '한 사람'의 열리지 않는 마음을 열린 마음으로, 혹은 부재를 존재로 치환시키는 시적 역설이 된다. 따라서 그 사람은 "내 눈에만 보이는" 사람이다.

그러면 어떤가, '한 사람'은 곳곳에 이렇게 많은데… "한 사람의 눈동자보다 깊은 수심은 없어, 어디에도"(「수박향, 은어」), "한 사람만 결석한 한 사람의 생일"(「카스텔라의 건축」), "오늘의 한 사람은/어린 양입니까 인간입니까"(「밤의 하얀」), "한 사람의 마음만 계속되기 때문일지도 몰라요"(「명랑한 달리기」), "한 사람의 입김에만 꽃 피우는 나무"(「납작복숭아」), "고개 젓는 한 사람 세상의 모은 꽃들이 피어나기를 기다리는 중입니다"(「자몽망고튤립」), "한 사람의 이름을 발음할 때마다"(「후추나무 아래서 재채기 참기」), "한 사람이 속삭이며 건네주던"(「자작나무 모빌」), "한 사람과 다른 한 사람으로 돌아간다"(「춘분」)… 실로 '한 사람'은 무궁무진하다.

그러므로 '한 사람'은 결국 '수많은 한 사람'이라는 데 『무해한 복숭아』가 포함하고 있는 안타까움과 역설적인 아름다움이 있다. 이은규의 이번 시집이 '사랑방 연가'를 넘어서는 어떤 비극적 보편성에 도달하고 있다면, 그것은 아마도 수많은 '한 사람'을 위한, 단 '한 사람'의 낮고 조용하고 뜨거운 사랑의 시편이라는 데 있을 듯하다. 때문에 복숭아만 아니라 세상 모든 것은 무해하며, 그것이 무해하다는 사실을 통찰한 데 이번 시집의 미덕이 있다.

모든 생성을 긍정하는 사유의 진경

이명윤의 『이것은 농담에 가깝습니다』

생성과 긍정의 윤리학

가령 '영원히 회귀하는 것'이 있다고 하자(보편적 영원회귀). 삶이 죽음으로 나아가고, 죽음이 또한 삶을 낳는다고 생각해 보자. 아버지가 간 길을 어머니가 따라가고, 어머니가 걸어간 길을 아들과 딸이 뒤따른다고 하자. 마찬가지로 아들이 딸을 낳고, 딸이 아들을 본다고 하자. 이것은 끝없는 사람의 길, 삶도 죽음도 영원히 회귀한다. 그러므로 삶을 고통으로 여기는 만큼 죽음을 기뻐해야 하며, 죽음을 슬퍼하는 만큼 삶을 기쁨으로 느껴야 한다는 당위가 성립한다.

이것은 긍정이다. 무한한 긍정이자 대긍정이다. 삶도 긍정이고 죽음도 긍정이듯 모든 '일어나는 일(혹은 생성)'은 긍정이다. 여기서 긍정은 윤리적 함의를 넘어 물리적 차원에 도달한다. 생성의 존재론이자 사건의 철학은 이 세상에 일어나는 모든 것을 긍정하는 사유이다. "물리적

이론으로서의 영원회귀는 생성의 존재를 긍정한다."(들뢰즈) 사람이 생성이고, 소와 말과 돼지와 양이 생성이고, 바퀴벌레와 파리와 모기가 생성이고, 바람과 물과 바위와 산이 생성이고, 행성과 항성과 은하수가 또한 생성이다.

생성을 긍정한다는 것, 일어나는 것들의 '일어남'을 존재의 근거로 삼는다는 것은 다시 인간의 윤리학으로 돌아온다. 새벽 어시장의 소란스러운 풍경을 긍정하고, 상자에 담겨 던져지는 생선을 긍정하고, 소라와 멍게와 개불과 해삼을 긍정하고, 그것을 감각하는 사람들의 시선을 긍정하는 윤리학이다. 사람을 긍정하고 사람살이를 긍정하는 일이다. 그것은 대립을 해체하는 긍정, 부정적인 것들을 모두 부정하는 긍정이다.

그러므로 생성의 윤리학은 '생성'을 선택하는 일이다. 우리는 죄악의 생성을 선택하지 않고, 죄악의 반성을 선택한다. 폭력의 생성을 선택하지 않고, 폭력의 다스림을 선택한다. 가난과 질병과 전쟁의 생성을 선택하지 않고, 그것들로부터 삶을 긍정으로 이끄는 생성을 선택한다. 이것이 생성의 윤리학이 가진 대긍정의 원리이다. 생성의 윤리학은 긍정의 윤리학이다. 이명윤의 작품이 보여 주는 조용하고 따뜻하고 웅숭깊은 긍정의 세계는 자신에게 일어난 모든 생성들을 자신의 시적 윤리학으로 선택한 데서 온다.

　　이렇게 함께 누워 있으니
　　비로소 운명이란 말이 완전해집니다

　　당신을 향한 모든 절망의 말들이 내게로 와

흰 눈처럼 쌓이는군요
나는 철없는 신부처럼 아름다운
죽음을 얻어 살아 있습니다

가장 적극적인 자세의 천장이
지켜보는 봄날의 오후,
문밖에는 꽃과 새들과 바람이 서성이다
돌아가겠지요

전신 거울을 볼 수 있을까요
공원 호숫길도 궁금한 날
멀뚱멀뚱 나는 두 눈을 뜨고
거룩한 당신이었다가
우스꽝스러운 나입니다

이것은 농담에 가깝습니다
나는 나로부터 멀리멀리 걸어가야 합니다
자꾸만 삶을 향해 흔들리는 나를 잊으려
당신을 따뜻하게 안습니다

그러니까 질문은 받지 않겠습니다
죽음이 슬픔을 우아하게 맞이하도록,

태도는 끝까지 엄숙하게,

-「수의」전문

　이번 시집의 표제 시구를 포함하고 있는 이 작품은 그에 어울리는 이명윤식 긍정의 윤리학을 선명하게 보여 준다. 삶과 죽음의 대립을 무너뜨리며 절망과 희망, 슬픔과 기쁨의 경계를 넘어 운명의 의미를 긍정으로 이끈다. "나는 철없는 신부처럼 아름다운/죽음을 얻어 살아 있습니다". 여기선 '철없는 신부'도 아름답고, '죽음'도 아름답다. 죽음이 아름다운 것은 삶과 분리되지 않는 하나로 인식된 때문이다. 이명윤이 수의에서 본 것은 절망과 슬픔과 죽음을 넘어서는 생성과 긍정의 힘이다.

　물론 가벼이 넘겨서 안 될 점은 그 힘은 어디까지나 절망과 슬픔과 죽음을 매우 혹독하게 겪은 뒤에 얻을 수 있다는 사실이다. 더이상 절망할 수 없을 때까지 절망하고, 더는 슬퍼할 수 없을 때까지 슬퍼한 다음에라야 경계를 넘어설 수 있는 것이다. "모든 절망의 말들이 내게로 와"라든가 "거룩한 당신이었다가/우스꽝스러운 나입니다"나 "죽음이 슬픔을 우아하게 맞이하도록"과 같은 표현들은 「수의」에 보이는 도저한 역설적 사유이다.

　이와 같은 사유에 깊이를 더하는 시적 장치는 무엇보다 색色이다. 수의와 '흰 눈'과 '철없는 신부'로 표상되는 백색의 이미지가 작품 전반에 관류하고 있다. '흰 색'과 그에 상반되는 죽음의 표정들을 겹침으로써 비극성을 극대화시키고 있다. 또한 여기에 봄날 오후를 서성이는 "꽃과 새들과 바람이" 삶과 죽음을 통섭하는 사유의 시적 형상화를 날카롭게 만들어 주고 있다.

분열자의 산책

슬픔을 넘어서는 긍정의 힘은 무엇보다 슬픔의 원인에 대한 인식론적 전환에서 온다. 죽음은 절대적 단절이 아니라, "자꾸만 삶을 향해 흔들리는 나"를 이끌어 "당신을 따뜻하게 안"게 하는 것이다. 심지어 나는 '죽음을 얻어' 살아 있는 존재이다. 그렇지 않은가. 삶에서 삶이 오고, 죽음에서 죽음이 온다. 삶과 죽음은 인간 존재의 동일한 두 양상이다.

때문에 "이것은 농담에 가깝습니다"라는 시구는 짙은 페이소스를 유발한다. 그것은 비탄에 빠져 울부짖는 헐벗은 영혼의 고통스러운 표징이 아니라 어떤 탈속의 경지를 표상한다. 그렇기에 '거룩한 당신'은 얼마든지 '우스꽝스러운 나'가 될 수 있는 것이다. 이러한 초월의 차원에 이르러야 "죽음이 슬픔을 우아하게 맞이하도록" 질문을 받지 않겠다고 말할 수 있다. 「수의」에 등장하는 시적 화자의 태도는 "끝까지 엄숙"하면서도 그것을 넘어서는 경지에 도달해 있다.

경계를 넘어선 자유의 표정

이명윤의 시편들은 결국 모든 가치론적 대립들을 넘어 자유를 구가한다. 삶과 죽음, 기쁨과 슬픔, 희망과 절망 등의 이분법적 단절을 넘어 차라리 그것들이 뒤섞이고 혼용되는 지경을 보여 준다. 그것은 엄숙주의가 아닌 엄숙함이자 염세주의가 아닌 비탄이며, 경박하지 않은 기쁨이자 활기 넘치는 생성의 감각이다.

"또 낳았다고" '또순이'란 이름을 얻은 어머니의 삶을 유쾌하고도 애잔하게 전개해 나간 「김우순」은 그런 관점에서 득의의 작품이다. 또순이를 '또 우又' 자를 써서 김우순으로 한역한 면서기의 자의적인 행동도

웃음을 자아내는 일이지만, '김밥-우동-순대'를 파는 시장통 식당 유리
에 붙여 놓은 '김-우-순'이란 머리글자도 생활 현장에서 접할 수 있는
희극적 에피소드이다.

그러나 또순이 김우순 여사는 '우아한 김선녀'나 '품위를 갖춘 김난
초'가 아니었다. 서른아홉에 남편을 잃고, 홀로 삼 남매를 키우고 가르
쳤다. 그리고 "이제 그만 여든을 앞둔 쓸쓸하고/늙은 김우순이 되고 말
았다". 혹독한 신산고초가 그녀를 거쳐 갔고, 그 사이 기력 쇠잔한 노인
이 되었다. 한 사람의 생애가 맞닥뜨린 고단하고 쓸쓸한 역정이 슬프면
서도 슬프지 않고, 우스우면서도 결코 가볍지 않게 펼쳐져 있다.

김해 김씨 김우순 여사의 이름은
본래 또순이였다 또 낳았다고
또순이라 써 놓은 출생신고서를
친절한 면서기가 한자 이름으로 고쳐 준 것
우리 삼 남매는 식당 유리창에
종이로 붙여 놓은 김우순을 볼 때마다
낄낄거리며 웃었고 나는 김밥
둘째는 우동 막내는 순대를 좋아했다
김우순은 골고루 정다웠고 맛있었다
나이가 들수록 우리는 김우순이
저잣거리에 흔한 김우순이 아닌
우아한 김선녀이거나
품위를 갖춘 김난초였으면 하였지만

분열자의 산책

스무 살 김우순은 어느새
남편을 잃은 서른아홉 김우순이 되었고
딸 시집보내는 쉰다섯 김우순이 되었다가
이제 그만 여든을 앞둔 쓸쓸하고
늙은 김우순이 되고 말았다
김우순을 부축하고 시장에 간 날
당신은 문득 걸음을 멈추고
허름한 유리창에 적힌 글자를 보며 말했다
이 가게 참 오래도 한다,
평생 김우순을 버리지 않았고
한 번도 김우순을 넘어서지 않은
아름다운 두 김우순을 위하여
나는 반갑게 식당 문을 열었다
김밥, 우동, 순대, 만세!

-「김우순」 전문

「김우순」을 득의의 작품으로 부를 수 있는 근거는 마지막 행에 있다.
"김밥, 우동, 순대, 만세!" 생의 당당함, 인간의 자부심, 거리낄 것 없는
당당한 생활인의 거침없는 포효 같은 이 시행을 통해 일견 재미있는 이
야기가 포함된 시에 그쳤을지 모르는 작품을 '경계를 넘어선 자유'의
경지로 끌어올려 준다. 늙은 김우순 여사 만세, 골고루 정답고 맛있는
김-우-순 만세!
　그렇다면 이명윤은 왜 이런 형식을 취했을까. 자연 대상에의 감정이

입과 물아일체의 고요한 서정을 추구하는 일반적인 시법詩法에서 과감히 벗어날 수 있는 힘은 어디서 왔을까. 그것은 "평생 김우순을 버리지 않았고/한 번도 김우순을 넘어서지 않은/아름다운 두 김우순을 위"한 용기였다. 시인은 지금 '두 김우순'을 완전히 자기화하고 있다. 그런 정서적 고밀도 속에서 대상을 상대화하지 않고 자신의 육성 그대로 "만세!"를 외칠 수 있었다.

시를 '쓰는 사람'이 있고, '받아적는 사람'이 있다. '쓰는 사람'은 미리 구상된 작의에 따라 소재와 제재와 주제를 자르고 붙이고 가공한다. 작품을 일종의 계획의 소산으로 만드는 이런 시인들에게 시는 어디까지나 의지의 소산이다. '받아적는 사람'은 시가 찾아올 때까지 기다린다. 시를 향한 열망을 품은 채 언제 만날지 알 수 없는 시신詩神을 기다리고 기다린다. 이런 시인들에게 시는 언제나 우발적인 만남의 한순간에 나타난다.

형식의 측면에서 「김우순」이 보여 주는 파격적인 일탈은 '쓰는 사람'이라면 찾지 못했을 '한순간의 만남'을 시사한다. 의지의 투영이 가능한 기법적 일탈이 아니라 오히려 비유나 과장이 사라진 일상어가 그것의 결과이기 때문이다. "김밥, 우동, 순대, 만세!"는 기법적 표현이 아니라 선행한 시행들과의 호응 속에서 뜻밖의 일탈이 초래된 것이다. 「김우순」은 이명윤을 '받아적는 사람'으로 만들어 주고 있다.

그날 복지사가 무심코 내뱉은 한마디에 노인이 느닷없는 울음을 터뜨렸을 때 조용히 툇마루 구석에 엎드려 있던 고양이가 슬그머니 고개를 들고 단출한 밥상 위에 내려놓은 놋숟가락의 눈빛이 일순 그

렁해지는 것을 보았다. 당황한 복지사가 아유 할머니 왜 그러세요, 하며 자세를 고쳐 앉고 뒤늦게 수습에 나섰지만 흐느낌은 오뉴월 빗소리처럼 그치지 않았고 휭하던 집이 어느 순간 갑자기 어깨를 들썩거리기 시작했다. 이게 대체 뭔 일인가 싶어 주위를 둘러보니, 벽에 걸린 오래된 사진과 벽시계와 웃옷 한 벌과 난간에 기대어 있던 호미와 마당가 비스듬히 앉은 장독과 동백나무와 파란 양철 대문의 시선이 일제히 노인을 향해 모여들어 펑펑, 서럽게 우는 것이었다.

-「독거노인이 사는 집」 전문

여기 또 다른 자유의 경지가 보인다. 생물과 무생물, 사람과 동물의 모든 경계가 사라진 일의성의 화음이 울려 퍼지고 있다. 홀로 살아가는 '할머니'를 둘러싼 모든 것들이 함께하는 커다란 울림의 현장이다. 복지사가 무심코 내뱉은 말이 무엇이라도 상관없다는 듯 시인은 거두절미 할머니의 울음으로부터 시작한다. 한 사람의 울음이 모든 것들의 울음으로, 하나가 모두가 되는 경이로운 풍경이 펼쳐진다. 모름지기 눈물을 유발한 복지사도 끝내 울음을 터뜨렸을 법하다.

만일 할머니 혼자서 흘리는 눈물이었다면? 작품은 '독거노인'의 쓰라린 곡절이 눈물의 원인이고, 멈출 수 없는 한탄이 결과가 되는 예측 가능한 전개로 흘러가고 말았을 터이다. 결국 「독거노인이 사는 집」은 노년의 가난하고 쓸쓸한 삶을 위무하려는 시인의 '전지적 참견시점'에 그치고 말았을지 모른다.

하지만 이렇듯 모든 존재와 함께하는 통곡이라면 달라진다. 슬픔이 독거노인 한 사람의 것에 머물지 않고 세상 모든 존재의 그것이 되는 순간, 작품은 생성과 긍정의 거대한 협주곡으로 전환된다. 이 곡의 연주자는 할머니와 고양이와 놋숟가락과 집이다. 또 오래된 사진과 벽시계와 웃옷 한 벌과 호미와 장독과 동백나무와 양철 대문이다. 「독거노인이 사는 집」은 각자가 자신의 악보를 연주하면서도 하나의 곡으로 종합되는 협주곡의 일의적 화음을 실감 나게 구현하고 있다. 이것이 가치론적 대립들을 넘어 진정한 자유를 구가하는 이명윤의 시적 특질이다.

서정의 분류학

아리스토텔레스의 전통에 따른 분류학에 반기를 드는 일은 쉬운 일이 아니다. 물리학적으로도 생물학적으로도 역사학적으로도 그렇다. 그렇지만 시는 다르다. 얼마든지 부수고 접고 비틀 수 있다. 또한 붙이고 펼치고 바로잡을 수 있다. 시가 만일 세계를 분류한다면 그것은 시인의 감각에 투영된 세계, 변형되고 재해석된 세계일 수밖에 없다. 시인의 분류학은 감각적이고 자의적이고 우발적이다. 그것은 생성의 분류학, 긍정의 분류학이다.

보르헤스가 인용한 '어떤 중국 백과사전'에 따르면, 동물은 열네 가지로 분류된다. a)황제에게 속하는 것, b)향기로운 것, c)길들여진 것, d)식용 젖먹이 돼지, e)인어, f)신화에 나오는 것, g)풀려나 싸대는 개, h)지금의 분류에 포함된 것, i)미친 듯이 나부대는 것, j)수없이 많은 것, k)아주 가느다란 낙타털 붓으로 그린 것, l)기타, m)방금 항아리를 깨뜨린 것, n)멀리 파리처럼 보이는 것 등이다.

히포크라테스와 아리스토텔레스를 비웃는 듯 기존의 지식 체계를 무너뜨리고 상식을 배반한다. 동물 분류라기보다 단순한 열거이거나 농담에 가까워 보인다. 각 항목들을 "연결할 공통의 바탕 자체가 무너져 있다".(푸코) 이들에게는 '공존의 궁전'이 없다. 어쩌면 오직 언어로만 묶을 수 있는 비물질적 분류표인지 모른다. 바로 이 지점에 전통적 분류학을 넘어설 수 있는 시적 분류학의 가능성이 있고, 생성을 긍정하는 이명윤식 분류학의 합리성이 있다.

고라니가 운다 오래전
이불 밑에 묻어 둔 밥이라도 달라는지
마을의 집들을 향해 운다
사람의 울음을 고라니가 우는 저녁
몸속 울음들이 온통 애벌레처럼 꿈틀거린다
수풀을 헤치고 개울을 지나
울타리를 넘어 달려오는
울음의 발톱이 너무도 선명해서
조용히 이불을 끌어당긴다
배고파서 우는 소리라 하고
새끼를 찾는 소리라고도 했다
울음은 먼 곳까지 잘 들리는 환한 문장
지붕에 부뚜막에 창고에 잠든
슬픔의 정령이 일제히 깨어나는 저녁
나는 안다 마당의 개도 목련도
뚝 울음을 그치고

달도 구름 뒤에 숨는 오늘 같은 날엔

귀먹은 뒷집 노인도

한쪽 손으로 울음을 틀어막고

저녁을 먹는다는 것을

「고라니가 우는 저녁」 전문

이명윤이 듣고 있는 소리는 고라니의 울음이다. 누구는 배고파서 우는 소리라 하고, 누구는 새끼를 찾는 소리라고도 한다. 그 울음은 너무나 강렬해 "온통 애벌레처럼 꿈틀"리는 듯하고, "수풀을 헤치고 개울을 지나/울타리를 넘어 달려오는" 발톱처럼 느껴진다. 그런 짐승의 울음은 시인에게 "이불 밑에 묻어 둔 밥"을 달라는 뜻으로 이해된다. 이는 문장文章이자, 문장紋章이다. 의미를 담은 문장이자 배고픔을 상징하는 문장이다. 간절하디간절한···.

이 짐승의 이름(학명)은 '사람의 울음을 우는 고라니'이다. 그러니까 사람과 소통할 수 있는 '고라니'라는 첫 번째 의미가 있고, 고라니처럼 근원적인 결핍을 함께하는 '사람'이라는 두 번째 의미가 있다. 여기서 고라니는 동물계-척삭동물문-포유강-우제목-사슴과-고라니속의 한 종이 아니다. 마찬가지로 애벌레도 개도 목련도 달도 전통적인 분류학의 경계를 훌쩍 넘어선다. 그들은 "한쪽 손으로 울음을 틀어막고/저녁을 먹는" 노인과 같은 존재들이다. 이것이 이명윤식 '서정의 분류학'이다.

멸치로 태어나 멸치는 서럽다

어이없이 그물에 떼로 잡혀 서럽고

분열자의 산책

눈앞에서 서로의 죽음을 목도해서 서럽다

선창가에서 멸치가 툭툭 튈 때

모두들 정신없이 공중으로 떠오를 때

아, 멸치는 비로소 세상을 배우지만

그다음이 없어 서럽다

삽으로 퍽퍽 떠서 박스째 차곡차곡

트럭에 실리는 멸치들

코를 감싸 쥘 만큼 비린내가 심한 것은

멸족의 굴욕에 치를 떨기 때문이다

어시장 건어물 가판대에

국물용 멸치들이 쌓여 있다

죽음은 됫박으로 팔려가

어느 저녁의 식탁에 오를 것이다

서러운 마음은 죽어도 펄펄

눈을 뜨고 있어 서럽다

몸의 기억을 하나도 남김없이

쏟아낸 뒤에야

멸치는 비틀어진 죽음을 반듯이 편다

멸치는 멸공과는 아무 상관도 없다

멸치는 줄줄 바다가 흘리는 눈물

그러나 눈물은 힘이 세다

바다가 푸른 것은 다 멸치 덕분이다

-「멸치는 힘이 세다」 전문

모든 생성을 긍정하는 사유의 진경

"굳어지기 전까지 저 딱딱한 것들은 물결이었다"로 시작하는 김기택의 「멸치」도 있지만, 바로 그 멸치를 이처럼 대상화시키지 않고 완벽히 동일화한 자리에 이명윤의 '멸치'가 있다. 멸치로 태어나 '서럽고 서러운' 멸치는 살아서 "박스째 차곡차곡/트럭에 실리"고, 죽어서 "됫박으로 팔려가/어느 저녁의 식탁에" 오른다. 서러운 마음은 죽어서도 펄펄 눈을 뜨고 있어 더욱 서럽다. 멸치는 끓는 국물에 담겨 "몸의 기억을 하나도 남김없이 쏟아낸 뒤에야" '죽음'을 반듯이 편다.

그럼에도 「멸치는 힘이 세다」고? 그토록 서럽고 서러운 삶과 죽음 끝에 펄펄 끓는 국물에 빠져서야 겨우 몸을 펴는 멸치가 '힘이 세다'고? 그렇다! 그 멸치는 바로 "바다가 흘리는 눈물"이기 때문이다. 이명윤에게 멸치는 멸치가 아니다. 멸치는 바다와 구별된 존재가 아니라, 바다 그 자체(눈물)다. 거대한 "바다가 푸른 것은 다 멸치 덕분이다". 멸치는 그만큼 힘이 세다.

이명윤식 분류학에 따른 멸치의 이름(학명)은 "바다가 흘리는 눈물"이다. 그러니까 사람처럼 눈물을 흘리는 '바다'라는 첫 번째 의미가 있고, 바다와 같은 근원적 슬픔을 겪어야 하는 '사람'이라는 두 번째 의미가 있다. 이렇게 전통 분류학이 구축한 차이와 구별을 넘어 모든 대칭과 대립을 무너뜨리고 경계를 뛰어넘는 것이 서정의 분류학이다.

'하셉'과 '하셉들'의 일의성

일의적이라고 하는 것, 무한히 일어나는 생성을 하나로 묶는 것, 여럿과 하나를 구별하지 않는 데 일의성의 비밀이 있다. 여럿 안에 하나

분열자의 산책

들이 있고, 하나 안에 여럿이 있다. 여럿은 하나이고, 하나가 여럿이다. 그러므로 "모나드는 타자가 출입할 수 있는 창문들을 가지고 있지 않다."[9]는 명제가 성립된다. 온 세상을 다 포함하고 있는 '하나'는 바깥이 따로 없으며, 그렇기에 외부를 향한 창문이 필요 없다.

사람 안에 사람들이 있고, 고라니 안에 고라니들이 있고, 멸치 안에 멸치들이 있다. 세상은 하나가 아니며, 또한 모래알같이 고립된 여럿들도 아니다. 온 세상을 포함한 하나가 있고, 하나 안에 온 세상이 들어 있다. 일의성이란 하나들과 여럿의 주름과 펼침의 세계를 표상한다. 이렇게 모든 것은 주체가 된다. 타자(객체)가 없는 완벽한 1인칭의 세계, 대칭과 대립이 사라진 절대적 긍정의 세계가 있다.

그러므로 '타자 없는 주체'는 무언가가 드나들 수 있는 창을 가질 필요가 없다. 모나드의 존재론은 어느 것도 외로운 타자로 만들지 않는 진정한 하나들이자 여럿을 가능케 한다. '하셉'과 '하셉들'의 건강하고 힘찬 활력을 표현하고 있는 「안녕 하셉」은 이명윤이 그리는 시적 일의성을 매우 실감 나게 보여 준다.

> 출근길 두 팔을 힘차게 흔들며 지나가는
> 길 위의 하셉, 안녕 하셉
> 하셉은 듣지 못한다
> 나는 창문을 닫고 중얼대니까

---

9 질 들뢰즈, 『주름, 라이프니츠와 바로코』 54쪽.

어느 먼 나라에서 온 한 눈에도
건강한 하셉 턱수염이 멋진 하셉
오늘도 어제처럼 멋진 작업복을 입고 걸어가는
길 위의 하셉, 안녕 하셉
하셉은 알지 못한다
내가 만든 이름이니까

한동안 하셉이 궁금했다 출입국사무소
점심 메뉴가 궁금한 것처럼

몸이 아파도 하셉은 울지 않을 것 같다
울어도 소용없겠지
하셉은 너무 흔한 이름,

저기 씩씩하게 걸어오는 하셉

얼굴이 바뀐 하셉

최선을 다해 걷는 하루는 어떤 감정일까
하셉의 출근길을 번역할 수 없다
출근길은 너무 멀고 하셉은 계속될 테니까

창문 너머 사는 나라

분열자의 산책

길 위의 하셉,

안녕, 우리들의 하셉

—「안녕 하셉」 전문

이 작품에서 '하셉'은 자신에게 '안녕 하셉' 하고 인사하는 말을 듣지 못한다. 시적 화자가 창문을 닫고 중얼대기 때문이다. 또 들을 수 있다 하더라도 '하셉'은 알지 못한다. 그 이름은 화자가 지은 것뿐이니까. '하셉'은 얼굴도 자주 바뀐다, 하나가 아니라 여럿이기에. '하셉'은 "너무 흔한 이름", 여기도 하셉, 저기도 하셉, 하셉들이 넘쳐난다. 이것은 오늘날 우리의 현실이기도 하지만, 일의성의 세계에선 언제나 그러했고 앞으로도 영원히 그러할 것이다.

이명윤의 일의적 사유는 하셉을 타자화시키지도 상대화시키지도 않는다. 하셉은 어디까지나 **우리들의** 하셉"(강조 - 인용자)이다. 그(들)는 씩씩하고 활기차게 "두 팔을 힘차게 흔들며" 출근하는 사람이다. 그 활력을 받쳐주는 음악적 리듬이 있다. '길 위의 하셉', '안녕 하셉'이라는 밝은 호명이 작품 전반에 여러 차례 반복되고 변주된다. 노동자 하셉의 활기찬 기운과 시행의 리듬이 호응하면서 작품은 한 편의 생기발랄한 회화가 되고 있다.

「안녕 하셉」은 '하셉'과 '하셉들'의 당당한 1인칭을 통해 모두가 주체가 되는 일의적 세계를 보여 주고 있다. 이것은 「수의」와 같은 작품에서 보여 준 생성과 긍정의 윤리학과 다른 게 아니며, 「김우순」이나 「독거노인이 사는 집」에서 보여 준 바와 같은 경계를 넘어선 자유의 표정과 다른 것도 아니다. 마찬가지 맥락에서 「고라니가 우는 저녁」과 「멸치는 힘이 세다』가 보여 준 대로 대칭과 대립을 무너뜨리고 경계를 뛰어넘는 서정의 분류학과도 연결됨은 물론이다.

　요약건대 『이것은 농담에 가깝습니다』에서 보여 주는 이명윤의 시세계는 세상에서 '일어나는' 모든 생성을 긍정하는 사유의 진경이다. 이것은 그가 이미 상재한 『수화기 속의 여자』와 『수제비 먹으러 가자는 말』에 잠재된 바이며, 이번 시집에 포함된 「억새들」, 「나비」, 「묵념」, 「곡소리」 등 많은 작품에서 확인할 수 있는 바이기도 하다. 우리 시의 독자들은 앞으로 이명윤이 펼쳐 보일 대긍정의 시적 사유가 흘러가는 물줄기를 지켜볼 일이다.

"온 세상을 품는 '1인칭'의 세계"

허향숙의 『오랜 미래에서 너를 만나고』

인간은 누구나 자신이 알 수 없는 시간, 알 수 없는 공간에 '툭' 하고 떨어진다. 무한한 가능성의 '존재'가 단 하나의 몸을 얻는 '존재자^{étant}'의 탄생을 우리는 홀로서기라 부른다. 그것은 "존재자가 '존재함'을 자신의 것으로 떠맡는" 사건이다. 인간은 누구나 '홀로' 살아간다.

그러므로 모든 존재자는 고독하다. 그것을 우리는 본능적으로 느끼며 살아간다. 고독은 가난이 아니며 외로움이 아니며 슬픔이 아니다. 그것은 경제학적인 것도 아니고 사회학적인 것도 아니며 심리학적인 것도 아니다. 우리는 태어나는 순간 고독의 옷을 입은 것이다.

인간이 때로 다투고 싸우면서도 함께^{ensemble} 살아가야 하는 이유는 고독하기 때문이다. 우리는 서로 너무나 다르지만 어울려 살아가야 한다. 고독이 인간의 탄생 조건인 것처럼 공동체 또한 생존 조건이다. 우리가 속한 많은 공동체들은 따라서 서로가 서로의 고독을 바라보며 '삶'을 가능케 하는 근거이다.

그런데 어느 날 고독에 지친 공동체의 일원이 세상을 떠난다면? "열여섯 번째 봄을 뒤로 하고 와병 백일 만에 생을 벗어놓은 채 영영 돌아오지 않는"[10]다면? 더는 함께할 수 없는 그/그녀의 빈자리가 뼈에 사무친다. 더욱이 그/그녀가 혈육이라면, 내 피를 물려받은 자식이라면 아픔이 끓어 넘쳐 각혈로 이어지리라.

그리움의 총량

허향숙 시인의 첫 시집은 『그리움의 총량』이다. 거기 표제 시에 이런 시구가 있다. "내 그리움의 총량은/의식과 무의식의 총체다". 그렇다. 급성 백혈병을 앓다가 급히 세상을 떠난 '큰 달 수야'는 시인의 가슴에, 온몸에, 온 마음에 강렬한 그리움의 빗금을 그었다. 울음으로도 달랠 수 없고 날마다 산에 올라도 떼어낼 수 없는 그리움의 총량은 무한이다. 그러므로 "옷처럼 생을 벗고 입을 수 있다면 얼마나 좋을까"(「시인의 말」)라고 탄식했던 것이다.

비의 비상은 떨어짐이다
떨어져
꽃을 피우는 일이다

변곡과 변속의 시간들

---

10 허향숙, 『그리움의 총량』, 천년의시작, 2021, 316쪽.

분열자의 산책

여인에서 아내로,

엄마로, 망자의 어미로,

시인으로

설렘과 기쁨과 한탄과 설움과

그리움의 시간들

날아오른 기억보다

엎어진 기억이 더 많은

떨어져 깨지고 나서야 피는

순간의 꽃

비는 건자처럼

아래로 아래로 비상한다

-「비의 비상」 전문

　여기서 '날아오름'과 '떨어짐'의 의미는 역전된다. 떨어짐으로써 비상하는 '비'의 존재론적 속성을 예리하게 간파하고 있는 이 작품은 시인의 생애를 몇 마디 단어로 압축하면서도 '그리움의 시간'이라는 일관된 존재자의 고독의 편린들을 묘사하고 있다. '망자의 어미'라는 시어가 읽는 이의 내면에 날카롭게 파고든다.

　고독한 삶의 변곡점들, 혹은 시선점들. 여인, 아내, 엄마, 시인… 그리고 또 다른 수많은 관점들. 존재자는 고독한 삶 속에서 수많은 시선점들을 경험하게 되지만, '망자의 어미'라는 관점은 시인에게 가장 강도가 높은 사건일 수밖에 없다. 그것은 가혹하고 혹독한 관점이다.

그런데 앞선 시집에서 보여 준 '그리움'을 넘어서는 새로운 지평이 보인다. "아래로 아래로 비상한다". 깨달음 속에 '날아오름'과 '떨어짐'이 뒤바뀐다. 그것은 단순한 의미상의 역전이 아니다. 두 가지 상반된 현상이 결국은 하나의 의미로 수렴되는 것이다. 그것은 나누기가 아니라 더하기이며, 대립이 아니라 통합이다. 그것은 궁극적으로 대긍정의 지평으로 나아가는 일이다.

「비의 비상」은 "떨어져 깨지고 나서야 피는/순간의 꽃"이라는 새로운 관점을 제시함으로써 이 시인이 한 차원 깊은 통각의 세계에 도달했음을 시사하고 있다. 그렇지 않은가. '존재자'가 고독하다면, 그것을 본질적으로 해소하는 유일한 길은 '존재'로 상승하는 일이 아니겠는가. 지긋지긋한 고독의 시간을 벗어나 진정 무한의 자유를 구가하려면 우리는 이 몸을 벗어던져야 한다.

'순교'가 곧 '구원'이라는 역설이 성립하는 가톨릭 교리와 마찬가지로 죽음은 슬픔이 아니라 고독으로부터의 해방이다. 비록 죽음은 우리들 '고독 공동체'에서 불현듯 떠나는 일이지만, 그래서 우리는 모든 죽음을 슬퍼할 따름이지만 그것은 이별을 슬퍼하는 것이지 어떤 절대적 절망에 이르는 것은 아니다. 바로 이 지점이 작품을 통해 현상학적 고독의 존재론에 도달한 허향숙의 통찰이라고 할 수 있다.

살아있는 것들은 절정의 순간부터 시들기 시작한다
아름다움으로부터 아름다움이 시들고

욕망으로부터 욕망이 시들고
환희로부터 환희가 시든다

오, 생명이여!

절망으로부터 절망이 시들기를
슬픔으로부터 슬픔이 시들기를
죽음으로부터 죽음이 시들기를

-「살아있는 것들은」 전문

　매우 리드미컬한 음악적 율동감이 느껴지는 이 작품에서도 상승과 하강의 역전된 의미는 변주된다. 상승은 언제나 절정에서 하강으로 이어진다. 그렇다면 둘은 분리되지 않는 하나의 현상이다. '살아있는 것들'에게 탄생과 죽음이 끊어지지 않는 하나의 연쇄이듯, 상승과 하강은 그렇게 '살아있음'의 본질을 이룬다. 여기서 상승은 하강(제2연)이며, 하강 또한 상승(제3연)이다.

　'아름다움'에서 아름다움이 시드는 하강이 있다고 해서 슬퍼할 것은 없다. 그와 마찬가지로 '절망'으로부터 절망이 시드는 순간이 있기 때문이다. 슬픔에서 슬픔이 시들고, 죽음에서 죽음이 시드는 순간이 있다. 상승과 하강은 꼭대기가 뾰족한 첨두아치 위에서 서로 교차하면서 하나의 존재에 포함된 두 가지 양상을 함축한다. 그렇다면 '그리움의 총량'은?

　역시 무한일 터이다. 시인은 지금 인간 존재('살아있는 것들')의 모순적인 양상을 날카롭게 인식하면서도, 바로 그렇기 때문에 우리가 결코 벗어날 수 없는 수동성(파토스)을 주시하고 있다. '큰 달 수야'와의 이별 이후 지난한 시적 사유의 성과라고 할 수 있는 이 같은 존재론적 깨달음 속에서도 허향숙은, 우리가 왜 그리워하며 살아가는지, 왜 인간이야말로 그리움의 존재인지 일깨워 주고 있다.

'2인칭' 아니라, '1인칭'

"모나드는 타자가 출입할 수 있는 창문들을 가지고 있지 않다."[11] 모나드는 하나다. 그러나 모든 것을 품고 있는 하나다. 온 세상을 모두 포함했으므로 타자가 출입할 수 있는 창을 필요로 하지 않는다. 하나 안에 모든 것이 포함되어 있고, 모든 것이 하나 안에 들어 있다. 외부가 필요 없는 모나드의 완벽한 내부성은 세상의 모든 가능성을 주름과 펼침의 운동으로 만든다.

내 안에 내가 주름져 있고, 내가 펼쳐져 세상이 된다. 네가 없는 모나드는 오직 '1인칭'이다. '2인칭'이 없기 때문에 '3인칭'도 없다. 모나드는 물론 대립과 부정을 무너뜨리는 대긍정의 형이상학이지만, 우리는 허향숙의 '푸른 별'의 이미지 속에서 이를 다시 만난다. '아이'의 머리를 밀고 나니 '나'의 '파르라니 깎은 머리'가 나타난다.

비록 아이는 "가장 밝게 빛나는 푸른 별"을 향해 떠났지만, 그 봄밤의 아이는 결코 떠나지 않았다. 아이는 다시 접혀 내 안에, 내 가슴에, 내 혈관 속에 들어왔다. 또한 「푸른 별」로 펼쳐져 세상 모든 '1인칭'들의

---

11 질 들뢰즈, 『주름, 라이프니츠와 바로크』 54쪽.

분열자의 산책

영혼에 짙은 공감의 빛을 내려 주고 있다. 아이와 함께 '푸른 별'이 빛나는 우주는 칼 세이건과 보이저호와 달리 더 이상 창백하지 않다. 그러므로 "우리는 엉엉 웃었다"와 같은 득의의 표현은 '1인칭'의 세계에서만 누릴 수 있는 역설이리라.

> 급성백혈병이라는 진단을 받았다
> 아이는 달개비꽃처럼 떨고 있었다
>
> 원인도 알 수 없을뿐더러
> 이 병에 걸릴 확률은 번개 맞을 확률이라며
> 인턴은 바리깡을 들이대며
> 위로랍시고 말했다
> 나는 인턴에게서
> 바리깡을 뺏어 들어
> 아이의 머리를 밀은 후
> 쓰고 있던 모자를 벗었다
> 간밤에 파르라니 깎은 내 머리를
> 아이는 오래도록 바라보았다
> 우리는 엉엉 웃었다
>
> 봄밤이었다
> 가장 밝게 빛나는 푸른 별 향해
> 아이가 홀로 떠난 날은

이처럼 '푸른 별'은 따뜻하다. 슬프면서도 따뜻하다. 시인의 도저한 깨달음과 같이 세상의 모든 '어머니'와 '딸'은 '1인칭'이다. 어머니의 바깥에 딸이 있고, 딸의 외부에 어머니가 있는 게 아니다. '어머니'와 '딸'의 완벽한 내부성, 지상의 모든 행복의 근거가 여기에 있다. 이러한 일치가 있어 우리는 어머니에게 기대고 딸에게 어깨를 내어 준다.

그렇게 아이가 찾아온 지 천 날이 되는 날, 아이의 눈에 고인 푸른 슬픔이 내 안의 슬픔을 깨웠습니다 그제서야 나는 아이를 품에 안고 깊게 울었습니다 잠시 후, 내 품 속 아이의 몸을 열고 나온 나비 한 마리 은빛 날개를 펼치며 날아올랐습니다

-「천 일의 꿈」 부분

그렇지 않은가. 여기서 우리는 '나'와 '아이'의 완벽한 일치 속에서 슬픔과 슬픔이 호응하고, 울음과 나비의 은빛 날개가 서로의 터전이 되어 주는 행복한 '1인칭'의 세계를 목도하게 되는 것이다.

'1인칭'의 세계는 '아래'로만 연결된 게 아니라 '위'로도 이어진다. "거울을 열고 들어가니/거울 안에 어머니가 앉아 계시고/거울을 열고 다시 들어가니/그 거울 안에 외할머니 앉으셨고/외할머니 앉은 거울을 밀고 문턱을 넘으니/거울 안에 외증조할머니 웃고 계시고"(김혜순, 「딸을 낳던 날의 기억」)와 같이 모든 어머니들은 하나이고, 모든 딸들도 하나이다.

처음
당신은
눈부신 흙이었을 터

하늘과 구름과 달과
별 바래
푸른 꿈 키웠을 터

허 씨 문중에 들어와
정한 물 담고 싶었을 터
귀히 여김 받고 싶었을 터

짜고 시고 매운 맛
배인 몸 될 줄
짐작이나 했을까

풍화에 금가고
색 바래

뒤뜰 구석진 자리
포시시 앉아 흙으로 돌아갈 날
기다리고 있는

-「옹기」 전문

'옹기'는 어머니다. 정확히 말해 어머니의 용기用器다. 옹기는 어머니와 함께 한 생을 살다간다. 그것은 때로 어머니에게서 어머니로 이어지고, 딸에게서 딸로 이어진다. 옹기는 옹기를 필요로 하는 모든 이와 함께 하나가 된다. 옹기와 어머니의 완벽한 내부성, 작품은 이를 매우 충실하게 표현하고 있다.

옹기는 흙에서 태어나 흙으로 돌아간다. 처음 빚어져 하늘과 구름과 달과 별을 바라 '푸른 꿈' 키웠고, 무르익어 정한 물 담아 귀히 대접받고 싶었다. 그러나 세상 풍파 신산고초를 겪다 금가고 색 바랜 끝에 시난고난 앓다가 흙으로 돌아간다. 옹기와 어머니의 1인칭은 아래로만 이어지는 게 아니라 이처럼 위로, 위로 올라간다.

어머니와 어머니가 1인칭이 되고 딸과 딸이 1인칭이듯이, 옹기와 함께 수저와 함께 국자와 주걱과 찬합과 찬장과 함께 세상의 모든 최대화는 '1인칭'의 연쇄이리라.

"나를 입어 주소서"

'1인칭'의 세계에선 어떤 사랑도 나르시시즘이 아니다. 타자가 없는 세계에서 모든 사랑은 자기애自己愛이다. 네가 없으므로 너를 사랑할 일이 없고, 그/그녀가 없으므로 그들을 사랑할 필요가 없다. 그러므로 "사랑은 그대를 입고 나를/사는 일"이다. 온 세상을 품는 허향숙식의 사랑의 외연은 이렇게 최대화·최다화된다. 이것은 대긍정의 사랑의 윤리학이다.

분열자의 산책

사랑은 그대를 입고 나를
사는 일인데
나는 그대를 입지 못하여
나를 살지 못하네

사랑하는 이여

나를 입어 주소서
나를 입어 그대를
살아주소서
그리하여 내가 그대를 살게
하소서
그대를 살며 나를 살게 하소서
매 순간 새로이 태어나
살게 하소서

-「사랑은 그대를 입고」 전문

보다시피 '1인칭'의 사랑의 윤리학은 또한 "매 순간 새로이 태어나"
는 창조적 생성이다. 내가 그대를 입지 못한다고 하여 절망으로 추락하
는 게 아니라 그 순간 그대가 나를 입어 나를 살게 하는 생성이다. "인
간은 영원히 되돌아오는 것"(니체)이다. 창조적 세계를 살아가는 모든
존재자는 사랑을 통하여 영원히 회귀한다. 현상학이 말하는 탄생과 죽
음의 통섭이 '1인칭'의 세계에서 다시 한번 돌아옴을 본다.

허향숙의 최대화·최다화는 공간적 확장만 의미하지는 않는다. "슬픔은 아름다움의 원천"이라고 말하는 「화이트 앤 블랙」에는 판에 박힌 장례식장 대신 평소 즐겨 찾던 유기농 전문 식당으로 지인들을 초대해 대접하고 싶다는 고인의 '유언'을 전하는 열일곱 살 상주가 등장한다. 그의 눈에는 눈물이 아니라 '박꽃' 같은 환한 미소가 고여 있었다. 그러면서 이렇게 이어진다,

그래, 허공 하얗게 피어오르는 어느 봄날
하얀 커튼에 하얀 무명 테이블보를 깔고
지인들을 초대하는 거야
그날의 의상 컨셉은
화이트 앤 블랙
소맥에 시 낭독하며 카더가든의
'명동콜링'도 부르는 거야
머잖아 일어날 일이 별것 아닌 것처럼
사전 장례식을 하는 거야

눈부신 소멸에의 비망非望

겨울을 살아낸 갈대들
요란하게 춤추며 봄 안으로 들고
너머 저수지는
가슴 한복판에서부터

갓 태어난 윤슬 키우고 있다

-「화이트 앤 블랙」부분

그야말로 "눈부신 소멸에의 비망"이다. 지인의 죽음을 자신의 그것
으로 치환하고, 지인의 장례식 풍경을 자신의 그것으로 동화시킨다.
'화이트 앤 블랙'은 조문객을 받는 빈소의 색상이다. 대립되는 두 색을
동일한 공간에 배치하는 것만큼 모순의 극대화도 없을 터이다. 하지만
시인은 춤을 추면서 '갓 태어난 윤슬'을 보고 있다. 이처럼 사랑의 윤리
학은 삶과 죽음을 매개로 시간적으로도 영원을 지향한다.

1인칭의 사랑은 공간적으로 무한하고, 시간적으로 영원하다. 때문
에 향연香煙은 향연饗宴이 될 수 있는 것이다. 장례식장이 연회장이 되
고, 초상집이 잔칫집이 되는 원리는 사랑에 있다. 상주석 말미에 '병아
리들처럼' 엎치락덮치락 서로 기대어 졸고 앉은 어린아이들에게 '미소'
와 '눈물 자국'이 공존할 수 있는 이유도 사랑이다. 사랑이 사랑을 만나
사랑을 낳고, 다시 사랑이 사랑을 만나 사랑을 낳는 섭리의 시적 표현
이 허향숙의 최대화·최다화에 보인다.

영정 사진 주위 맴도는
연기를 보며
향연饗宴을 떠올린다
바쁘게 사느라
만나지 못한 사람들
울며 웃으며 떠들썩하니

잔칫날 같다
상주석 말미 어린아이
셋 봄나들이 나온
병아리들처럼 엎치락덮치락
서로 기대 졸고 있다
만면에 도는 미소
눈가엔 어룽진
눈물 자국들

-「향연(香煙)」 전문

다시 '사랑'을 위하여

가령 이런 꽃이 있다. 소리 없이 피어나는 '말의 꽃'이다. 때문에 어떤 가공할 소음 속에서도 그 꽃은 명징한 색을 발한다. 언제든 어디에서든 꽃말을 전하는 말꽃의 신비는 퇴근길 전철 안에 있었다. 아이와 아빠의 말꽃이 환하게 피어 복잡한 열차 안을 따뜻하게 밝혀 주는 풍경이다.

퇴근길 전철에서 졸다 깨니 옆에 앉은 아이가 손을 쉼 없이 움직이며 웃는다 손끝 따라가니 아빠가 만면에 미소 띤 채 수신호를 보낸다 마치 핑퐁 게임하듯 좁은 전철 안에서 어슷하니 마주 보고 앉아 주고받는 수화라니! 나는 자리를 바꿔 주려고 일어서려다 말았다 소리를 지운 말꽃이 육십 촉 알전구처럼 환히 피었다

-「말꽃」 전문

분열자의 산책

누대를 이어 내려온 우리들 고독한 존재자의 사랑의 습속이 우리를 살게 하고, 공동체를 살게 하고, 우주를 살게 한다. 허향숙이 바라보는 일상의 표정들 속에는 그가 도달한 고독의 존재론과 사랑의 윤리학이 곳곳에 스며들어 있다.

세상의 최대화·최다화에 이르는 시적 도정에서 그가 앞으로 어떤 꽃들을 만나게 될지 사뭇 궁금하다. 그것은 아마 "길을 가다 보면//나를 알지 못하는/나를 만"(「상실을 살다」)나는 것과 같은 1인칭의 꽃일 것이다. 우리는 모두 상실을 살면서도 동시에 생성을 품고 살아간다. 그러므로 허향숙의 사랑은 영원한 생성일 터이다.

우리 시대의 '욥'을 위하여
이승하의 「욥의 슬픔을 아시나요」 연작

그러자 욥이 그 여자에게 말하였다. "당신은 미련한 여자들처럼 말하는구려. 우리가 하느님에게서 좋은 것을 받는다면, 나쁜 것도 받아들여야 하지 않겠소?" 이 모든 일을 당하고도 욥은 제 입술로 죄를 짓지 않았다. (욥 2:10)

고갱Paul Gauguin, 1848~1903의 그림 가운데 〈우리는 어디에서 왔으며, 무엇이며, 어디로 가는가〉(141×376cm, 1897년)라는 대작이 있다. 함께 지내던 친구 고흐의 귀 절단 사건과 프랑스 화단과 애호가들의 냉대에 부딪힌 그가 도피처로 삼은 곳이 타히티였다. 400만 제곱킬로미터에 달하는 광대한 남태평양 해역 점점이 박힌 보석 같은 타히티 군도는 삶의 활로를 찾는 한 남루한 질문자에게 커다란 위안처이자 활력을 주는 곳이었다.

그림 중앙에는 아랫도리만 가린 채 두 손을 하늘로 뻗어 무언가를 갈구하는 듯한 한 사람이 서 있다. 화면 좌측에는 무릎을 구부리고 앉아 두 손으로 머리를 감싸 쥔 채 고통에 신음하는 한 원주민 여성이 있다. 반대편 우측에는 누인 아기를 흐뭇하게 바라보는 젊은 부부가 다정하게 앉아 있다. 그리고 곳곳에 나무와 동물과 사람들이 '물음'의 상징처럼 화면을 가득 채우고 있다. 탄생과 성장과 삶과 죽음과 죽음 이후까지 묻고 되묻는 고갱의 처절한 회화적 질문이 넘쳐난다.

그리고 고갱은 6년 뒤 세상을 떠났다. 타히티에서 1,200킬로미터 떨어진 마르키즈 제도의 외딴 섬에서 자신의 예술에 대한 평가와 보상을 받지 못한 채 비참하게 죽었다. 그가 이 세상에 살면서 던진 물음들에 대한 답을 얻었는지는 알 수 없다. 그러나 한 가지 확실한 것은, 그 물음들은 고갱 이전에도 이후에도 사라지지 않을 것이라는 점이다. 고갱의 물음은 인간과 함께 영원히 반복될 수밖에 없는 존재론적인 차원의 것이다.

만일 욥과 같이 '좋은 것'만 아니라 '나쁜 것'이라도 받아들여야 한다는 깨달음에 도달했다면, 고갱은 지금쯤 아마 진정한 평화의 나라에 가 있을지 모른다. 그러나 삶과 죽음을 구별 짓고, 이를 근본적으로 다른 차원이라 인식하는 우리에게 생로병사와 길흉화복이 교차하는 이승의 나날은 실로 고통의 세계가 아닐 수 없다. 때문에 물음은 끊일 수 없으며, 우리는 그 물음과 함께 영원히 질문하는 자들일 수밖에 없다.

「욥기」와 두 가지 '전환'

성경에서 「욥기」는 '시서와 지혜서' 일곱 권 가운데 하나에 포함된다. 시적 율격과 수사로 가득한 「시편」을 제외하면 「잠언」, 「코헬렛」, 「아가」, 「지혜서」, 「집회서」와 더불어 「욥기」는 지혜서로 분류되었음을 알 수 있다. 그런데 이어지는 고통과 고통 속에서 끊임없이 그것의 의미를 묻고 되묻는 욥의 삶을 기록한 「욥기」를 지혜서라고 할 수 있을 것인가.

욥에게 이어진 비극적 사건들과 고통에 찬 절규가 우리에게 지혜가 될 수 있으려면, 우리가 그것을 벗어날 수 있는 '어떤 길'을 열어 줄 때뿐이다. 영원히 반복되는 고통의 끈을 잘라 내어 그것이 우리가 살아가는 삶의 조건에서 사라질 때 비로소 「욥기」는 지혜의 보고가 될 수 있다. 그러므로 「욥기」는 우리이게 인식의 전환을 요구한다. 「욥기」는 고통의 개념을 바꾸고, 고통의 뿌리를 뒤흔든다.

고통 받는 남편 욥에게 그의 아내가 "당신은 아직도 당신의 그 흠 없는 마음을 굳게 지키려고 하나요? 하느님을 저주하고 죽어버려요."(욥 2:9)라고 말했을 때, 욥은 그녀에게 "우리가 하느님에게서 좋은 것을 받는다면, 나쁜 것도 받아들여야 하지 않겠소?"라고 했다. 바로 여기에 우리의 통념을 깨뜨리는 두 가지 '전환'이 있다.

하나는 자신의 원인을 전적으로 하느님에게 두는 완벽한 수동성의 인과론적 전환이다. 고통도 행복도 가난도 부도 모두 자신에게서 비롯된 것이 아니라 오직 하느님에게서 온 것이다. 다른 하나는 생과 사의 구별을 무너뜨리는 존재론적 전환이다. 욥에게 죽음은 하느님 나라에 들어가 영원한 평화와 안식을 누리는 일이다. 때문에 죽음은 슬픔이 아니라 기쁨으로 연결된다.

"알몸으로 어머니 배에서 나온 이 몸 알몸으로 그리 돌아가리라. 주님께서 주셨다가 주님께서 가져가시니 주님의 이름은 찬미받으소서."(욥 1:21) 이러한 두 가지 전환이 있으므로 「욥기」는 우리에게 지혜의 샘이 될 수 있다.

우리 시대의 '욥'

이승하 시인은 32년 전 이미 『욥의 슬픔을 아시나요』(1991년)라는 시집을 상자한 바 있다. 『사랑의 탐구』와 『우리들의 유토피아』에 이은 세 번째 시집이었다. 그는 오래도록 '욥'으로 표상되는 고통의 양상을 탐색하고, 그것의 원인에 대해 질문을 던져 온 것이다. 그것은 "이 몸은 입을 다물지 않겠습니다. 제 영의 곤경 속에서 토로하고 제 영혼의 쓰라림 속에서 탄식하겠습니다."(욥 7:11)라고 했던 욥의 문제의식과 다르지 않다.

그런 점에서 긴 시간 동안 이승하가 "욥의 슬픔을 아시나요"라고 묻고 되물어 온 것은 「욥기」가 제기한 '전환'의 요구를 표현하고자 한 것인지 모른다. 고통도 행복도 가난도 부도 모두 하느님에게서 온 것이며, 때문에 우리는 그분을 향해 쉬지 않고 기도하며 나아가야 한다. 또한 삶과 죽음은 하나이며, 우리는 모두 영원한 평화와 안식을 찾아 주님의 나라를 찾아가야 한다.

> 사람들은 다 자신의 상처가 가장 깊다고 말한다
> 내 괴로움을 네가 아느냐고
> 사람들은 다 자신의 고통이 가장 크다고 말한다
> 나 같은 경우를 본 적이 있느냐고
>
> 그는 말하지 않고 기도만 하였다
> 제 탓입니다 제 잘못입니다

참회하고 용서를 빌고
하늘 우러러 통곡도 하였다

미물은 미물대로 아프고
사람은 사람 사이에서 아프다
표시가 나면 좋으련만
그 아픔은 아무 표시가 없다

최선을 다했는데 왜 이런 벌을
양심을 지켰는데 왜 이런 죄과를
너는 너의 흉터를 보여주었고
나는 아무 말도 하지 못했다

이곳은 빌딩들의 허허벌판이기에
이런 일이 하도 비일비재하기에
너는 기도하면서 울기도 했었지
누구보다 아프게, 오래오래 서럽게

잃을 것 죄다 잃어
더 이상 잃어버릴 것이 없을 때에도
희망의 끈을 놓지 말란 말인가
누가 이런 시험에 나를 빠뜨렸단 말인가

-「욥의 슬픔을 아시나요1」 전문

분열자의 산책

이는 이번 신작 소시집에 포함된 다섯 편 가운데 첫 번째 작품으로 다양한 고통의 양상을 포괄하는 표제적 성격을 갖고 있다. 제1연은 평범한 사람들이 일상적으로 느끼고 발언하는 내용을 원용하고 있다. 사람들은 대개 자신의 상처가 가장 깊다고 말하고, 자신의 고통이 가장 크다고 말한다. 제2연은 '그(욥)'가 말하지 않고 기도하였고, 고통 속에서도 참회하고 용서를 빌며 하늘 우러러 통곡한 사실을 보여 준다. 1연의 '사람들'과 2연의 '그'는 고통에 반응하는 양상에 있어 확연히 대비된다.

제3연은 아무런 표시도 나지 않는 아픔에 예외가 없다는 시인으로서의 전언이 제시된다. "미물은 미물대로 아프고/사람은 사람 사이에서 아프다". 그리고 제4연은 상처와 고통을 죄의 결과로 보고, "최선을 다했는데", "양심을 지켰는데" 왜 그런 죄과를 낳았는지 항의하는 모습을 보여 준다. 욥이 자신의 고통과 죄의 인과성에 의문을 품고 자신이 고통 받는 이유를 주님께 물었듯이, 시인도 제4연에서 그 '물음'에 "아무 말도 하지 못했다"고 고백한다. 그리고 제5연은 고통이 '비일비재'한 이 세상의 삶을 '허허벌판 빌딩들'로 비유하면서 "오래오래 서럽게" 울 수밖에 없는 우리의 모습을 그린다.

마지막 제6연은 "희망의 끈을 놓지 말란 말인가"라는 강렬한 의문문으로 어떠한 고통 속에서도 희망을 버려서는 안 된다는 윤리적 전언을 전면화시킨다. "잃을 것 죄다 잃어/더 이상 잃어버릴 것이 없을 때에도" 우리는 희망을 버려서는 안 되는 것이다.

묻고 묻고 되묻는 '욥'

'욥'의 슬픔을 탐색하는 연작시 두 번째 편도 "살아 있으니 살아야 하는가"라는 질문으로 시작한다. 까닭 없이 아플 때, 진통제도 수면제도 듣지 않을 때 그때 우리는 살아 있기 때문에 살아야 하는 것인가. 죽지 못하기에 살아야 하는 것인가. 이는 삶을 고통으로 인식하는 이들이 느끼는 근원적인 질문에 해당한다.

> 살아 있으니 살아야 하는가
>
> 까닭 없이 아플 때
> 진통제도 수면제도 듣지 않을 때
> 창을 열고 별을 찾는다
> 내가 태어나기 한참 전부터 달려오기 시작한 별빛
> 내가 죽은 이후에도 계속해서 빛날 별과 별
> 이유 없이 태어난 별이 어디 있으리
>
> ―「욥의 슬픔을 아시나요2」부분

"차라리 없어져 버려라, 내가 태어난 날, … 어찌하여 내가 태중에서 죽지 않았던가? 어찌하여 내가 모태에서 나올 때 숨지지 않았던가?"(욥 3:3~11) 「욥기」는 절망에 빠진 '욥'의 절규를 이같이 전한다. '차라리 태어나지 말 것을', 그러면 이 고통 속에서 헤매지 않았을 것을. 첩첩이 쌓인 고통의 더미들 앞에서, 그 속에서 욥은 자신의 존재마저 거부하는

분열자의 산책

데 이른다.

마찬가지로 이승하도 "이유 없이 태어난 별이 어디 있"느냐고 항변한다. 사람이 세상에 나올 때는 다 그만한 이유가 있을 것인데 어찌하여 이런 고통을 주는가. '저 별'은 왜 나에게 속수무책의 고통을 주는 것인가. "내가 죽은 이후에도 계속해서 빛날 별과 별"을 홀로 우러르며 하필이면 나는 왜 태어난 것일까를 묻고 또 묻는다.

그리고 다시 "여인의 자궁 속에서 난 그때 아픔을 몰랐을까" 하고 묻는다. '기쁨'도 '사랑'도 '미소'도 고통으로 인해 모두 나타났다 사라지는 허상 같은 것으로 보인다. 이는 "기억해 주십시오, 제 목숨이 한낱 입김뿐임을, 제 눈은 더 이상 행복을 보지 못할 것입니다."(욥 7:7)라는 욥의 자각에 가닿는다. 그렇다, 고통 앞에서 우리는 저 멀리 하늘에서 내려 온 '입김'에 불과할지 모른다.

태어나서 괴로운 것
살아 있어서 외로운 것
선은 반드시 이기지 않았고
악은 언제나 지지 않았다
죄를 짓지 않았는데 벌을 받았다
상처 주지 않았는데 상처 받았다

어찌하여 내가 태에서 죽어 나오지 아니하였던가
어찌하여 내 어머니가 낳을 때에 내가 숨지지 아니하였던가
이렇게 많은 괴로움을 맛보게 하려고

내게 목숨을 준 아버지여 어머니여

내 이름은 욥

이 망망대해의 일엽편주 같은

나를 불쌍히 여겨주소서

―「욥의 슬픔을 아시나요2」 부분

인간에게 고통은 죄의 결과여야 한다. 죄짓지 않고 고통을 당해서는 안 된다. 그러나 우리는 벌을 받았고, 상처를 받았다. 죄와 벌의 인과론이 성립되지 않는 혹독한 세상을 살면서 시인은 '욥'이 되어 '욥'과 함께 '차라리 태어나지 말았을 것'을 하고 절규한다.

그러나 이승하는 여기에 머물지 않는다. "그래도 나, 살아 있으므로 살 것이다"라고 말한다. 제1연에서 "살아 있으니 살아야 하는가"라는 질문에 스스로 '살 것'이라고 답한다. 여기에서 시인의 윤리의식은 패배자의 죽음의 묵시록에서 벗어나 도저한 생의 의지로 나아간다.

그러므로 '욥'의 슬픔을 아시나요

이번에 발표되는 이승하의 신작 다섯 편은 모두 고통의 표징들로 가득하다. "극심한 통증 뒤에는/잔잔한 호수의 수면 같은 안식이 올 수도 있으련만/감당 못할 시련 뒤에는/푹 자고 난 뒤에 기지개 같은 평화가 올 수도 있으련만"(「욥의 슬픔을 아시나요3」) 하고 탄식하는가 하면, 후배 시인에게 찾아온 고통도 "동우야 후배 시인 원동우야/너는 어찌하여 수술을 열 번도 더 받느냐"(「욥의 슬픔을 아시나요4」)와 같은 표현으로 드

러난다. 그러나,

> 서울 거리 거리의 사람들
> 다들 바쁘고 다들 명랑하고 다들 의기양양하고
> 그대 혼자만 이토록 많은 짐을 지고 있는 것 같지?
> 달아보면 다 똑같은 무게다
>
> ─「욥의 슬픔을 아시나요4」 부분

이처럼 고통은 어느 누구에게만 '슬픔'을 주는 것이 아니라 "달아보면 다 똑같은 무게"라는 인식에 이른다. 그러므로 '욥'의 슬픔은 욥만의 슬픔이 아니며, '욥'의 고통은 그만의 고통이 아니다. 슬픔의 보편성과 고통의 일반성은 다시 우리에게 앞서 본 인식론적 전환과 존재론적 전환을 요구한다.

"사람들이 보기에 의인들이 벌을 받는 것 같지만 그들은 불사의 희망으로 가득 차 있다. 그들은 단련을 조금 받은 뒤 은혜를 크게 얻을 것이다. 하느님께서 그들을 시험하시고 그들이 당신께 맞갖은 이들임을 아셨기 때문이다."(지혜 3:4~5) 이와 같이 하느님을 믿는 이들에게 죽음은 곧 영원한 삶이다. 고통과 슬픔이 이 세상의 것이라면, 평화와 안식은 하느님의 것이다. 이 세상이 잠깐 지나가는 찰나에 불과하다면, 하느님 나라는 영원이다. 바로 이 지점이 이승하의 기독교적 윤리의식의 한 정점을 이룬다. 그러므로,

> 이 땅에 욥이 왜 이렇게 많을까요

망한 자들아 다 오라 사지 멀쩡하다면
불치인 자들아 다 오라 목숨 붙어 있다면
하루가 희망이면 한 달도 희망일 수 있죠
한 달이 희망이면 일 년도 희망일 수 있죠

세상천지에 웬 욥이 이렇게 많은가요

－「욥의 슬픔을 아시나요5」 부분

　이처럼 세상천지에 넘치게 많은 '욥'들인 우리에게 고통과 슬픔은 그
것에 굴하지 않고 희망에 희망을 이어 살아갈 수 있게 하는 힘이 되는
것이다. 고통이 있기에 최선을 다해 살아가며, 슬픔이 있기에 희망의 끈
을 놓을 수 없는 것이다. 때문에 이승하는 "나, 살아 있으므로 살 것"이
라고 말할 수 있었으며, "달아보면 다 똑같은 무게"라고 외칠 수 있었다.
　이것은 "내 살갗이 이토록 벗겨진 뒤에라도 이 내 몸으로 나는 하느
님을 보리라. 내가 기어이 뵙고자 하는 분, 내 눈은 다른 이가 아니라
바로 그분을 보리라."(욥 19:26~27)라고 외친 '욥'의 진정한 깨달음에
완전히 부합하는 것이다.

분열자의 산책

논문·평론

- 고봉준, 「깨진 거울, 이질적인 것들의 공존을 위하여 – 김종태론」, 『시와표현』, 2016년 11월호.
- 군혁웅, 「떠올라(fly), 사라지다(out)」, 여태천, 『스윙』, 민음사, 2008
- 김명권, 「한국 프로야구의 창립 배경과 성립 과정」, 『스포츠인류연구』(제7권 2호), 한국스포츠인류학회, 2012.
- 김재홍, 「주체적 개인을 위협하는 고도 정보화 사회의 역설」, 『서강대학원신문』(제141호), 2017.6.5.
- 김재홍, 「'새로움'과 '사라짐'의 역설」, 『현대시학』(제611호), 2023년 1~2월호.
- 김종태, 「정지용 시 연구-공간 의식을 중심으로」, 고려대학교 대학원 박사학위 논문, 2002.
- 박규남, 「코로나19 시기에 사회인야구동호인들의 여가만족과 운동만족에 관한 연구」, 『인문사회21』(제12권 5호), 사단법인 아시아문화학술원, 2021.
- 유성호, 「누구도 자신의 눈에 고인 눈물은 보지 못하리」, 김종태, 『오각의 방』, 작가세계, 2014

- 유성호, 「이 그지없이 고담하고 소박한 것은 무엇인가」, 『시마』(제17호), 도서출판 도훈, 2023년 가을호.
- 이소호·이희형, 「가장 사적이고 보편적인」, 『현대시』, 2019년 3월호.
- 황현산, 「동시에 또는 끝없이 다 말하기」, 로트레아몽, 『말도로르의 노래』, 문학 동네, 2018.

단행본

- 게오르그 뷔히너, 『보이첵』(이재인 옮김), 더클래식, 2015.
- 권혁웅, 『미래파-새로운 시와 시인을 위하여』, 문학과지성사, 2005.
- 기형도, 『기형도 전집』, 문학과지성사, 2004.
- 김경미, 『당신의 세계는 아직도 바다와 빗소리와 작약을 취급하는지』, 민음사, 2023.
- 김요아킴, 『왼손잡이 투수』, 황금알, 2012.
- 김요아킴, 『야구, 21개의 생을 말하다』, 도서출판 전망, 2015.
- 금은돌, 『금은돌의 예술 산책』, 청색종이, 2020.
- 김민정, 『날으는 고슴도치 아가씨』, 열림원, 2005.
- 김왕노, 『도대체 이 안개들이란』, 천년의시작, 2021.
- 김재홍, 『메히아』, 천년의시작, 2009.
- 김종태, 『정지용 시 연구 – 공간 의식을 중심으로』, 고려대학교 대학원 박사학위논 문, 2002.
- 김종태, 『오각의 방』, 작가세계, 2014.
- 김준오, 『시론』, 삼지원, 2019.
- 김택희, 『바람의 눈썹』, 문학수첩, 2017.
- 김현, 『행복한 책 읽기』, 문학과지성사, 1993.
- 김희준, 『언니의 나라에선 누구도 시들지 않기 때문」』, 문학동네, 2020.
- 로트레아몽, 『말로도르의 노래』(황현산 옮김), 문학동네, 2018.
- 루트비히 비트겐슈타인, 『논리-철학 논고』(이영철 옮김), 책세상, 2017.

- 류신, 『말하는 그림』, 민음사, 2018.
- 르네 데카르트, 『방법서설/성찰/철학의 원리』(소두영 옮김), 동서문화사, 2018.
- 마르틴 하이데거, 『존재와 시간』(전양범 옮김), 동서문화사, 2018.
- 문화체육관광부, 『2022 국민생활체육조사』, 2022.
- 미셸 푸코, 『광기의 역사』(김부용 옮김), 인간사랑, 1999.
- 미셸 푸코, 『지식의 고고학』(이정우 옮김), 민음사, 2000.
- 미셸 푸코, 『말과 사물』(이규현 옮김), 민음사, 2018.
- 백은선, 『가능세계』, 문학과지성사, 2016.
- 백은선, 『아무도 기억하지 못하는 장면들로 만들어진 필름』, 현대문학, 2019.
- 샤를 보들레르, 『악의 꽃』(윤영애 옮김), 문학과지성사, 2003.
- 수전 손택, 『해석에 반대한다』, 이후, 2002.
- 신형철, 『몰락의 에티카』, 문학동네, 2008.
- 스피노자, 『에티카』(강영계 옮김), 도서출판 서광사, 2016.
- 슬라보이 지제크, 『신체 없는 기관』(박제철, 이성민 옮김), 도서출판b, 2013.
- 슬라보이 지제크, 『까다로운 주체』(이성민 옮김), 도서출판b, 2005.
- 아우구스티누스, 『고백록』(최민순 옮김), 바오로딸, 2015.
- 아키야마 히데오·도미오카 치카오 엮음, 『니체전시집』(이민영 옮김), 시그마북스, 2013.
- 알랭 바디우, 『비미학』(장태순 옮김), 이학사, 2016.
- 앙리 베르그송, 『사유와 운동』(이광래 옮김), 문예출판사, 1993.
- 앨프리드 화이트헤드, 『과정과 실재』(오영환 옮김), 민음사, 2016.
- 여태천, 『스윙』, 민음사, 2008.
- 요셉 피퍼, 『중세 스콜라 철학』(김진태 옮김), 가톨릭대학교출판부, 2003.
- 요하네스 둔스 스코투스, 『제일원리론』(박우석 옮김), 누멘, 2018.
- 유계영, 『이런 얘기는 좀 어지러운가』, 문학동네, 2019.
- 유성호, 『서정의 건축술』, 창비, 2019.
- 유성호, 『단정한 기억』, 고유서가, 2019.
- 유종호, 『시란 무엇인가』, 민음사, 1995.

• 위르겐 하버마스, 『현대성의 철학적 담론』(이진우 옮김), 문예출판사, 2016.
• 엠마누엘 레비나스, 『시간과 타자』(강영안 옮김), 문예출판사, 2018.
• 이강영, 『스핀』, 계단, 2018.
• 이경림, 『급! 고독』, 창비, 2019.
• 이명윤, 『이것은 농담에 가깝습니다』, 걷는사람, 2024.
• 이성혁, 『서정시와 실재』, 푸른사상, 2011.
• 이소호, 『캣콜링』, 민음사, 2018.
• 이소호, 『불온하고 불완전한 편지』, 현대문학, 2021.
• 이승하, 『사랑의 탐구』, 문학과지성사, 1988.
• 이승하, 『욥의 슬픔을 아시나요』, 세계사, 1991.
• 이은규, 『무해한 복숭아』, 아침달, 2023.
• 이재무, 『한 사람이 있었다』, 열림원, 2022.
• 이정우, 『시뮬라크르의 시대-들뢰즈와 사건의 철학』, 기획출판 거름, 2000.
• 이정우, 『주름·갈래·울림』, 기획출판 거름, 2001.
• 임마누엘 칸트, 『순수이성비판』(최재희 역), (주)박영사, 2013.
• 임지은, 『무구함과 소보로』, 문학과지성사, 2019.
• 자크 데리다, 『문학의 행위』(정승훈·진주영 옮김), 문학과지성사, 2013.
• 전동균, 『우리처럼 낯선』, 창비, 2014.
• 전동균, 『당신이 없는 곳에서 당신과 함께』, 창비, 2019.
• 전영태, 『쾌락의 발견 예술의 발견』, 생각의나무, 2006.
• 정철훈, 『가만히 깨어나 혼자』, 도서출판b, 2021.
• 정지용, 『정지용 전집 1』, (주)민음사, 2003.
• 질 들뢰즈, 『차이와 반복』(김상환 옮김), 민음사, 2004.
• 질 들뢰즈, 『주름, 라이프니츠와 바로크』(이찬웅 옮김), 문학과지성사, 2004.
• 질 들뢰즈, 『의미의 논리』(이정우 옮김), 한길사, 2015.
• 질 들뢰즈, 『니체와 철학』(이경신 옮김), 민음사, 2016.
• 질 들뢰즈, 『스피노자의 철학』(박기순 옮김), 민음사, 2017.
• 질 들뢰즈·펠릭스 가타리, 『천 개의 고원』(김재인 옮김), 새물결, 2003.

- 천양희, 『새벽에 생각하다』, 문학과지성사, 2017.
- 최영철, 『시로부터』, 산지니, 2020.
- 페르난두 페소아, 『초콜릿 이상의 형이상학은 없어』, 민음사, 2021.
- 프리드리히 니체, 『차라투스트라는 이렇게 말했다』(장희창 옮김), 민음사, 2004.
- 플라톤, 『티마이오스』(김유석 옮김), 아카넷, 2019.
- 허향숙, 『그리움의 총량』, 천년의시작, 2021.
- B. 스피노자, 『에티카』(강영계 옮김), 도서출판 서광사, 2016.
- I. 칸트, 『순수이성비판』(최재희 역), ㈜박영사, 2013.

김종철 초기 시의
가톨릭 세계관에 대한 일고찰

「죽음의 둔주곡」과 「떠도는 섬」을 중심으로

[국문초록]

김종철 시인은 1968년 『한국일보』 신춘문예에 「재봉」이, 1970년 『서울신문』 신춘문예에 「바다 변주곡」이 각각 당선되어 시단에 등장했으며, 2014년 지병으로 작고하기까지 46년 동안 시작 활동을 했다. 그는 생전에 간행한 모두 일곱 권의 시집과 유고시집 『절두산 부활의 집』 등 여덟 권의 단독 시집, 형인 김종해 시인과 함께 간행한 형제시인 시집 『어머니, 우리 어머니』, 시선집 『못과 삶과 꿈』, 『못 박는 사람』 등을 상재한 바 있다.

베트남전쟁에 참전했던 김종철 시인은 첫 시집 『서울의 유서』의 대표작 「죽음의 둔주곡」을 모두 9곡 205행의 작품으로 완성하였다. 이 시는 대위법 형식의 악곡인 둔주곡에 맞춰 각 곡과 곡에 죽음과 죽음의 이미지를 연쇄적으로 제시하고, 그 이미지들을 서로 겹치고 중첩시키면서 비극성을 강화하고 비장미를 심화시키는 방향으로 전개된다. 또 두 번째 시집 『오이도』의 대표작 가운데 하나인 「떠도는 섬」도 열한 개로 구분된 단편 서정시들이 모두 181행에 이르는 시행을 포함하는 작품이다. 이 시는 전반적인 내용과 그 분량 면에서 두 번째 시집을 대표할 뿐만 아니라, 특별히 '오이도' 연작 일곱 편을 개관하는 의욕적인 작품이다.

본고에서는 김종철의 초기 시를 대표하는 「죽음의 둔주곡」과 「떠도는 섬」을 중심으로 그의 세계가 가톨릭의 바탕 위에 성립되었다는 점을 확인하고, 그것은 믿음의 윤리화이자 윤리의 신앙화라고 할 수 있음을 살펴보았다. 김종철에게 가톨릭 세계관은 무엇보다 '계시의 믿음' 자체이지만, 그것의 작품화인 「죽음의 둔주곡」과 「떠도는 섬」은 믿음의 실천이자 믿음의 윤리화였다.

[주제어] 김종철, 가톨릭, 죽음, 둔주곡, 섬, 계시, 믿음, 구원, 윤리, 실천

1. 서론

서양 중세 철학사를 이끌어간 스콜라철학은 신의 육화肉化와 죽음과 부활이라는 가톨릭 세계관[1]을 이성적 사유와 결합하고자 한 시도였다. 그것은 "누가 있어 당신을 모르면서 부르오리까?"[2]라는 아우구스티누스의 근원적 물음에 답하고자 한 실천이자, 인간의 구원을 향한 지속적인 노력이었다.

서기 529년, 가톨릭 신자였던 유스티니아누스 황제는 아테네에 있던 플라톤의 '아카데메이아'를 폐쇄했다. 그 해에 "로마와 나폴리 사이, 하나의 민족이동 군용도로 위쪽에 높다랗게 첫 번째 베네딕토 수도원이 설립되었다."[3] 그리스·로마 전통과의 단절과 그리스도교 수도원의 설립이 공교롭게도 같은 해에 이루어진 것은 '신들의 나라'에서 '믿음의 나라'로 전환되는 상징적 사건이라고 할 수도 있다.

김종철의 「죽음의 둔주곡」은 "그대의 사도들은/착한 들판을 모두 잃

1 보편교회로서의 가톨릭교회는 "하느님은 예수님의 수난을 통해 인류를 향한 당신의 사랑을 제시하시고, 예수님의 부활을 통해 이 계시를 확인하고 증명해셨다."는 육화·죽음·부활의 가톨릭 세계관을 모든 신자에게 일관되게 가르치고 있다. 또 그것은 창조론, 심판론, 구원론, 삼위일체론, 지체론 등의 근본 체계를 포함하고 있다. 서울대교구 교육국, 『견진 교리서』, 가톨릭출판사(개정 초판 18쇄), 2012, 54쪽.
2 아우구스티누스, 『고백록』(최민순 신부 옮김), 바오로딸(제3판 제14쇄), 2015, 30쪽.
3 요셉 피퍼, 『중세 스콜라 철학』(김진태 옮김), 가톨릭대학교출판부(제1판 제1쇄), 2003, 20쪽.

어버렸다"고 했지만, 그 잃어버린 땅을 구원으로 예비한 이는 바로 예수 그리스도였다. "너희는 가서 모든 민족들을 제자로 삼아, 아버지와 아들과 성령의 이름으로 세례를 주고, 내가 너희에게 명령한 모든 것을 가르쳐 지키게 하여라."(마태오복음 28:19~20) 또 사도 바오로는 "하느님은 유다인들만의 하느님이십니까? 다른 민족들의 하느님은 아니십니까? 아닙니다. 다른 민족들의 하느님이시기도 합니다."(로마서 3:29)라고 함으로써 가톨릭의 지평을 세계로 확장시킬 가능성을 열었다.

스토아주의 황제 마르쿠스 아우렐리우스 통치 기간(161~180년)에 활동한 변증가 아테나고라스는 그리스철학의 가르침과 '계시의 가르침' 사이에 사실상 의견 일치가 있음을 지적하며, 플라톤·아리스토텔레스·스토아철학자들이 모두 '단일신론자monarchianist'들임을 입증하려 했다. 그리스철학의 단일신과 마찬가지로 가톨릭의 유일신앙이 왜 범죄가 될 수 없는지 변증하고자 했다.

아우구스티누스도 '계시의 믿음'을 '이성적 사유와 결합'하고자 노력했다. 그의 '고백'이 후대 스콜라철학자들에게 신학적으로만 계승된 게 아니었던 것은, 친구의 죽음으로 충격을 받아 "보이는 것마다 죽음"으로 보일 때에도 마침내 "저 슬픔이 내 맘에 사무치기는 죽을 사람을 안 죽을 것처럼 사랑함으로써 내 영혼을 모래 위에다 쏟아놓은 때문이 아니고 무엇이었더이까."[4]라며 생사가 모두 하느님에게서 비롯된다는 깨달음으로 짐작해 볼 수 있다.

보에티우스는 "인간에게 죽음이란 달콤한 시절에 닥쳐오지 않으며/

---

4 아우구스티누스, 같은 책, 146~147쪽.

슬퍼하는 자들이 불러올 때에 행복한 것"이라면서 슬픔의 종결은 오히려 죽음을 통해 맞이할 수 있다는 역설을 제기했다.[5] 아버지가 콘술 consul, 집정관을 역임했으며, 본인도 콘술이었고 두 아들 또한 콘술을 지낸 귀족 가문이었지만, 모종의 사건에 연루되어 동고트족의 왕에 의해 재산을 몰수당하고 사형 판결을 받은 그에게 죽음은 일종의 위안이었다. 생의 유한성을 통해 사死의 영원성을 통찰한 보에티우스는 "영원한 것은 자신의 주인으로서 항상 자신에 대해 현존하며, 무한히 움직이는 시간을 현재로 가지고 있는"[6] 하느님이라는 인식에 도달할 수 있었다.

이처럼 '감옥으로부터의 성찰'을 시도했던 보에티우스의 결론은 후대의 스콜라철학을 거쳐 현대의 가톨릭교회로 이어져 있다. 그는 "모든 것을 예지하는 신은 위에서 내려다보는 관찰자로 머무르며, 항상 현재하는 그 시선의 영원성은 선한 이들에게는 상을, 악한 이들에게는 벌을 주면서 우리 행위의 미래의 성질과 함께 가게 된다."면서 "신에게 드리는 희망과 간청은 헛된 것이 아니며 그것들이 올바르다면 효력이 없을 수 없다."[7]고 했다.

김종철이 시를 통해 죽음과 구원에 대한 성찰을 시도한 것은 어린 시절 교리 교육을 통해 세례를 받은 가톨릭교인[8]으로서 자연스러운 반응으로 생각된다. 그는 1968년 『한국일보』 신춘문예에 「재봉」이, 1970년

---

5 보에티우스, 『철학의 위안』(이세운 옮김), 필로소픽(초판 제1쇄), 2014, 26쪽.

6 보에티우스, 같은 책, 219쪽.

7 보에티우스, 같은 책, 226쪽.

8 김종철 시인은 1960년 대신중학교 2학년 때 천주교 부산교구 주교좌 중앙성당에서 아우구스티노라는 세례명으로 영세를 받았고, 2011년 한국가톨릭문인회 회장으로 추대되는 등 어릴 때부터 자연스럽게 가톨릭 세계관에 친숙한 삶을 살았다. 2009년 한국가톨릭문학상을 수상하기도 했다. 「김종철 연보」, 『김종철 시 전집』, 문학수첩, 2016, 979쪽, 982쪽 참조.

『서울신문』 신춘문예에 「바다 변주곡」이 각각 당선되어 시단에 등장했으며, 2014년 지병으로 작고하기까지 46년 동안 시작 활동을 했다. 그는 생전에 간행한 모두 일곱 권의 시집과 유고시집 『절두산 부활의 집』 등 여덟 권의 단독 시집, 형인 김종해 시인과 함께 간행한 형제시인 시집 『어머니, 우리 어머니』, 시선집 『못과 삶과 꿈』, 『못 박는 사람』 등을 상재한 바 있다.

그의 시세계는 작품 활동의 기간과 시집 발간 시기, 작품의 경향에 따라 초기, 중기, 후기로 구분해 볼 수 있다. 초기 시는 등단으로부터 첫 시집 『서울의 유서』(한림출판사, 1975)와 두 번째 시집 『오이도』(문학세계사, 1984)에 수록된 작품들,[9] 중기 시는 세 번째 시집 『오늘이 그날이다』(청하, 1990)와 네 번째 시집 『못에 관한 명상』(시와시학사, 1992), 다섯 번째 시집 『등신불 시편』(문학수첩, 2001)에 포함된 작품들, 후기 시는 형제시인 시집 『어머니, 우리 어머니』(문학수첩, 2005)와 여섯 번째 시집 『못의 귀향』(시학, 2009), 제7시집 『못의 사회학』(문학수첩, 2013)에 게재된 작품들이 해당된다. 여기에 유고시집 『절두산 부활의 집』(문학세계사, 2014)의 작품들을 포함할 수 있다.[10]

하지만 김종철의 시세계에 대한 연구는 미흡한 실정이다. 허혜정은 "시선집 등을 제외하고도 여덟 권에 이른 창작시집들로 '제6회 윤동

---

9 평론가 유성호는 『오이도』에 대해 "김종철 초기 시편을 완결하면서, 새로운 시세계로 전환하게 되는 결절의 역할을 했다고 볼 수 있다"고 밝혔다. 유성호, 「경험적 구체성과 형이상학적 영성의 통합 - 김종철론」, 『서정의 건축술』, 창비(초판 제1쇄), 2019, 174쪽.

10 평론가 김재홍은 "(김종철의 시세계를) 초기, 중기, 후기, 그리고 앞으로 있을 만년 시로 구분해 볼 때, 초기 시들은 대체로 풍부한 상상력을 바탕으로 다양하고 섬세한 감각적 표현을 구사함으로써 시적 형상력이 돋보이는 경향"을 지녔다면서 "중기 시는 대략 『오이도』와 『오늘이 그날이다』 등의 시세계"라고 한 바 있다. 김재홍, 「냉정과 열정 사이, 삶의 꽃이 피고 진다」, 『못의 사제, 김종철 시인』, 문학수첩(초판 1쇄), 2020, 21~22쪽.

주문학상'(1990), '제13회 정지용문학상'(2001)을 수상하기도 했던 그의 문학적 발자취에 비하면 너무도 안타까운 연구의 공백을 시사"[11]한다고 했다. 그런 가운데 패러디 기법과 관련해 김종철의 시를 다룬 박호영의 평론[12]과 감태준, 이숭원 등이 참여한 「정지용문학상 수상 시인 집중연구」에 포함된 네 편의 비평,[13] 경험적 구체성과 형이상학적 영성을 중심으로 김종철의 시세계를 "'못'과 함께, 우리 시사에 뚜렷이 남았다."고 평가한 유성호의 평론 「경험적 구체성과 형이상학적 영성의 통합 – 김종철론」 등과 같은 성과가 있었다. 또한 허혜정은 김종철의 작품 세계를 '순례자의 언어'로 명명한 평론 「순례자의 선물」[14]과 제5시집 『등신불 시편』에 수록된 등신불 연작 열네 편에 주목함으로써 "삶과 죽음의 문제를 사유하는 보편적인 '종교 시편'으로 바라볼 수 있는 시각을 제시"하고자 한 논문 「김종철의 시세계와 '등신불'의 상징」 등을 통해 연구 성과들을 쌓아 가고 있다.

이 밖에도 평론가 김재홍은 "그의 시는 서정성과 인생론, 그리고 종교성을 함께 어울러 내면서 전개돼 가는 특징을 보여 준다."면서 "대체로 생의 탐구라는 인생론적 내용을 대주제로 지속하면서 신성사로서 좀 더 확대·심화"[15]된 것으로 보았다. 또 평론가 장경렬은 "김종철 시인은 우리네 평범한 사람들이 삶을 살아가는 동안 마주해야 하는 아픔과

---

11 허혜정, 「김종철의 시세계와 '등신불'의 상징」, 『불교문예연구』(통권 제12호), 동방문화대학원대학교 불교문예연구소, 2019, 18쪽.
12 박호영, 「패로디를 통한 '성' 문제의 탐구」, 『시와시학』(통권 제22호), 시와시학사, 1996, 161~167쪽.
13 감태준, 「김종철에 관한 한 노트」; 박호영, 「삶의 고뇌에 대한 질문에서 구도자적 명상까지」; 이숭원, 「우화적 상상력과 시의 진실」; 한명희, 「시인과의 아홉 시간, 그리고 아홉 가지 매력」, 『시와시학』(통권 제42호), 시와시학사, 2001, 94~163쪽.
14 허혜정, 「순례자의 선물」, 『시인수첩』(통권 제45호), 문학수첩, 2015, 188~191쪽.
15 김재홍, 「냉정과 열정 사이, 삶의 꽃이 피고 진다」, 『못의 사제, 김종철 시인』, 문학수첩(초판 1쇄), 2020, 25쪽.

슬픔을, 기쁨과 즐거움을, 부끄러움과 깨달음을 특유의 따뜻하고 살아 있는 시어로 노래함으로써 시의 본질을 구현한 시인"[16]이라고 평가한 바 있다.

본고에서 다루게 될 김종철의 「죽음의 둔주곡」과 「떠도는 섬」은 각각 첫 시집 『서울의 유서』와 두 번째 시집 『오이도』에 수록된 작품이다. 등단 이후 8년 동안 쓴 작품을 모은 그의 첫 시집은 작품을 일종의 '질문의 형식'[17]으로 인식한 의욕이 주목된다. 두 번째 시집은 37세 때 간행된 작품집으로 자신의 출생 내력을 소개[18]하는 등 중년으로 접어드는 정신의 변곡점을 보여 주었다. 「죽음의 둔주곡」과 「떠도는 섬」은 분량과 다루고 있는 소재와 주제의식 등의 측면에서 각 시집을 대표하는 작품으로 볼 수 있으며, 무엇보다 성경 구절의 원용과 교리를 활용함으로써 그의 가톨릭 세계관을 살필 수 있는 작품들이다.

베트남전쟁[19]에 참전했던 김종철은 "나는 베트남에 가서 인간의 신음 소리를 더 똑똑히 들었다"는 부제목을 단 모두 9곡 205행으로 된 「죽음의 둔주곡」을 『시문학』(1973년 3월호)에 발표했다. 이 작품은 대위법 형식의 악곡인 둔주곡遁走曲[20]에 맞춰 각 곡과 곡에 죽음과 죽음의 이

---

16 장경렬, 「김종철 시인의 작품세계 제1권 발간에 즈음하여」, 김재홍, 『못의 사제, 김종철 시인』 문학수첩, 2020, 5쪽.

17 "나는 이제부터 질문을 할 수 있게 되었다. 세상에 바람을 쐬러 나와서 이제 비로소 당신들에게 한 인간으로서 질문을 할 수 있게 되었다." 김종철, 「자서」, 『김종철 시 전집』 문학수첩, 2016, 42쪽.

18 "내가 이 시집의 서문에 이 축복받지 못한 탄생을 기록하는 것은, 이제 내 나이가 불혹이 가까워지고 또한 '덤'으로 살아갈 시간들이 아직까지는 조금 더 남아 있기에 이 글에서 밝히는 것이다." 김종철, 「독자를 위하여 - 덤으로 살아 본 삶」, 『김종철 시 전집』 문학수첩, 2016, 122~123쪽.

19 베트남 통일 과정에서 1960년부터 1975년까지 남베트남정부군·미군과 북베트남정부군·남베트남민족해방전선(NLF) 사이에 벌어진 전쟁으로 한국군은 1964년 9월 의료진을 중심으로 한 비전투요원을 파견한 이래 1973년까지 참전했다. 김종철은 1971년 참전해 "백마부대의 일원으로 깜라인만과 나짱"에 배치되었고, 병과는 '위생병'으로 치료와 약제계를 맡았다. 후반에는 사령부 지시로 백마사단장 김영선 장군의 전속 수행원으로 발탁, 특수 임무를 수행했다. 「김종철 연보」, 『김종철 시 전집』 문학수첩, 2016, 980쪽 참조.

미지를 연쇄적으로 제시하고, 그 이미지들을 서로 겹치고 중첩시키면서 비극성을 강화하고 비장미를 심화시키는 방향으로 전개된다. 또 두 번째 시집 『오이도』의 「떠도는 섬」도 열한 개로 구분된 단편 서정시들이 모두 181행에 이르는 시행을 포함하는 작품이다. 이 시는 전반적인 내용과 분량 면에서 두 번째 시집을 대표할 뿐만 아니라, 특별히 '오이도' 연작 일곱 편을 개관하는 작품이다.

「죽음의 둔주곡」과 「떠도는 섬」을 통해 그의 초기 시세계가 가톨릭 세계관의 바탕 위에 성립되었다는 점을 볼 수 있다면, 김종철의 시세계 전반이 그와 같은 신앙적 일관성의 실천이며, 궁극적으로 믿음의 윤리화이자 윤리의 신앙화였다는 사실을 확인할 수 있을 것으로 기대된다. 주지하다시피 그는 예수의 죽음을 상징하는 '못'의 이미지를 『못에 관한 명상』(1992), 『못의 귀향』(2009), 『못의 사회학』(2013) 등 중후기 시집들에서 일관되게 표현하였으며, 또한 한 시인의 시적 실천은 자신의 믿음(신념)을 표현하는 일종의 윤리학이자 이를 통해 다시 자신의 믿음(신앙)을 확인하는 데 이르기 때문이다.

---

20 둔주곡은 한 성부가 주제를 나타내면 다른 성부가 그것을 모방하면서 진행하는 대위법 형식의 악곡인 푸가(fuga)를 말한다. 화성학을 바탕으로 한 악곡 형식의 완성이 소나타라면 대위법을 바탕으로 해서 완성된 악곡의 형식이 푸가인 셈이다. 13세기의 모방대위법으로 시작된 악곡의 형식이 16세기에 이르러 푸가로 발전하였고, J. S. 바흐를 통해서 완성되었다. 바흐는 열다섯 곡의 푸가로 구성된 『푸가의 기법』(1751년)을 집대성했다.

2. 절대자를 향한 주체의 절규 - 「죽음의 둔주곡」

「죽음의 둔주곡」이 모두 9곡, 205행의 대작으로 구성된 것은 베트남 전쟁에서 김종철이 겪은 경험의 강도에 비례한 결과로 보인다. 서사적 욕망과 서정적 감성의 결합으로써 「죽음의 둔주곡」은 그 반복성과 비극성을 통해 "존재의 근원으로부터 깜빡이는 불빛에 비친 세계의 풍경을 보는 것"과 닮았다. 전장의 참혹한 "풍경은 반쯤 지워진 흔적, 즉 일회성의 죽음이며 그 흔적을 통해서 우리는 영원성을 확인"[21]하는 것이다. 「죽음의 둔주곡」은 모든 죽음은 일회성임을 통각한 한 시인의 구원을 향한 절규라고 할 수 있다.

김종철이 죽음의 표현 형식으로 레퀴엠이 아니라 둔주곡(푸가)을 선택한 것을 주목할 필요가 있다. 고전주의의 레퀴엠이 외부적·타자적 관점에서 죽음에 대한 위안을 의도한다면, 바로크 시대의 푸가는 내면적 성찰과 구원의 열망을 내포하기 때문이다. 이러한 성찰과 구원은 인간에 의해 구축되는 철학적 사유가 아니라 오히려 그에 앞선 어떤 '내재적 구도'[22]에 따라 성립되는 비개념적인 무엇이다. 구원은 개념적이지 않고 신앙적이다. 전쟁이란, 인간은 결코 인간을 구원할 수 없다는 강력한 증거이다. 그러므로 전쟁에 반응하는 시적 주체는 바깥(레퀴엠)이 아니라 안(푸가)으로 들어갈 수밖에 없었다. 「죽음의 둔주곡」이 함축

---

21 김춘식, 「창조적 개인의 자의식」 『불온한 정신』 문학과지성사(초판 제1쇄), 2003, 268쪽.
22 "철학이 개념의 창조와 더불어 시작된 것이라면, 내재성의 구도는 선철학적인 것(préhistorique)으로 간주되어야 할 것이다. 그것은 한 개념이 다른 개념들을 참조하는 방식으로써가 아니라, 개념들 자체가 비개념적인 이해를 참조하는 방식으로 전제된다." 질 들뢰즈·펠릭스 가타리, 『철학이란 무엇인가』(이정임·윤정임 옮김), 현대미학사, 1995, 63쪽.

하는 구원은 내면적이다.

「죽음의 둔주곡」을 포함해 첫 시집 『서울의 유서』의 시세계에 대해 유성호는 '두 언어'가 교차하고 있다면서, 긍정의 언어와 비판적 언어의 '양가적 역동성'이 "그의 초기 시편이 구축한 확연한 시적 대위법일 것"이라고 했다. 또 「죽음의 둔주곡」 '제1곡' 전문을 인용하면서, 사도 바오로(바울)와 예언자 에제키엘(에스겔), 예수에게 세례를 준 세례자 요한(세례 요한) 등 신구약의 주요 인물들을 환기하는 대상물이 구사된 것은 "전쟁이 얼마나 폭력적이고 비非존재적인 것인가를 경험케 한다."[23]고 분석했다.

「죽음의 둔주곡」은 죽음의 보편성 혹은 영원성을 탐구한다. 그것은 베르그송이 얘기한 가톨릭의 예언자적 태도가 김종철에게 내재했음을 시사한다. 베르그송은 "그리스도 자신은 이스라엘 예언자들의 후계자"로 간주될 수 있다면서, "그들은 정의에 대한 열정을 가지고 있고, 그들은 그 정의를 이스라엘의 하느님의 이름으로 요구한다."고 말했다. 이처럼 도덕이 종교로 전화되는 "사유와 행위 사이의 간격을 뛰어넘기 위해서는 비약이 필요한데" 그 약동으로써 가톨릭의 신비주의는 민족종교의 울타리를 넘어 세계로 뻗어나갈 수 있었다는 주장이다.[24] 그렇다면 종교의 도덕적 전환이라고 할 수 있는 「죽음의 둔주곡」에도 비약으로서의 약동과 정의에 대한 신념이 내포되어야 할 것이다. 김종철은 수많은 전사자들의 주검을 통해 그러한 약동과 신념을 갖게 되었을 것으로 보인다.

23 유성호, 같은 책, 173~174쪽.
24 앙리 베르그송, 『도덕과 종교의 두 원천』(송영진 옮김), 서광사(제1판제1쇄), 1998, 259쪽.

이는 「죽음의 둔주곡」을 배후에서 감싸고 있는 커다란 울타리이다. 가톨릭 세계관 안에서 사도는 결코 죽음을 두려워하지 않는다. 오히려 사도는 죽음으로써 '하느님 나라'를 실천하는 자들이다. 사도는 죽음 앞에서 기쁨을 얻고, 죽음으로써 구원을 누리는 자들이다. 인간이 죽음을 두려워한다면, 그것은 '죽음 이후'를 상정할 수 없는 어떤 절대적 분리, 절대적 암흑으로 인식하기 때문이다. 가톨릭의 약동과 신념은 「죽음의 둔주곡」을 기저에서 받치고 있는 축이다.

> 벌거벗은 땅이여
> 그대는 선한 싸움을 다 싸우고
> 달려갈 길을 다 달렸으며
> 죽음의 처녀성과
> 꿈을 찍어내는 자들의
> 믿음 몇 개를 지켰을 뿐이다
>
> ─「죽음의 둔주곡」 '1곡' 부분

'벌거벗은 땅'은 그 무엇으로도 포장되지 않은 어떤 원형이나 처음이 아니라, 오히려 모든 것이 거쳐 간 마지막에 가깝다. '선한 싸움'을 다 싸우고, '달려갈 길'을 다 달려 버린 땅이다. 이 땅에서 벌어진 수많은 사건들은 다 지나갔지만, 그 속에서 지켜 낸 것이라고는 죽음은 언제나 단 한 번의 '처녀성'이며 실현 가능성을 장담할 수 없는 꿈같은 몇 개의 '믿음'뿐이다. 이 땅에 황폐한 바람이 분다. '마른 뼈'의 골짜기들이 떼 지어 내려오고, '그대'의 비탄 속에 '들개'가 절망적인 싸움을 한다. '벌거벗은 땅'은 생명의 땅이 아니라 죽음의 땅이며, 성스러운 땅이 아니라 처참한 유형의 땅이다.

이처럼 '1곡'은 전장의 참상에 대한 여실한 표현이 전면에 부각된다. 여기에 구사된 비유와 표현들은 성경의 이미지들을 직접적으로 활용하고 있다. '선한 싸움'(바오로),[25] '마른 뼈의/골짜기들'(에제키엘),[26] '마른 메뚜기와 들꿀'(세례자 요한)[27] 등은 베르그송이 말한 가톨릭의 약동과 신념을 뒤집은 처참한 역설적 상황을 표상한다. 김종철은 베트남전쟁을 통해 그 어떤 생성의 가능성도 차단당한 완벽한 폐허이자 완전히 벌거벗겨진 땅을 경험했던 것으로 보인다.

"이별 하나가 우리를 가두어 버렸다/떨리는 풀잎 한 장의 비애/중부 베트남의/붉은 사막의 발자국"으로 시작되는 '2곡'의 도입부는 '중부 베트남'이라는 시적 공간이 구체적으로 제시된다. 그곳은 일종의 감옥이자 비애의 땅이다. 참전 병사에게는 어떤 곳이라도 '이별의 공간'이며 '비애의 공간'일 수밖에 없다. '붉은 사막'은 실제로 호치민에서 200킬로미터 정도 북동쪽에 위치한 무이네Mũi Né 해안에 있으며 '래드 샌듄Red Sand Dune'이라 불리었다. 그런 밤이면 밤마다 멀리 한반도(휴전선)에 내리던 '155마일의 비'가 오고, 비와 함께 분단 조국의 엄혹한 현실도 떠올랐을 것이다. 때문에 시인은 "나는 여러 번 둘이 되고 셋이 되고/다시

---

25 **"믿음을 위하여 훌륭히 싸워** 영원한 생명을 차지하십시오, 그대는 많은 증인 앞에서 훌륭하게 신앙을 고백하였을 때에 영원한 생명으로 부르심을 받은 것입니다."(티모테오1서 6:12) "나는 훌륭히 싸웠고 **달릴 길을 다 달렸으며** 믿음을 지켰습니다."(티모테오2서 4:7)

26 "주님의 손이 나에게 내리셨다. 그분께서 주님의 영으로 나를 데리고 나가시어, 넓은 **계곡** 한가운데에 내려놓으셨다. 그곳은 **뼈**로 가득 차 있었다."(에제키엘서 37:1)

27 "요한은 낙타 털로 된 옷을 입고 허리에 가죽 띠를 둘렀다. 그의 음식은 **메뚜기와 들꿀**이었다."(마태복음 3:4) "요한은 낙타 털 옷을 입고 허리에 가죽 띠를 둘렀으며, **메뚜기와 들꿀**을 먹고 살았다."(마르코복음 1:6)

하나가 되는" 분열증적 경험 속에서 한반도와 베트남이라는 이중의 전쟁을 인식하게 된다. 총성이 들리는 전장과 총성이 들리지 않는 휴전의 땅은 본질적으로 다르지 않을 것이다.

그런 점에서 '1곡'이 비극적인 전쟁과 죽음의 심상을 '벌거벗은 땅'의 이미지로 개관하였다면, '2곡'은 두 개의 전쟁 공간을 구체적으로 제시함으로써 작품을 관류하는 죽음의 보편성과 비극성을 환기한다. 그러므로 "우리를 넘는 절망의 포복"을 세어 보는 시적 화자의 행위는 그 자체로 처절한 전투의 양상이면서 동시에 「죽음의 둔주곡」이 겨냥하고 있는 반전 평화의 정서와 연결된다.

'3곡'은 "이별 하나가 우리를 가두"기 이전으로 돌아가 부산항에서 업셔호[28]를 타고 베트남으로 출항하던 장면을 묘사한다. 젊은이들은 말 그대로 "조국으로부터 어머니로부터 운명으로부터" 떠나야 했다. 이제부터 그들은 자신의 운명이 아니라 전쟁의 운명을 따를 터였다. 그러니 자식을 찾아 헤매는 어머니도, 그 모습을 4~5층 높이의 갑판에서 바라보는 자식도 모두 울 따름이었다.

항구의 이별을 뒤로하고 먼 바다에 이른 자식은 그제야 "눈물을 닦아 내었다"고 한다. 그리고 그가 배낭에 넣어서 가져간 '한 줌의 흙'은 이미 하나의 상징이 되어 그의 가슴을 짓눌렀을 것이다. 그것은 또한 "죽음으로 직행하는 수수께끼의 구멍에 직면한 '우리'"라는 인식으로써 "자기 자신이 죽음에의 통로가 되었음을 깨달으며 죽음에 도착하기

---

28 한국군 파월 병사들을 실어 나르던 업셔호(UPSHUR)는 1만4,000톤급 수송선으로 한 번에 3,000여 명을 수송할 수 있었다. 원래 화물선이었던 것이 제2차 세계대전 때 병력 수송선으로 개조된 이래 베트남전에 참전하는 한국군의 수송을 위해 투입되었다.

까지 얼마 시간이 남지 않았다"[29]는 자각과 같은 것이었다. 이처럼 '3곡'
에는 흙의 '붉디붉은 혼'에 이끌려 '너무나 먼 곳'으로 불려 나가는 시적
화자의 비극적 정서가 담겨 있다.

    내 몸속에 흐르는 황색의 피

    이방인의 피

    총구를 통해 보는 낯선 죽음 앞에

    오늘은 모든 것을 발가벗겨 놓았다

    숨긴 것도 덮어 둔 것도

    나의 모든 위대한 가을날과 기도까지

    그대 앞에 온통 내놓았다

    이것이 그대가 나를 모르는 까닭이다

    나는 운명을 겨냥하였다

    한번 겨냥한 살육은

    그대가 마련한 최후의 잔과 바다와

    내 자신마저 빼앗았다

                    - 「죽음의 둔주곡」'4곡' 부분

  '4곡'은 「죽음의 둔주곡」의 중심 시편이다. 실전의 '총구'는 인간적인
"모든 것을 발가벗겨 놓"고, '숨긴 것'도 '덮어 둔 것'도 '가을날과 기도'까
지 "온통 내놓고야" 만다는 처절한 인식이다. 그러므로 "나는 운명을 겨

---

29 이성혁, 「젊은 시인들이 들춰 낸 죽음의 공간들」, 『사랑은 왜 가능한가』, 청색종이(초판 제1쇄), 2019, 63쪽.

냥하였다"는 표현은 베트남전쟁 전체를 상징할 수 있는 득의의 표현이된다. 그것은 '최후의 잔과 바다'를 넘어 자기 '자신'마저 빼앗긴 '발가벗겨진 운명'이기 때문이다. '총구' 앞에 선 적도, '총구'를 통해 겨냥하는 '나'도 본질적으로 구별되지 않은 전쟁의 피해자라는 인식에 이를 때 그것은 절대적 평화주의나 가톨릭 세계관의 사랑의 차원에 도달한다.

'4곡'의 후반부 8행에는 치유자로서의 '위생병'이 등장한다. 위생병을 필요로 하는 상황이 위생병의 능력을 초과할 때, 다시 말해 근원적으로 무능한 존재일 수밖에 없는 '전장의 위생병'이라는 인식에 이를 때 비로소 '진정한 치유자'의 위상을 획득하는 역설이 드러난다. 그러므로 위생병이 '무너진 자들의 절망'을 '핀셋'으로 아무리 많이 끄집어내더라도 "그대는 더 많은 파멸과 비탄을 삼"키는 것이다. 가을의 '기도'도, '절망'을 끄집어내는 '핀셋'도 감당할 수 없는 끝없는 상처와 죽음의 행렬 앞에서 시인은 "내일은 어떤 바람개비가/이 세상 이방인의 꿈을 인도해 줄 것 같은가"라고 외칠 수밖에 없었다. '진정한 치유자'란 무능한 위생병이 아니라, '하늘'을 향해 구원의 청원을 간절하게 외치는 자이다.

칸란베이 꿈속에서
나는 배를 기다렸다
밤마다 자주 마른 파도의 상처가 나타나고
순례자의 갈증은 타오르고
한 방울의 물까지 나를 마셔 버렸다
내 팔에 안겨 임종한 사내들을 마셔 버렸고
내가 헤맨 몇 개의 정글을 마셔 버렸고

내가 가지고 온 바다까지 마셔 버렸다

- 「죽음의 둔주곡」 '6곡' 부분

한국전쟁을 겪은 고국의 지명을 명시적으로 언급하며 전쟁의 보편성을 환기한 '5곡'에 이어 '6곡' 도입부에는 전쟁의 참상이 날카로운 비유로 등장한다. 캄란 베이는 베트남전쟁 기간 미군 군수물자의 핵심 기지였으며, 인근 나짱(나트랑)에는 한국군 야전사령부와 백마부대가 전개해 있었고 김종철은 그곳에 배속되어 있었다. 작품에 따르면 밤마다 '순례자의 갈증'은 타올라 '한 방울의 물'을 마셔 버렸고, "내 팔에 안겨 임종한 사내들"까지 마셔 버렸다. 심지어 '정글'도 '바다'도 마셔 버렸다. 생명을 향한 극한의 갈증이 오히려 모든 생명을 '마셔 버리는' 비극적 양상으로 치환되어 나타났다. 그렇게 비참하게 '떠나간 사내들'[30]들의 '죽은 꿈들'이 부둥켜안는 배(업셔호)를 타고 "또 다른 사내들이 그들의/생동하는 바다를 두고 올 것"이라는 표현에서 죽음이 죽음을 물고 죽음으로 이어지는 전쟁의 참상이 둔주곡의 대위법 형식과 같이 언어화된다.

날마다 하나씩 늘어나는 당신의 죽음을
폭염에 달구어진 철모의 비명, 서투른 가늠쇠에 숨이 멈춘 가시덤불, 캄란베이 어두운 병동에 냉동된 몇 구의 주검도 당신의 것입니다

- 「죽음의 둔주곡」 '8곡' 부분

---

30 1964년부터 1973년까지 베트남전쟁에 투입된 한국군 병력은 연인원 30만 명에 달하며, 그 가운데 사망자 5,000여 명을 포함해 도합 1만6,000여 명의 사상자를 낸 것으로 집계되었다.

다른 시편과 달리 '8곡'은 서술어가 '~습니다'체로 바뀌었다. 그것은 시적 화자의 발화 내용을 수신하는 주체를 명확히 표현한다. 그것은 앞서 '1곡'부터 '7곡'까지 일관되게 관철되고 있는 가톨릭의 '믿음의 대상'과 다르지 않다. 그것은 「죽음의 둔주곡」을 배후에서 감싸고 있는 종교의 도덕적 전환으로서 '비약으로서의 약동과 정의에 대한 신념'의 대상이기도 하다. 때문에 '당신'이라는 3인칭 극존칭이 사용되었다. 계속 보아 온 대로 앞선 '곡'들에서 시적 화자는 갇히거나(2곡), 이별하거나(3곡), 파멸과 비탄을 삼키거나(4곡), 오열하거나(5곡), 악몽을 꾸거나(6곡), 류머티즘을 앓아(7곡) 왔다. 그런 점에서 '8곡'은, 스스로 처참한 전쟁을 끝내고 평화와 공존을 이룩하기에 인간은 너무나 무능하고 무기력하다는 사실을 확인한 자가, 그 고통의 종결로서의 구원을 위해 '믿음의 대상'에 기도를 바치는 듯 보인다. 그렇게 구원의 갈망이 강하면 강할수록 존칭의 강도는 커질 수밖에 없다.

'8곡'에서 '나의 아들아'라고 불린 시적 화자는 '2곡'의 어머니가 부산항 제3부두에서 그토록 찾아 헤매던 그 '막내'가 되어 돌아왔다. "캄란베이 어두운 병동에 냉동된 몇 구의 주검"만이 아니라 살아 돌아온 '막내'도 구원을 향해 절규한다. 가톨릭교회의 지체론肢體論[31]에 따르면, 모든 삶이 '당신의 것'이듯 모든 죽음도 '당신의 것'이다. 그러므로 기도와 간구가 절박할수록 구원은 멀리 있지 않다.

---

31 "그분은 머리이신 그리스도이십니다. 그분 덕분에, 영양을 공급하는 각각의 관절로 온몸이 잘 결합되고 연결됩니다. 또한 각 기관이 알맞게 기능을 하여 온몸이 자라나게 됩니다."(에페소서 4 : 15~16) 가톨릭교회는 '하느님의 아드님'인 예수를 머리로 하여 모든 인간이 그 지체라고 하는 지체론을 믿는다.

아브라함의 땅도 이미 떠났다

벌거벗은 땅이여

그대의 사도들은

착한 들판을 모두 잃어버렸다

- 「죽음의 둔주곡」 '9곡' 부분

"아브라함의 땅도 이미 떠났다", "착한 들판을 모두 잃어버렸다". 한 사람으로 인해 '죄'가 왔고, 그로부터 모든 '죽음'이 왔듯이,[32] 죽음은 '너희들의 숙명'이라는 깨달음의 언어이다. 그러므로 '너희'는 회개하고, 반성해야 한다. 그렇지 않으면 '땅의 자손들'에게는 아무것도 남아 있지도 않고, 아무도 기다려 주지 않을 것이다. "너희들의 날에는 아무도 기다려 주지 않는다".

「죽음의 둔주곡」은 결국 모든 죽음은 일회성이며, 그것으로서 영원히 반복되는 죽음을 인식한 한 시인의 절규로 보인다. 「죽음의 둔주곡」의 현재성은 죽음의 보편성 혹은 영원성에서 온다. 그것이 믿음에서 윤리로 하강한 것이든, 반대로 윤리에서 신앙으로 상승된 것이든 베트남전에서 직접 목도한 수많은 죽음으로 인하여 작품은 반복과 변주의 둔주곡 형식을 필요로 했던 것이다. 덧붙여 강조해야 할 점은, 모든 것이 떠나 버린 '벌거벗은 땅'은 비록 최후의 땅이지만 결코 종말의 땅은 아니라는 점이다. "아무도 남아 있지 않"고 "아무도 기다려 주지 않"지만, 가톨릭 세계관에서 그 땅은 구원을 향해 열려 있는 땅이자 구원이 예비

---

32 "한 사람을 통하여 죄가 세상에 들어왔고 죄를 통하여 죽음이 들어왔듯이, 또한 이렇게 모두 죄를 지었으므로 모든 사람에게 죽음이 미치게 되었습니다."(로마서 5:12)

되어 있는 땅이다.

이 밖에도 베트남전쟁 참전 경험이 반영된 작품들은 주로 『서울의 유서』 앞부분에 배치되어 있다. 「베트남 7행시」는 말 그대로 전장에서 경험한 에피소드를 다룬 세 편의 7행시를 포함한 서정시이다. 또 「닥터 밀러에게」는 위생병으로 참전했던 자신의 "품에서 실려나간 사내들의 죽음이/돌아오고 다시 돌아"온다면서 "오늘 나는 늦은 종로를 걷다가/캄란 만에 냉동되어 있는 그 사내를/여럿 만났"다는 놀라운 고백을 담고 있다. 또 「여름데상」의 '아브라함'과 '이삭'과 '야곱', 「겨울 변신기」의 '성바오로 병동'과 '누가복음 12장' 등 직접적으로 가톨릭을 환기하는 시어들이 사용된 작품 등 김종철의 첫 시집 『서울의 유서』는 가톨릭 세계관이 다양한 변주를 통해 표현되어 있는 것으로 분석된다.

3. 절대자의 응답과 구원의 길 – 「떠도는 섬」

「떠도는 섬」의 첫 번째 시편은 '버림받은 자'와 '타락한 자'의 땅을 '섬'이라고 언명한다. 버림받은 자는 '눈물의 짐'을, 타락한 자는 '절망의 닻'을 내려놓은 섬이다. 섬은 세상의 끝까지 내몰린 자들의 땅이며, 그 자체 세상의 끝으로 표상된다. 그런 섬에 '새벽안개'를 거두며 '한 낯선 배'가 당도하는 것으로 작품은 시작된다. '오이도'는 세상의 끝이며, 그 끝에 당도한 '낯선 배'로 인하여 그 '떠도는 섬'의 정서적 흐름이 시작되는 것이다.

죽어 있는 바다와 살아 있는 바다

오오, 버림받은 자는 그의 눈물의 짐을

타락한 자는 그의 절망의 닻을

내려놓는 이 섬에

한 낯선 배가 새벽안개를 거두며

이 섬이 깨어날 시각에 당도하더라

- 「떠도는 섬」 '첫 번째 시편' 부분

연이어 "한 낯선 배는 그대들에게/벌거벗은 땅과 그 슬픔을 보여 주러 왔더라"라며 '한 낯선 배'가 왜 섬에 왔는지 섬사람들은 그때 어떻게 행동하는지를 말한다. 낯선 배는 "벌거벗은 땅과 그 슬픔을 보여 주러 왔"고, 이때 사람들은 "잔파도를 가슴속에 하나씩 풀어놓"는다. 낯선 배와 섬사람들은 '땅의 슬픔'과 '잔파도'로 소통한다. 새벽에 당도한 '낯선 배'는 어떤 외래적 존재를 표상하지만, 섬사람들 역시 버림받은 자이거나 타락한 자로서 '눈물의 짐'과 '절망의 닻'을 내려놓았으므로 이들의 소통은 어떤 동질적 필요에 의한 것임을 시사한다.

버림받거나 타락한 섬사람들은 그 '버림'과 '타락'으로써 하느님 앞에서 중죄를 지은 아담과 이브로 연결된다. 그들은 전지전능한 하느님의 명령에 불복종하여 선악과를 따먹은 절도범들이며, 욕망에 굴하여 에덴동산을 파멸로 내몬 흉악범들이다. 그들에게는 '추방'이라는 형벌이 오히려 과분한 은총에 가깝다.[33] 이 작품에서 '떠도는' 것은 무엇보다 뿌

---

33 "아담과 이브는 식욕, 소유욕, 권력욕, 성욕에 관한 범죄를 저지르고, 앞으로 이 네 가지 인간의 기본적인 욕망 때문에 끊임없이 기쁨과 괴로움의 연속선상에서 헤매는 삶을 살 것이라는 야훼의 예단 속에 갇히게 된다." 전영태, 『쾌락의 발견 예술의 발견』, 생각의나무(초판 제1쇄), 2006, 226쪽.

리 뽑힌 사람들이지만, 이들이 모여 사는 섬 또한 '떠도는 것'일 수밖에 없다는 점에서 '낯선 배'와의 소통은 현실적으로 불가피한 듯 보인다. 섬사람들과 아담 – 이브의 이미지는 여덟 번째 시편에서 "너는 어디에 있느냐"라는 성경 구절을 활용한 시행을 통해 다시 연결된다.

「떠도는 섬」의 첫 번째 시편은 이처럼 모든 것을 박탈당한 불모성에서 출발한다. 버림받은 자도 떠돌고, 타락한 자도 떠돌고, 섬도 바다도 모두 떠돌기만 하는 이곳은 어떤 유형의 공간이며, 절대적 몰락의 정신성을 상징하는 듯하다. 또 이런 극한의 상징은 그 이유 혹은 원인에 대한 매우 강한 궁금증을 유발함으로써 작품 전체의 도입부로서 흡인력을 보여 준다.

> 하루씩 쌓여 가는
> 저 모래갓의 과거의 마을에는
> 아직도 우리 중의 하나가 살고 있었습니다
>
> － 「떠도는 섬」 '두 번째 시편' 부분

두 번째 시편은 첫 번째 시편과 어조를 달리한다. '~하더라'체에서 '~습니다'체로 바뀐다.[34] 첫 번째 시편의 시적 화자는 상황을 객관적으로 조망하면서 어떤 메시지를 전달하거나 예지력을 보여 주는 데 반해 두 번째 시편은 섬사람의 처지에서 자신들의 속사정을 드러내는 형식을 취

---

34 「떠도는 섬」의 열한 개 시편들은 '~하더라'체와 '~습니다'체가 번갈아 사용되었다. 첫째부터 홀수 번째 여섯 편은 '~하더라'체, 둘째부터 짝수 번째 다섯 편은 '~습니다'체로 표현되었다. 대체로 '~하더라'체의 화자는 전달자, 예지자, 평가자로 나타나며 세속의 현장을 '아래'로 조망하는 존재로 보인다. '~습니다'체의 화자는 섬사람들, 구체적 인물들, 어떤 염원을 기원하는 자들로서 '위'를 쳐다보는 속세간의 존재들이다.

하고 있다. 어조의 변화는 발화 주체의 변화로, 발화 주체의 변화는 정서의 내면적 밀도를 강화시키는 방향으로 전화되고 있다. 그런 점에서 첫 시편이 불모성과 비극성의 개관이라면, 둘째 시편은 앞으로 드러날 구체적 양상을 현장의 음성으로 제시하는 역할을 하고 있다.

우선 '과거의 마을'과 '미래의 도시'가 대비된다. 과거의 마을에 살고 있는 '우리 중의 하나'는 '여럿의 얼굴'을 번갈아 쓰면서 자신들 가운데 누가 '바보'인지를 셈하고, 빈민가 아이처럼 웅크리고 있던 미래의 도시는 "서로 다투며 눈물을 훔치는" 존재이다. 과거의 마을은 누가 바보인지를 셈하고, 미래의 도시는 다투고 눈물을 훔친다. 이로써 첫째 시편에서 '낯선 배'와 '섬사람들'이 어떤 동질적 필요에 의해 소통한 것에 대한 시인의 가치론적 평가가 드러난다. 즉 우리들의 마을(과거)에 도시(미래)를 불러들인 얼굴은 '바보'이며, 그것은 도시가 '빈민가 아이처럼' 웅크리고 있다가 서로 다투고 눈물을 훔치는 것으로 증명된다.

이는 "서울은 폐를 앓고 있다"면서 "새벽까지 기침이 잦아진 서울"은 "우리들 소시민의 가슴에 들어오는 목을 매었다"[35]고 한 첫 시집 『서울의 유서』의 목소리가 강하게 이어지고 있음을 확인하게 한다. 즉 마을(과거)과 도시(미래)의 불화와 부조화를 매우 부정적으로 인식한 것이다. 바로 이것이 불모성과 비극성의 근원이며, '떠도는 섬'이라는 시적 상징을 불가피한 것으로 만든 것으로 보인다.

　　　그래그래 너희들이

35　김종철, 「서울의 유서」, 『김종철 시 전집』, 문학수첩, 2016, 69~70쪽.

무엇을 덜 보았다고 하더라도

너희가 알았던 하나가 나머지 것들보다 뛰어나리라

같은 길이라도

너희가 다시 눈을 감고 달리 봄으로

셋이든 넷이든 알 수 있으리라

다만 너희들 눈에 보이지 않는 것은

너희들이 각자 내어놓는 저주와 작은 무덤에

발부리 채여 넘어지는 것뿐이더라

-「떠도는 섬」 '세 번째 시편' 전문

세 번째 시편은 다시 '~하더라'체로 잠언箴言적 분위기다. 여기서도 시적 화자는 '너희가' 알았던 것의 의의('뛰어남')를 평가하고, 알 수 있기 위해서는 어떤 행동('달리 봄')이 필요한지 전달하고, '보이지 않는 것'은 어떤 것(넘어지는 것)이라고 예지한다. 앞선 두 편이 각각 작품 전반에 대한 개관과 구체적 현장음이었다면, 세 번째는 시적 정서를 심화시키고 거기에 계시의 믿음이라는 신앙적 숭고미를 더하고 있다.

연이어 네 번째 시편은 '~습니다'체로 섬사람들의 육성을 통해 그들의 이야기를 전달한다. 그들은 "늘 떠나고 옮겨 가며" 살아온 사람들이다. 그들은 "해 뜨는 곳에서 해 지는 곳까지" 늘 해를 등진 곳에 집을 마련한 사람들이다. 밝은 곳보다 어두운 곳, 화려한 곳보다 누추한 곳, 기름진 평야가 아니라 메마른 황야에 사는 사람들이다. 그들은 '한 장의 잎'에 옮겨 와 살고, '이슬'에 매달려 떨고 있는 잎새와 같은 사람들이다. 그러므로 그들은 더 이상 어린아이와 같은 꿈을 꿀 수 없는 존재,

꿈을 박탈당한 존재들이다. "스스로의 그림자에 흉터를 가리고 살 줄
아는" 바람 같은 존재들이기 때문에 섬사람들은 떠도는 것이다.

> 뺏고 빼앗겨라
> 그대 안에서 가장 소중하고 사랑한 것이 무엇이더냐
> 그대들은 님과 거짓말을 동시에 가지려 하더라
> 그대들의 절망의 손길까지
> 가거라, 가거라 가서 더 많은 것을 거두어라
>
> —「떠도는 섬」'다섯 번째 시편' 전문

다섯 번째는 내용적으로 섬의 의미를 확장하고 심화시키면서 「떠도
는 섬」 전체의 주제를 표현하는 중심 시편으로 보인다. 요컨대 섬과 섬
사람이 떠돌 수밖에 없는 이유는 '눈과 귀'를 멀게 하는 어떤 유혹과 현
혹(욕망) 때문이며, 그것은 곧 어떤 현실도 굴절시키고 마는 정신의 타
락이라는 지적이다. 여기서 '섬'의 외연은 세계로, '섬사람'의 범위는 인
간 존재 전체로 확장되면서 현대 문명에 대한 시적 비판으로 심화된다.

다섯 번째 시편은 불모성과 비극성의 근원을 허상에 빠져 버린 '그
대'에게 둠으로써 둘째 시편에서 '우리'가 왜 그와 같이 반성적 태도("우
리 중의 바보를 세어 보았습니다")를 취했는지 알 수 있게 한다. 욕망이라
는 허상에 빠져 눈과 귀가 멀어 버린 '그대=우리'는 누구나 '바보'일 수
밖에 없다. 때문에 시인은 "뺏고 빼앗겨라", "가거라, 가거라" 하면서
통렬한 비판의 화살을 쏜다. 더 부서지고 무너져 맨바닥까지 추락해야
만, 그런 극한의 절망에 빠져 봐야만 "더 많은 것"을 거두어들일 수 있

을지 모른다는 통찰로 보인다.

여섯 번째 시편에는 '용접공' 형님이 등장한다. 둘째 시편에서 본 대로 '과거의 마을'과 '미래의 도시'가 물질적 유혹의 표현 양상이라는 점에서 동질적이었던 것처럼 이번 시편에서도 해머로 아무리 벗기고 두들겨도 욕망의 도시는 더욱 견고해지기만 할 뿐이다. 때문에 '한 잔의 막소주'를 마시며 도시의 심장을 때우는 형님은 이제 도시 속의 유일한 섬, 유일한 가능성이자 희망이다. 그리고 일곱 번째 시편은 세상의 종말을 암시한다. 죄지은 자들을 모두 추방하고 나면 그때는 생의 신산고초辛酸苦楚를 누구에게도 물어볼 수 없게 된다. 그러므로 다시 인간을 향할 수밖에 없다.

너는 무엇이냐, 사람입니다
너는 어디에 있느냐, 하나는 안에 있고 하나는 밖에 있습니다

-「떠도는 섬」 '여덟 번째 시편' 부분

성경에 따르면, 창조주는 아담을 찾아 "너 어디에 있느냐?"(창세기 3:9) 하고 물었다.[36] 그리고 아담은 "동산에서 당신의 소리를 듣고 제가 알몸이기 때문에 두려워 숨었습니다."라고 답했다. 이것은 창조주가 세상을 만든 뒤 처음으로 피조물에게 던진 질문이다. 신의 첫 질문은 인간을 향했다. 마찬가지로 「떠도는 섬」의 여덟 번째 시편도 질문과 응답의

---

36 "너 어디에 있느냐?"는 히브리어 문법에 따르면 일종의 '강의적 의문문(설의법)'으로 볼 수 있는데, 답을 듣거나 필요로 하는 질문이 아니라 어떤 신적 권위를 드러내는 의문문이라 할 수 있다. 가령 왕이 신하에게 죄를 물을 때 "네가 어찌 그리하였느냐?"라는 말과 같다.

형식을 통해 인간에 대해 묻는다. 이것은 성경의 발화 패턴을 원용해 시적 메시지를 전달하는 형식이며, 동시에 질문하는 자(창조주)와 답하는 자(인간)의 관계라는 맥락에서 가톨릭 세계관의 표현이라고 할 수 있다.

"너는 어디에 있느냐", "하나는 안에 있고 하나는 밖에 있습니다". 여기서 '나'는 분열되어 있다. '나'의 하나는 '안'에 있고, 다른 하나는 '밖'에 있다. '안'은 무엇이고, '밖'은 무엇인가. 안팎은 공간적 분할이 아니라 정신적 차원의 분열이다. 그것은 다섯 번째 시편에서 이미 다룬 대로 '유혹과 현혹(욕망)'에 의해 분절되는 윤리적 층위이다. 그러므로 안도 밖도 모두 "늙고 병든 섬"에 있는 것이다. 지상은 언제나 유혹의 땅이며, 죄인의 터전이다. 그래서 인용된 시행 바로 다음에 "내가 나올 땐 바늘구멍도 능히 빠져나올 수 있었는데 세상 머무는 법을 잠시 배우다 보니 되돌아갈 수 없게 되었습니다"라고 고백하는 것이다.

아홉 번째 시편에서 김종철은 「주기도문」을 직접 언급한다. 앞선 시편들에 이어 욕망에 눈과 귀가 멀어 버린 섬사람들(버림받은 자와 타락한 자)의 구원을 위해 '보이지 않는 작은 물살'이 울면서 와 있지만, '너희들'은 아직 '주기도문의 꿈'의 바깥에서 배회하고 있다며 안타까워한다. "하늘에 계신 우리 아버지, 아버지의 이름이 거룩히 빛나시며"로 시작되는 「주기도문」은 곧 창조주인 신의 구원사업을 함축하고 있으므로, 그 밖에서 '헛날고' 있다는 것은 아직 '너희들'이 회개하지 않았음을 표상한다. 따라서 구원은 아직 멀리 있을 뿐이다.

예수도 그랬고, 사도들과 교부들도 그랬듯이 교회는 구원을 위해 일관되게 사람들에게 '회개하라'고 말해 왔다. 회개란, 자신의 죄를 성찰하고 깨달아 더는 세상이 아니라 하느님을 향해 '돌아서는 것'이다. 밖이 아니라 안으로, 그리스도 안으로 돌아서는 것이 회개이며, 그것을 통해 비로소 구원이 시작된다. 그러므로 예수의 가르침에 의해 시작된 교회[37]는 "여러분은 그리스도의 몸이고 한 사람 한 사람이 그 지체입니다."(코린토1서 12:27)라면서 '머리'인 예수 그리스도를 따라 자신에게 주어진 '은사'를 충실히 실천하는 삶을 살아가도록 이끈다. 이처럼 안이 아니라, 밖에서 '헛날고' 있는 섬사람들이라면 아직 구원은 요원한 일이다.

이제 바람이 불고 또 바람이 불면
죽어 있는 바다와 살아 있는 바다가
나란히 함께 길을 떠나리라
오, 누가 그대들에게 저 낯선 배가
그대들 이승의 밤과 낮이라고 말하겠는가

－「떠도는 섬」'열한 번째 시편' 부분

위와 같이 마지막 시편에서 구원의 양상은 아주 구체적으로 드러난다. '벌거벗은 땅과 그 슬픔'을 보여 주기 위해 '버림받은 자'와 '타락한 자들'이 사는 '떠도는 섬'에 도착한 '낯선 배'는 더 이상 묶여 있지 않고, "이승의 흰 돛을 올리며" 그대들의 '단 하루'를 실어 나른다. 그것을 따라 '용접의 불똥'과 '숨어 우는 흉터'와 '어머니의 땅들'은 물살 따라 떠나가고 마침내 이승의 낮과 밤(모든 것)이 '낯선 배'로 호칭됨으로써 '땅과 그 슬픔'은 구원을 통해 해소된다. 그렇지만 구원은 외부적이지 않

---

37 부활한 예수는 제자들에게 나타나 "너희는 높은 데에서 오는 힘을 입을 때까지 예루살렘에 머물러 있어라."(루카복음 24:49)라고 말하였고, 또 베드로에게는 "내 어린 양들을 돌보아라."(요한복음 21:15)라고 하였다.

고 내부적이다. '낯선 배'는 곧 "그대들 이승의 밤과 낮"이기 때문이다.

'떠도는 섬'은 처음부터 어떤 정신적·윤리적 층위의 불모성과 비극성을 함축한 섬이었다. 유혹과 현혹의 욕망에 의해 굴절된 '떠도는 섬'을 '오이도'와 동일시할 수 있는지 여부는 시집『오이도』에 게재된 다른 시편들과의 관계 속에서 추정해 볼 수 있다. 가령「박군 - 오이도2」이나「보름과 그믐 사이 - 오이도3」,「신굿하는 날 - 오이도4」만 봐도 '떠도는 섬'의 불모적·비극적 정서는 오이도 연작시의 개관이자 종합임을 확인할 수 있다. 그것은 오이도에 대한 김종철의 일관된 인식으로 보인다.

사도 바오로를 따라 가톨릭교회는 '한 사람(아담)의 죄'로 인하여 죽음이 시작되었다고 가르친다.[38] 그런데 김종철은 "죽어 있는 바다와 살아 있는 바다가/나란히 함께 길을 떠나리라"고 표현했다. '삶'과 '죽음'을 동일한 차원에 위치시킴으로써 삶의 문제에 새로운 의미를 부가하고 있다. 삶과 죽음은 단절이 아니며, 죽음이 삶을 결정하는 것도 아니다. 이는 "한 사람의 범죄로 모든 사람이 유죄 판결을 받았듯이, 한 사람의 의로운 행위로 모든 사람이 의롭게 되어 생명을 받습니다."(로마서 5:18)라는 바오로의 관점에 연원을 두면서 그리스도교적 통공通功, Communio Sanctorum[39]의 의미를 표현한 것으로 보인다.

---

38 각주 35 참조.
39 통공은 그리스도교회의 모든 구성원들은 그 기도와 공로에서 서로 통한다는 믿음이다. 가톨릭교회는 지상과 천국, 연옥 등에 있는 모든 살아있는 신자들과 죽은 신자들 간의 영적 결합(spiritual union)을 믿는다.

4. 결론

이상과 같이 「죽음의 둔주곡」과 「떠도는 섬」을 중심으로 살펴본 김종철 시인의 초기 시는 가톨릭 세계관에 기반하고 있음을 알 수 있었다. 이는 '못'의 상징을 본격적으로 구사하기 시작한 제4시집 『못에 관한 명상』(1992년) 이전에도 이미 그 기저에 가톨릭의 바탕이 깔려 있었다는 사실을 확인한 것이며, 결과적으로 김종철의 작품세계는 처음부터 작고할 때까지 가톨릭 세계관을 일관되게 견지한 결과임을 확인하게 한다. 이는 그가 「가을의 기도」를 대표작으로 한 김현승의 기독교적 정신성이나 한국전쟁의 참화를 열다섯 편의 연작시로 표현한 「초토의 시」에서 보여준 구상의 기독교적 사랑의 세계를 잇는 시인임을 짐작게 하는 것이다.

가톨릭 세계관은 무엇보다 예수의 육화肉化 – 죽음 – 부활이라는 '계시의 믿음' 자체이지만, 그것의 작품화인 「죽음의 둔주곡」과 「떠도는 섬」은 '믿음의 실천'이라고 할 수 있다. 김종철에게 가톨릭 세계관은 믿음의 윤리화이자 윤리의 신앙화에 가깝다. 삶도 죽음도 '통공'으로써 하나이며, 너도 나도 우리도 '지체'로서 하나이다. 김종철의 초기 시는 계시의 신앙에 대한 믿음과 그 실천으로서의 시작 활동이었으며, 실천의 대상은 삶과 죽음의 미망에 갇혀 고통 받는 인간이었다. 때문에 그는 수많은 생명이 죽임을 당한 베트남전쟁에 참전했고, 버림받은 자와 타락한 자들이 떠도는 섬인 '오이도'를 찾아갔다.

제5시집 『등신불 시편』의 '등신불' 연작에 대해 허혜정은 "'못'과 '죽음'으로 한계 지워진 존재의 유한성을 벗어난 '등신불' 표상은 특별한 의미망을 형성하고 있는 것처럼 보인다."면서도 "생전의 마지막 시집인 『못의 사회학』을 돌아보면 『등신불 시편』은 '못' 연작의 출발선에 함께 놓인다고 볼 수 있다."[40]고 했다. 죽음이란, "누구도 정확히 알 수 없다는 의미에서 절대적 타자"이며, 인간은 누구나 '죽음을 향한 존재'일 수밖에 없기 때문이다. 그렇다면 '등신불'이 존재의 유한성을 벗어나는 만큼 '못'도 가톨릭 세계의 죽음과 부활의 상징으로서 '죽음을 향한 존재'의 절박한 구원의 표징이라는 생각에 가닿는다. 그것은 김종철의 초기 시에서 왜 그토록 황폐한 '벌거벗은 땅'의 이미지가 반복해서 등장하는지 짐작하게 한다.

「죽음의 둔주곡」에서 모든 죽음은 일회성이지만, 동시에 영원히 반복될 뿐인 죽음을 인식한 시인은 그 서정적 절규로써 '벌거벗은 땅'을 묘사했다. 「죽음의 둔주곡」은 바로 죽음의 보편성 혹은 영원성을 통해 현재성을 보장받는다. 「떠도는 섬」은 어떤 정신적·윤리적 층위의 불모성과 비극성을 함축한 섬이었다. 유혹과 현혹의 욕망에 의해 굴절된 '떠도는 섬'을 통해 "마침내 이승의 낮과 밤(모든 것)이 '낯선 배'로 호칭됨으로써 '땅과 그 슬픔'은 구원을" 얻는다는 사실을 말하고자 한 것이 「떠도는 섬」과 '오이도' 연작 일곱 편이었다. 구원은 외부적이지 않고, '낯선 배'는 곧 "그대들 이승의 밤과 낮"이기 때문이다.

김종철에게 인간의 유한성은 이중적 층위의 자각으로 보인다. 하나는 인간은 언제나 죽음과 함께 죽음 속에서 살아가는 존재라는 것이며, 다른 하나는 사유와 이성의 존재라는 인간의 위엄마저도 언제든지 부

---

40 허혜정, 「김종철의 시세계와 '등신불의 상징'」 같은 책, 19쪽.

서질 수 있고 얼마든지 무너져 버릴 수 있다는 자각이다. 「죽음의 둔주곡」의 결구 "너희들의 날에는 아무도 기다려 주지 않는다"와 「떠도는 섬」의 결구 "오, 누가 그대들에게 저 낯선 배가/그대들 이승의 밤과 낮이라고 말하겠는가"라는 외침은 이런 이중적 층위의 유한성에 대한 표현이다. 그런 점에서 「죽음의 둔주곡」과 「떠도는 섬」을 중심으로 한 김종철의 초기 시는 가톨릭의 사랑의 세계이며, 그 표현 양상은 윤리적 실천에 닿아 있는 것임을 확인할 수 있다.

A Study on Early Periods of Kim Jong-chul's Poem in The View of The Catholic World

Poet Kim Jong-chul received the 'Hankook ilbo Spring Literary Award' with 'Jaebong(sewing)' in 1968 and 'Seoul Newspaper Spring Literary Award' with 'Sea Variations' in 1970 and so began his literary career. Before his death as a chronic disease in 2014, he had done the poetical works for 46 years. In his lifetime, he published the seven collections of poetry, eight poems including the posthumous collection, "The House of Revival of Jeoldusan", a sibling collection of poems along with his elder brother Kim Jong-hae "Mother, Our Mother" and a collection of poems "Nails and Life and Dreams" and "The Man Who hammer Nails."

Poet Kim Jong-chul who participated in the Vietnam War completed 'The Fugue of Death' which was the representative work of the first collection of poems "The Will of the Seoul" with nine songs and 205 lines. This work was unfolded to present a series of images of death and death to each song and song in line with fugue, a musical piece in the form of a counterpoint, and to strengthen tragedy and deepen the tragic beauty by overlapping and duplicating the images. And 'The Floating Island', one of the representative works of the second collection of poems "The Oido(Oi Island)" was a masterpiece that includes a total of 181 verses of short lyric poems of 11 features. From the perspective of the overall content and quantity, this work not only represented the second collection of poems, but it was also a highly motivated work that overviewed seven series of "Oido".

In this paper, through the analysis of Kim Jong-chul's early major poems, 'The Fugue of Death' and 'The Floating Island', it confirmed that his world was established on a Catholic basis, it regarded an ethicalization of faith and a religious belief in ethics. Although the Catholic world view is for Kim Jong-chul the 'belief in revelation' itself, to made it into a work of art, 'The Fugue of Death' and 'The Floating Island' were the practice of faith and the ethnicise of faith.

Keywords:Kim Jong-chul, Catholic, death, fugue, island, revelation, faith, salvation, ethics, practice.

김재홍, 『못의 사제, 김종철 시인』, 문학수첩(초판 1쇄), 2020.

김종철, 『서울의 유서』(제1시집), 한림출판사, 1975.

김종철, 『오이도』(제2시집), 문학세계사, 1984.

김종철, 『김종철 시 전집』, 문학수첩, 2016.

김춘식, 『불온한 정신』, 문학과지성사(초판 제1쇄), 2003.

박호영, 「패로디를 통한 '성' 문제의 탐구」, 『시와시학』(통권 제22호), 시와시학사, 1996, 161~167쪽.

서울대교구 교육국, 『견진 교리서』, 가톨릭출판사(개정 초판 18쇄), 2012.

보에티우스, 『철학의 위안』(이세운 옮김), 필로소픽(초판 제1쇄), 2014.

아우구스티누스, 『고백록』(최민순 신부 옮김), 바오로딸(제3판 제14쇄), 2015.

앙리 베르그송, 『도덕과 종교의 두 원천』(송영진 옮김), 서광사(제1판 제1쇄), 1998.

에티엔느 질송, 『중세철학사(김기찬 옮김), 현대지성사(중쇄), 2013.

요셉 피퍼, 『중세 스콜라 철학』(김진태 옮김), 가톨릭대학교출판부(제1판 제1쇄), 2003.

유성호, 『서정의 건축술』, 창비(초판 제1쇄), 2019.

이성혁, 『사랑은 왜 가능한가』, 청색종이(초판 제1쇄), 2019.

이숭원, 『몰입의 잔상』(초판 1쇄), 역락, 2018.

장경렬, 「김종철 시인의 작품세계 제1권 발간에 즈음하여」, 김재홍, 「못의 사제, 김종철 시인」, 문학수첩, 2020.

전영태, 「쾌락의 발견 예술의 발견」, 생각의나무(초판 제1쇄), 2006.

질 들뢰즈·펠릭스 가타리, 「철학이란 무엇인가」(이정임·윤정임 옮김), 현대미학사(초판 제1쇄), 1995.

허혜정, 「순례자의 선물」, 「시인수첩」(통권 제45호), 문학수첩, 2015, 188~191쪽.

허혜정, 「김종철의 시세계와 '등신불'의 상징」, 「불교문예연구」(통권 제12호), 2019, 15~40쪽.

요셉 피퍼 54, 349

욥 10, 332, 333, 334, 335, 336, 337, 338, 339, 340, 341, 342

우발성 18, 69, 70, 80, 81, 86, 89, 92, 98, 102, 107, 115, 156, 162, 165, 179, 211, 237, 247, 255

우발적 결합 21

우발적 표현 31

우이 85, 86, 87, 88, 89, 90, 95, 99, 103

우탁 251

울림 16, 31, 32, 307

유계영 17, 31

유성호 10, 75, 166, 172, 181, 184, 238, 244, 264, 352, 353, 357

유자효 9, 194, 195, 196, 197, 198, 200, 201, 202, 203, 204

윤동주 60, 352

윤리의식 24, 26, 30, 34, 42, 195, 340, 341

의미 36, 45, 46, 47, 52, 173

이강영 34, 48

이경림 69, 71, 72, 73, 74, 77, 79, 81, 84

이념 47, 100, 136, 150, 151, 155, 156, 157, 273

이데아 114, 117, 136, 151, 153

이력현상 117

이명법 152, 154, 155, 156, 157

이명윤 299, 300, 302, 303, 305, 306, 308, 309, 310, 312, 313, 315, 316

이성혁 79, 181, 363

이소호 17, 24, 25, 26, 31, 33, 34, 35, 36, 37, 39, 40, 41, 42, 43, 45, 46, 48

이숭원 195, 355

이승하 10, 195, 335, 339, 340, 341, 342

이원론 114, 123, 164, 180, 196, 204, 208, 209, 235

이은규 290, 291, 292, 295, 298

이재무 270, 273, 274, 275, 277, 278

이정우 16, 56, 180, 189, 208

이종섶 101

인접성 16, 31, 211

일원론 166, 179, 180, 183, 184, 186, 196, 204, 208

일의성 9, 34, 36, 153, 162, 166, 186, 192, 235, 307, 312, 313, 315

임지은 27, 31

있음 26, 64, 85, 86, 93, 94, 97, 98, 102, 103, 107, 124, 141, 173, 174, 279, 280, 281

[ㅈ]

자극성 24, 26, 27, 42

자아 16, 26, 28, 42, 64, 80, 123, 167, 178, 212, 304

자아의 분열 28

전동균 85, 86, 87, 88, 89, 90, 92, 94, 95, 97, 98, 99, 102

전체 59, 61, 62, 180

절대적 고립 27, 30, 32

절대적 비애 18

접힘 69, 71, 72, 73, 74, 84, 116, 118, 119, 130, 211

정지용 9, 49, 106, 166, 167, 168, 169, 170, 172, 193, 234, 240, 241, 246

정철훈 261, 262, 265, 266, 267, 268, 269

정호승 9, 234, 245, 246

[ㅎ]

분열자의 산책: 김재홍 평론집

초판 1쇄 인쇄 2025년 3월 10일
초판 1쇄 발행 2025년 3월 31일

지은이 | 김재홍
발행인 | 강봉자, 김은경

펴낸곳 | (주)문학수첩
주소 | 경기도 파주시 회동길 503-1(문발동 633-4) 출판문화단지
전화 | 031-955-9088(마케팅부) 031-955-9530(편집부)
팩스 | 031-955-9066
등록 | 1991년 11월 27일 제16-482호

홈페이지 | www.moonhak.co.kr
블로그 | blog.naver.com/moonhak91
이메일 | moonhak@moonhak.co.kr

ISBN 979-11-93790-91-5 04810
      978-89-8392-156-7 (세트)

* 파본은 구매처에서 바꾸어 드립니다.